JAMES LILLIEFORS
Wer den Tod fürchtet

Über das Buch:
Luke Bowers, Pastor der kleinen Gemeinde Chesapeake Bay an der Ostküste Virginias, macht eines Morgens einen grausigen Fund in seiner Kirche: In der ersten Reihe sitzt eine tote Frau, in deren Handflächen ein mysteriöser Zahlencode geritzt wurde. Sehr zum Unmut des örtlichen Sheriff-Departments wird die junge Ermittlerin Amy Hunter mit dem Fall und der Leitung einer Sonderkommission betraut. Die Zusammenarbeit mit den Behörden verläuft nicht reibungslos, doch Amy Hunter findet in Pastor Bowers einen im wahrsten Sinne geistreichen Helfer. Er ist es auch, der den Code mit der Bibel in Zusammenhang bringt. Die Zahlen verweisen explizit auf bestimmte Psalme im Alten Testament. Dennoch bleibt der Grund für die Tat unklar, ebenso wie die Identität des Opfers. Amy Hunter gleicht landesweit ungeklärte Morde ab, mit Erfolg: In den angrenzenden Bundesstaaten gab es vor kurzem ähnliche Fälle. Obwohl Pastor Bowers und Amy Hunter den Code Psalm für Psalm entschlüsseln, fehlt ihnen der entscheidende Fingerzeig. Bis Pastor Bowens eines Tages unerwarteten Besuch bekommt …

Über den Autor:
James Lilliefors ist Journalist und Schriftsteller, der in Florida lebt und schreibt. Er hat bereits für namhafte US-amerikanische Tageszeitungen gearbeitet sowie einige Sachbücher und Thriller veröffentlicht.

JAMES LILLIEFORS

WER DEN TOD FÜRCHTET

Roman

Ins Deutsche übertragen von
Jakob Schmidt

LYX
EGMONT

Die Originalausgabe erschien 2014 unter dem Titel
»The Psalmist« bei HarperCollins

Deutschsprachige Erstausgabe Juni 2015 bei LYX
verlegt durch EGMONT Verlagsgesellschaften mbH,
Gertrudenstraße 30–36, 50667 Köln

1. Auflage
Textredaktion: Joannis Stefanidis
Umschlaggestaltung & Umschlagillustration: www.bürosüd.de,
Foto: David Curtis, Plainpicture
Autorenfoto: © Janet Johnson
Satz: KCS GmbH, Stelle | www.schriftsetzerei.de
Printed in Germany (670421)
ISBN 978-3-8025-9785-5

www.egmont-lyx.de

MIX
Papier
FSC® C083411

Für J, T und C

»Ich will die Finsternis vor ihnen her zum Licht machen
und das Höckrige zur Ebene. Das alles will ich tun
und nicht davon lassen.«
Jesaja 42:16

»Es gibt Bäume, Watson, die bis zu einer gewissen Höhe
wachsen, um dann plötzlich eine unschöne Exzentrizität
auszubilden. Auch bei Menschen lässt sich das oft beobachten.«
Sir Arthur Conan Doyle, »Das leere Haus«

Prolog

Es heißt, in Tidewater County sei im Winter nichts los, vom schlechten Wetter einmal abgesehen. Manchmal stimmt das aber nicht: so zum Beispiel am 14. März, einem Dienstag.

Als Luke Bowers erwachte, pfiff der Wind durch die kahlen Bäume, ans Schlafzimmerfenster prasselte Eisregen. Er blinzelte in das fahle Licht, das sich in den Vorhängen fing, und ahnte, was die Leute in Tidewater County an diesem Morgen beim Aufwachen denken würden.

Vorsichtig zog Bowers seinen Bademantel über und schlüpfte sachte in die Pantoffeln, um seine Frau Charlotte nicht zu wecken. Nach einem Gang zur Toilette schlurfte er weiter in das kleine, an die Diele angrenzende Zimmer, das sie als ihre »Wohnstube« bezeichneten.

Zwei Minuten später hörte er das gewohnte Tapsen auf den Hartholzdielen; die Tür öffnete sich quietschend, und Sneakers' ledrige Nase erschien – vorsichtig zunächst, als wäre sich der Labrador-Mischling nicht sicher, ob er willkommen sei. Dann rief Luke ihn herein und kraulte ihm kräftig Kopf und Nacken. Zufrieden streckte Sneakers sich neben dem antiken Schaukelstuhl aus und legte die Schnauze auf den Boden, gerade so, als sei auch er zum Beten und Nachdenken gekommen. Einige Minuten lang waren die beiden ganz still, obwohl dieser Morgen nicht gerade zum Meditieren geschaffen war. Immer wieder ließen Windstöße die Fensterläden klappern, und einmal, als eine besonders heftige Böe das Haus erschütterte, hob Sneakers den Kopf und ließ sein lang gezogenes Knurren hören, ein bedrohliches Geräusch, das den Wind scheinbar vorübergehend verstummen ließ.

»Mal sehen, was wir da machen können«, sagte Luke.

Sneakers setzte sich erwartungsvoll auf und wedelte aufgeregt mit dem Schwanz, als Luke rasch seinen Mantel überzog. Luke öffnete die Tür und trat in den kalten Wind hinaus; Sneakers machte einen Satz in den eisigen Nieselregen, um dann vorsichtig weiterzutapsen. Er hob das Bein und sah Luke dabei aus seinen traurigen Augen vorwurfsvoll an.

»Ich weiß, ich weiß«, sagte Luke. »Nimm's nicht persönlich.« Sie hatten Sneakers aus dem Tierheim geholt. Seinen Namen hatte er bereits gehabt, auch wenn sie nicht wussten, woher. Luke war ebenfalls in jungen Jahren adoptiert worden und hatte nie etwas über seine leiblichen Eltern und die Herkunft seines Namens in Erfahrung bringen können, und so fühlte er sich ihm irgendwie seelenverwandt.

Erst als er bereits die Einfahrt hinunterging, um die *Tidewater Times* aus dem Briefkasten zu holen, merkte Luke, dass der Asphalt überfroren war. Wie ein Clown in einer Bananenschalen-Nummer rutschte er zunächst mit dem rechten, dann mit dem linken und dann wieder mit dem rechten Fuß aus. Jedes Mal schlug er um ein Haar lang hin, bevor er endlich wieder Halt unter den Füßen fand. »Holla!«, brummte er, ging mit kleinen Schritten zum Briefkasten und schlurfte anschließend zum Haus zurück, während Sneakers von der Veranda aus zusah.

Es war die Kälte, die an diesem Morgen die Leute in Tidewater County beschäftigte, wie schon die ganzen letzten Wochen. Das Gesprächsthema am Imbissstand, beim Postamt, unten am Hafen, in der Apotheke oder im Lebensmittelgeschäft war immer dasselbe: »Wo bleibt der Frühling?«, »Hört das denn nie auf?«

Aber es war nicht die Kälte, die die Leute von diesem 14.

März in Erinnerung behalten würden. Es war etwas anderes. Über Nacht war etwas geschehen.

Luke kochte Kaffee, schenkte sich eine Tasse ein und setzte sich an den Küchentisch. Er blätterte die *Tidewater Times* von vorne bis hinten durch, faltete sie zusammen und legte sie zur Seite. Nichts Interessantes, wie immer. Er schenkte sich eine zweite Tasse ein, ließ den Blick aus dem Fenster über die windzerzausten Wiesen hinter dem Haus schweifen und sah zu, wie sich die Sonne über der Bucht mühsam durch die Wolken schob.

Er war heute Nacht wieder mit diesem Gefühl von Unruhe erwacht – als wäre irgendetwas in seinem Leben in Unordnung geraten. Er konnte nur nicht bestimmen, was es genau war. Im Gegenteil, alles schien zum Besten zu stehen: Er erfreute sich guter Gesundheit, führte eine glückliche Ehe, und seine Arbeit erfüllte ihn. Doch immer wieder riss ihn dieses Gefühl aus dem Schlaf und wollte nicht weichen; eine seltsam nagende Sehnsucht, die kein klares Ziel und keine erkennbare Ursache hatte. Es war jene Art von unbestimmtem Leidensdruck, mit dem sich Gemeindemitglieder hin und wieder an ihn wandten, ohne auf die Idee zu kommen, dass er vielleicht ähnliche Probleme haben könnte. Doch auch für sich selbst hatte er keinen besseren Rat als für sie: Gottes Gnade annehmen, Geduld haben, den Glauben nicht verlieren, sich von der Heiligen Schrift leiten lassen. An solchen Tagen fuhr Luke oft früh ins Büro und arbeitete eine Weile an seiner Predigt; und wenn dann Aggie, seine Sekretärin und Empfangsdame, um halb zehn ins Büro kam, ging es ihm oft schon wieder besser.

Er wusch seine Kaffeetasse aus und füllte die Maschine für Charlotte wieder auf, die um halb neun aufstehen würde. Seine Frau war Historikerin und arbeitete zu Hause in einer Kammer neben der Küche. Zwei Tage die Woche war sie ehrenamtlich beim Tierhilfswerk tätig, wo sie auch Sneakers entdeckt und herausgeholt hatte. Ihr gemeinsames Häuschen hatte früher einem Kapitän gehört. Es befand sich am Rande eines unter Naturschutz stehenden Feuchtbiotops, und vom Fenster aus konnte man die ferne, windige Chesapeake-Bucht sehen. Das Haus war zu klein für zwei Arbeitszimmer, aber sie achteten darauf, einander genug Platz zu lassen.

Bevor er losfuhr, warf Luke noch einen Blick ins Schlafzimmer und sah, dass Sneakers, den er abgetrocknet und mit Leckerbissen verwöhnt hatte, nun auf dem Bett schlief, die Schnauze gemütlich auf Lukes Kissen gebettet. Charlotte hatte sich im Schlaf von dem fahlen Licht abgewandt, das durch die Vorhänge drang. Luke bewunderte einen Moment lang ihr hübsches Profil; von allen Frauen, mit denen er jemals zusammen gewesen war, war sie die einzige, die selbst im Schlaf noch elegant aussah.

Als er einen Schritt zurücktrat, knarrte eine Diele.

»Frohes Schaffen«, flüsterte sie mit geschlossenen Augen.

Luke lächelte. Er hatte in seinem Leben nicht immer die allerbesten Entscheidungen getroffen, aber seine Heirat mit Charlotte hatte er niemals bereut.

Er fuhr den Bayfront Drive entlang, vorbei an der Versammlungshalle des Veteranenvereins und *Tommys Restaurant* am Jachthafen, auf dessen Parkplatz ein großer Haufen Krabbenfallen lag. An Sommernachmittagen herrschte hier buntes Treiben, und die Straße wimmelte von Touristen, die an den Imbiss-, Fisch- und Obstständen entlangschlenderten. Aber jetzt, da der Wind eisigen Schnee über die brachliegenden Mais- und Sojabohnenfelder wehte, machte alles einen ziemlich verlassenen Eindruck.

An der Kreuzung von Bayfront Drive und Highway 22 bog er nach rechts Richtung Wasser ab. Eine frontale Windböe drückte seinen Ford beinahe in den Straßengraben. Ein Stück weiter sah er dann zwischen den blattlosen Birken die weißen Schaumkronen auf der Chesapeake-Bucht und die beiden großen Brücken, die einen Moment lang in strahlenden Sonnenschein getaucht wurden. Der Bayfront Drive fiel leicht ab, um dann gleich wieder anzusteigen und den Blick auf die alte, mit Zedernschindeln verkleidete Kirche und ihr großes, majestätisches Kreuz freizugeben. Von seiner Position aus schien das Gebäude gefährlich schief zu stehen, so, als ob es einfach vom Himmel gefallen und auf der Klippe über der Bucht gelandet wäre.

Luke parkte auf dem Kiesplatz neben den Büroräumen. Während er, den Kopf gegen den Wind geneigt, zur Tür lief, kramte er seinen Schlüssel hervor. Hier auf der Klippe, wo keine Bäume den Wind abfingen, war es immer einige Grad kälter, sodass die Luft in seinen Lungen brannte und ihm die Tränen in die Augen trieb.

Er knipste das Licht an und atmete die wärmere Raumluft ein – der gewohnte Geruch vermittelte Sicherheit. Ganz egal, wie viele Schichten Kleidung er trug, die Kälte schien in ihn hineinzukriechen und sich in seinen Lungen festzusetzen. Er drehte die Heizung auf und lauschte einen Moment lang dem Knarren und Ächzen, das der Wind dem hölzernen Gebäude entlockte. »Wenn die Wände hier sprechen könnten …«, sagten die Leute. Diese Wände sprachen *tatsächlich*, und zwar bei jedem Windstoß, auch wenn niemand ihre Worte verstand.

Es hatte vierundfünfzig Jahre gedauert, bis die Gemeinde aus dem alten Gebäude herausgewachsen war. Schon im nächsten Winter würde man eine größere, modernere Kirche errichten. Zwar gab es noch immer heftige Auseinandersetzungen über Größe, Kosten und den genauen Ort, aber die meisten Gemeindemitglieder hatten dem Neubau mittlerweile zugestimmt.

Die Heizung klickte; Wärme strömte ein. Luke öffnete die Tür zu seinem Büro und stellte den Rucksack auf dem Schreibtisch ab. Er ging den dunklen Flur entlang, der die Büros mit dem Altarraum verband; die morgendliche Bangigkeit hatte ihn noch immer nicht ganz verlassen. Durch die Altarraumtür warf er einen Blick ins Kirchenschiff: Im zweiten Stock schien das Sonnenlicht durch die großen bunten Ostfenster und ließ den herumwirbelnden Staub wie farbige Schneeflocken aufleuchten. Alle Orte der Andacht waren Brücken zur Ewigkeit, dachte er. Vor allem morgens war dieser Ort von einer Ehrfurcht gebietenden, schlichten Schönheit, die ihm neue Kraft gab.

Vom vorderen Ende des Kirchenschiffs blickte er nach oben in den Dachstuhl und zu den Sitzreihen der zweiten Etage, wo die lackierten Holzgeländer im Sonnenlicht glänzten. Dann ließ er den Blick über die leeren Reihen unter ihm schweifen.

Da sah er sie.

Ein Sonnenstrahl tauchte sie in grelles Licht, während sie dort im hinteren Teil der Kirche saß, links in der vorletzten Reihe – eine dunkelhaarige Frau, vornübergebeugt, die Ellenbogen auf der Rückenlehne der Bank vor ihr. Das Gesicht hatte sie auf die gefalteten Hände hinabgesenkt, als würde sie beten; ihr Blick schien auf das Kreuz über dem Altar gerichtet zu sein.

»Hallo?« Luke ging ein paar Schritte auf sie zu. Sie konnte nicht zum Beten hierhergekommen sein, dachte er. Er selbst hatte am vorigen Abend alle Türen abgeschlossen. Oder hatte er eine vergessen? Sein Herzschlag wurde schneller.

Einen Moment lang schien das Sonnenlicht einen Strahlenkranz um das Gesicht der Frau herum zu bilden, eine erhabene Laune des Zufalls. Beim Näherkommen bemerkte Luke jedoch, dass etwas nicht stimmte. Die Haltung der Frau wirkte unecht – in Wirklichkeit betete niemand so. Einen Augenblick fragte er sich sogar, ob es vielleicht eine Schaufensterpuppe war, mit der ihm ein paar Jugendliche einen Streich spielen wollten. Hier in der Gegend kam so etwas während der langen, ereignislosen Wintermonate schon vor.

»Hallo?«, wiederholte er und blieb stehen, da er sie nun deutlicher erkennen konnte.

Es handelte sich um eine Frau, so viel war sicher, aber mit ihren Augen stimmte etwas nicht. Vom Altarraum aus hatte es so ausgesehen, als bete sie ehrfürchtig in Richtung des Kreuzes. Jetzt aber merkte er, dass ihre Augen zwar offen waren, aber mit leerem Blick. Die Hornhaut schien von einem Film überzogen zu sein. Es waren Augen, die nicht sahen und nie wieder sehen würden.

Die Notrufzentrale von Tidewater County befand sich im neuen Verwaltungsgebäude des öffentlichen Dienstes, einem großen quaderförmigen Häuserblock aus Backstein, Zement und Glas am Rande der Stadt, in dem auch die verschiedenen Polizeibehörden, Feuerwehr, medizinische Notaufnahme sowie Kreis- und Landgericht untergebracht waren.

Als Mitglied des örtlichen Bürgerrats für Sicherheitsfragen war Luke einer derjenigen gewesen, die auf die Einrichtung einer rund um die Uhr erreichbaren Notrufnummer gedrungen hatten, was mittlerweile ohnehin landesweit Standard war. Bisher aber hatte er sie noch nie selbst gewählt.

»Notrufzentrale, worum handelt es sich?«

»Hier ist Luke Bowers«, sagte Luke, während sein Blick gedankenverloren über den Parkplatz und die fernen Schaumkronen auf den Wellen der Bucht glitt. »Ich habe gerade eine Frau in der Kirche gefunden. Sie atmet nicht.«

Die Frau am anderen Ende räusperte sich.

»Pastor Bowers?«

»Hallo, Mary.«

»Hallo, Pastor Bowers. Geht es Ihnen gut?«

»Ja, alles in Ordnung.«

Es war Mary Escher, alleinerziehende Mutter dreier Kinder,

die immer noch damit haderte, dass sie sich vor zwei Jahren eingebildet hatte, im Chor mitsingen zu müssen.

»Wo sind Sie?«

»Ich bin in der Kirche, Mary, Bayfront Nummer 7.«

Er hörte sie tippen. Dann räusperte sie sich erneut.

»Hat sie äußere Verletzungen, oder wirkt sie verwirrt?«

»Nein, sie wirkt tot.«

Er hörte sie erneut tippen, wartete ab und betrachtete dabei das spärlich eingerichtete Arbeitszimmer mit den Bildern auf dem Schreibtisch – Fotos mit Charlotte, in Rom und Kenia und hier, an Bord eines Segelbootes im letzten Sommer, vor einem zuckerwattefarbenen Abendhimmel.

Bevor er hinausging, rief er noch Charlotte an. Es war jetzt zwanzig vor neun, und sie war wach, machte Frühstück und hörte dabei klassische Musik.

Als Luke wieder ins Kirchenschiff ging, um noch einen Blick auf die Tote zu werfen, fiel das Licht in einem anderen Winkel herein und erhellte den hinteren Bereich des Raumes, wodurch ihm einiges auffiel, was er zuvor nicht bemerkt hatte.

Die Frau war älter, als er gedacht hatte, in den Dreißigern vielleicht, und hatte leicht exotische, asiatisch oder vielleicht auch spanisch anmutende Gesichtszüge. Sie trug eine dunkle Lederjacke, die gegen die Kälte zugeknöpft war.

Dann bemerkte er ihre Beine, die in grotesker Weise seitlich abgespreizt waren und in schwarzen Strümpfen und teuer aussehenden Schuhen steckten.

Luke Bowers schloss die Augen und betete für die Frau und die Gemeinde. Dann ging er hinaus, um auf die Polizei zu warten.

Im Windschatten unter dem Schindeldach stehend, nahm er die beiden Auffahrten zum Parkplatz in Augenschein – eine kam von Westen, die andere von Norden. Er schlug den Kragen hoch und umrundete in weitem Bogen Kirche und Gemeinderäume, auf der Suche nach irgendetwas Ungewöhnlichem, einer Hinterlassenschaft, nach Fußabdrücken oder Spuren eines Kampfes.

Als Luke wieder vorn ankam, fuhr Hilfssheriff Barry Stilfork gerade mit in der Morgensonne blinkendem Blaulicht vor. Steifbeinig trat Stilfork auf ihn zu. Sein Atem gefror in der kalten Luft.

»Pastor.«

»Barry.«

Stilfork hatte unregelmäßige Gesichtszüge – eine sehr lange Nase, dunkle, eng stehende Augen und einen breiten, schmallippigen Mund. Viele nannten ihn liebevoll – manche auch weniger liebevoll – »Zinken«.

Während Luke noch seinen Fund in der Kirche beschrieb, fuhr auch Sheriff Calvert heran und brachte seinen Jeep mit einer scharfen Drehung knapp vor Stilforks Wagen zum Stehen. Vor dem Priesterseminar hatte Luke als Rettungssanitäter gearbeitet; er war selbst oft dort gewesen, wo niemand mehr helfen konnte.

Luke und Calvert sprachen sich nie mit Namen an, sondern immer als »Pastor« und »Sheriff«; Calvert trug Jeans und einen Flanellmantel.

»Pastor.«

»Sheriff.«

»Was haben wir denn?«

»Etwas ziemlich Unschönes, fürchte ich.«

»Sehen wir's uns doch mal an.«

Drinnen war das Licht erneut weitergewandert. Die Frau warf nun einen langen Schatten über die Bankreihen, der einem in Richtung Altar deutenden Pfeil glich.

»Wer ist das?«, fragte der Sheriff.

»Keine Ahnung. Ich habe sie noch nie gesehen.«

Calvert kniff die Augen zusammen, als würde er überlegen, ob er Bowers glauben sollte. Die drei gingen zum Ende der Reihe, wobei der Sheriff Barry Stilfork zunickte. Stilfork hinterließ eine Spur schmutziger Fußabdrücke auf dem Holzboden. Er legte der Frau die rechte Hand an den Hals.

Als die Rettungssanitäter und die Spurensicherung eintrafen, erteilte Calvert Anweisungen – obwohl er für diesen Fall erstmals seit Jahren nicht zuständig sein würde. Im letzten Frühling hatte die Polizeiverwaltung des Landkreises – endlich, wie viele meinten – neue Richtlinien für das Vorgehen bei Mordfällen erlassen, sodass das Morddezernat der Maryland State Police nun die Ermittlungen leiten würde. Calvert, ein stolzer, breitschultriger Mann, der seit siebzehn Jahren Sheriff war, hatte diese Neuerung nicht gerade begeistert aufgenommen.

Luke sah zu, wie die Mitarbeiter der Spurensicherung das Innere der Kirche und das Opfer fotografierten, während der Sheriff sie kritisch beäugte und auf dieses und jenes zeigte. Manchmal, dachte Luke, wirkte Calverts Gesicht wie eine optische Täuschung: Aus bestimmten Winkeln gesehen erschien es rau und pockennarbig, aber wenn er den Kopf ein wenig drehte, schien es eine glatte Oberfläche anzunehmen.

»Ist in den letzten Tagen irgendetwas Ungewöhnliches geschehen?«, fragte Calvert später, als sie draußen vor der Kirche standen.

»Eigentlich nicht. Denken Sie an etwas Bestimmtes?«, antwortete Luke.

»Sie haben in letzter Zeit nichts mit Robby Fallow oder seinem Jungen zu tun gehabt, oder?«

»Bitte?«

Der Sheriff wiederholte seine Frage, diesmal etwas lauter. Robby Fallow war ein kleiner, kauziger Mann, dem das *Ebb Tide Inn* gehörte, ein etwas weiter oben an der Straße gelegenes Motel – ein Gebäude aus den 50ern oder 60ern, das in letzter Zeit öfter geschlossen als geöffnet war. Fallows erwachsener Sohn lebte in einem der Motelzimmer. Beide waren wegen kleinerer Delikte mit dem Gesetz in Konflikt geraten, aber das lag schon Jahre zurück.

»Nein«, sagte Luke. »Warum?«

Der Sheriff spie auf den Kies, drehte sich um und betrachtete kopfschüttelnd die kahlen Bäume. Die meisten Ermittler sammelten Hinweise und stellten dann eine Theorie auf, um sicherzugehen, dass sie sich nicht auf einen Verdächtigen versteiften und andere unberücksichtigt ließen; Calvert ging häufig genau andersherum vor. Was auch der Hauptgrund dafür war, dass die Kreisverwaltung ihm nun bei Mordfällen eine neue Rolle zugewiesen hatte.

Barry Stilfork nahm Bowers' Aussage in seinem Wagen auf, wobei er unentwegt hustete.

Auf dem Heimweg kam Luke ein weißer Toyota Camry entgegen – anscheinend Amy Hunter vom Morddezernat der Maryland State Police. Luke war erleichtert, dass sie die Ermittlungen leiten würde und nicht Sheriff Calvert.

Stilfork hatte die meisten der Fragen gestellt, die Luke erwartet hatte. Doch einige hatte er auch ausgelassen. Luke dachte darüber nach, während er bei aufgehender Sonne an vereisten Feldern und leuchtend weißen Birkenwäldern vorbeifuhr. Eine Frage beschäftigte ihn besonders. »Zinken« hatte es gesehen und mittlerweile mit Sicherheit auch der Sheriff: die blutigen Ziffern, die jemand in die rechte Handfläche der Frau geritzt hatte wie in einen Halloween-Kürbis.

Teil 1

Eine bestimmte Art des Bösen

»Ich fahre dahin wie ein Schatten, der schwindet […].«
Psalm 109:23

1

Als sich im Laufe des Tages herumsprach, dass vergangene Nacht in der Methodistenkirche von Tidewater etwas passiert war, setzte sich ein Strom neugieriger Einwohner in Bewegung, die zur Kirche pilgerten. Den ganzen Tag über fuhren Autos im Schritttempo die Auffahrt entlang, und die Insassen starrten auf den merkwürdigen alten Bau mit dem Kirchturm über der Bucht. Kinder fuhren nach der Schule mit ihren Fahrrädern zur Kirche, hielten vor dem Polizeiabsperrband und malten sich aus, was dort wohl geschehen war.

Natürlich gab es nichts zu sehen – jedenfalls, nachdem die Gerichtsmedizin um kurz vor zehn die Leiche abgeholt hatte –, aber darum ging es auch nicht. Etwas Unheimliches hatte sich in Tidewater County eingenistet, und die Leute wollten wissen, was es war.

Für Luke Bowers war das Absperrband eine Erinnerung daran, dass auch die Wege des Bösen unergründlich waren. Pastor Luke hatte beruflich mit Gut und Böse zu tun. Seine Aufgabe bestand darin, den Leuten zu helfen, in ihrem irdischen Leben einen tieferen Sinn zu finden. Aber seine Arbeit brachte ihn auch mit den finsteren Winkeln der menschlichen Seele in Berührung, und hier handelte es sich eindeutig um etwas Finsteres.

Weil Luke die Leiche entdeckt hatte, sahen ihn die Leute auf einmal anders an – als wüsste er etwas, das sie nicht wussten, und könnte ihnen Antworten auf ihre Fragen geben. Insbesondere der Sheriff beobachtete ihn voller Argwohn. Luke hatte einige Neuerungen nach Tidewater County gebracht; Treffen für anonyme Alkoholiker und Drogenabhängige, Gefängnisseelsorge – Dinge, die nicht jeder hier gut fand. Eine Tote in seiner Kirche schien für den Sheriff nichts weiter als die logische Fortsetzung dieser Entwicklung zu sein.

Am Dienstag waren die Büroräume der Kirche sorgfältig auf Hinweise untersucht und am Abend schließlich wieder freigegeben worden; auf einigen Oberflächen befand sich immer noch schwarzes Fingerabdruckpulver. Altarraum, Gemeindesaal und Haupteingang hingegen blieben weiterhin verschlossen.

Am frühen Mittwochmorgen spannte sich das gelbe Absperrband immer noch zwischen den Bäumen und den von der Polizei aufgestellten Holzböcken. Im Wind flatternd verbreitete es seine unmissverständliche Botschaft: HALT – POLIZEIABSPERRUNG – KEIN DURCHGANG.

Es war, als würde das Band die Stadt in zwei Welten teilen, hier die altvertraute und dort eine unbekannte, doch beide befanden sich an der gleichen Stelle. Und diese Teilung würde bestehen bleiben, dachte Luke, bis man dieses scheinbar unerklärliche Verbrechen aufklären konnte.

»Pastor Bowers?«

»Ja, Aggie?«

»Amy Hunter möchte mit Ihnen sprechen.« Agnes Collins – Aggie – stand in der Tür. Sie war schlank, trug ein geschäftsmäßiges dunkelgraues Kostüm und blickte stirnrunzelnd in ihren Terminkalender. Nur der zögernde Blick ihrer blassblauen Augen verriet, wie zerbrechlich sie eigentlich war. »Sie hat aber keinen Termin. Soll ich ihr sagen, dass Sie beschäftigt sind?«

Obwohl Pastor Bowers' Tür stets offen stand, hielt Aggie es für ihre Pflicht, ihn vor der Öffentlichkeit abzuschirmen, eine Gewohnheit aus ihrer Zeit im Sekretariat eines Washingtoner Anwalts.

»Nein, nein, schon gut.« Luke stand auf, wobei er sich das Knie am Schreibtisch stieß. »Au!«

»Alles in Ordnung?«

»Ja.«

Er lächelte schon wieder, als Amy Hunter hereinkam.

»Guten Morgen.« Aggie schloss leise die Tür hinter sich. »Ich hoffe, ich störe nicht.«

»Nein, bitte setzen Sie sich doch.«

Amy Hunter war jung, wenn auch nicht ganz so jung, wie sie aussah. Ihre saloppe Kleidung – zerknittertes Arbeiterhemd, klobige Armeejacke und Khakihose – bildete einen starken Kontrast zu der von Aggie Collins. Amys dunkle, halblange Haare waren vom Wind zerzaust und ihre Wangen von der Kälte gerötet.

Wie viele andere in Tidewater County wusste Luke einiges über Amy Hunter, ohne sie aber richtig zu kennen. Er hatte gehört, dass sie auf der FBI-Akademie gewesen war und sich noch vor ihrem dreißigsten Lebensjahr ins Morddezernat hochgearbeitet hatte; dass sie an Tatorten schon auf den ersten Blick Dinge sah, die anderen allzu leicht entgingen – was da war, was fehlte, was nicht da sein sollte. Erst in diesem Winter hatte sie einen vier Jahre alten Mordfall aufgeklärt, was ihr nicht nur allseitige Aufmerksamkeit eingebracht hatte, sondern auch den geballten Unmut des Sheriffs.

»Und, wie läuft es bei Ihnen?«, fragte sie.

»Abgesehen davon, dass in meiner Kirche eine ermordete Frau gefunden worden ist, kann ich nicht klagen.«

Amy Hunter deutete ein Lächeln an und schlug eine Mappe aus gelbem Karton auf. Sie sah auf natürliche Art gut aus, mit aufmerksamen hellbraunen Augen, die fast ein wenig zu groß für ihr Gesicht waren.

»Ich habe Ihre Predigt vor ein paar Wochen gehört. Fand ich sehr anregend.«

»Danke«, sagte er.

»Ich muss allerdings gestehen, dass ich nicht besonders oft in die Kirche gehe. Ich habe mich ganz dem Weltlichen verschrieben. Aber ich hatte Familienbesuch.«

»Ach so.« Amy Hunter nahm schnell Blickkontakt auf. Luke hatte das Gefühl, dass ihr Small Talk widerstrebte. »Welche Predigt war es denn?«

»Die mit der Krabbensuppe.«

»Ach ja, Matthäus 5:13. Das Salz der Erde. Tja, Sie sind uns jederzeit willkommen.«

Ihr Blick war schon wieder zu den Papieren in ihrer Mappe zurückgekehrt. »Ich habe hier die Mitschrift Ihrer gestrigen Aussage, die Sie bei Hilfssheriff Stilfork gemacht haben«, sagte sie. »Ich hätte da noch ein paar Fragen.«

»Aber sicher.«

»Sie sagten, Sie hätten die Kirchentüren überprüft und sie seien am Montagabend um acht alle verschlossen gewesen. Stimmt das so? Es sind doch insgesamt fünf Türen, nicht wahr?«

»Das ist korrekt. Zwei Türen führen in die Kirche, zwei zu den Büros und eine in den Gemeindesaal. Aber es gibt nur einen Schlüssel für alle fünf.«

»Und wie viele Leute haben diesen Schlüssel? Außer Ihnen, meine ich.« Das war eine der Fragen, die der Hilfssheriff nicht gestellt hatte.

»Hm, ich denke, mindestens fünf.« Er überlegte kurz. »Oder sechs. Der Aushilfspastor, die Buchhaltung, die Büroleitung, der Organist, die Jugendleitung und die Küsterin.«

Auf Amy Hunters Stirn bildete sich eine Falte.

»Die Hausmeisterin. Martha Cummings. Bei uns nennt man das ›Küsterin‹.«

Er wartete, während sie sich die Namen notierte. »Ich sollte wohl darauf hinweisen, dass es ein sehr altes Gebäude ist und wahrscheinlich niemand mehr genau weiß, wann die Schlösser zuletzt ausgewechselt wurden. Es könnten also noch andere Schlüssel im Umlauf sein.«

»Hätte man die nicht wieder eingesammelt?«

»Nicht unbedingt. Wir verstecken hier ja keine Goldbarren und alten Reliquien. Es ist nur ein Gebetshaus. Gut möglich, dass jemand Nachschlüssel angefertigt hat, die nie abgegeben wurden.«

Sie warf noch einen Blick auf ihre Notizen. »Was ist mit den Fenstern?«

Auch diese Frage hatte Stilfork vergessen.

»Die scheiden wohl eher aus. Martha meinte, sie habe sie überprüft, als sie am Montagnachmittag hier sauber gemacht hat«, erwiderte er, obwohl Martha wahrscheinlich nichts dergleichen getan hatte, so wie er sie kannte.

»Bis wann war sie denn hier?«

»Normalerweise ist sie so gegen fünf fertig.«

»Aber nach fünf fand im Gemeindesaal doch noch eine Veranstaltung statt, oder? Ein Treffen der Anonymen Alkoholiker, richtig?«

»Ja. Um sechs.«

Amy sah ihn erwartungsvoll an, doch als er nicht weitersprach, hakte sie nach. »Ich habe gehört, dass nicht alle von den Treffen der Anonymen Alkoholiker in der Kirche begeistert sind. Und Sie haben das initiiert?«

»Ja. Die Treffen der Anonymen Drogenabhängigen werden sogar noch stärker abgelehnt.«

»Und wie finden Sie das?«

»Wie ich das finde?«

Ihr kühler Blick ruhte abwartend auf ihm, wach wie der frühe Morgen.

»Ich versuche, meine Gefühle da außen vor zu lassen. Man

hat mich hergeschickt, um die geistlichen Aufgaben auszuweiten, und das tue ich. Aber ich achte auch die Traditionen. Meiner Meinung nach haben wir einen guten Mittelweg gefunden.«

Amy zog ein Blatt Papier aus ihrer Mappe hervor. »Agnes Collins hat uns gestern eine Liste der Gemeindemitglieder übergeben. Zweihundertzweiundsiebzig Namen. Ist die Liste vollständig?«

»Vermutlich nicht«, sagte Luke. »Das sind wahrscheinlich nur diejenigen, die auf so einer Liste stehen wollen.«

»Und einige wollen das nicht?«

»Nun ja, manche Leute sind lieber nicht offiziell dabei. Vermutlich diejenigen, die nicht zu einem Verein gehören möchten, der Leute wie sie als Mitglieder aufnimmt.«

»Aha.« Auf Amys Gesicht zeigte sich wieder ihr feines Lächeln; zwei kleine Grübchen erschienen neben ihren Mundwinkeln. »Und wie sieht es mit Robby Fallow aus?«

»So, so, Robby Fallow.«

Sie hob fragend eine Augenbraue.

»Das hat mich der Sheriff auch gefragt«, erklärte Luke. »Er wollte wissen, ob ich in letzter Zeit Probleme mit Robby Fallow gehabt hätte.«

»Und?«

»Nein, nicht dass ich wüsste.«

»Gibt es denn einen Grund zu der Annahme, dass er etwas mit dem Vorgefallenen zu tun haben könnte?«

»Nicht den geringsten.«

Sie nickte, schrieb zwei Wörter an den Rand des Blattes und unterstrich sie. Luke kniff die Augen zusammen, konnte aber nichts entziffern. Der Sheriff konnte Fallow nicht leiden, und wahrscheinlich versuchte er, die Ermittlungen in seine Richtung zu lenken.

»Sie sind also gestern durch die Bürotür in die Kirche gekommen und haben durch den Verbindungsflur den vorderen Bereich des Kirchenschiffs betreten – Sie sind also durch die Tür zum Altarraum hereingekommen?«

»Das ist richtig.«

»Und Sie haben die Frau ungefähr um Viertel vor acht gefunden.« Luke nickte. »Und zuerst dachten Sie, sie würde beten. Sie sagten, sie habe ›ruhig‹ ausgesehen.«

»Nein, ich glaube, ich habe ›friedlich‹ gesagt.«

Stirnrunzelnd sah sie auf ihre Mitschrift. »Zinken« hatte offenbar das falsche Wort notiert. Wahrscheinlich hatte er seine eigene Handschrift nicht mehr lesen können, als er seinen Bericht getippt hatte.

»Okay, aber das geht ja in die gleiche Richtung«, sagte sie. »Obwohl der erste Eindruck ja manchmal auch täuschen kann.«

»Allerdings.« Die Tote erschien erneut vor seinem inneren Auge, wobei ihm auffiel, dass er ihr Gesicht nicht wie in der Kirche vor sich sah, sondern so wie in dem Traum, der ihn heute Morgen geweckt hatte.

»Aus der Nähe besehen machte sie einen völlig anderen Eindruck«, sagte er. »Mir fiel auf, dass ihre Beine merkwürdig aussahen. Sie schienen beide gebrochen zu sein.«

»Das waren sie auch«, warf Amy ein. »Genau wie der linke Arm und mehrere Rippen.«

»Im Ernst?«

Sie nickte mit festem Blick – ihre Augen wirkten mit einem Mal sehr viel älter als ihre übrige Erscheinung.

»Das bleibt bitte vorerst noch unter uns«, sagte sie. »Der Täter hat ihr wirklich übel mitgespielt. Hat immer wieder auf sie eingeschlagen, selbst, als sie bereits tot war. Da muss eine Menge Wut im Spiel gewesen sein. Kennen Sie jemanden, der zu so etwas fähig wäre?«

»Nein.«

»Ist schon einmal jemand in die Kirche eingebrochen?«

»Nein. Außer ein paar Jugendlichen vor ein paar Jahren.«

»Haben Sie schon mal Probleme mit Obdachlosen gehabt?«

»Mit Obdachlosen? Nein.« Sie lächelten einander kurz an. In den letzten Abendnachrichten hatte Sheriff Calvert gesagt: »Es könnte sich möglicherweise um eine Obdachlose handeln, aber wir wissen noch nichts Genaues.« Luke hielt das für nicht besonders wahrscheinlich, zumal Obdachlose normalerweise keine Kleider von Louis Vuitton und Ferragamo trugen.

»Haben Sie eine Ahnung, wer etwas mit der Sache zu tun haben könnte? Warum man die Frau hier in die Kirche gebracht hat?«

«Was die letzte Frage angeht, nein«, sagte er. »Und die erste?«

»Nun ja.« Luke beschloss, ihr zu sagen, was ihm schon seit einer Weile durch den Kopf ging. »Wer auch immer es war, er muss vor dem Haupteingang geparkt haben. Dann ist er hinten um die Büros herumgegangen und durch das Fenster im Gemeindesaal eingestiegen, das wahrscheinlich offen stand. Von dort ist er über den Flur zum Haupteingang, hat aufgeschlossen und sie in die Kirche getragen.«

Ein kaum wahrnehmbares Nicken. »Und wie kommen Sie zu dieser Annahme?«

»Es ist die einzige Erklärung, die einen Sinn ergibt. Ich habe draußen vor dem Gemeindesaalfenster Fußabdrücke entdeckt. Und drei Paar gleicher oder zumindest ähnlicher Fußspuren im Flur. Aber auf dem Weg in die Kirche waren die Fußabdrücke deutlicher zu sehen, also hat er sie offenbar getragen.«

»Gut beobachtet«, sagte sie und warf abermals einen Blick auf die Liste mit ihren Fragen. Luke fragte sich, ob sie sich all das wohl auch schon gedacht hatte oder ob er ihr damit etwas Neues sagte.

»In der Kirche und im Eingangsbereich gibt es keine Überwachungskameras, oder?«

»Nein, nur hier in den Büroräumen.« Er zeigte auf die einzelne Kamera, die oben in der Ecke des Raumes angebracht war, und winkte lächelnd hinein. »Hier befindet sich nämlich der Safe, und hier bewahren wir auch die Buchhaltungsunterlagen auf. Wir haben darüber nachgedacht, in der Kirche und dem Gemeindesaal ebenfalls Kameras anzubringen, aber irgendwie endet das immer in politischen Diskussionen.«

»Mir wurde gesagt, es gebe auch Meinungsverschiedenheiten darüber, ob die Gemeinde weiter wachsen soll.«

»Ja, das stimmt.« Sie schien auf seine weiteren Ausführungen zu warten. »Viele sind dagegen. Die Traditionalisten fürchten, dass wir eine Megakirche werden, wenn wir nicht aufpassen. Dass wir in ein paar Jahren womöglich jemanden wie Joel Osteen als Pastor haben. Das Hickhack um die Videomonitore im Kirchenraum war schon schwierig genug.«

»Könnte der gestrige Vorfall damit zu tun haben?«

»Womit?«

»Mit der Uneinigkeit über das Wachstum Ihrer Gemeinde.«

»Nein. Ich wüsste nicht, was das damit zu tun haben sollte.«

»In Ordnung.« Sie sah nochmals in ihre Notizen. Anscheinend war sie mit seiner Befragung fertig. Doch dann überraschte sie ihn mit einer weiteren Frage. »In die rechte Hand des Opfers waren mehrere Ziffern geritzt«, sagte sie. »Das haben Sie doch gesehen, oder?«

Luke nickte zustimmend.

»Und hier steht, Hilfssheriff Stilfork habe sich gestern am späten Nachmittag noch einmal bei Ihnen gemeldet, um Sie zu diesen Zahlen zu befragen.«

»Er fragte mich ganz allgemein. Er hat mit keinem Wort erwähnt, dass sie in ihre Hand geritzt waren. Er zeigte mir drei Zahlen auf einem Notizzettel – drei Zahlen und einen Buchstaben, um genau zu sein – und fragte mich, ob ich eine Ahnung hätte, was sie bedeuten.«

»Und Sie sagten …«

»Ich sagte Nein.«

»Können Sie sich erinnern, welche Zahlen und Buchstaben das waren?«

»Aber sicher: Fünf, eins, i, eins und null. Ich sagte ihm, dass ich keine Ahnung habe, was sie bedeuten.«

Sie sah noch einmal auf ihre Mitschrift. Luke gefiel ihr eindringlicher Blick, in dem sich kühler Scharfsinn spiegelte. »Aber er bat Sie darum, zu spekulieren.«

»Ja. Er bat mich, einfach zu sagen, was mir dazu einfallen würde. Ich sagte, eine Einundfünfzig, ein ›i‹ und eine Zehn, vielleicht heißt das ›Einundfünfzig in den Zähnen‹?«

»›Einundfünfzig in den Zähnen‹?«

»Ja. Er fragte mich, was das bedeuten solle, und ich erzählte ihm von dem Wettbewerb im Hotdog-Essen auf Coney Island. Soweit ich mich erinnere, schiebt sich der Gewinner nämlich jedes Jahr einundfünfzig Hotdogs zwischen die Zähne.«

»Aha.«

»Er fragte mich, ob ich das für lustig halten würde. Ich sagte, nein, natürlich nicht.«

»Ich bin übrigens der Meinung, dass die dritte Stelle kein ›i‹ darstellt«, sagte Amy. Wieder überraschte sie ihn, als sie ein DIN-A4-Foto aus ihrer Mappe zog und es ihm über den Tisch zuschob. Es war eine Aufnahme der rechten Hand der Toten, angefertigt von der Gerichtsmedizin in Baltimore. Gereinigt und fotografisch stark vergrößert, wirkten die Wunden in der zerschnittenen Handfläche wie von vorzeitlichen Strömen in die Erde gegrabene Canyons.

»Wollen Sie noch mal drüber nachdenken?«

»Ja, mach ich.«

Sie nahm das Foto wieder an sich und klappte die Mappe zu. Es erstaunte Luke, dass sie ihm so viele Ermittlungsdetails verraten hatte. Vielleicht handelte es sich dabei um eine Art von Tauschgeschäft.

»Ach, noch etwas«, sagte sie. »Auf der Leiche wurden diverse Fingerabdrücke gefunden. Haben Sie sie berührt?«

»Ich habe ihren Puls gefühlt, ja. Am Hals.«

»Sonst noch irgendwo?«

»Nein. Das heißt, ich habe vielleicht ihre Hand angefasst. Als ich versucht habe, die Zahlen zu lesen.«

»Aber es ist Ihnen nicht gelungen.«

»Nein.«

Amy nickte und stand auf. »Na gut. Vielen Dank«, sagte sie und streckte ihm die Hand entgegen. Ihr Händedruck war so, wie er es erwartet hatte: fest, aber nicht aggressiv.

Sie verabschiedeten sich vor der Tür zu den Büros. Aggie blickte zu Boden und tat so, als würde sie nicht hinhören. Amy Hunter holte eine Visitenkarte aus einer der vielen Taschen ihrer Armeejacke und reichte sie ihm.

»Ich weiß, das ist nicht einfach, und ich schätze Ihre Mitarbeit sehr, Pastor Bowers. Sollte Ihnen noch etwas einfallen, rufen Sie mich an.«

»Mach ich.«

»Wir werden diesen Fall aufklären, verlassen Sie sich drauf.«

Luke nickte. Es war eine seltsame Bemerkung, aber ihm gefiel der Klang dieser Worte, und aus irgendeinem Grund glaubte er ihr. Bevor sie ging, glich ihr Blick für einen kurzen Moment dem eines jungen Mädchens, das voller Erwartung auf das Leben schaut. Dass sie gleichzeitig so klug und so jung wirken konnte, war ebenso einnehmend wie rätselhaft.

2

Wenige Minuten nachdem die Tür zugefallen war, brachte Aggie Collins eine frische Tasse Kaffee zu Luke herein. Sie nahm seinen gebrauchten Becher, rückte seinen Klammerhefter zurecht und blätterte die Seite in seinem Kalender um.

»Danke, Aggie.«

»Gern geschehen.«

Luke machte sich gerade Notizen für seine Predigt am kommenden Sonntag – er fing wieder bei null an, ausgehend von der Vorstellung, dass man dem Bösen überall begegnen konnte, selbst in einer Kirche –, als er plötzlich bemerkte, dass Agnes wieder in der Tür stand, diesmal mit dem Steno-Block in der Hand.

»Kommen Sie doch herein, Aggie.«

»Oh, danke.« Seufzend setzte sie sich. »Ich dachte nur, dass Sie vielleicht die Nachrichten auf Ihrem Anrufbeantworter durchgehen möchten.«

»Gerne«, sagte Luke.

»War es denn ein gutes Gespräch mit Miss Hunter?«

Er nickte und beantwortete dann die Fragen, die Agnes tatsächlich beschäftigten. Was hatte Amy Hunter gesagt? Hatte die Polizei schon etwas in Erfahrung gebracht? Trotz ihrer seriösen Erscheinung war Aggie eine passionierte und höchst versierte Klatschtante.

»Eigentlich hat sie gar nicht viel gesagt«, antwortete Luke. »Man weiß bisher kaum etwas. Es gibt noch keine heiße Spur.«

»Hmm.« Sie hob den Kopf. Aggie war in ihrer Jugend eine

Model-Schönheit gewesen, und sie hatte die Angewohnheit, alle naselang die Hand an den Hals zu legen oder unvermittelt das Kinn zu recken, als wolle sie die Spuren des Alters verbergen. Sie war jahrelang ehrenamtlich in der Kirche tätig gewesen, bevor Luke ihr eine bezahlte Stelle angeboten hatte.

Was weiß man bisher?, fragte ihr beredtes Schweigen.

»Sie gehen davon aus, dass der Täter vor der Kirche geparkt hat«, erklärte Luke. »Er ist hinten durch ein Fenster in den Gemeindesaal eingestiegen und hat dann von innen die Eingangstür geöffnet.«

»Oh. Und dann hat er sie herein*getragen*?«

»Sieht ganz danach aus.«

»Hm.« Sie strich ihren Rock glatt und sprach dann mit verschwörerisch leiser Stimme weiter. »Ich weiß, dass ich das nicht sagen sollte – aber Miss Hunter scheint mir doch etwas zu jung zu sein, um so eine Ermittlung zu leiten.«

»Ja, auf den ersten Blick wirkt sie so. Aber man sollte sich nicht von der äußeren Erscheinung täuschen lassen. Sie ist nämlich ausgesprochen scharfsinnig.«

»Bestimmt. Aber der Sheriff hat ein Problem mit ihr.«

»Nun ja. Das sollte er wohl lieber mit der Kreisverwaltung ausmachen. Die waren es, die ihm seine Befugnisse weggenommen haben.«

Agnes nickte. »Ich habe gehört, es wäre mehr als nur das.«

Luke setzte eine ausdruckslose Miene auf, in der Hoffnung, dass sie das Thema fallen lassen würde.

»Ich habe gehört, er hätte sich ihr gegenüber äußerst unangemessen geäußert«, sagte Aggie. »Vor ein paar Monaten. Aber ich möchte seine Worte wirklich nicht wiederholen.«

»Ich will sie auch gar nicht hören.«

»Aber angeblich war sie sehr schlagfertig und hat ihn ziemlich zurechtgestutzt.« Sie errötete, als ihre Blicke einander begegneten. »So hat man es mir zumindest erzählt. Angeblich redet er seitdem nicht mehr mit ihr.«

»Da wird ihm jetzt aber nichts anderes übrig bleiben. Schließlich leitet sie die Ermittlungen.«

Statt zu antworten, setzte Aggie sich noch aufrechter hin, auch wenn Luke das nicht für möglich gehalten hätte. Er hingegen ließ sich in seinen Sessel zurücksinken, machte es sich gemütlich und malte sich aus, wie Amy Hunter den Sheriff wohl »zurechtgestutzt« hatte.

»Wie dem auch sei.« Er warf einen Blick auf die Stichworte zu seiner Predigt. »Genug aus der Gerüchteküche.«

»Sie haben recht. Entschuldigen Sie.« Agnes räusperte sich. Ihre geschäftige Maske war seit dem Tod ihres Mannes vor vier Jahren noch undurchdringlicher geworden. Es war ein offenes Geheimnis in Tidewater County, dass er sich das Leben genommen hatte, aber niemand sprach darüber. »Sie hatten während Ihres Gesprächs mit Miss Hunter elf Anrufe.«

»Okay.«

Sie ging die Anrufe der Reihe nach durch. Sieben waren von Gemeindemitgliedern, die in Gedanken bei ihm waren und für ihn beteten. Drei waren von Journalisten.

»Der Fernsehreporter von Kanal 14 wollte Sie heute Vormittag vor laufender Kamera interviewen. Da ich weiß, was Sie von so etwas halten, habe ich ihm gesagt, Sie hätten viele Termine und leider keine Zeit.«

»Danke.«

»Und die *Tidewater Times* hat noch einmal angerufen. Diese Reporterinnen! Erst hat Nancy Bunting wegen einer Beschreibung der toten Frau angerufen. Und kurz darauf auch noch Sandy Bunting, die dasselbe wollte.«

Das Lokalblatt, die *Tidewater Times*, war seit mehreren Generationen im Besitz der Familie Bunting. Fast alle Mitarbeiter waren Buntings oder mit einem von ihnen verheiratet. »Sandy Bunting behauptete, ihr sei zu Ohren gekommen, dass die Frau nackt war, als Sie sie gefunden haben.«

»Wie bitte?«

»Ja. Ich habe ihr gesagt, sie solle sich bei der Polizei informieren.«

»Sehr gut. Danke.«

»War mir ein Vergnügen«, sagte Aggie. »Ich weiß, dass Sie sich nicht gern von den Medien belästigen lassen.«

Luke lächelte; es machte ihm nichts aus, mit der Presse zu reden, aber er wollte lieber nicht live vor die Kamera. Eines Tages würde er Aggie den Unterschied erklären.

»Und dann hat Mr Frank Nayak senior von der Firma Nayak angerufen. Er sagte nur, ich solle ausrichten, dass er der Meinung sei, Sie beide sollten sich mal unterhalten.«

»Ach ja?« Luke grinste. »Seit wann denn das?«

Agnes runzelte die Stirn und blickte auf ihre Notizen. »Seit neun Uhr dreiundvierzig, nehme ich an. Da hat er nämlich angerufen.«

Luke lächelte. Agnes nahm seine Fragen manchmal etwas zu wörtlich.

»Wissen Sie was, Aggie? Ich werde ihn später zurückrufen. Jetzt gehe ich erst mal raus und versuche, etwas Sinnvolles mit dem Tag anzufangen. Was meinen Sie?«

»Oh.« Sie straffte die Schultern. »Klingt gut.«

Jackson Pynne nahm einen tiefen Schluck Kaffee aus seinem Pappbecher und las die Schlagzeile auf dem Computerbildschirm noch einmal, als könnte sie sich in den letzten fünfundvierzig Sekunden aus irgendeinem Grund verändert haben: *Frauenleiche in Kirche gefunden.*

Er starrte auf den Straßenverkehr hinaus, nahm noch einen

Schluck und richtete den Blick wieder auf den Monitor. Dann klickte er auf den Link.

Seine Gedanken überschlugen sich, während er den kurzen Bericht über den Vorfall zum x-ten Mal las.

Die Polizei bittet um Hilfe bei der Identifizierung einer Frau, deren Leiche gestern früh in der Methodistenkirche von Tidewater, Bayfront Drive 7, gefunden wurde.

Wie das Büro des Sheriffs mitteilte, wurde die Frau vom Pastor entdeckt, als er morgens gegen 7:30 Uhr zur Arbeit kam. Die Frau saß in einer Kirchenbank und schien zu beten. Die Polizei vermutet, dass sie zu diesem Zeitpunkt schon mehrere Stunden tot war.

Kirsten Sparks, die Sprecherin des Sheriffs, beschreibt die Frau als 30 bis 40 Jahre alte Kaukasierin, dunkelhaarig, braune Augen, 1,69 m groß und 52 kg schwer. Die Tote trägt eine kleine Tätowierung am linken Fußknöchel, die eine Schlange zeigt.

Die Todesursache wurde bislang nicht bekannt gegeben; auch darüber, warum die Leiche in der Kirche gefunden wurde, gibt es keine offiziellen Verlautbarungen. Sheriff Clay Calvert lehnte es ab, den Fall betreffende Einzelheiten zu erörtern, und sagte: »Wir ermitteln in alle Richtungen.« Pastor Luke Bowers, der die Tote gefunden hat, stand für einen Kommentar nicht zur Verfügung.

Der Fall wird von der neuen Mordkommission des Landkreises untersucht, die sich aus Mitarbeitern der Kreispolizei, der Polizei von Tidewater und der Polizei des Bundesstaats Maryland zusammensetzt. Leiterin der Ermittlungen ist Kommissarin Amy Hunter von der Maryland State Police.

Hunter verwies gestern bei allen Presseanfragen an Kirsten Sparks, die Sprecherin des Sheriffs.

Jedes Mal blieb Pynne am selben Wort hängen: eine »Kaukasierin«. Aber das konnte natürlich auch einfach ein Irrtum sein.

Er blickte zur Straße hinaus und griff nach seinen Zigaretten. Er würde so oder so zurückfahren müssen. Ihm fiel einfach keine andere Möglichkeit ein. Er schüttelte eine Zigarette aus der Schachtel, steckte sie sich zwischen die Lippen, zündete ein Streichholz an und nahm einen Zug. Danach ging es ihm einen kurzen Moment lang etwas besser.

3

Dem *Ebb Tide Inn* sah man die alten, besseren Tage noch an. Amy Hunter stellte sich vor, dass es früher einmal eine einladende Oase am Highway gewesen sein müsse. Zwölf ordentliche Zimmer, bezahlbare Familienpreise, Stühle neben jeder Tür, ein kleiner hellblauer Swimmingpool. Draußen ein schattiger Picknickplatz unter einer großen Eiche, ein u-förmiger Innenhof, Grills und Hängematten. Und all das nur einen Steinwurf vom Sandstrand und vom Bootsanleger entfernt.

Aber solche kleinen familienbetriebenen Motels waren, ebenso wie die dazugehörige Art des Familienurlaubs, nur noch Überbleibsel einer längst vergangenen Zeit. Außerdem waren so betuliche, malerische Namen wie *Gasthaus zur Ebbe* längst aus der Mode gekommen; inzwischen regierten Effizienz und Serviceorientierung.

Robby Fallow wirkte ebenfalls wie ein Relikt aus alten Zeiten – ein kleiner, zäher Bursche mit verschlossenem Gesicht, der allein in einer Holzhütte an der Straßenseite des Motels wohnte. Jedes Mal, wenn sie dort vorbeifuhr, sah Amy Hunter das Licht seines Fernsehers über die Wände flackern. Obwohl Fallow täglich auf dem Gelände arbeitete, schien sich der Zustand des Motels nie zu verbessern. *Der Name ist Programm*, dachte Amy, als sie in die Einfahrt einbog: Hier herrschte Ebbe und nicht Flut.

Auf der Fahrt hatte sie über Pastor Bowers nachgedacht. Sie hatte ein gutes Gefühl, was ihn betraf. Sein sachlicher Tonfall gefiel ihr, die nüchterne Art, wie er ihr von den Fußabdrücken berichtet hatte. Sie mochte auch seinen gescheiten, humorvollen Blick. Vielleicht konnte er ihr helfen. Amy Hunter war eine gewissenhafte, aber auch etwas eigenwillige Ermittlerin und suchte bisweilen Rat bei Außenstehenden, auf die sonst niemand gekommen wäre. Pastor Bowers mochte so jemand sein, das sagte ihr zumindest ihr Gefühl. Im Prinzip hatte die neue Mordkommission, deren Leitung man ihr übertragen hatte, viele erfahrene Mitarbeiter mit allen nötigen Fähigkeiten. Auf den zweiten Blick bestand sie allerdings aus zwei Teams: der alten Garde und den neuen Mitarbeitern. Der Sheriff war Boss der einen Gruppe, Amy Hunter Chefin der anderen. Wendell Stamps, der massige, gleichmütige Staatsanwalt, stand eindeutig aufseiten des Sheriffs, auch wenn er sich alle Mühe gab, unparteiisch zu erscheinen. Das würde wohl noch zu interessanten Auseinandersetzungen führen.

Robby Fallow, mit Schirmmütze, Flanellhemd und ölverschmierter Arbeitshose, beugte sich auf einer Birkenlichtung über den Motor eines Oldsmobile 88. Er hatte das Hotel Anfang der Neunziger von seinem Vater geerbt, als noch Familien ihre Ferien hier verbracht hatten. Jetzt bestand seine Kundschaft hauptsächlich aus Landstreichern und Gelegenheitsarbeitern, die hier während der winterlichen Austernsaison oder im Sommer beim Krabbenfang aushalfen. Immer wieder hatten Bauunternehmer versucht, Fallow das Grundstück abzukaufen, vor allem die Nayak-Familie, der die meisten Immobilien um die Tidewater Bay herum gehörten. Aber Robby Fallow ließ sich nicht mal auf ein Gespräch ein. Das Motel, das trotz seines Namens niemals ein *Inn*, ein Gasthaus, gewesen war, war sein ganzer Stolz, sein Ein und Alles.

Fallows Sohn, der andere ständige Bewohner des *Ebb Tide Inn*, hauste im letzten Motelzimmer hinten am Wald. Er kümmerte sich um das Grundstück und stand in dem Ruf, eine

Schwäche für Marihuana zu haben. Im Sommer, wenn auf dem Highway viel los war, saß Fallow junior – wie sie ihn nannten – oft stundenlang in einem Liegestuhl am Straßenrand und winkte den Vorbeifahrenden zu. Manche Reisenden nannten ihn »Winkemann«. Juniors Mutter war Jahre zuvor unter Alkoholeinfluss im Pool ertrunken.

Amy hatte im letzten Winter während der Ermittlungen in einem anderen Fall schon einmal mit den beiden gesprochen, aber viel gebracht hatte es nicht. Das Opfer war damals eine vierundzwanzigjährige arbeitslose Frau namens Andrea Dressler gewesen, die, dreizehn Tage bevor man sie erwürgt in einem Kornfeld in Delaware aufgefunden hatte, mit ihrem Freund in dem Motel abgestiegen war. Wochenlang hatte der Sheriff Fallow junior als Hauptverdächtigen gehandelt, ehe er sich dann auf den Freund der Ermordeten eingeschossen hatte. Aber sie hatten nie genug Beweismaterial zusammentragen können, um die Sache vor Gericht zu bringen. Einige Monate nachdem der Sheriff den Fall zu den Akten gelegt hatte, erfuhr Amy, dass ein Schulhausmeister in Delaware der Frau wochenlang nachgestellt hatte. DNA-Tests hatten schließlich ergeben, dass er sie vergewaltigt und umgebracht hatte.

Robby ging ihr entgegen, gerade so, als wolle er verhindern, dass sie ihm zu nah kam.

»Kann ich Ihnen irgendwie helfen?«

»Guten Morgen, Mr Fallow. Amy Hunter. Wie geht's Ihnen?«

»Wir haben alle viel zu tun, Ma'am.« Er wischte sich die Hand an einem Lappen ab, der noch ölverschmierter aussah als die Hand selbst.

»Ja, ich weiß.« Amy zeigte ihm ihre Polizeimarke. Er nickte, ohne hinzusehen. »Ich würde Ihnen gern ein paar Fragen stellen.«

»Tut mir leid, Ma'am«, sagte er höflich. »Heute ist es schlecht.«

»Ach ja?«

»Ja.«

»Darf ich fragen, weshalb?«

»Das wäre ja schon eine Frage, Ma'am«, sagte er, und mit einem Mal blitzte es in seinen kleinen, tiefliegenden Augen auf. »Wenn Sie Fragen haben, müssen Sie sich an meinen Anwalt wenden.«

»Wenn Sie meinen.«

Amy wandte den Blick ab. Die Tür eines rostigen Schuppens im Birkenwäldchen hinter dem Auto stand offen. Es war, als würde sie durch die Tür in eine andere Zeit blicken: ein aufgebockter 1960er Evinrude-Motor, einige Johnson-Sea-Horse-Außenbordmotoren, verschrammte Wasserskier, ausgeblichene gelbe Plastik-Abschleppseile.

»Sie wissen also, weshalb ich hier bin?«

»Nein, Ma'am.«

»Ich ermittle im Fall einer Toten, die gestern früh in der Methodistenkirche aufgefunden wurde. Einige Leute sagen, Sie wüssten vielleicht etwas darüber.«

»Tut mir leid, Ma'am.«

»Sie haben aber mit dem Sheriff darüber gesprochen, stimmt's?«

Er blickte zu Boden und rieb sich die Hände nun gründlicher mit dem Lappen ab.

»Ich leite die Ermittlungen in diesem Fall. Ich habe keinerlei Grund zu der Annahme, dass Sie etwas damit zu tun haben. Ich würde Sie nur gern als Verdächtigen ausschließen. Das könnten wir ruckzuck erledigen.«

»Wie auch immer«, sagte er. »Wenn Sie Fragen haben, müssen Sie sich an meinen Anwalt wenden.«

»Das sagten Sie bereits.«

Amy atmete tief durch und blickte die Straße entlang auf ein gerodetes Waldstück, wo auf einem Schild stand: *Hier entsteht ein Wal-Mart*.

»Okay. Und wer ist Ihr Anwalt?«

»Mr Louis Gunther.«

»Okay.« Gunther war ein aus Tidewater stammender Anwalt, der meist Fälle von Trunkenheit am Steuer oder Körperverletzung übernahm. Durch seine Fünfzehn-Sekunden-Fernsehspots war er stadtbekannt geworden. »Bitte melden Sie sich, falls Sie Ihre Meinung ändern.«

Amy kramte eine Visitenkarte aus einer der vielen Taschen ihrer Armeejacke und hielt sie Robby Fallow hin. Er machte keine Anstalten, die Karte entgegenzunehmen.

»Vielen Dank, Ma'am«, sagte er knapp.

Er wandte sich ab und kehrte zu seinem Oldsmobile zurück.

Amy steckte die Karte wieder ein und kehrte zu ihrem Wagen zurück. Ihr war klar, dass sie an der Nase herumgeführt wurde; allerdings nicht von Robby Fallow. Sie fragte sich, womit der Sheriff Fallow wohl derartige Angst eingejagt hatte.

4

Der Traum, aus dem Luke vergangene Nacht erwacht war, ließ ihn den ganzen Morgen über nicht los; er erinnerte sich so genau an die Einzelheiten, dass es ihm vorkam, als hätte er all das tatsächlich erlebt.

In dem Traum hatte er das Kirchenschiff durch den Altarraum betreten, genauso wie am Dienstagmorgen. Er hatte das Spiel des durch die bunten Glasfenster fallenden Lichts in den Bankreihen betrachtet und schließlich eine Frau in der vorletzten Reihe bemerkt. Als er auf sie zugegangen war, hatte sie den Kopf gehoben. Offenbar kannte sie ihn. Ihr Gesichtsausdruck hatte sich wiederholt geändert, ehe er bei ihr war – Überraschung, Freude, Trauer und schließlich Schmerz hatten sich in ihrer Miene abgewechselt.

Die Frau hatte versucht aufzustehen, aber vergeblich. Sie hatte den Blick vielsagend auf ihre gebrochenen Beine gerichtet. Luke hatte genickt, sie aber gedrängt, es erneut zu versuchen. Beim zweiten Mal war es ihr gelungen, sich aufzurichten, und sie war ihm auf wackeligen Beinen entgegengetaumelt. Einen Augenblick lang hatte sie innegehalten; ihre Augen hatten vor Glück gestrahlt. Sie hatte die Arme hin und her geschwenkt, sodass Luke sich kurz gefragt hatte, ob sie vielleicht zu tanzen versuche. Dann aber hatte sie das Gleichgewicht verloren, und er war einen Schritt auf sie zugegangen, um sie aufzufangen. Sie hatten sich gegenseitig festgehalten, er hatte ihr Gesicht in beide Hände genommen. Ihre Haut war feucht gewesen, als wäre sie in einen leichten Regenguss geraten. Als er die Hände wieder gelöst hatte, hatte etwas Haut an seinen Fingern geklebt.

Dann war er aufgewacht, die schlafende Charlotte neben sich. Der Wecker auf dem Nachttisch hatte auf drei Uhr siebzehn gestanden. Er hatte mit geschlossenen Augen eine Weile Charlottes und Sneakers' abwechselnden Atemzügen gelauscht, die ihn an zwei nächtliche Jazzmusiker beim Riffen erinnert hatten.

Manche Gerüchte verbreiten sich erst nach und nach. In Tidewater allerdings brauchten sie meist wenig Zeit, insbesondere in der Nebensaison. Nur wenige Einzelheiten zum »Kirchenmord« – wie der Vorfall nun allgemein betitelt wurde – schafften es in die *Tidewater Times* und die lokalen Fernsehnachrichten. In den Cafés auf der Main Street aber kursierten mehrere Versionen der Geschichte. Die Leute tauschten beim flüchtigen Plausch aus, was sie angeblich gehört hatten: Das Opfer, eine Asiatin, sei höchstwahrscheinlich eine teure Edelprostituierte gewesen, vermutlich aus Baltimore, die ihre Dienste per Kleinanzeige angeboten habe. Der Sheriff und das Morddezernat hätten schon »ein paarmal mit Robby gesprochen«, und der Pastor »wisse etwas«. Dieses letzte, völlig gegenstandslose Gerücht hatte dazu geführt, dass die Leute Luke seit Dienstag ein wenig schief ansahen.

Tidewater County war eine weitläufige, wirtschaftlich kaum entwickelte Gegend, die nur über drei Gewerbezweige verfügte: Fischerei, Landwirtschaft und Tourismus. Der Landkreis bestand aus zwei zusammengelegten Ortschaften, nämlich aus Tidewater und einem einfach nur »Bay« genannten alten Städtchen. Im Sommer bevölkerten Touristen die malerischen Straßen des ehemaligen Fischerdorfs Tidewater, das inzwischen hauptsächlich aus Häusern im viktorianischen Stil, Souvenirläden, Fischrestaurants sowie ein paar fischverarbeitenden Betrieben bestand.

Lukes Eltern waren einmal mit ihm nach Tidewater gefahren, als er noch ein leicht zu beeindruckender Achtjähriger gewesen war, und der Charme des Örtchens hatte ihn sofort verzaubert: Der weite Blick über die Bucht, die Gerüche des Meeres, die hölzernen Molen, der Fischereihafen und insbesondere die Freigebigkeit der Einwohner hatten es ihm angetan, ebenso wie ihr altertümlicher Akzent, bei dem es sich, wie er später herausgefunden hatte, um eine Mischung aus britischem Englisch und Südstaatendialekt handelte. Damals hatte er mit seinen Eltern eine Segeltour durch die stürmische Chesapeake-Bucht unternommen. Danach waren sie über die Main Street geschlendert, hatten sich die Geschäfte angesehen und das lokale Fischangebot probiert. Schließlich hatten sie den Fischereihafen entdeckt, wo Krabben und Austern gefangen und verpackt wurden, und einer Schiffsmannschaft dabei zugesehen, wie sie eine halbe Tonne Austern entluden und in riesige Edelstahlbehälter füllten.

Lukes Eltern hatten ihn auf ihren Reisen immer dazu angehalten, neugierig zu sein und sich die Fähigkeit zum Staunen zu bewahren. Schon als kleinen Jungen hatten sie ihn an außergewöhnliche Orte mitgenommen – zum Grand Canyon, in den Yellowstone-Nationalpark, an die Niagarafälle und zum Mount Rushmore –, um ihm eine Vorstellung von der Größe und Schönheit ihres Landes zu vermitteln. Als Jugendlicher hatte er seine Neugier dann aber mehr nach innen gerichtet, und er hatte sich in seine Familiengeschichte vertieft.

Man hatte ihm erzählt, dass die Familie seines Vaters aus Irland und Frankreich stamme, die seiner Mutter hingegen aus Osteuropa. Allerdings sah er weder seinem Vater noch seiner Mutter ähnlich, auch ihren Verwandten nicht. Seine Eltern waren beide klein, eher dunkelhäutig und hatten markante Gesichtszüge. Luke war schon mit fünfzehn sehr groß und schlank gewesen; bereits damals hatte er seinen Vater um fünf und seine Mutter um zehn Zentimeter überragt. Seine Eltern hatten beide braune Augen, obwohl in der Familie seiner Mutter angeblich auch blaue Augen vorgekommen waren. »Daher *deine* blauen Augen«, pflegte seine Mutter zu sagen, aber da man ihm immer nur Schwarz-Weiß-Fotos zeigte, blieb es letztlich eine Behauptung. Lukes Vater hatte schon mit Anfang zwanzig Haarausfall bekommen, Luke dagegen hatte dickes, »aufmüpfiges« Haar, wie ein Friseur einmal gesagt hatte, eine wilde Mischung hell- und dunkelblonder Strähnen. Als »Surfer-Haare« hatte Charlotte sie einmal bezeichnet.

Im Highschool-Alter war Luke sich bereits ziemlich sicher gewesen, dass an den Geschichten seiner Eltern nicht mehr dran war als an denen von Weihnachtsmann und Zahnfee. Als er sechzehn geworden war, hatten seine Eltern ihn eines Abends ins Wohnzimmer gerufen, um ihm endlich in ernstem Tonfall die Wahrheit zu beichten. Sein Vater hatte mit einem seltsam umständlichen Satz angefangen, der in Luke bis heute tiefste Zuneigung weckte: »Wie du dir mittlerweile vielleicht gedacht hast, Luke, haben wir dir etwas mitzuteilen.« Die Tatsache, dass er ein Adoptivkind war, minderte die Liebe zu seinen Eltern nicht, im Gegenteil. Dass sie sich so sehr gewünscht hatten, ihm richtige Eltern zu sein, und das Ausmaß, in dem sie es tatsächlich gewesen waren, verstärkten seine Liebe zu ihnen noch. Der Umstand, dass seine Eltern ihn als staunenden Achtjährigen einmal ins von Salz- und Fischgerüchen erfüllte Tidewater mitgenommen hatten, gab ihm gleich das Gefühl, zu Hause zu sein, als er mit Charlotte hierhergezogen war.

Als er vor dem *Sprit und Köder* parkte, einem Laden, in dem man von Äpfeln über Munition bis zu Kopfschmerztabletten alles kaufen konnte, kam Billy Langfield, ein freundlicher, dicker Mann, sofort schwerfällig herausgestapft.

»Hallo, Pastor, was soll man da sagen?« Er tat so, als würde er eine der nächsten Zapfsäulen überprüfen. »Schrecklich, was da in der Kirche passiert ist. Weiß man denn schon Genaueres?«

»Nicht dass ich wüsste.«

Billy kam näher.

»Stimmt es, was ich gehört habe? Dass das Mädel nackt war?«

»Nein.« Luke beobachtete die Anzeige der Zapfsäule. »Ganz und gar nicht.«

»Nein?«

»Nein, Unsinn.«

Billy trat noch näher. Er versuchte, nicht allzu neugierig zu wirken, aber sein Blick verriet ihn. »Sind ja 'ne Menge Gerüchte in Umlauf.«

»Allerdings.« Luke lächelte, zog die Zapfpistole aus dem Tank und hängte sie wieder ein. Er hinkte ein wenig, weil er sich am Morgen das Knie angeschlagen hatte. »Da gibt man am besten nichts drauf, Bill.«

»Stimmt. Ich hätte gar nicht davon angefangen, aber wenn man was hört, das einem gleich so unwahrscheinlich vorkommt … wenn man weiß, dass jemand, den man kennt, mit so was auf gar keinen Fall etwas zu tun haben kann …«

An der Art, wie Billy die Augen zusammenkniff, merkte Luke, dass er ihn meinte. Er beschloss, gar nicht erst darauf einzugehen, und lächelte freundlich. »Tja, pass auf dich auf, Bill.«

Auf der Main Street – der kleinen »Einkaufsmeile« des Ortes – blieb er einen Moment lang vor *Palmers Blumenladen* stehen. Ein kleiner, grauhaariger Mann, den er nicht kannte, verkaufte einer jungen blonden Frau gerade einen Strauß Tulpen.

»Pastor Luke?«, sprach der Mann ihn an, nachdem die Frau gegangen war. »Sind Sie das?«

Luke runzelte die Stirn.

»George«, sagte der Mann.

»Ach ja.« Luke erinnerte sich, dass das wohl George Palmer sein musste, der Besitzer des Blumenladens. Wie viele andere Einwohner von Tidewater hielt er sich während der Nebensaison nur selten und für kurze Zeit hier auf.

»Entschuldigen Sie, ich habe Sie nicht erkannt«, sagte Luke. »Ich bin schon so daran gewöhnt, hier immer attraktive junge Blumenverkäuferinnen zu sehen.«

George Palmer lächelte und blickte verlegen zu Boden. »Ich musste aus familiären Gründen herkommen. Außerdem hatte ich gehofft, dass das Wetter besser wäre. Aber – sagen Sie, was ist eigentlich passiert?«

»Ich wünschte, ich wüsste es.«

»Man hört hier so allerlei Geschichten.«

»Die Leute erzählen eben gerne Geschichten, was?«

»Ja, allerdings.«

Luke kaufte zwei Rosen und fuhr dann weiter Richtung Osten. Eine Rose würde er der im Hospiz liegenden Millicent Banchard bringen, einer langjährigen Gemeindeangehörigen, die dort die letzten Tage ihres Lebens verbrachte. Die andere war für Charlotte.

Seine Besuche im Hospiz brachten Luke immer auf den Boden der Tatsachen zurück, und anscheinend bedeuteten sie auch den Patienten eine Menge. Darüber hinaus würden sie ihn heute von den Vorkommnissen in seiner Kirche ablenken – und davon, dass alle hier glaubten, er wüsste mehr darüber.

Er wechselte ein paar kurze Worte mit anderen Patienten, bevor er zu Millicents Zimmer ging. Sie wenigstens würde ihn bestimmt nicht nach den jüngsten Ereignissen fragen.

»Wie geht es Ihnen, Millie?« Er zog die Gardinen auf, um das Sonnenlicht hereinzulassen. »Gut sehen Sie aus. Hier, ich habe Ihnen eine Rose mitgebracht.«

Er reichte ihr die Rose, und sie nahm sie entgegen, obwohl

sie zunächst nicht begriff, worum es sich dabei handelte. Und ihn selbst erkannte sie offenbar auch nicht. Doch schließlich blickte sie zu Luke auf und zeigte ihm ein breites, kindliches Lächeln.

»Geht es Ihnen gut? Na prima. Ja, heute ist ein wunderschöner Tag, nicht wahr? Sehen Sie sich doch einmal diese Wolken an, sind die nicht wunderschön? Sie kennen doch das Sprichwort: Im Himmel ist viel mehr los als im Fernsehen. Schön, dass Sie das auch so sehen. Wir verstehen uns, nicht wahr?«

Bei Unterhaltungen mit Millie musste Luke immer beide Parts übernehmen, seinen eigenen und den ihren – der nahezu siebzigjährigen Witwe eines Austernfischers, die vor fünf Monaten in ihrem Garten zusammengebrochen war, nur wenige Tage nachdem sie sich bei einem großen Krabbenessen noch vor Luke mit ihren Urenkeln gebrüstet hatte. Die Ärzte waren zunächst von einem Schlaganfall ausgegangen, aber schließlich stellte sich heraus, dass es sich um eine seltene Gehirnkrankheit ohne Heilungsaussichten handelte. Keiner nahm an, dass sie es noch länger als ein paar Wochen machen würde; allerdings entsprach es ganz ihrer Art, solchen Erwartungen nicht nachzukommen.

Wie üblich befand Luke sich ganz im Griff widerstreitender Gefühle, während er Millies Hand hielt, um für sie und ihre Familie zu beten und Gott für ihr Leben und ihre Arbeit in Kirche und Gemeinde zu danken. Als er Millies Zimmer verließ, lastete auf seinen Schultern das Wissen, dass seine Besuche bei ihr gezählt waren.

Er nahm den nördlichen Rückweg durch sich scheinbar endlos in alle Richtungen erstreckende Felder. Der Morgennebel war verflogen, sodass Äcker, Getreidespeicher und Scheunen in der Mittagssonne gestochen scharf zu sehen waren. Einige Gebiete von Tidewater County waren für die Stadtentwicklung vorgesehen, sollten Gewerbe anziehen und Wachstum fördern; doch der Großteil dieser Gegend – abgesehen von ein paar Ufergrundstücken – würde wohl für immer bleiben, wie er war. Und genau das war es, was ihm an Tidewater so gut gefiel.

Er legte eine von Charlottes CDs ein. Chopin, *Fantaisie-Impromptu,* erschien auf der Anzeige. Auf seine Bitte hin hatte Charlotte begonnen, ihn ein wenig mit klassischer Musik vertraut zu machen, mit mäßigem Erfolg. Bisher hatte er festgestellt, dass er Mahler und Tschaikowsky mochte, auch wenn er die verschiedenen Komponisten oft nicht voneinander unterscheiden konnte. Diese CD gefiel ihm auch; die Musik verlieh seiner Fahrt auf der ebenen Landstraße in Richtung Küste eine leise Erhabenheit, die gut zu seiner Stimmung passte, während er sich Anekdoten für die Predigt am nächsten Sonntag durch den Kopf gehen ließ.

Das Abschätzen von Entfernungen war in dieser flachen Landschaft nicht leicht. Bisweilen sah man einen Laster zwischen den Feldern und wusste nicht, wie weit er entfernt war und in welche Richtung er fuhr. Während Chopins Melodie eine rätselhafte Wendung vollzog, sah Luke geistesabwesend einem Pick-up hinterher – einem großen, silberfarbenen Wagen, der in einem knappen Kilometer Entfernung in gleicher Richtung, aber schneller als er selbst fuhr. Wahrscheinlich war er auf der Route 11 in Richtung Süd-Südwest unterwegs.

Dann schien der Wagen nach links abgebogen zu sein, denn als Luke ihn das nächste Mal bemerkte, kam er ihm direkt entgegen. Und da war er auch schon: Luke hielt gerade an der Engstelle am Goose Creek Crossing, als der Wagen derart an ihm vorbeibrauste, dass es sein Auto heftig erschütterte. Ein neu aussehender, viertüriger Pritschenwagen mit einer deutlich sichtbaren Delle im rechten vorderen Kotflügel.

Noch auffälliger als der Wagen – hier draußen sah man sonst

fast nur ältere Pick-ups – war sein Fahrer. Im Vorbeifahren sah er Luke direkt in die Augen.

Jackson Pynne.

Aber warum fuhr Jackson Pynne durch Tidewater County? Ein ungutes Gefühl ergriff plötzlich von Luke Besitz.

Er hatte schon seit Monaten nicht mehr an Jackson Pynne gedacht, geschweige denn ihn gesehen. Jackson war ein auf Hotels und Eigentumswohnungen spezialisierter Bauunternehmer, der vor sieben Jahren mit den Taschen voller Geld hergekommen war, um ein hochpreisiges Strandhotel zu errichten. Die *Baltimore Sun* hatte ihn damals einen »unkonventionellen, überlebensgroßen Geschäftsmann« genannt – Jackson gefiel das, auch wenn der Artikel gleichzeitig Pynnes Niedergang eingeläutet hatte. Für »überlebensgroße« Leute gab es in Tidewater County keinen Platz, insbesondere, wenn es sich um »Zugezogene« handelte.

In mancher Hinsicht war Jackson tatsächlich überlebensgroß. Hoch aufgeschossen, selbstsicher, mit langen Beinen, federndem Schritt und schroffen Gesichtszügen erinnerte er Luke an einen Schauspieler der Fünfzigerjahre, jemanden wie Robert Mitchum oder William Holden. Sein Gesicht hatte etwas Theatralisches an sich, das mehr auszusagen schien als seine Worte. Die Leute sahen meist zweimal hin, wenn sie Jackson auf der Straße begegneten, weil sie ihn für eine Berühmtheit hielten. Und eine Zeit lang hatte Jackson Pynne auch tatsächlich eine wichtige Rolle im Wirtschaftsleben von Tidewater County gespielt, wenn auch eine sehr umstrittene. Einige der weniger alteingesessenen Beamten bei der Bauaufsicht hatte er jedenfalls davon überzeugt, dass sein Strandhotel der Gegend ein ganz neues Gesicht geben und ein »anderes Kaliber« von Touristen nach Tidewater locken würde.

Aber die alte Garde hatte Jackson von Anfang an misstraut

und ihm das Leben schwer gemacht. Luke hatte festgestellt, dass es hier in der Gegend viele heimliche Traditionen gab, die manchmal so schwer zu durchschauen waren wie die Riten einer religiösen Sekte. Alle drei von Pynne in Angriff genommenen Bauprojekte waren gescheitert und hatten ihn große Mengen Geldes und reichlich Prestige gekostet. Jedes Mal, wenn Pynne vor dem Bauausschuss erschienen war – der Projekte der Firma Nayak routinemäßig annahm –, hatte dieser gefordert, dass er seine Pläne deutlich zurückschraubte oder zahlreiche Änderungen vornahm. Bei seinem letzten Projekt, einer Kombination aus Luxushotel und Appartementgebäude mit Boutiquen und Restaurants, die er das *Jackson's* nennen wollte, führten die Verzögerungen schließlich dazu, dass das Land Pynne des Betrugs bezichtigte, weil er Gebäude als Sicherheiten angegeben hatte, die nie gebaut worden waren. Er zahlte die geliehenen Gelder zwar schließlich zurück, aber da hatte er bereits alles Vertrauen verspielt.

Gegen Ende seines Jahres in Tidewater hatte sich Jackson Pynne ausgerechnet Luke zum Freund erkoren. Zu diesem Zeitpunkt hatten seine Probleme mit der Baubehörde und der alten Machtclique bereits einen verbitterten Mann aus ihm gemacht und ihn von allen anderen hier entfremdet. Manchmal tauchte er unerwartet in der Kirche auf, überschüttete Luke wütend mit seinen Geschichten, wer ihn diesmal »über den Tisch gezogen« habe, wobei er ziemlich anschauliche Spitznamen für die Mitglieder des Bauausschusses fand: Baby Huey, Mr Magoo, der Kraut und dergleichen mehr. Charlotte behauptete, Luke habe eine Schwäche für arme Würstchen, und zu diesem Zeitpunkt schien Pynnes Lebenslage wirklich nicht besonders beneidenswert. Luke versuchte immer, das Gute in den Menschen zu sehen, und in Pynne gab es eine Menge Gutes zu entdecken. Bisweilen hatte er geradezu edelmütige Anwandlungen. Auch hatte er ein tiefes Verlangen nach einem Sinn im Leben; wahrscheinlich zog es ihn deshalb zu Luke hin. Jackson war jemand mit einer merkwürdigen Mischung aus Charaktereigenschaften, die nicht so recht zusammenzupassen schienen.

»Jedes Mal, wenn Jackson Pynne in die Stadt kommt, passiert etwas Seltsames«, pflegten die Einwohner von Tidewater zu sagen.

Beim Gedanken an diesen Ausspruch lief es Luke kalt den Rücken herunter.

5

Die Besprechung der neuen Mordkommission war für elf Uhr dreißig im Verwaltungsgebäude angesetzt. Amy Hunter hatte also noch genug Zeit, um in die Stadt zu fahren und sich mit Robby Fallows Anwalt, Louis Gunther, zu treffen. Aber als sie anrief, um sich anzumelden, sagte man ihr, dass Gunther um diese Zeit des Jahres mittwochs nicht im Büro sei.

Auch gut, dachte sie.

Sie war sich sicher, dass Robby Fallow keine Rolle in diesem Fall spielte. Es handelte sich um einen ausgeklügelten und bemerkenswert konsequent ausgeführten Mord, auch wenn die Einzelheiten bislang noch keinen Sinn ergaben. Das schloss die Fallows mit an Sicherheit grenzender Wahrscheinlichkeit als Täter aus.

In Ermittlerkreisen war viel von der »48-Stunden-Regel« die Rede. In Mordfällen sollten die Ermittler achtundvierzig Stunden nach dem Auffinden der Leiche wissen, mit welcher Art von Fall sie es zu tun hatten. Aber Amy Hunter gab nichts auf solche Regeln. In einem Fall wie diesem, bei dem es keine Zeugen gab, waren die Umstände des Verbrechens wie der dichte Nebel, der zuweilen von der Bucht landeinwärts wehte. In diesem Nebel arbeitete man, bis er sich lichtete, wie lange es auch dauern mochte. Die Behauptung, dass es nach spätestens achtundvierzig Stunden so weit sein musste, war bloß eine Ausrede für faule Polizisten. Am Mittwochmorgen war der Nebel in Sachen Kirchenmord noch immer undurchdringlich. Es gab weder Hinweise auf die Identität des Opfers noch auf die des Täters. Und die Art, wie die Leiche arrangiert worden war, in

Gebetspose in einer Kirchenbank, war für Amy nicht nur eine Herausforderung; sie war wie hämischer Spott, ein Rätsel, das jemand ihr zu lösen aufgegeben hatte.

Hinzu kam, dass der Fall wegen der in die Hand geritzten Ziffern auch zum gefundenen Fressen für die Boulevardpresse werden konnte, weshalb sie dafür sorgen wollte, dass die Presse so lange wie möglich nichts von diesem Detail erfuhr.

Der unausgesprochene Konflikt mit Sheriff Calvert machte das Ganze noch verzwickter. Es war der erste Mordfall, seit man ihm die Leitung der Ermittlungen entzogen hatte. Damit würde Amy irgendwie umgehen müssen.

Während sie den hellen Flur zum Konferenzraum entlangging, durch dessen deckenhohe Fenster man auf den Parkplatz sah, dachte sie an die Augen der Jane Doe, ihrer nicht identifizierten Leiche. Amy hatte direkt vor der Toten gestanden, ihr in die glasigen Augen geblickt und sich gefragt, wie sie hergekommen war und warum man ihr wohl so etwas angetan hatte. Von jedem Fall behielt Amy das Bild des Opfers nicht nur auf ihrem Schreibtisch, sondern auch im Kopf, als ständige Erinnerung daran, für wen sie arbeitete. Vor vielen Jahren war sie selbst Opfer eines Gewaltverbrechens geworden, in einem grünen Vorort, wo so etwas normalerweise nicht geschah. Sie redete nie darüber, aber die unprofessionellen Ermittlungen in dem Fall hatten ihre Prioritäten verschoben und ihr Interesse an Verbrechensbekämpfung geweckt. Sie hatte ihre berufliche Laufbahn in Pennsylvania bei der State Police begonnen, ehe sie vor fünf Jahren eine Anstellung als Kriminalkommissarin in Maryland bekommen hatte. Die Polizei von Maryland hatte eines der besten Morddezernate der ganzen USA, mit einer zweiundneunzigprozentigen Aufklärungs- und einer neunundneunzigprozentigen Verurteilungsquote. Aber einige Fälle ließen sich von Prozentzahlen nicht beeindrucken, bei einigen verlor sich die Spur über die Wochen und Monate, und einige wurden nie gelöst. Vielleicht würde dies ein solcher Fall werden.

»Okay«, eröffnete sie das Treffen der Einsatzgruppe. »Fassen wir zusammen, was wir bisher wissen und was wir noch herausfinden müssen. Und dann machen wir uns an die Arbeit.«

Um den Tisch waren neun weitere Personen versammelt, die ein unterschiedlich starkes Interesse für den Fall an den Tag legten: Da waren Sonny Fischer und Ben Shipman, Mordermittler der State Police und Amys Partner, die manchmal auch »Fisch und Ship« genannt wurden, was keinem der beiden besonders gefiel. Außerdem Staatsanwalt Wendell Stamps, ein großer, vierschrötiger Mann mit ausdruckslosem Gesicht, und Clinton Fogg, der oberste Ermittler der Staatsanwaltschaft – ein Veteran mit dreißig Dienstjahren, dem es immer noch schwerfiel, Amy in die Augen zu sehen, gerade so, als könne er ihre Führungsposition noch nicht so recht akzeptieren. Dann waren noch die Hilfssheriffs Barry Stilfork und Susan Jones zugegen, die loyal zum Sheriff standen. Außerdem saßen John Jay Blount, der zur örtlichen Polizei von Tidewater gehörte und Amy auf widerwärtige Art anstarrte, und Kirsten Sparks am Tisch, die immer, wenn Amy sprach, mit übertriebenen Kieferbewegungen ihren Kaugummi bearbeitete. Und schließlich war Amys Chef, Henry Moore, anwesend, der bei der State Police für den Fall verantwortlich war. Er hatte ihren Entscheidungsspielraum in diesem Fall sehr weit gesteckt, wie ein Trainer, der es dem Mannschaftskapitän überlässt, die Strategie der Gegenmannschaft zu studieren und die eigene im Spiel entsprechend zu führen. Das Morddezernat der State Police bestand aus achtzehn Mitarbeiterinnen und Mitarbeitern, von denen man sieben auf diesen Fall angesetzt hatte.

Der Sheriff war nicht zur Lagebesprechung erschienen, obwohl er zur Einsatzgruppe gehörte, es war wohl seine Art war zu protestieren. *Selbst schuld*, dachte Amy.

Sie sah auf ihre Unterlagen und fuhr fort: »Jane Doe ist gestern kurz vor Mittag in der Penn Street bei der Gerichtsmedizin eingetroffen. Ben Shipman hat sie begleitet, um die lückenlose Überwachung sicherzustellen. Ein vorläufiger Autopsiebericht und die Analyse der Spurensicherung liegen uns mittlerweile vor. Die toxikologischen Befunde stehen noch aus, und auch die biologische Analyse der Spuren in Pikesville ist noch nicht abgeschlossen.«

Dann verlas sie einige Befunde aus dem gerichtsmedizinischen Gutachten: »Das Opfer war eins neunundsechzig Meter groß und wog zweiundfünfzig Kilogramm. Alter schätzungsweise zwischen dreißig und fünfunddreißig Jahren. Spanische oder asiatische Abstammung. Das sollte noch heute der Presse übermittelt werden«, erklärte sie und sah dabei Kirsten Sparks an. »In der Zeitung hat ›kaukasisch‹ gestanden, ein Wort, das wir überhaupt nicht mehr verwenden.«

Sparks unterbrach ihr Kauen für einen Moment; eine leichte Röte stieg ihr ins blasse Gesicht. »Ich habe die schon darauf angesprochen«, sagte sie entschuldigend. »Ich hätte natürlich nie das Wort ›kaukasisch‹ verwendet. Keine Ahnung, woher die das haben.«

»Ich habe ja nicht gesagt, dass es Ihre Schuld ist. Ich sage nur, dass Sie dafür sorgen sollten, dass in zukünftigen Berichten korrekte Bezeichnungen verwendet werden.«

Sie sah wieder in die Unterlagen, während Sparks noch energischer kaute.

»Bisher haben die Analysen von Zähnen, DNA und Fingerabdrücken noch keine Identifizierung des Opfers ermöglicht. Gestern sind zwei Fotos unserer Jane Doe und eines von der Tätowierung an ihrem Knöchel elektronisch an alle Polizeidienststellen in Delaware, Virginia, Pennsylvania, New Jersey, New York und D.C. übermittelt worden. Den Medien im

Umkreis stehen bereits eine Personenbeschreibung sowie eine Zeichnung zur Verfügung. Wir haben alle Polizeidienststellen des Bundesstaats informiert, um die Vermisstenanzeigen abzugleichen, bisher jedoch ohne Erfolg.«

Sie blätterte in ihren Unterlagen. »Okay«, sagte sie. »Was ich nun sagen werde, ist noch nicht für die Presse und die Öffentlichkeit freigegeben.« Sie warf Sparks einen Blick zu. »Im vorläufigen Autopsiebericht ist von vier Knochenbrüchen in den Beinen die Rede, zwei gebrochenen Rippen und einem Knochenbruch im linken Arm. All diese Brüche scheinen dem Opfer postmortal zugefügt worden zu sein. Die Todesursache sind zwei Schusswunden Kaliber 22 in der Brust.«

Kirsten Sparks hörte auf zu kauen. Einen Moment lang schaute sogar Clinton Fogg auf. »Puh!«, kommentierte Sparks.

»Verfärbungen der Leiche deuten darauf hin, dass sie vermutlich zweimal transportiert wurde, bevor der Täter sie in die Kirche gebracht und auf die Bank gesetzt hat. Die Gerichtsmedizin hat nur an den Handgelenken Fesselspuren entdeckt, sonst nirgends.

Gestern haben Ermittler alle Einwohner der Häuser an der Bayfront befragt. Vier Leute sagen, sie hätten nachts oder am frühen Morgen Fahrzeuge in Kirchennähe gesehen. Zwei berichten von einem weißen oder beigen Geländewagen, der die Kirchenstraße entlangfuhr. Einer von ihnen sagte, das sei um halb zwei gewesen, einer spricht von Viertel vor zwei oder zehn vor zwei. Dann haben wir noch zwei Berichte von einem silbernen Pick-up auf der Bayfront kurz nach Sonnenaufgang. Leider haben wir in beiden Fällen keine Kennzeichen.

Die State Police hat mit Angestellten der Kirche gesprochen, einschließlich sechs Personen, die über Schlüssel zum Gebäude verfügen, und mit allen, oder zumindest den meisten, Teilnehmern des Treffens der Anonymen Alkoholiker vom Montagabend. Vermutlich ist das Fenster des Gemeinderaums nicht geschlossen worden und der Täter auf diesem Wege in das Gebäude gelangt.« Sie blätterte um. »Drei Geschäfte in Tidewater County hatten die ganze Nacht über geöffnet; wir sind noch dabei, die Aufzeichnungen der Überwachungskameras durchzusehen. Auf dem Highway und der Brücke über der Bucht gibt es mehrere Kameras, wir überprüfen gerade alle herein- und herausfahrenden Fahrzeuge.« Sie nickte Henry Moore zu, der mehrere Ermittler allein für das Durchsehen der Videos nach Tidewater County abgestellt hatte.

Die Ziffern, die in Jane Does rechte Hand geritzt worden waren, brachte sie nicht zur Sprache. Sie erwähnte auch nicht, dass die County-Polizisten, insbesondere Barry Stilfork, beträchtliche Teile des Tatorts für die Spurensicherung unbrauchbar gemacht und vermutlich Beweismaterial kontaminiert hatten. Ihre Überlegungen bezüglich möglicher Verbindungen zu anderen Fällen behielt sie ebenfalls für sich. Mittlerweile hielt sie es durchaus für möglich, dass es solche gab. Vielleicht erklärte das, warum sie so große Schwierigkeiten mit dem hiesigen Fall hatten.

»Noch Fragen?«

Niemand sagte etwas. Sie merkte, dass John Jay Blount sie mit einem rätselhaften, schiefen Lächeln ansah.

»Captain Blount, wie läuft es bei Ihnen heute?«, fragte sie direkt, woraufhin er sofort den Blick senkte.

Kirsten Sparks meldete sich Kaugummi kauend zu Wort. »Ich werde dauernd gefragt, ob es sich um einen Mord handelt. Können wir der Presse wenigstens sagen, dass es ein Mord war?«

Amy nickte. »Aus meiner Sicht spricht nichts dagegen. Wenn niemand Einwände erhebt –«

Clinton Fogg, der Ermittler der Staatsanwaltschaft, schnaufte vernehmlich.

»Mr Fogg?«

Er schüttelte den Kopf und schloss die Augen. Fogg war ein merkwürdiger Typ, der manche Leute überhaupt nicht beachtete, während er zu anderen übertrieben freundlich war. Bisweilen stellte er sich schwerhörig. Als Ermittler war Fogg gründlich und sehr fähig, aber seine Loyalität lag ausschließlich bei Staatsanwalt Wendell Stamps.

»Okay«, sagte sie. »Gibt es sonst noch etwas? Andernfalls schlage ich vor, dass wir wieder an die Arbeit gehen und die Sache aufklären.«

Amy ordnete langsam ihre Papiere, während die anderen sich erhoben und den Raum verließen. Sie wusste, dass sie mehr wie eine Fußballtrainerin als wie eine Mordkommissarin geklungen hatte; aber so ging sie eben an ihren Job heran, und bisher hatte das meistens gut funktioniert. Manchmal erwischte sie sich beim Verwenden von Ausdrücken, die sie an ihren Vater erinnerten. Er hatte den größten Teil seines Berufslebens als Mannschaftssporttrainer in Highschools gearbeitet, ihr die Grundsätze des Gewinnens und Verlierens eingebläut und sie mit Zitaten von Vince Lombardi und John Wooden angefeuert.

Staatsanwalt Wendell Stamps wartete, bis die anderen den Raum verlassen hatten.

»Was meinen *Sie* dazu?«, fragte er den ebenfalls noch am Tisch sitzenden Henry Moore. »Würde mich bloß interessieren.«

Aber Moore biss nicht an.

»Hunter leitet die Ermittlungen«, sagte er und sah den Staatsanwalt an. Moore war ein bedächtiger Mann Ende fünfzig, mit rötlichem, wettergegerbtem Gesicht. »Ich habe ihren Ausführungen nichts hinzuzufügen.«

Amy versuchte, ein Lächeln zu unterdrücken. Der Staatsanwalt nickte ihr höflich zu, sagte »Sergeant Hunter« und ging hinaus.

6

»Wie wär's mit 'nem Happen zu essen?«

Ben Shipman stand in seiner alten roten Holzfällerjacke und abgetragenen, weißfleckigen Jeans in Amys Tür.

Er ließ sein Schlüsselbund einmal um den Zeigefinger kreisen. »Ich fahre auch.«

Ship war ein untersetzter Mann mit lockigem rötlichem Haar und ernsten blauen Augen. Er war Ende fünfzig, seit vier oder fünf Jahren geschieden und hatte eine Tochter im Teenager-Alter. Manchmal benahm er sich allerdings selbst wie ein Teenager. Heute zum Beispiel trug er unterschiedliche Socken – zwar hatten sie die gleiche Farbe, doch die eine war aus Wolle, die andere aus Nylon –, und er hatte zwei Gürtellaschen an seiner Jeans ausgelassen. Außerdem sah er sehr müde aus; tags zuvor war er nach Baltimore und wieder zurück gefahren, um der gerichtsmedizinischen Untersuchung von Jane Doe beizuwohnen.

Mit einem »Happen zu essen« meinte Shipman McDonald's, eines der zwei Fastfood-Restaurants in Tidewater County. Und für gewöhnlich meinte er damit auch, dass er mit ihr reden wollte.

Als Shipman den Motor startete, dröhnten aus den Lautsprechern die Beatles mit *»Strawberry Fields Forever«*. »Hopsala«, sagte er und schaltete den CD-Player aus. Er hatte zwei CDs im Wagen: *The Beatles 1962–1966* und *The Beatles 1967–1970*. Soweit Amy wusste, war das die einzige Musik, die er hörte.

»Du weißt, was hier läuft, oder?«, fragte er, während er auf die Main Street auffuhr.

»Nein. Was läuft denn?«

»GJ-City, wir kommen.«

»Was ist GJ-City?«

»Grand Jury. Es geht vors große Geschworenengericht.«

»Und für wen?«

»Fallow.«

»Aber Robby Fallow hat nichts mit der Sache zu tun.«

»Ich weiß. Ich mein ja nur.«

Anschließend schwieg Shipman über das Steuer gebeugt. Das Morddezernat fuhr Zivilfahrzeuge, und zwar eher unauffällige. Wenn Ships Mazda ein Anzug gewesen wäre, dann wäre er ihm zwei Nummern zu klein gewesen. Shipman war hier in Tidewater County aufgewachsen, und seine Aussprache hatte Ostküstenanklänge. Er hatte drei oder vier Jahre lang bei der Lokalpolizei für den Sheriff gearbeitet, bevor er es zum Ermittler bei der State Police gebracht hatte, und er war immer noch mit einigen der County-Polizisten befreundet. Durch ihn erfuhr Amy, was die »andere Seite« dachte.

»Erzähl mal«, sagte sie an der ersten der drei Ampeln von Tidewater.

»Also, ich meine – wenn in einer Woche nicht mehr klar ist als heute, ja? Dann berufen sie ein großes Geschworenengericht ein. Hundertpro.«

»Auf welcher Grundlage?«

Shipman zuckte mit den Schultern und beantwortete, wie es seine Art war, eine ganz andere Frage. »Ehrlich, diese Sache macht die ganz kribbelig. Und da dieses Jahr Wahlen sind, wäre es prima für sie, wenn *sie* den Fall lösen würden und nicht wir.«

»Vermutlich.« Amy wartete ab, wohl wissend, dass er fortfahren würde. Ship neigte dazu, ihr mehr als anderen zu erzählen. Anfangs hatte es zwischen ihnen ein paar peinliche Situationen gegeben, weil er ihr vorgeschlagen hatte, dass sie mal »richtig«

zusammen ausgehen sollten. Aber das hatten sie schon lange hinter sich, und inzwischen sah Amy in Ben Shipman eine Art älteren Bruder.

»Wenn es keine wirkliche Lösung des Falles gibt«, sagte er, »dann werden sie sich mit dem Anschein einer Lösung zufriedengeben. Einem ›erwartungsgemäßen Ergebnis‹.«

»Das hört sich nicht gut an.«

»Ich weiß. Ich sag's ja nur. So ist das nun mal.«

Ja, so ist das, dachte Amy und merkte, wie der Zorn in ihr aufstieg. Schweigend fuhren sie am *Blue Crab Diner* vorbei, an Hollands Familienrestaurant, an der weißen Baptistenkirche am Ende der Main Street, dann über das Rinnsal des Jimmy Creek Richtung Highway und durch das kleine Industriegebiet im Norden. Wie bei den meisten ihrer Fälle hatte Amy auch bei diesem den Einsatz bereits in Gedanken erhöht. Zweifellos ging es um mehr als nur darum, einen Kriminellen aufzuspüren – sie musste auch ein düsteres Rätsel menschlicher Triebkräfte entschlüsseln. Sie hatte gehört, dass die Arbeit beim Morddezernat »etwas für Idealisten« sei, schon bevor ihr klar geworden war, was das bedeutete. Nun wusste sie es und versuchte, nicht darüber nachzudenken.

»Was gibt es zu den Zahlen auf ihrer Hand?«

»Nicht viel«, sagte Ship. »Der Staatsanwalt ist offenbar der Ansicht, sie hätten nichts zu bedeuten. Ein Ablenkungsmanöver.«

»Aber zu welchem Zweck?«

»Robby versucht einfach, die Aufmerksamkeit von sich abzulenken.«

Nein. Unmöglich. So dachte Robby Fallow nicht. Amy war überzeugt, dass die Ziffern in der Handfläche etwas anderes waren. Dass sie etwas bedeuteten. Wahrscheinlich waren sie der Schlüssel zum Verständnis des ganzen Falles.

»Es gibt auch noch einen anderen Grund, weißt du?« Ship grinste verlegen, während er die Spur wechselte.

»Und zwar?«

»Viele Leute mögen Robby Fallow nicht. Seinen Vater haben sie zwar respektiert, ihn aber nicht. Viele wären froh, wenn er verschwinden würde. Sie wollen sich aber nicht mit ihm anlegen, denn Robby kann ziemlich stur sein.«

»Ja, ich weiß.« Amy erinnerte sich an ein handgeschriebenes Schild, das er im letzten Winter an einen Baum geschlagen hatte: *Privatgelände. Betreten verboten. Ja, du bist gemeint!*

»Dann wollen sie ihn also auf diese Weise loswerden? Das erscheint mir ziemlich weit hergeholt.«

»Man darf den Sheriff nicht unterschätzen, wenn er erst einmal eine fixe Idee hat. Ich könnte mir vorstellen, dass es so weit kommt. Mal angenommen, sie verständigen sich bei dem Strafverfahren darauf, dass er Tidewater freiwillig verlässt. Der Fall wird klammheimlich fallen gelassen. Wenn er sein Grundstück verkauft, bekommt er vielleicht genug Geld für einen netten kleinen Ruhesitz in Florida oder Carolina für sich und seinen Sohn. Und wenn sie nicht gestorben sind, dann leben sie noch heute.«

»Und der Mörder läuft weiter frei herum?«

»Tja«, sagte Shipman lakonisch. »So viel dann dazu.«

Ship bestellte für sie beide, ohne fragen zu müssen, was Amy wollte: Orientsalat und eine kleine Pommes für sie, Big Mac und eine große Pommes für ihn. Obwohl sie sich ansonsten eher gesund ernährte, hatte Amy eine Schwäche für die Pommes frites bei McDonald's.

Auf der Rückfahrt rief Sonny Fischer an, der andere aus Tidewater stammende Mitarbeiter des Morddezernats. Fisch war in vielerlei Hinsicht das genaue Gegenteil von Ship, er war ein

Sport- und Gesundheitsfanatiker, den schon der Anblick von Fastfood krank machte. Er war auch ein ziemlicher Einzelgänger. Auf ihre Art waren allerdings beide erstklassige Ermittler.

»Seid ihr gerade erst angekommen oder schon wieder auf dem Sprung?«

»Gerade angekommen«, sagte Amy. »Wieso?«

Ship griff nach ein paar Pommes.

»Haben da vielleicht was. Pick-up anhand der Beschreibungen identifiziert.«

»Auf Video?«

»Stück Nummernschild. Überprüfen das gerade.«

»Okay.«

Fischer pflegte zuweilen eine sehr verknappte Ausdrucksweise, die Amy aber zum Glück verstand.

»Was gefunden?«, fragte Ship und warf ihr einen fragenden Blick zu.

»Weiß noch nicht. Vielleicht.«

Vielleicht ist das der Durchbruch, dachte Amy. Wahrscheinlich aber nicht. Ungefähr fünfundneunzig Prozent der Arbeit an Mordfällen erwiesen sich später als Zeitverschwendung. Aber da musste man durch, um zu den übrigen fünf Prozent vorzudringen. Letztendlich war es also überhaupt keine Zeitverschwendung, sondern nur furchtbar mühsam.

7

Der kräftige Mann, der morgens um kurz vor halb drei als einziger Kunde am Tresen saß, aß Pfannkuchen. Da vibrierte das Telefon in seiner Hosentasche; ein Anruf, den er nicht abweisen konnte.

»Gil Rankin.«

»Er will dich sehen«, sagte die vertraute Stimme.

»Ich dachte, es wär alles erledigt.«

»Nein. Einer noch.«

Rankin, dessen Muskeln noch immer vom Gewichtestemmen brannten, blieb keine andere Wahl, als den Anweisungen zu folgen. Noch am gleichen Morgen flog er nach New York City, wo ihn ein Fahrer am Flughafen abholte und zum Kunden fuhr. Diesmal saß er im Hinterzimmer eines Feinkostgeschäfts im Stadtzentrum und aß, vertieft in die Sportseiten der *Daily News*, Pastrami auf Roggenbrot zum Kaffee. Es war ein schlanker, unauffälliger Mann mit silbergrauem Haar und dunklen, verstörenden Augen.

»Ich wünschte, es wäre nicht so weit gekommen«, sagte er zu Rankin. »Keiner von uns hat das gewollt. Aber es muss sein. So ein Verrat – der ist wie faules Obst. Hast du jemals gesehen, dass faules Obst wieder frisch wird?«

»Nein.« Rankin versuchte, seinen Kunden nicht direkt anzusehen, was ihm mehr schlecht als recht gelang. Ihm in die Augen zu schauen fühlte sich an wie ein Blick in die Sonne – den man ja auch besser vermied.

»Nein«, sagte der Kunde. »So etwas gibt es nicht.«

Wie hat es überhaupt dazu kommen können?, fragte sich Rankin in der Limousine auf dem Rückweg zum Flughafen, während er durch den Eisregen hindurch die Stadt betrachtete. Schwer zu sagen. Er hatte im Laufe der Jahre für viele hochkarätige Kunden gearbeitet, für Typen jeder Couleur. Aber vor zehn Jahren hatte sich die Liste seiner Kunden auf einen reduziert. Und dabei war es geblieben. Er bekam jetzt unregelmäßig Aufträge, die aber immer sehr gut bezahlt wurden. Ansonsten konnte er machen, was er wollte. Für jemanden, der es bevorzugte, bei Dunkelheit zu arbeiten, hatte er sich sein Leben ganz gut eingerichtet. Er war mit einer schönen, intelligenten, aus Puerto Rico stammenden Frau verheiratet, mit der ihn auch eine tiefe Freundschaft verband. Sie lebten auf einem tausendfünfhundert Quadratmeter großen Grundstück am Meer, in einem Haus im spanischen Stil, das für sie bezahlt wurde, mit Dienstboten und allem Drum und Dran. Einer ihrer Söhne ging zur Grundschule, der andere besuchte die Mittelstufe. Manchmal machten sie mit der ganzen Familie Bootstouren im Golf von Mexiko – es gab nichts, was Rankin glücklicher machte als so ein gemeinsamer Ausflug.

Nur auf eines musste er verzichten – auf den Luxus, Nein zu sagen. Das war die Abmachung: Du bearbeitest deine Aufträge, du weißt, dass du reichlich dafür entlohnt wirst, du stellst keine Fragen, und dein Kunde sorgt für dich. Und Rankin machte seine Arbeit gut. Das war der Grund, warum er es so weit gebracht hatte.

Der jetzige Auftrag war bei Weitem der merkwürdigste, den der Kunde ihm je erteilt hatte. Aber eine große Verlockung war damit verbunden: Es würde sein letzter Auftrag sein, wenn Gil Rankin es so wollte. Das bedeutete, dass er anschließend seiner Wege gehen konnte, mit Millionen von Dollars in der Tasche, ohne sich ein einziges Mal umzusehen. Sein ganzes Leben lang hatte er einen Satz im Ohr gehabt: Jeder wird irgendwann erwischt. Das stimmte zwar nicht zu hundert Prozent, aber doch annähernd. Rankin hatte enorm erfolgreiche Leute kennengelernt, die nun in einer acht Quadratmeter großen Gefängniszelle lebten – weil sie das Spiel zu lange gespielt hatten und unvorsichtig geworden waren, oder weil sie mit verwanzten Kunden zusammengearbeitet hatten. Rankin hatte sich immer gewünscht, als Gewinner abzutreten, wie Rocky Marciano.

Jetzt fuhr er also erneut nach Maryland, um seinen Auftrag endgültig abzuschließen. Er musste ins verschlafene Tidewater zurückkehren, in das Haus, das der Kunde ihm gemietet hatte. Der Rest war seine Sache. Der letzte Teil seines Auftrags bestand einfach nur darin, Jackson Pynne auszuschalten, bevor er reden würde. Der Kunde hatte gesagt, Pynne würde es ihm wahrscheinlich leicht machen. Vielleicht befand er sich in eben diesem Moment auf direktem Weg zurück zum Tatort.

8

»Was hältst du von Krebssuppe und selbst gebackenem Maisbrot?«, fragte Charlotte.

»Mmm.«

»Gut. Sonst gibt's nämlich heute nichts.«

Sneakers hob den Kopf und wedelte mit dem Schwanz, als Luke die Rose hinter dem Rücken hervorzog und sie Charlotte überreichte. Bei seinem Begrüßungskuss umwehte ihn eine angenehme Mischung aus Body Lotions, Gewürzen und Maisbrot. Klassische Klaviermusik kam aus dem Arbeitszimmer.

Luke holte eine Flasche Wasser aus dem Kühlschrank, lehnte sich an die Küchentheke und betrachtete Charlotte. Ihr Häuschen war offiziell ein Pfarrhaus und gehörte der Kirche, aber es war ihr gelungen, das muffige und rustikale Gebäude in etwas ganz anderes zu verwandeln. Jetzt glich es eher einer Pension im neuenglischen Stil, geschmückt mit kleinen Antiquitäten und allerlei nautischem Schnickschnack.

Charlotte stellte die Musik etwas leiser.

»Wenn ich raten müsste, würde ich sagen: eines der späten Beethoven-Quartette.« Luke trank einen Schluck Wasser.

»Na, dann ist es ja gut, dass du nicht raten musst«, sagte Charlotte.

»Brahms?«

»Ravel.«

»Na ja, ist nah dran.«

Sie warf ihm nur einen vielsagenden Blick zu und servierte ihnen die Suppe. Obwohl sie als Autorin und Historikerin zu

Hause arbeitete, machte sich Charlotte jeden Morgen sorgfältig zurecht, als würde sie den Tag in einem Büro voller Kollegen und nicht mit einem Labrador-Retriever-Mischling verbringen, dem das ziemlich egal war. Das war nur an den Tagen anders, an denen sie ehrenamtlich bei der Tierschutzgesellschaft arbeitete. Heute trug sie graubraune Hosen und einen olivgrünen Pullover. Ihr aschblondes Haar hatte sie lose hochgesteckt.

»Was hast du heute so getrieben?«, fragte sie.

»Ich habe versucht, so zu tun, als wäre es ein normaler Tag.«

»Und, hast du's geschafft?«

»Nicht so richtig.«

»Deine Fans haben angerufen.«

»Das hatte ich befürchtet.«

»Keine Angst. Ich habe den Hörer danebengelegt.«

Charlotte musterte ihn aufmerksam, als er um den Tisch herumging.

»Humpelst du?«

»Nein, mir geht's gut. Ich habe mir nur vorhin im Büro das Knie angehauen.«

»Ach so.« Sie stellte das Essen auf den Tisch, und Sneakers machte es sich neben ihrem Stuhl gemütlich. Er blieb meist in Charlottes Nähe. Luke war und blieb für ihn, trotz seiner Zuneigung zu dem Hund, eine Art Aushilfsherrchen.

»Wie war dein Treffen mit der Kommissarin?« Sie sah Luke aus ihren hellblauen, intelligenten Augen an. »Hast du was erfahren?«

»Ein bisschen was.« Er berichtete beim Essen von dem Treffen mit Amy Hunter. Luke erzählte Charlotte alles. Am vorherigen Abend hatten sie an genau dem gleichen Ort zusammengesessen und sich über mögliche Erklärungen für die Vorfälle in der Kirche den Kopf zerbrochen. Heute klangen sie alle falsch. Alles klang heute falsch.

»Das Essen ist sehr lecker«, sagte er. Charlotte lächelte höflich; er merkte, dass sie mehr zu hören erwartete. Sie hatten einander immer gut ergänzt – Charlotte stammte aus einer wohlhabenden Familie in Washington, D.C., Luke hingegen kam aus Mittelschichtverhältnissen und war in verschiedenen Städten im ganzen Land aufgewachsen. Charlotte hatte allerdings auch eine rebellische Seite, sie war oft mit ihrem berühmten Vater über politische Themen in Streit geraten, bevor sie beide vor einigen Jahren eine Art Waffenstillstand geschlossen hatten. Ihr einziger Bruder Nelson war umgekommen, als sie zehn gewesen war; ein Thema, über das Charlotte und ihre Eltern nach wie vor nur ungern sprachen. Sie hatte eine Innerlichkeit, die Luke nach wie vor faszinierte. Wenn ihr danach war, konnte sie sehr gesellig sein, aber genauso gut konnte sie auch längere Zeit für sich sein.

»Weißt du, was komisch ist?«, fragte er, weil sie ihn immer noch ansah. »Ich glaube, ich habe heute auf dem Heimweg Jackson Pynne gesehen.«

»Wirklich?«

»Ja, ein Stück weiter draußen. Er ist in einem silbernen Pickup an mir vorbeigefahren.«

Charlotte hob interessiert den Kopf. »Bist du dir sicher, dass er es war?«

»Nicht hundertprozentig. Allerdings haben wir uns im Vorbeifahren kurz angesehen, und anscheinend hat er mich erkannt.«

»Das solltest du der Detektivin sagen.«

»Ja, ich weiß.« Er lächelte, unsicher, ob sie sich mit ihrer Wortwahl über Amy Hunter lustig machen wollte.

»Ich werde es ihr sagen.«

Ihr Blick verweilte auf ihm, während sie weiteraß. »Er hat ja immer wer weiß was von dir gehalten.«

»Jackson?«

»Natürlich. Er war überzeugt, du könntest sein Leben in Ordnung bringen.«

»Manchmal überschätzen die Leute mich eben.«

»Ich nicht.« Sie warf ihm einen verschmitzten Blick zu. »Und *du* tust das auch nicht. Darauf kommt es doch an.«

Sneakers hob plötzlich den Kopf, so als sei ihm eingefallen, dass er beim Einkaufen etwas vergessen hatte. Im nächsten Moment schlief er wieder ein.

»Darlene vom College hat angerufen«, sagte Charlotte.

»Deine gelegentliche Freundin.«

»Ja.«

»Dann war das wohl eine Gelegenheit.«

»Sie hat gehört, dass der Mord etwas mit der Abstimmung über die neue Kirche zu tun hätte. Und mit den Nayaks. Irgendjemand im Büro hat das behauptet. Sie wollte wissen, ob es wahr ist.«

»Und du hast gesagt …?«

»Ich musste lachen. Ich konnte nicht anders.«

»Gut. Eine angemessene Antwort«, fand Luke.

Amy Hunter hatte ebenfalls danach gefragt, ob die Diskussion um den Neubau etwas mit dem Mord zu tun haben könnte. Die Gemeinde war geteilter Meinung darüber, ob das neue Kirchengebäude auf dem gleichen Gelände erbaut oder ob das Grundstück zugunsten eines anderen verkauft werden sollte. Frank Nayak jr., von den Älteren auch der »Kleine Frank« genannt, hatte angeboten, die Kirche zu kaufen und ein großes, weiter von der Küste entferntes Stück Land für den Neubau zu stiften. Die Kirche als »nicht gewinnorientiertes Unternehmen« sei, so der Kleine Frank, kein angemessener Nutzer für das jetzige Grundstück.

»So wie die Mafia, die einem als Warnung einen toten Fisch auf die Veranda legt«, meinte Charlotte. »Vielleicht war es etwas in der Art.«

»Dass sie eine Tote hinterlassen?«

»Vielleicht.«

»Wen sollten sie denn warnen wollen?«

Sie sah ihn mit ihrem tiefen Was-denkst-du-denn-wohl-Blick an.

»Die Kirche gehört doch nicht mir.«

»Nein. Aber du hast eine Meinung. Und du bist das Gesicht der Kirche, oder?«

»Ich bin nur das Sprachrohr der Kirche.«

»Sozusagen.«

»Aber meine Meinung entspricht der der Mehrheit in der Gemeinde – wir sollten das Grundstück behalten. Natürlich hängt das ohnehin nicht von mir ab. Der Bischof, der Betriebs- und der Gemeinderat treffen solche Entscheidungen.«

»Mich musst du davon nicht überzeugen.«

Luke lächelte. Er ließ seine Gedanken schweifen, während er die Suppe aß. Zurück zu dem Traum. Zurück zum Hospiz und zu Millies kindlichem Lächeln. Zurück zum Gespräch mit Amy Hunter. *Wir werden den Fall schon lösen*.

Als er aufgegessen hatte, fiel ihm zu seiner Überraschung auf, dass Charlotte ihn schon wieder kritisch musterte.

»Lass mich raten. Du denkst doch nicht über diese Zahlen nach, oder?«

»Doch.«

Und tatsächlich hatte er mit einem Mal eine ziemlich klare Vorstellung davon, was die Zahlen in Jane Does rechter Hand bedeuteten.

9

Ben Shipman parkte auf einem der neun für die State Police reservierten Stellplätze vor dem Verwaltungsgebäude, in dem Amy Hunter, Fisch und Ship hinter dem Empfangsbereich drei nebeneinanderliegende kleine Büros hatten. Amy und Ship legten ihre Essenstüten auf Amys Schreibtisch.

»Fertig?«, fragte sie vor Shipmans Tür.

Er rieb sich die Hände.

»Dann mal los!«

Ship ging mit dem ihm eigentümlichen, linkischen Schritt vorweg und wischte die Hände erneut an seiner roten Holzfällerjacke ab.

Fisch saß aufrecht vor zwei Monitoren, in schwarzem T-Shirt und gebügelter Jeans. Er drehte sich zu ihnen um und rümpfte die Nase; der Fastfood-Geruch haftete ihnen offenbar noch an.

»Tut mir leid«, sagte Amy mit einem schuldbewussten Blick auf ihre Hände. Shipman hielt die seinen sogar hinter dem Rücken versteckt.

Fischer war ein großer, elegant aussehender Mann, halb kubanischer und halb afroamerikanischer Abstammung und in Miami geboren. Er aß überhaupt kein Imbisszeug und hatte immer Vitamine, Obst und Eiweißriegel auf seinem Schreibtisch bereitliegen. Damit war er unter Polizisten eine Ausnahmeerscheinung, zumindest, was die Mordermittler anging. Aber er war auch einer der eifrigsten und diszipliniertesten Kriminalpolizisten, mit denen Amy je zusammengearbeitet hatte. Sie konnte ihn sehr gut leiden, auch wenn er ihr in mancher Hinsicht stets ein Rätsel blieb. Ship hatte ihr gegenüber mehrmals behauptet, Fischer sei schwul, was sie allerdings für pure Spekulation hielt.

»Was gibt's?«, fragte Amy.

»Pick-up. Passt zur Beschreibung.«

Fischer öffnete eine Datei auf dem Bildschirm und drückte einige Tasten. Amy betrachtete das Spiel der Muskeln in seinem sehnigen Unterarm.

»Schlechte Auflösung«, sagte er. »Texaco Highway 50. Dienstagmorgen, 8 Uhr 37.«

Ungefähr eine Stunde nachdem Pastor Bowers die Leiche gefunden hat.

Amy und Shipman schauten sich die kurze Filmsequenz an, wobei sie rücksichtsvoll Abstand hielten. Ein silberner Dodge-Ram-Pick-up hielt an einer Tankstelle. Die Fahrertür öffnete sich. Ein großer Mann mit Mantel und Baseballmütze stieg aus und griff nach der Zapfpistole. Er drehte den Kopf zur Seite, als wollte er vermeiden, dass die Kamera sein Gesicht festhielt.

»Könnte was sein, vielleicht aber auch nicht«, sagte Fischer. Sie sahen sich die Szene noch einmal an. Diesmal bemerkte Amy, dass man einen Teil des Nummernschilds sehen konnte.

»Kannst du das Bild anhalten? Ist das eine Nummer aus Delaware?«

»Hab ich schon. Letzte Zahl fehlt. Aber Delaware.«

»Was hat dein Zeuge gesagt?«

»Mr Charles? Glaubt, das war es, ist sich aber nicht sicher.«

»Dann sollten wir es rausgeben«, meinte Amy. »Hast du es mir schon als E-Mail geschickt?«

»Schon passiert.«

»Prima. Gute Arbeit.«

Amy und Shipman gingen in Amys Büro eine Tür weiter. Sie nahmen ihr Mittagessen ein, Amy an ihrem Schreibtisch, Shipman am Arbeitstisch. Ship schlang, als müsse er unbedingt als

Erster fertig werden, und redete irgendetwas über den Fall. Amy genoss ihr Essen, vor allem die Pommes.

»Du solltest nicht so schnell essen«, sagte sie.

»Hm.«

»Im Ernst.«

»Ja. Hast ja recht.« Es hörte sich an wie »Hasserech«.

Er aß dennoch im selben Tempo weiter. Wenn Ship einmal in Fahrt gekommen war, konnte ihn nichts bremsen. Nachdem er in sein eigenes Büro zurückgekehrt war, sah sich Amy die Tankstellenszene noch einmal in Zeitlupe auf ihrem eigenen Computer an, während sie in den Resten ihres Salats herumstocherte. Etwas an der Körperhaltung des Mannes kam ihr bekannt vor. Er erinnerte sie an einen Schauspieler, an jemand Berühmtes, aber sie wusste nicht, an wen. Sie ließ das Video erneut laufen.

In dem Moment traf sie eine Wolke von Polo-Aftershave, und sie blickte auf.

Staatsanwalt Wendell Stamps stand in ihrer Tür und beobachtete sie mit ausdrucksloser Miene. Wie immer trug er einen maßgeschneiderten Anzug, diesmal in Marineblau mit weißen Nadelstreifen.

»Haben Sie da etwas Neues?«

»Orientsalat«, sagte Amy. »Möchten Sie ein paar Pommes frites?«

Er presste die Lippen aufeinander, als hätte sie ihn zum Puppenspielen eingeladen. »Ich meine bezüglich des Falles. Was Neues?«

»Nicht viel.« Amy nickte in Richtung Bildschirm. »Das Bild eines Pick-ups, der zur Beschreibung eines Fahrzeugs passt, das gestern auf dem Parkplatz vor der Kirche gesehen wurde, ungefähr eine Stunde bevor der Pastor dort eintraf.«

Sie wischte sich das Fett von den Fingern und drehte den Monitor so, dass der Staatsanwalt die Digitalbilder sehen konnte.

Er pflanzte sich schnaufend auf eine Ecke ihres Schreibtisches, wahrte aber seine teilnahmslose Miene. Stamps war ein großer, breitschultriger Mann mit bleichem Teint. Alle Stamps waren groß und hellhäutig. Seine beiden Töchter waren die Sportskanonen an der hiesigen Highschool.

»Hm«, kommentierte er die Aufnahme. »Etwas dürftig, oder?«

»Nun ja, das wissen wir noch nicht.«

»Erzählen Sie's mir noch einmal.«

»Was denn genau?«

Mit einer Kopfbewegung deutete er auf ihren Monitor. Stamps' Blick wurde manchmal glasig, wenn andere etwas erklärten, aber er bekam immer mit, worum es gerade ging, sodass er nötigenfalls auf das Thema zurückkommen und eine nochmalige Erläuterung verlangen konnte.

Gemeinsam sahen sie sich an, wie der Mann an die Zapfsäule ging und dabei den Kopf einzog.

»Er kommt mir irgendwie bekannt vor«, meinte Amy.

»Ja, mir auch.« Stamps seufzte vielsagend. In der Tür drehte er sich noch einmal um. »Und, sagen Sie, haben Sie schon etwas mit den Zahlen anfangen können? Diesen Ziffern auf ihrer Hand?«

»Noch nicht.« Sie hob den Kopf und sah ihm in die Augen. Zweifellos hatte der Sheriff die Angelegenheit bereits mit ihm besprochen. »Wir könnten sie heute Nachmittag oder morgen an die Agenturen schicken.«

»Kann das noch ein oder zwei Tage warten?« Er kam wieder einen Schritt näher und sprach nun im Flüsterton: »Ich sage das nur, weil es da etwas gibt, worüber der Sheriff mit uns reden möchte. Er hat darum gebeten.«

»Mich hat er nicht darum gebeten.«

»Nein, ich weiß.«

Amy spürte die Wut in sich aufsteigen. Sie hatte vier Nachrichten für Sheriff Calvert hinterlassen und war zweimal zu seinem Büro in der Innenstadt gefahren, nur um sich sagen zu lassen, er sei nicht da. Aber da sie dem Staatsanwalt ihren Ärger nicht zeigen wollte, lächelte sie.

»Ich weiß nichts Genaues«, sagte Stamps. »Anscheinend hat irgendjemand irgendwas gesehen, will aber nur mit dem Sheriff sprechen?« Er betonte den Satz so, dass er wie eine Frage klang.

»Hat das zufällig etwas mit Robby Fallow zu tun?«

»Möglicherweise. Ich weiß es wirklich nicht.«

»Ich werde mit dem Sheriff sprechen«, sagte Amy. »Falls er über neue Informationen verfügt, muss er sie natürlich hier an mein Büro melden.«

Der Staatsanwalt hob beschwichtigend die Hände.

Amys Telefon klingelte.

»Wir reden später weiter«, sagte Stamps.

Sie nickte, holte tief Luft und nahm den Hörer ab. »Hunter.«

»Luke Bowers hier.«

»Oh, hallo.«

»Ich glaube, ich hab's.«

»Wie bitte?«

»Die Zahlen. Ich glaube, ich weiß, was sie bedeuten.«

»Ach.« Sie blickte dorthin, wo eben noch der Staatsanwalt gestanden hatte. »Fabelhaft.«

10

Das neue Verwaltungsgebäude unterschied sich wie die Nacht vom Tage von der nun zum Abriss freigegebenen alten Backstein-Polizeiwache auf der Main Street, in die jeder problemlos hatte hineinspazieren können: normale Bürger, Kriminelle, Verrückte – alle möglichen Leute waren dort unkontrolliert herumgelaufen. Im Eingangsbereich des neuen Gebäudes hingegen musste man zuerst einen Metalldetektor passieren, um anschließend ein gläsernes Vorzimmer mit vier Überwachungskameras zu betreten. Dort meldete einen ein Wachmann an und stellte einem einen Besucherpass aus, während man auf seine Begleitperson wartete. Alles roch nach neuem Plastik und Putz.

Amy begrüßte Luke mit ihrem professionellen Händedruck und führte ihn einen langen Flur entlang. In ihrem Büro bedeutete sie ihm, Platz zu nehmen. Luke legte seine alte Bibel auf ihren Schreibtisch. In ihrem Zimmer roch es seltsam, fand er, irgendwie nach Pommes frites.

Er machte eine schnelle Bestandsaufnahme: An einer Pinnwand hingen Tabellen und ausgedruckte Fotos sowie ein mit kleinen Druckbuchstaben beschrifteter Zeitstrahl. Drei PCs standen auf ihrem Schreibtisch. Ihm gefiel die nüchterne Zweckmäßigkeit des Raums, die zu ihrer Direktheit passte. Die einzigen beiden persönlichen Fotos zeigten eine schwarz-weiße Katze und zwei Personen, die vermutlich ihre Eltern waren und steif an einem Wasserfall standen. Das Bild sah aus, als sei es bereits einige Jahre alt. Luke fragte sich, ob ihre Eltern wohl noch am Leben waren und ob Amy viel Zeit für ein Privatleben blieb. Wahrscheinlich nicht.

An der unteren Kante der Pinnwand war ein ungefähr mit Schriftgröße zwanzig ausgedruckter Spruch angebracht: *Wenn du dasselbe wie immer tust, wirst du auch dasselbe wie immer erreichen.*

»Das gefällt mir.« Er deutete mit einer Kopfbewegung auf den Sinnspruch. »Ist das von Sophokles?«

Sie sah an die Pinnwand und errötete leicht.

»Von Tony Robbins.«

»Dem Ratgeberautor? Das wäre mein zweiter Tipp gewesen. Tut mir leid.« Es tat ihm wirklich leid; er sah sie zerknirscht an. Das war genau die Art von Sätzen, die Luke gelegentlich in seinen Predigten verwendete, denn leider sprachen viele Menschen besser auf ermutigende Sprüche an als auf Bibelzitate.

»Also.« Sie runzelte die Stirn, um zum Thema überzuleiten. »Sie meinen zu wissen, was die Zahlen bedeuten?«

»Ich habe da eine Idee. Ich bin wegen der Sache mit ihren Armen und Beinen darauf gekommen. Dass sie gebrochen waren, meine ich.«

»Obwohl das noch geheim ist.«

»Genau.«

»Okay.« Sie beugte sich vor und klatschte in die Hände. »Also, was bedeutet fünf-eins-eins-null?«

»Es ist ein Bibelvers.«

Sie warf einen Blick auf die alte Bibel, die er auf ihren Schreibtisch gelegt hatte.

»Im Alten Testament gibt es nur drei Bücher mit mindestens einundfünfzig Kapiteln. Die Psalmen, Jesaia und Jeremiah. Keines der Bücher des Neuen Testaments kommt infrage, denn dort sind das Matthäus-Evangelium und die Apostelgeschichte die längsten, und die haben jeweils nur achtundzwanzig Kapitel.«

»Okay.« Neugier leuchtete in ihren Augen auf.

»Dadurch wird die Auswahl erheblich eingeschränkt. Ich habe beide Stellen nachgeschlagen, und eine scheint zu passen: Psalm 51, Vers 10. Natürlich nur, falls das ›i‹ eigentlich einen *Doppelpunkt* darstellt.«

Er öffnete die Bibel an der Stelle mit dem Lesebändchen und schob sie ihr über den Schreibtisch hinweg zu. Amy beugte sich vor und stützte beide Ellenbogen auf der Bibel ab. Sie fand Psalm 51, und schließlich auch Vers 10.

Sie las die Zeile zunächst leise und rezitierte sie dann laut: *»Lass mich hören Freude und Wonne, dass die Gebeine fröhlich werden, die du zerschlagen hast.«*

Sie blickte auf. »Aha«, sagte sie nüchtern. »Klären Sie mich auf. Worum geht es in Psalm 51?«

»Es ist ein Bußgebet«, sagte Luke. »Einer der bekannteren Psalmen. König David brachte so seine Reue über seine Affäre mit Bathsheba und das Schicksal ihres Ehemanns Uriah zum Ausdruck, den er in den Krieg geschickt hatte, damit er dort getötet werde. Im Grunde sagt er: Ich habe etwas Unrechtes getan, ich habe gesündigt, vergib mir.«

»König David.«

»Ja.«

Amy sah wieder auf die Bibel. »Ist das derselbe David wie der von David und Goliath?«

»Ja, genau der. Goliath ist eine Geschichte aus seiner Jugendzeit. Bevor er sich in die Wildnis zurückzog. Vermutlich stammen mehr als die Hälfte der hundertfünfzig Psalmen von David. Das ist in der Forschung allerdings umstritten.«

»Aha.« Sie sah ihn erneut an. »Wenn das eine Botschaft sein soll, dann hat sie also etwas mit Reue zu tun, nicht wahr?«

»Das wäre eine mögliche Interpretation. Natürlich kann es auch etwas ganz anderes sein.«

Sie las den Text noch einmal und schob ihm dann das Buch wieder zu. Luke sah ihr an, dass sie nicht ganz überzeugt war. »Haben Sie eine Idee, warum jemand die Nummer eines Psalmverses in die Hand dieser Frau geritzt haben könnte?«

»Nein.«

»Na gut.« Sie verschränkte die Hände. »Vielen Dank für diese Information, Pastor. Ich werde mich bei Ihnen melden, falls wir noch Fragen haben.«

Luke musste an sich halten, um nicht über ihren plötzlich so förmlichen Tonfall zu schmunzeln. »Geht in Ordnung«, sagte er. »Aber könnte ich vielleicht noch einmal das Thema wechseln?« Amy nickte. »Es gibt noch eine andere Sache, die ich Ihnen mitteilen wollte. Vielleicht hat es nichts zu bedeuten, aber ich musste meiner Frau versprechen, es Ihnen zu sagen.«

»Bitte, nur zu.«

»Heute Mittag bin ich aus der Stadt rausgefahren, auf dem Rückweg vom Hospiz. Als ich an dem Stoppschild am Goose Creek Crossing ankam, habe ich in einem von Süden kommenden Auto einen Bekannten von früher gesehen. Genau genommen jemanden, der früher in der ganzen Gegend bekannt war. Jackson Pynne. Wissen Sie, wer das ist?«

Mit einem Mal wirkte sie hochinteressiert. »Ja. Er hat einige große Bauprojekte geplant, die nie umgesetzt wurden. Die Tidewater-Landungsbrücken? Das *Jackson's*-Restaurant?«

»Ganz genau.«

»Und warum sollte das von Interesse sein?«

»Ach, ich weiß auch nicht. Mir ist nur wieder eingefallen, dass es da eine Art geflügeltes Wort gibt: ›Immer, wenn Jackson Pynne in die Stadt kommt, geschieht etwas Seltsames.‹ Und diese Woche ist zweifellos etwas Seltsames geschehen.«

Amy runzelte die Stirn.

»Es kam mir einfach komisch vor«, sagte er. »Soviel ich weiß, ist er mehrere Jahre lang nicht mehr hier gewesen. Ich glaube, er hat immer noch Feinde in der Stadtverwaltung. Ich weiß auch nicht.« Luke konnte es förmlich in ihrem Kopf rattern sehen. Aus irgendeinem Grunde interessierte diese Information sie mehr als der Psalm. Mehr, als er gedacht hätte.

»Mit was für einem Fahrzeug war er unterwegs?«

»Mit einem Pick-up. Einem Dodge Ram, glaube ich.«

»Silbern?«

»Ja, silbern. Woher wissen Sie das?«

Sie griff nach einem braunen Ordner und reichte ihm das ausgedruckte Foto eines an einer Tankstelle stehenden Pick-ups. »Sah er so aus?«

»Ja, ich denke schon. Wo kommt das her?«

Sie zeigte ihm noch ein Foto, auf dem ein Mann beim Tanken zu sehen war, der einen dunklen Mantel trug und seine Baseballmütze tief ins Gesicht gezogen hatte.

»Ist das Jackson Pynne?«

»Also, ich glaube – schwer zu sagen, aber, ja, sieht so aus, als wäre er das.«

»Haben Sie eine Ahnung, weshalb er hier gewesen sein könnte? Oder wie wir ihn erreichen können?«

»Nein, leider nicht. Weder das eine noch das andere.« Er überlegte. »Warum? Wo kommt das Foto denn her?«

»Das muss unter uns bleiben, ja? Dieses Bild passt zur Beschreibung eines Pick-ups, der am Dienstagmorgen auf der Straße zur Kirche gesehen wurde. Ungefähr eine Stunde bevor Sie Jane Doe gefunden haben.«

»Oh.«

»Ganz genau.«

Sie rief auf einem ihrer Monitore eine Landkarte auf und bat Luke, ihr zu zeigen, wo genau er unterwegs gewesen war und in welche Richtung Jackson Pynne gefahren war. Luke fühlte sich wie benommen. Er wusste, worauf das hinauslaufen würde. Sein Instinkt sagte ihm, dass sein alter Bekannter nichts mit dem Kirchenmord zu tun hatte, auch wenn er nicht das Geringste über Pynnes Lebenswandel in den letzten Jahren wusste.

Anschließend gingen sie schweigend in die Lobby hinunter, als bewegten sie sich in voneinander getrennten Dimensionen. Im gläsernen Vorraum begriff Luke, dass es an der Zeit war, sich zu verabschieden, und fragte Amy: »Es gibt wohl immer noch keinen Hinweis darauf, um wen es sich bei der Frau handelt, oder?«

»Nein.«

»Wahrscheinlich werden manche Leichen nie identifiziert.«

»Jährlich Tausende, fürchte ich.«

»Darf ich Ihnen noch etwas sagen?«, fragte Luke.

»Bitte.«

»Ich habe das komische Gefühl«, sagte er, »dass die in ihre Hand eingeritzten Zahlen, falls es sich bei ihnen um eine Nachricht handelt, nicht die einzige Botschaft waren. Mit anderen Worten: Ich glaube, dass das alles in einem größeren Zusammenhang steht.«

Doch als er sich reden hörte, wurde ihm klar, dass er sich eigentlich nur einreden wollte, dass Pynne nicht der Täter sein konnte.

Die Art, wie sie ihn ansah, vermittelte ihm erneut den Eindruck, dass jemand viel Älteres in Amy Hunters Haut steckte.

»Wie kommen Sie darauf?«, fragte sie.

»Ach, ist nur so ein Gefühl.«

»Na gut.« Amy nickte. Er war überzeugt, dass ihr noch etwas auf der Zunge lag, aber sie bedankte sich nur noch einmal, drehte sich um und ging.

Amy Hunter suchte in den Datensätzen der Kfz-Zulassungsstelle nach Jackson Pynne. Zwei Minuten später hatte sie das Nummernschild des Pick-up gefunden. In der nächsten halben Stunde durchsuchte sie weitere Datenbanken nach Pynne, wobei sie auf einen in Delaware ausgestellten Führerschein, eine Adresse in Newark sowie auf in seinem Besitz oder Mitbesitz befindliche Firmen in Delaware, Florida und Maryland stieß. Ein weiteres Fahrzeug war auf seinen Namen gemeldet, ein weißer Audi von 2009, und drei Autos auf seine Firma *Bay Forest Development*, die Immobilien in diversen Bundesstaaten besaß, darunter auch ein Stadthaus in Tidewater County.

Sie fand auch heraus, dass Jackson Pynne vor sieben Jahren in Rehoboth Beach, Delaware, wegen Trunkenheit am Steuer angeklagt worden war und 2006 in Boca Raton wegen häuslicher Gewalt. Die zweite Anzeige wurde nach einer außergerichtlichen Einigung zurückgezogen.

Sie überflog noch einmal die Zeugenaussagen, die der Sheriff am Dienstagabend von seinen Leuten hatte aufnehmen lassen, und fand die beiden Nennungen des silbernen Pick-ups. *Das muss es sein.*

Sie gab eine Fahndungsmeldung auf das Nummernschild heraus. Die Wagen der Landespolizei waren mittlerweile alle mit einem Nummernschildscanner ausgestattet, der automatisch die Kennzeichen vorüberfahrender Fahrzeuge fotografierte. Diese Geräte konnten bis zu eintausendachthundert Kennzeichen in der Minute erfassen und mit Registereinträgen und Datenbanken abgleichen.

Jackson Pynne.

Pynne mit zwei ›n‹. *Was ist das überhaupt für ein komischer Name?*

Amy durchforstete erst die Datenbank des FBI und suchte dann im Internet nach dem Namen Pynne. Es gab eine Schwester in Anne Arundel County, zumindest hatte es sie einmal gegeben, eine aktuelle Telefonnummer konnte Amy jedoch nicht finden. Und auch für Jackson Pynne existierte im ganzen Land keine derzeit gültige Telefonnummer. Anscheinend gab er sich alle Mühe, sich bedeckt zu halten.

Sie blickte hinaus auf den Parkplatz und verspürte einen Adrenalinschub. Seitdem man sie am Dienstagmorgen zur Kirche geschickt hatte – *nachdem* man den Sheriff verständigt hatte –, war sie ganz im Bann dieses Falles. Sie wachte mitten in der Nacht auf, und ihr Gehirn begann zu rattern. In den zwei Jahren, die sie jetzt schon in Tidewater County arbeitete, hatte ihre Aufgabe stets darin bestanden, alte Fälle aufzuarbeiten oder bei Fällen anderswo im Bundesstaat auszuhelfen. Das hier war der erste Mord in ihrem eigenen Hinterhof. Sie würde nicht zulassen, dass man ihn ihr entriss.

Vielleicht war es ja nicht die einzige Botschaft.

Ich glaube, dass das alles in einem größeren Zusammenhang steht.

Schon seit sie den Tatort besichtigt hatte, dachte Amy dasselbe. Dieser Fall hatte mehr als nur einen Haken. Und der größte war vielleicht, dass er nicht das war, wofür sie ihn hielten. Alle gingen davon aus, dass es sich um einen Einzelfall handelte. Was, wenn das nicht zutraf?

11

In den umliegenden sechs Bundesstaaten hatte es im vergangenen Monat insgesamt sieben nicht identifizierte Leichen gegeben. Auf Amy Hunters Schreibtisch lag ein Ordner mit all diesen Jane-/John-Doe-Fällen. Fischer hatte zu Ermittlern in drei der Bundesstaaten Verbindung aufgenommen, dabei aber noch nichts Brauchbares in Erfahrung gebracht. Er konnte sich ebenfalls vorstellen, dass der Täter von Tidewater auch anderswo getötet hatte. Shipman war anderer Meinung, allerdings war er zu höflich, um das laut auszusprechen. Anscheinend hatte er die Version des Sheriffs geschluckt, der zufolge ihre Jane Doe eine Edelprostituierte aus Baltimore oder Washington gewesen war. Irgendjemand habe sie sich bestellt, wahrscheinlich übers Internet, sie dann umgebracht, nach Tidewater County gefahren und ihre Leiche in der Kirche abgeladen. Amy hatte den Eindruck, dass diese Geschichte nur deshalb ansatzweise glaubwürdig wirkte, weil sie so oft wiederholt wurde.

Fisch hatte keine Hinweise auf vermisste Edelprostituierte gefunden, und keine der annoncierenden Damen entsprach der Beschreibung nach ihrer Jane Doe. Außerdem kam es Amy unwahrscheinlich vor, dass so eine Frau in Tidewater landen würde, geschweige denn auf einer Kirchenbank.

An vier der John/Jane Does war nichts Ungewöhnliches. Ein Mann und eine Frau waren aus einem Fluss gezogen worden; zwei Frauen, eine jung, die andere etwas älter, hatte man sexuell missbraucht und in einem abgelegenen Waldstück liegen gelassen. Die anderen drei Fälle jedoch zeichneten sich durch absonderliche, für solche Fälle untypische Details aus. Die nahm Amy genauer unter die Lupe.

In einer kleinen Gemeinde in Delaware, etwa anderthalb Stunden nördlich von Tidewater gelegen, war vier Tage vor der Entdeckung des Kirchenmords ein Wachsfigurenkabinett in einem Ladengeschäft durch Brandstiftung zerstört worden. Eine Frau, wahrscheinlich Mitte vierzig, war in den Flammen umgekommen, zwischen den geschmolzenen Figuren von George Washington, Abraham Lincoln, Batman, Wonder Woman und Elvis Presley.

Vier Tage davor war in West Virginia eine Frau Ende dreißig, eingewickelt in Folie und mit Klebeband verschnürt, auf dem Grund einer dreihundertfünfzig Quadratmeter großen Müllgrube gefunden worden.

Und in Central Virginia war im Wald neben einer Landstraße die Leiche eines Mannes gefunden worden. Die Todesursache waren mehrere Schüsse in die Brust, sein Körper war jedoch darüber hinaus verstümmelt: Nach seinem Tod hatte man ihm mit chirurgischer Präzision die Lippen abgetrennt und die Zunge herausgeschnitten.

Amy ersah aus Fischers Aufzeichnungen, dass die Ermittlungen in diesem Fall von Detective Michael Gale in Delaware geleitet wurden. Fischer hatte zwar eine Kopie der Akte erhalten, dann aber zwei Tage lang hinter Gale hertelefoniert, und immer nur einen Anrufbeantworter erreicht. Amy beschloss, es noch einmal selbst zu versuchen.

Fünfundsiebzig Kilometer vor Tidewater County entfernt rief Gil Rankin bei Kirby Moss in Massachusetts an. Er würde Moss für die Erledigung des letzten Teils seines Auftrages brauchen. Im Kopf ging er erneut die Einzelheiten durch.

»Du musst noch mal herkommen«, sagte er.

»Was redest du da, ich dachte, wir wären fertig?«

Einen Moment lang schwieg Rankin, dann sagte er: »Ich weiß, dass du das dachtest, aber ich brauche dich hier.«

»Mein Gott, ist ja gut.«

»Hast du ein Problem damit?«

»Nein, natürlich nicht. Wenn du mich brauchst, bin ich da.«

»So ist es. Also gut.«

Moss war am Montag nach New England zurückgefahren, in der Annahme, dass Rankin sich in den nächsten Monaten nicht wieder bei ihm melden würde, wenn überhaupt jemals. Aber Moss verfügte über eine besondere Fähigkeit, die Rankin brauchte. Deshalb verabredeten sie, dass Moss einen Wagen mieten, nach Tidewater County fahren und sich am nächsten Tag dort im Haus mit Rankin treffen würde.

Rankins Absprache mit Moss glich derjenigen, die er selbst mit seinem Kunden hatte: Man hielt sich zur Verfügung. Wurde man angerufen, führte man seinen Auftrag aus. Anschließend wurde man großzügig für seine Mühen entlohnt. Dann ging man seiner Wege und verlor nie wieder ein Wort über die Sache.

Doch im Unterschied zu seinem eigenen Auftraggeber hatte Rankin nicht die Gabe, andere in seinen Bann zu schlagen. Niemand war so gut darin wie sein Kunde. Immer wieder sann Rankin darüber nach, wie er das eigentlich anstellte. Aber darüber nachzudenken war, als verirrte man sich in einem Labyrinth voller Sackgassen.

Er wusste, dass es bei seinem Job manchmal das Schlimmste war, nichts zu tun zu haben – dann begann man zu grübeln, und oft gingen die Gedanken in die falsche Richtung. Manchmal vermisste er dann seine Frau und seine Jungen, all die schönen Dinge unten in Florida. Dinge, die er jedes Mal zurücklassen musste, wenn der Kunde anrief.

Eine Stunde nach dem Gespräch mit Kirby Moss stemmte

Rankin schon wieder Gewichte in einem Fitnessstudio bei Cambridge, Maryland. Hundertzwanzig Kilo, zwölf Wiederholungen. An die Grenze gehen, alle Kraftreserven verbrauchen. Gewichtheben war Rankins selbst verordnete Medizin, wann immer er für einen Auftrag unterwegs war. Es ging ihm gut damit, seine Muskeln überzubeanspruchen, um sie dann neu aufzubauen. Zu spüren, wie neue Kräfte in ihm erwachten.

Er fühlte sich wohl, als er in die kühle Nachmittagsluft von Maryland hinaustrat, ein Kribbeln in den Muskeln, frische Luft in den Lungen. Doch als er in seinem Wagen saß, hatte er schon wieder die Stimme seines Auftraggebers im Ohr, hörte sie so klar, als säße der Kunde direkt neben ihm.

Angst hat einen ganz bestimmten Geruch, Gilbert. Genau wie Betrug. Der hat einen anderen. Zwei unverwechselbare Gerüche. Das ist dir doch inzwischen auch klar, oder? Wir helfen diesen Leuten, weil es sonst niemand tut. Sie sind unzufrieden, und wir machen Soldaten aus ihnen. Aber wenn sie auf Abwege geraten, dann werden sie etwas anderes. Wenn wir Betrug riechen, haben wir keine Wahl. Ich wünschte, sie würden uns nicht dazu zwingen.

12

»Was meinst du?« Charlotte sah Luke über ihr Weinglas hinweg an. »Ich finde, wir sollten mal ein paar Tage ausspannen.«

»Kein guter Zeitpunkt, oder?«

»Warum? Mel wäre doch da, für den Fall, dass etwas passiert.«

Eigentlich war es wirklich kein so schlechter Zeitpunkt. Er hatte keine Termine, und Melissa Walker – »Mel«, die Vertretungspastorin – war vor Ort, sodass die Kirche ihr Versprechen halten konnte, dass immer ein Pastor oder eine Pastorin für die Leute erreichbar sein würde.

»Es würde dir auf jeden Fall guttun«, sagte sie. »Wir könnten uns für zwei Nächte ausklinken, nur wir drei.«

Lukes Blick fiel auf Sneakers, der lang ausgestreckt und fest schlafend vor der Heizung auf der Seite lag, mit seinem Lieblingsspielzeug, einem vollgesabberten Rentier. Von ihm war wohl keine Entscheidungshilfe zu erwarten.

»Ich hab schon mal nach einem Quartier Ausschau gehalten«, fuhr Charlotte fort. »Wir könnten Donnerstag und Freitag übernachten und am Samstagmorgen zurückkommen, damit du genug Zeit hast, dich für Sonntag vorzubereiten.«

»Und wohin wollen wir flüchten?«

»In die Berge, nach Me-Ville.«

Das hieß Charlottesville. Manche nannten Thomas Jeffersons Lieblingsrefugium »C-Ville«, Charlotte hatte daraus »Me-Ville« gemacht, wegen ihres Namens. Zum Glück war Luke der Einzige, der diesen Scherz zu hören bekam. Andere hätten ihn vielleicht albern gefunden, doch für ihn klang das Wortspiel wie sein Lieblingslied aus Highschoolzeiten.

»Ich könnte ein bisschen über das Monticello-Anwesen recherchieren, wo Jefferson früher gewohnt hat. Und du kannst mit Sneakers wandern gehen und deinen Predigten dabei den letzten Schliff geben. Oder zur Uni fahren und den Studentinnen hinterhergaffen.«

»Da kann ich schlecht Nein sagen.«

»Ich weiß.«

»Ich glaube aber, ich habe vergessen, wie man Leuten hinterhergafft.«

»Aber sicher.«

Sie ging in ihrem Kuschel-Schlafanzug und Hausschuhen in die Küche, um neuen Wein zu holen. Sneakers hob den Kopf und starrte ausdruckslos ins Leere; er legte sich erst wieder hin, als Charlotte zurück war.

»Du möchtest mich also für ein paar Tage zum Faulenzen verführen.«

»Verführen?«

»Mich weglotsen.«

»Ich kann dich auch gerne verführen, wenn du darauf bestehst.«

»Vielleicht später.«

»Es würde uns guttun«, sagte sie. »Mal die Seele baumeln lassen.«

»Ja.« Das war so einer von Charlottes Lieblingsausdrücken, den er sehr mochte; leider hatte sie mal auf seine dumme Nachfrage hin gesagt, er stamme aus einem Bob-Seger-Song, was ihn ein bisschen enttäuscht hatte.

»Wenn ich nicht *irgendetwas versuchen* würde, dann würde ich ja zur Komplizin. Wie könnte ich dann noch in den Spiegel sehen?«

»Wessen Komplizin würdest du denn?«

»Du bist ein kluges Kerlchen, aber du leidest an einer seltenen Zwangsstörung, und ich merke, dass es gerade wieder ausbricht.«

»Woran siehst du das?«

»Tja, zum einen sind da diese Bitte-nicht-stören-Schilder in deinen Augen. Das ist ein wichtiger Anhaltspunkt.«

»Aha.«

»Es wird uns guttun, wegzufahren. Uns allen dreien.«

Sein Blick ging erneut zu Sneakers. Natürlich hatte Charlotte recht. Im Supermarkt oder in der Apotheke beobachteten die Leute ihn noch immer verstohlen. Etwas war in Tidewater County eingedrungen, so kam es ihm vor, etwas Böses, und damit einher gingen Verdächtigungen und eine Atmosphäre des Misstrauens, wie Luke sie hier noch nie erlebt hatte.

Er sah auf die Bucht hinaus. Das Mondlicht brachte die Marschen zum Glänzen.

»Überlass das alles doch für eine Weile den Ermittlern«, sagte Charlotte in freundlich tadelndem Tonfall und zog die Beine auf dem Sofa an. »Tidewater County wird schon zwei Tage ohne dich auskommen.«

»Glaubst du wirklich?«

»Allerdings. Außerdem könnten wir dann mal in Ruhe über das eine oder andere reden.« Der Blick ihrer blauen Augen wurde verträumt, ein Ort und ein Versprechen zugleich. Es war dieser Blick gewesen, der ihn unweigerlich angezogen hatte, als er ihr vor neun Jahren begegnet war.

»So, so, das eine oder andere.«

Sie hob ihr Glas, und sie prosteten sich zu. Kurz darauf sah Charlotte aus dem Fenster. Ihm fiel ein Glitzern in ihren Augen auf, als habe ihre Stimmung sich plötzlich gewandelt und sie sei in einen inneren Hafen der Trauer eingelaufen. Das kam in letzter Zeit häufig vor. Aber jedes Mal, wenn er nachfragte, was los sei, lächelte sie nur und wechselte schnell das Thema.

Luke hatte sich schon oft darüber gewundert, wie leicht sich Charlotte in die Rolle der Pastorenfrau einfand – etwa bei Gottesdiensten oder Gemeindeversammlungen. Aber in Wirklichkeit waren ihr andere Dinge viel wichtiger als die Religion: Musik, Literatur und vor allem die Natur. Das war wohl einer der Gründe dafür, dass sie mit ihm in die Berge fahren wollte. Ihre Familie war ein ziemlich bunter Haufen: Der Vater war unitarisch erzogen worden, die Mutter jüdisch, und diese zwei Glaubensrichtungen schienen sich in Charlotte irgendwie gegenseitig aufzuheben. Als Luke sie kennengelernt hatte, war sie mit der Lektüre mittelalterlicher Mystiker beschäftigt gewesen. Aber es waren der langsame Wechsel der Jahreszeiten, die Landschaft, der Himmel, der Wind und das Wetter, die ihre Augen zum Leuchten brachten und ihr Klarheit gaben – als habe sie ihre eigene Auffassung von göttlicher Gnade.

»Ich rede morgen mit Mel«, sagte Luke. »Wenn es für sie in Ordnung ist, dann fahren wir.«

»Gut.«

Charlotte lächelte warm; sie stießen noch einmal an.

»Du hast schon gebucht, oder?«

Achselzuckend schaute sie zum Fernseher hinüber.

Der Aufmacher der Zehn-Uhr-Nachrichten drehte sich wieder einmal ums Wetter.

»Schnee in Sicht!«, verkündete Mindi Bunting, die Moderatorin der Lokalnachrichten, aufgekratzt. »Ja, packen Sie Ihre Schaufeln ruhig noch einmal aus! Hier in Tidewater County ist am Wochenende noch mehr von der weißen Herrlichkeit zu erwarten. Die Einwohner fragen sich bereits, ob dieser Winter wohl jemals zu Ende gehen wird!«

Darauf folgte ein kurzer Bericht über den »Kirchenmord«; er begann damit, wie Hilfssheriff »Zinken« Stilfork sich mit steifen, ruckartigen Bewegungen, wie eine Stummfilmfigur, unter dem polizeilichen Absperrband hindurchduckte. Dann drehte er sich um und warf der Kamera einen übellaunigen Blick zu.

»Die Polizei verfolgt mehrere Spuren, hat die geheimnisvolle Unbekannte, die am Dienstagmorgen tot in der Methodistenkirche aufgefunden wurde, allerdings noch nicht identifizieren können. Das Büro des Sheriffs bestätigte heute, dass die Frau einer Gewalttat zum Opfer fiel, gab aber keine neuen Einzelheiten bekannt.«

»Die geheimnisvolle Unbekannte«, sagte Charlotte.

»Ja, ich weiß.«

Nach dem Schnitt wurde Staatsanwalt Wendell Stamps beim Verlassen der Pressekonferenz im Verwaltungsgebäude gezeigt, wobei er eine denkbar gelassene Miene zur Schau stellte.

»Staatsanwalt Wendell Stamps, hier im Verwaltungsgebäude zu sehen, und Amy Hunter vom Morddezernat der Maryland State Police erklärten, dass sie mehrere Spuren verfolgten, lehnten es aber ab, weitere Einzelheiten auszuführen. Einer anonymen Quelle zufolge wurde die Frau durch einen Schuss mit einem 22er-Kaliber in den Brustkorb getötet. Diese exklusive Information wurde allerdings nicht von unabhängiger Stelle bestätigt.«

Die Kamera machte einen Schwenk und zoomte auf Amy Hunter in ihrer Armeejacke, wie sie mit gesenktem Blick vom Konferenzzimmer in ihr Büro eilte. Die Einstellung wurde zweimal wiederholt.

»Ist sie das?«, fragte Charlotte. »Die leitende Ermittlerin?«

»Ja, das ist sie.«

»Sie sieht aus, als wäre sie siebzehn.«

»Sie ist erst vierzehn. Aber schon ziemlich reif für ihr Alter.«

»Haha.«

Der Bericht endete mit der Wiederholung des Videos von Stilfork mit seiner finsteren Miene.

Als die Nachrichten zu Ende waren und die Werbung begann, schaltete Charlotte den Ton ab. »Was sagen die eigentlich *nicht*?«

»So ziemlich alles. Aber das liegt daran, dass sie noch nichts wissen. Obwohl Sergeant Hunter sehr interessiert an dem zu sein schien, was ich ihr über Jackson Pynne erzählt habe.«

»Im Ernst jetzt?«

»Was?«

»Du nennst sie *Sergeant* Hunter?«

»Hm. Hab ich gar nicht gemerkt, aber dann wird's wohl so sein.«

Charlotte stand auf, um ihr Weinglas zu spülen, für gewöhnlich das Signal zum Themenwechsel. Sneakers hob den Kopf und folgte ihr schlurfend, für den Fall, dass sie Hilfe bräuchte, allerdings ließ er den Schwanz müde hängen. Charlotte konnte etwas komisch sein, wenn andere Frauen einen allzu freundschaftlichen Umgang mit Luke pflegten. Manchmal hatte er den Eindruck, dass sie präventiv eifersüchtig wurde.

Als Charlotte und Sneakers ins Wohnzimmer zurückkamen, sagte Luke: »Wo war eigentlich Frederick Douglass an dem Tag, als Thomas Jefferson starb?«

Sie zog die Beine auf dem Sofa an und sah auf die zunehmend dunkle Bucht hinaus. Das Buch, für das sie zurzeit recherchierte, handelte von Douglass und Jefferson. Sneakers drehte sich auf dem Teppich zweimal um sich selbst, bevor er es sich wieder gemütlich machte. Charlotte lächelte.

»Douglass lebte zum Zeitpunkt von Jeffersons Tod in Baltimore«, sagte sie. »Er war erst sechs.«

»Wetten, ich weiß, wo Douglass an dem Tag war, als John Adams starb?«

Sie lachte. »Witzbold.«

Ab und zu hatte Luke den Drang zu zeigen, dass auch er etwas über die Geschichte der USA wusste. Dass sowohl der zweite als auch der dritte Präsident der Vereinigten Staaten am 4. Juli 1826 gestorben waren, im Abstand von nur wenigen Stunden, fand er ungeheuer interessant. Zufälle faszinierten ihn.

Charlotte schaltete den Fernseher aus. Sie sah ihn stirnrunzelnd an.

»Was ist los?«

Ihre Miene wirkte sorgenzerfressen.

»Nein, sag schon. Was ist? Stimmt etwas nicht?«

»Sie sehen aber gar nicht gut aus«, sagte sie aufgesetzt. »Ich glaube, Sie brauchen eine Krisentherapie.«

»Oh«, sagte er. »Wirklich?«

»Ja.« Sie war jetzt wieder Dr. Hübsch, Lukes teure Sextherapeutin, die auch Hausbesuche machte. Das war eines ihrer regelmäßigen Rollenspiele. »Ich kann es erst genau sagen, wenn ich Sie untersuche, aber ein wenig besorgt bin ich schon«, sagte sie.

Luke lächelte, aber Charlotte ging jetzt voll in ihrer Rolle auf und machte ein strenges Gesicht.

»Vielleicht haben Sie recht«, sagte er. »Vielleicht brauche ich wirklich eine Therapiesitzung.«

»Ja.« Charlotte stand auf und machte eine Kopfbewegung in Richtung Schlafzimmer. »Gehen wir ins Sprechzimmer. Ich mache mir wirklich große Sorgen.«

»Scheiße!«, fluchte Amy Hunter, wild in Richtung Fernseher gestikulierend. »Welche ›Quelle‹ hat euch das Kaliber verraten?«

Amys schwarz-weißer Langhaarkater sah sie aufmerksam von seinem Lieblingsplatz auf dem Bücherregal aus an. Sie waren allein in Amys Wohnung über dem Jachthafen; die Ordner und

Fotos zum Fall waren ordentlich auf dem Couchtisch gestapelt. Auf dem Herd lag ein leerer Pizzakarton, und auf dem Tisch standen die letzten zwei Fingerbreit Wein.

Amy war sich sicher, dass der Kirchenmordfall kurz vor der Aufklärung stand. Zwar wusste sie nicht genau, was sie von den Psalmen halten sollte, aber ihr Bauchgefühl sagte ihr, dass an der Sache mit Jackson Pynne etwas dran war. Allerdings missfiel es ihr, dass jemand den Medien Informationen zuspielte. War es der Sheriff, der versuchte, sie aus dem Konzept zu bringen? Wer sonst konnte dahinterstecken?

»Was meinst du, Winnie, sollte ich morgen mit einem Ölzweig in der Hand zu ihm gehen?« Winston zwängte sich zwischen ihren Beinen hindurch und strich mit dem Schwanz um sie herum. »Das ist natürlich nicht so einfach, wenn er mich nicht zurückruft, was?«

Winston gab seinen Lieblingskommentar ab, ein herablassendes »*Hrrrl*«, das ein bisschen wie »Hölle!« klang. Wichtigtuerisch stolzierte er ins Schlafzimmer zurück, den Schwanz steil aufgestellt, als hätte er keine Zeit für solche Fragen.

Amy trank den restlichen Wein direkt aus der Flasche. An diesem Abend saß sie noch lange allein im Dunkeln auf der Veranda und blickte auf den Hafen und zu den Sternen empor. Wie lange würde es noch dauern, bis sie diesen Fall in trockenen Tüchern hatten? Bis sie wussten, was die Zahlen bedeuteten? In drei Wochen würde sie ihren einunddreißigsten Geburtstag feiern – »feiern« war allerdings nicht ganz das richtige Wort. Sie hatte es nicht so mit Geburtstagen, genauso wenig wie mit anderen Festivitäten. Feste und Feiern strengten sie an, vor allem die Thanksgiving- und Weihnachtsessen in Pennsylvania, bei denen die Frau und die Kinder ihres Bruders immer im Mittelpunkt standen. Letztes Jahr hatte Ship für Thanksgiving ein Abendessen zu zweit mit anschließendem Kinobesuch vorgeschlagen, und sie hätte beinahe zugesagt. Vielleicht ja dieses Jahr. Ihre Mutter würde ihr eine Geburtstagskarte schicken, mit einem Scheck über hundertfünfzig Dollar. Der Umschlag würde einen Tag vor ihrem Geburtstag eintreffen. Ihr in Kalifornien lebender Cousin Richard konnte sich das genaue Datum ihres Geburtstags noch immer nicht merken und hatte die diesjährige Karte schon geschickt. Sie kam immer drei bis fünf Wochen zu früh. Die einzige weitere Post würde Ben Shipman schicken, eine Witzkarte, die sie auf jeden Fall zum Lachen bringen würde.

In dieser Nacht schlief Amy nicht viel. Sie kam einfach nicht aus dem Grübeln heraus – war es der Sheriff, der den Medien Informationen zuspielte, oder jemand anders? Sie wurde mehrmals von starken Regenschauern geweckt, die an ihr Fenster prasselten. Einmal wurde sie auch vom Telefon aus dem Schlaf gerissen, als es genau ein Mal klingelte: »Unbekannter Teilnehmer«. Hatte sich jemand verwählt, oder wollte man ihr Angst einjagen? *Jetzt werd nicht paranoid*, sagte sie sich.

Hellwach geworden, sah sie durch ihre klatschnassen Fensterscheiben hinaus auf den dunklen Hafen, wo die Schiffsmasten heftig hin und her schwankten. Einige Minuten lang rief die rohe Kraft der Natur in ihr das gleiche Glücksgefühl hervor, das sie als Kind immer erlebt hatte – bevor das geschehen war, was ihre Mutter noch immer den »unglückseligen Vorfall« nannte. Ihre Gedanken kehrten zu dem gemauerten Einfamilienhaus in Pennsylvania zurück, den Rasen mähenden Nachbarn und den Bürgersteigen, auf denen sie Himmel-und-Hölle gespielt hatten. Diese Erinnerungen gaben ihr noch immer Kraft. Aber ihr Ehrgeiz trieb sie weiter, den anstehenden Aufgaben entgegen.

Sie taperte in ihr Arbeitszimmer und las ihre E-Mails; eine war von Shipman. Er hatte sie um halb elf Uhr abends abgeschickt. Sie enthielt nichts außer der Betreffzeile: *Zusammen Frühstücken?*

Fast hätte sie ihn angerufen, entschied sich dann aber dagegen – es war Viertel nach drei in der Nacht. Eine Weile lag sie noch mit rotierenden Gedanken hellwach im Bett. Dann schloss sie schließlich die Augen und wartete darauf, dass der Schlaf kam.

Fünfzehn Kilometer weiter gingen Gil Rankin und Jimmy Creek eine gekieste Auffahrt entlang. Gil nahm die fernen Lichter eines Bauernhofes wahr, das leise Knistern des Eisregens im Sumpfgras, die langen Streifen aus Mondlicht auf dem Wasser der Bucht, die verstohlenen Bewegungen der Raubtiere und die möglichen Fluchtwege. Nachts war Rankin in seinem Element. Mit geschärftem Gehör und zielsicheren Bewegungen atmete er die kalte Luft und ersann einen Plan für das, was er hier in Tidewater County zu erledigen hatte.

13

Donnerstag, 16. März

Am nächsten Morgen hingen frische Eiszapfen von den Regenrinnen und dem hölzernen Vordach über dem Schlafzimmerfenster. Luke zog seinen Bademantel über und schlüpfte in die Pantoffeln. Er genoss die morgendliche Stille; die Möglichkeit, in Ruhe zu beten und dem Herrn zu danken. Nach einer halben Stunde verließ er das Wohnzimmer, ging den Flur entlang und sah hinaus auf den Rasen.

Sneakers schlug bereits erwartungsvoll mit dem Schwanz auf die Dielen, während Luke noch darüber nachdachte, ob er lieber seinen Wollmantel überziehen sollte oder doch nicht. Er beschloss, nur in Bademantel und Pantoffeln hinauszugehen. *Es ist ja nur bis zum Ende der Einfahrt und zurück*. Sneakers trottete vor ihm her hinaus, blieb allerdings fast augenblicklich stehen und zögerte, als er den nassen Boden unter seinen Füßen spürte. Traurig sah er Luke an.

»Ich weiß«, sagte Luke. »Aber was soll man da machen?«

Schon bei den ersten Schritten sah er ein, dass es klüger gewesen wäre, den richtigen Mantel überzuziehen. Der Bademantel fühlte sich an wie aus Papier. Die Windböen auf seinem Gesicht waren eisig. »Immer mit der Ruhe«, sagte er zu sich selbst, während er in winzigen Schritten rückwärtsging. Sein Knie schmerzte wieder.

Als er sich bückte, um die *Tidewater Times* aufzuheben, hörte er von dort, wo die Straße Richtung Osten im hohen braunen Sumpfgras verschwand, das Geräusch anfahrender Reifen.

Ein weißer Audi kam schlitternd neben ihm zum Stehen.

Das getönte Beifahrerfenster surrte herab.

»Luke?«, rief der Fahrer, gerade so, als wäre es ungewöhnlich, ihn vor seinem eigenen Haus anzutreffen.

»Jackson?«

Er hatte also recht gehabt.

»Wie ist es dir so ergangen, Luke?«

»Gut.«

»Ich musste an dich denken. Geht's dir gut?«

Jackson Pynne zog die Handbremse an und stieg aus, wobei er die Fahrertür weit geöffnet und den Motor laufen ließ. Entschlossenen Schrittes kam er um das Auto herum auf Luke zu, um ihm die Hand zu schütteln, als sei das das Wichtigste – dass sie sich sofort die Hände schüttelten. Er trug einen teuren Kaschmirmantel und einen elegant drapierten Schal.

Pynne hatte immer noch den lässigen Schritt und die ausgreifende Gestik eines jungen Mannes, als sei er es gewohnt, dass Leute ihm viel Platz einräumten. Sein Gesicht war so markant wie eh und je, und wie immer strahlte es eine gewisse Theatralik aus, als er Luke die Hand reichte. Sein Händedruck war jedoch eher weich und unentschlossen, was Luke immer wieder überrascht hatte, bei jemandem, der sonst so energisch auftrat.

»Also, wie ist es dir ergangen?«, fragte er noch einmal.

»Immer noch gut.«

»Wie geht's Charlene?«

»Charlotte? Auch gut.«

»Gut. Kommst du klar damit?« Er klopfte Luke auf die Schulter.

»Was meinst du?«

»Die Sache in der Kirche. So ein Mist, ich habe gerade davon gehört.«

»Ja«, sagte Luke. Er sah kurz nach oben ins sich im Wind biegende Geäst. »Was bringt *dich* hierher, Jackson?«

»Bin nur auf der Durchreise. Sehe mir ein Grundstück an.« Mit einer unbestimmten Kopfbewegung deutete er über seine rechte Schulter, als befände das Grundstück sich direkt auf der gegenüberliegenden Straßenseite. »Genau genommen verlasse ich die Stadt schon wieder. Eigentlich bin ich gerade weiter im Süden beschäftigt. Wollte nur mal vorbeischauen, Hallo sagen. Dachte mir, dass du vielleicht gerade mit dem Hund Gassi gehst oder so. Da hab ich ja Glück gehabt, dich zu erwischen.«

Luke drehte sich mit dem Rücken zum Wind. Er fragte sich, wie lange Jackson Pynne wohl hinter der nächsten Kurve geparkt und darauf gewartet hatte, dass er herauskommen und die Zeitung holen würde. Als er sich wieder umdrehte, sah er, dass Sneakers in Jacksons Wagen gesprungen war und es sich auf dem Beifahrersitz bequem gemacht hatte, von wo aus er sie nun beobachtete.

»Also, was ist denn nun eigentlich los, da in der Kirche?«

»Was da los ist?«

»Ja.« Pynne steckte die Hände in die Manteltaschen. Sein Gesichtsausdruck wandelte sich, wurde mit einem Mal kälter, als wolle er ihn gleich ausrauben. »Ich habe das gestern in der Zeitung gelesen. Und heute auch.« Er deutete mit dem Kinn auf die Zeitung, die Luke in der Hand hielt. »Hat aber nicht wirklich was dringestanden.«

»Vermutlich gibt's noch nicht so viel zu berichten.«

»Aber *du* hast sie gefunden?«

Luke nickte und zog den Gürtel seines Bademantels enger.

»Sie ist ermordet worden, oder? Also, es war kein Selbstmord oder Unfall? Keine natürliche Todesursache? Nichts in der Art?«

Luke schüttelte den Kopf. Ihm klapperten die Zähne.

»Haben die was gefunden? Ein Auto, persönliche Gegenstände, irgend so was?«

»Glaube nicht. Aber die Polizei kann dir da bestimmt mehr

sagen als ich.« Bibbernd klemmte er sich die Zeitung unter den Arm. Sneakers' Kopf guckte aus dem offenen Beifahrerfenster von Pynnes Wagen. »Magst du auf eine Tasse Kaffee mit hereinkommen, Jackson?«

»Nee, bin in Eile.« In seinem Tonfall lag ein Hauch von Ungeduld.

»Sneakers! Hierher!«, rief Luke.

Pynne drehte den Kopf ein wenig, aber der Hund interessierte ihn offensichtlich nicht sonderlich. »Und sie war, wie hieß es, Anfang dreißig? Von asiatischem Aussehen?«

»Hm. Ja«, machte Luke. Laut dem ursprünglichen Zeitungsbericht war sie »kaukasisch« gewesen. Es war ein merkwürdiger Fehler, aber andererseits war ihr Lokalblättchen in erster Linie für seine fehlerhafte Berichterstattung bekannt.

»Asiatisches Aussehen?«

Luke nickte. Pynne drehte den Kopf zur Seite und sagte etwas, das wie »Verdammt« klang. Der Wind wehte ihm Haarsträhnen ins Gesicht.

»Du kanntest sie«, sagte Luke.

»Was?«

»Du kanntest sie.«

Pynne drehte sich zu ihm um, seine Augen waren feucht vom kalten Wind – oder vielleicht auch aus Gefühl.

»Was?« Er lachte gekünstelt. »Wer sagt, dass ich sie kannte?«

»Niemand, war nur eine Frage.«

»Ach ja? Dann war es aber die falsche Frage, klar?«

»Klar.« Luke nickte. »Wenn du willst, können wir gerne darüber reden, Jackson.«

»Da gibt's nichts zu reden, Pastor. Und es geht dich auch gar nichts an.«

»Okay.«

Im nächsten Augenblick rang Jackson Pynne sich ein Lächeln

ab; vermutlich war ihm aufgefallen, wie überzogen er reagiert hatte. Sneakers war wieder aus dem Auto herausgesprungen und schnüffelte nun interessiert an Jacksons Schuhen.

»Also, denk dir bloß nichts Falsches, ja? Ich unterhalte mich bloß mit dir. Ich habe dich – wie lange jetzt? – nicht gesehen. Ein paar Jahre? Ich unterhalte mich bloß mit dir. Willst du mich etwa aushorchen?«

»Tut mir leid.«

Pynne lachte erneut aufgesetzt, aber er konnte die andere Seite seiner selbst, die gerade zum Vorschein gekommen war, nicht so einfach unterdrücken. Luke hatte schon früher bemerkt, dass es Pynnes cholerische Art war, die ihm immer wieder Ärger einhandelte und ihm Steine in den Weg legte. Nun fiel ihm auch wieder ein, dass Pynnes Exfrau ihn vor Jahren wegen eines tätlichen Angriffs angezeigt hatte.

»Wie dem auch sei. Es war schön, dich mal wieder zu sehen.« Jackson streckte ihm die Hand zum erneuten Händedruck entgegen.

»Falls du reden möchtest, ich bin für dich da.«

»Das habe ich schon verstanden«, antwortete Jackson mit leicht verkrampftem Lächeln. »Okay?«

»Klar.«

»In Ordnung.« Er ging um das Auto herum und stieg ein.

»Ach, und, Luke?« Er sprach nun durch das Beifahrerfenster und versuchte sich offensichtlich an einem neuen, höflichen und gemessenen Tonfall. »Es wäre mir sehr recht, wenn du unsere Unterhaltung hier für dich behalten könntest. Und auch, dass du mich gesehen hast.«

Luke sah ihn an.

»Geht das klar?«

»Ja, ich denke schon«, antwortete Luke. »Mach was Gutes aus deinem Leben, Jackson.«

»Also, abgemacht.«

»Wo fährst du denn hin?«

»Nach Süden«, sagte Pynne. »Wir bleiben in Kontakt, ja?«

Luke hörte, dass Jacksons Wagen stark beschleunigte, sowie er um die Ecke war. Auf dem nassen Asphalt drehten die Räder kurz durch. Anscheinend war er landeinwärts unterwegs, aber bei Jackson konnte man sich über nichts sicher sein.

14

Amy erwachte irritiert im Dunkeln. Der Wecker auf dem Nachttisch klingelte wie verrückt. War es wirklich schon Morgen? Sie schaltete den Wecker aus und sah blinzelnd auf die Uhr. Winston saß auf ihrem Schreibtisch und miaute erfreut. Zweifellos hatte er bereits seinen morgendlichen Thunfisch im Sinn.

Als Amy endlich zum Joggen vor die Tür trat, schien kühles Licht durch die Wolken und glitzerte auf dem Hafenbecken. Steifbeinig und mit verklebten Augen begann sie langsam zu laufen, aber die kühle, leicht schneefeuchte Luft ließ sie schnell wach werden. Als sie in nördlicher Richtung die Hafenstraße zwischen aufgebockten Austern- und Krebsfischerbooten, die noch lange Schatten warfen, entlanglief – Maroon 5 im iPod –, fand sie allmählich ihren Rhythmus. Auf dem Stück bergauf Richtung Seven Shoals Road holte sie weiter aus, bis sie ins Schwitzen kam. Am Aussichtspunkt am Ende der Straße wurde sie langsamer und trat ein wenig auf der Stelle, um wieder Atem zu schöpfen. Sie sah hinaus auf die glitzernden Wellen der Chesapeake-Bucht, die weißen Gischtränder vor den Strandhäusern. Während ihr Radiohead ins Ohr dröhnte, lief sie ein paarmal im Kreis, boxte in die Luft und rief zweimal aus vollem Hals: »Wir werden den Fall schon lösen!«

Das war Amy Hunters Augenblick der Selbstbefreiung.

Unterwegs warf die Morgensonne goldenes Licht über das hohe Gras und tauchte die Bäche und Seitenarme in sanftes Rot.

Mit weit ausholenden Schritten lief sie wieder bergab: Vielleicht würde ihr ja heute der Durchbruch gelingen.

»He!« Shipman winkte ihr zu. Er hatte ihr Frühstück bereits geholt und Serviette und Löffel an ihrem Platz bereitgelegt. Wenn sie gemeinsam hier frühstückten, gab es immer das Gleiche: Obst, Joghurt, Orangensaft und Kartoffelecken für Amy, das große Frühstück mit heißen Pfannkuchen und eine große Diät-Cola für Ship.

»Dann hast du meine Nachricht also erhalten«, sagte er.

»Hab ich.«

Als sie einen Fleck an Shipmans Augenbraue bemerkte, tippte sie sich ans Gesicht, um ihn darauf hinzuweisen. »Du hast da was.«

»Oh, danke.« Ship wischte sich übers Gesicht und nahm die Gabel wieder zur Hand.

»Nein, auf der anderen Seite.«

Er griff sich an die andere Braue, wobei er ein gespielt beleidigtes Gesicht machte.

»Hier.« Amy beugte sich über den Tisch und wischte mit ihrer Serviette etwas weg, bei dem es sich anscheinend um einen eingetrockneten Rest Rasiercreme handelte. »Okay«, sagte sie. »Alles weg.«

»Das wollte ich mir eigentlich für später aufheben«, kommentierte Ship und brachte sie damit beide laut zum Lachen. Irgendwie brachten Ships Scherze Amy immer zum Lachen, auch wenn sie gar nicht so komisch waren.

»Wie auch immer«, sagte er mit Blick auf die Pfannkuchen und die Kartoffelecken. Manchmal tat Shipman so, als habe er etwas Wichtiges zu besprechen, wenn er sich einfach nur gerne mit Amy treffen wollte. »Ich wollte dir sagen, dass es seit gestern Abend Neuigkeiten vonseiten des Sheriffs gibt.«

»Ach?« Amy merkte schon wieder, wie die Wut in ihr aufstieg, als die Sprache auf den Sheriff kam.

»Ja, der Fall hat eine Wendung genommen.«

»Was für eine Wendung?«

»Weiß nicht genau.« Schlürfend trank er von seiner Cola.

Jackson Pynne, dachte Amy. Der Sheriff wusste jetzt bestimmt auch von ihm. Das würde voreilige Anschuldigungen gegen Robby Fallow zumindest etwas abbremsen. Vielleicht war das also gar keine so schlechte Entwicklung.

Shipman biss erneut ab und gab ihr mit einer Grimasse zu verstehen, dass er erst schlucken musste, bevor er weiterreden konnte.

»Und was ich noch gehört habe: Sie gehen jetzt davon aus, dass zwei Leute in die Sache verwickelt sind.«

Amy schüttelte den Kopf. »Wetten, Robby Fallow ist einer davon?«

»Ja, Fallow ist einer der beiden. Der Sheriff hat jetzt was gegen ihn in der Hand.«

»Ach, und das wäre?«

»Nun ja.« Er sägte an seiner Wurst herum. »Angeblich haben sie eine 22er-Patronenhülse in Juniors Hütte gefunden. Robby besitzt eine 22er-Handfeuerwaffe. Was, wie wir wissen, das Kaliber ist, mit dem geschossen wurde.«

»Uns haben sie davon nichts gesagt.«

»Ich weiß.«

»Aber das ist *unsere* Ermittlung.«

»Ja.«

Amy blickte in den Verkehr hinaus und zwang sich zur Ruhe.

»Also, was ist die *théorie du jour*?«, fragte sie schließlich.

»Die was?«

»Die momentane Theorie des Sheriffs.«

»Oh. Fallow jr. ist mit dieser Frau in Streit geraten. Und sie war eine Edelprostituierte.«

»Die hier gearbeitet hat? In Tidewater County gibt es keine Edelprostituierten. Und Fisch hat auch anderswo keine Hinweise auf welche gefunden.«

»Ich weiß. Ich sag ja nur …«

Amy schüttelte den Kopf. »Das glaube ich nicht«, sagte sie. »Wenn die Fallows eine Prostituierte umgebracht hätten, dann hätten sie versucht, die Leiche irgendwo loszuwerden, aber ganz bestimmt wären sie nicht in eine Kirche eingebrochen und hätten sie dort aufwendig hindrapiert. Überhaupt kann ich mir nicht vorstellen, dass sie irgendetwas mit so einer Dame zu tun hätten.«

Shipman räusperte sich und nickte.

»Hältst du es für denkbar, dass der Sheriff etwas unternehmen würde, um, wie soll ich sagen, die Beweislast gegen Fallow zu steigern?«, fragte Amy.

Ship hörte auf zu kauen und machte große Augen wie ein Schüler, dem man eine schwierige Frage gestellt hatte. »Na ja«, sagte er. »Es ist nicht so, dass er so etwas meines Wissens schon einmal getan hätte. Aber ob es denkbar ist? Natürlich, möglich ist das schon.«

»Und glauben sie, genug Beweise zu haben, um die Geschworenen zu überzeugen?«

»Tja, allzu viel braucht es dafür ja nicht, oder? Wird es reichen, um Anklage zu erheben? Wahrscheinlich. Um ihn zu verurteilen? Ich weiß es nicht. Aber weißt du, was?«

Amys Handy klingelte. Es war Luke Bowers.

»Entschuldigung. Ich müsste da rangehen.«

»Klar, nur zu.«

Sie wandte sich von Shipman ab. »Hunter.«

»Guten Morgen«, sagte Luke. »Falls es Sie interessiert, ich

habe gerade mit Jackson Pynne gesprochen. Er ist eben bei mir vorbeigekommen. Ich habe den Eindruck, dass er die Frau kannte, die wir in der Kirche gefunden haben.«

»*Wirklich!*« Amy stand auf und trat ans Fenster. »Erzählen Sie!«

Und er erzählte. Amy ließ ihn reden, sah aber mehrmals zu Shipman hinüber, der angestrengt lauschend die Reste seiner Pfannkuchen verdrückte.

»Und was hat er in Tidewater County zu schaffen gehabt?«

»Er sagte, er sei auf der Durchfahrt, um sich ein Grundstück anzusehen. Allerdings hat es auf mich beinahe den Eindruck gemacht, als sei er nur gekommen, um mich über die Frau in der Kirche auszufragen. Er meinte, er hätte irgendwo weiter im Süden geschäftlich zu tun. Ich weiß nicht, ob das was zu bedeuten hat, aber ich dachte mir, dass es Sie wahrscheinlich interessiert.«

»Allerdings. Vielen Dank, dass Sie mir davon erzählt haben. Ich rufe Sie später noch mal an«, sagte Amy mit einem Blick auf den Morgenverkehr und fragte sich, wie sie mit dieser Information umgehen sollte.

»Jackson Pynne«, teilte sie Shipman mit, während sie ihr Handy ablegte. »Das ist die Neuigkeit.«

»Wirklich? Bist du dir sicher?«

Amy nickte und klärte Shipman auf. Ein ihr wohlbekannter Ausdruck trat in Ships Augen.

»Was denkst du gerade?«

»Mir ist nur eingefallen, dass eine Verbindung zwischen Pynne und Fallow besteht«, sagte er. »Pynne hat vor einigen Jahren, als er hier gewohnt hat, versucht, Fallows Grundstück zu kaufen.«

»Das haben doch viele versucht, oder?«

»Vermutlich schon.«

Amy stopfte eine Serviette in ihre leere Dessertschüssel.

Nein, dachte sie, während sie an Shipman vorbei auf die Straße sah. *Der Fall nimmt wirklich eine neue Wendung. Aber nicht unbedingt die, von der der Sheriff ausgeht*.

»Ich glaube, dass wir immer noch nicht den richtigen Blick auf die Dinge haben«, sagte sie zu Ship, »Vielleicht müssen wir eine völlig neue Richtung einschlagen.«

15

Die Polizeiwache Süd war in einer ehemaligen Fischerhütte in Linley Point untergebracht. Sie hatte nur vier Zimmer und gehörte der Kreisverwaltung. Während der frühen Sommermonate fing man einige der größten Blaukrabben der Welt im Linley Creek; und die Polizisten hängten morgens, bevor sie auf Streife gingen, oft Krabbenfallen an den Stegen aus und brachten dann das Abendessen im Kofferraum mit nach Hause.

Sheriff Clay Calvert sah die plötzlich in seiner Tür stehende Amy Hunter missmutig an. Er klappte seinen Laptop zu. Auf dem Schreibtisch lagen mehrere Sport- und Nachrichtenmagazine. Anscheinend arbeitete hier an diesem Morgen niemand außer ihm. Falls man das arbeiten nennen konnte.

»Sheriff. Wie geht es Ihnen?«

»Bestens.«

»Nicht viel los hier.«

»Ja. Brauchen Sie was Bestimmtes?«

»Ich dachte nur, wir sollten uns unterhalten. Ich bin froh, Sie mal zu erwischen.«

Er antwortete nicht und bot ihr auch keinen Stuhl an.

Amy sah sich um. Die Möbel waren alt und zweckmäßig. Ein metallener Schreibtisch, Aktenschränke, Bücherregale. Der einzige persönliche Gegenstand war ein Foto von Frau und Sohn des Sheriffs. Sheriff Calverts Frau Shana, eine gut aussehende Blondine, die in den letzten Jahren etwas aus dem Leim gegangen war, arbeitete im Landesarchiv. In der Nacht zuvor hatte Amy ihrem Kater Winston anvertraut, dass sie mit dem Gedanken spielte, den Sheriff durch Schmeicheleien auf ihre Seite zu ziehen; doch angesichts seines feindseligen Gesichtsausdrucks erschien ihr das nun nicht mehr sehr aussichtsreich.

»Ich habe Ihnen seit Dienstagmorgen mehrere Nachrichten hinterlassen«, sagte sie.

»Tatsächlich? Ich hatte viel zu tun. Außerdem war meine Frau krank.«

»Tut mir leid, das zu hören.«

Er rümpfte die Nase, als röche er etwas Unangenehmes. »Also, was kann ich für Sie tun?«

»Ich finde, dass wir mit offenen Karten spielen sollten. Bezüglich Robby Fallows. Bevor die Dinge weiter eskalieren.«

Amy wartete.

»Also, was jetzt?«

»Ich habe Robby Fallow gestern besucht. Er hat sich geweigert, mit mir zu sprechen.«

»Tja, das ist wohl sein gutes Recht.«

Amy sah, dass er lächelte. »Stimmt. Allerdings arbeiten wir hier zusammen, als Einsatzgruppe, die einen Mordfall aufklären soll.« Sie merkte, wie sie Herzklopfen bekam. »Zumindest sollten wir das. Ich weiß, dass Sie mit Fallow gesprochen haben, und ich habe gehört, dass Sie Beweismaterial bei ihm im Motel gefunden haben. Er scheint ein bisschen durch den Wind zu sein.«

»Robby?«

»Robby.«

»Ich habe mit Robby über alles Mögliche gesprochen.« Calvert tat noch immer so, als wisse er nicht, wovon sie redete. »Ich weiß nicht, ob er durch den Wind ist.«

»Darf ich mich setzen?«

»Bitte sehr.«

»Sheriff, gibt es Dinge, über die Sie mich in Kenntnis setzen möchten? Beweise, die Sie in Fallow juniors Hütte gefunden haben? Wie zum Beispiel eine 22er-Patronenhülse?«

»Nein, Ma'am.« Sein Blick wurde ausdruckslos. Er erinnerte sie an ihren Kater Winston, der sehr schnell wild werden konnte, wenn er sich ertappt oder in die Enge getrieben fühlte. »Ich habe mich privat mit ihm unterhalten«, sagte er. »Ich kenne Robby Fallow, seit wir kleine Jungs waren. Ich kannte schon seinen Vater. Ich bin mit Robby und seiner seligen Frau zur Schule gegangen. Ob wir gelegentlich miteinander reden? Ja, natürlich.«

»Sheriff, Sie sind sich bewusst, welche Vorgehensweise das County für Mordermittlungen festgelegt hat. Falls Sie Beweise zurückhalten oder vorsätzlich die Ermittlungen behindern, kann ich Ihre Suspendierung von diesem Fall beantragen.«

Er starrte sie an. Dann nahm er seinen Mülleimer, beugte sich vor und spuckte hinein. Sein Speichel traf mit einem harten, metallischen Geräusch auf. Er stellte den Mülleimer zurück unter den Tisch und nickte ihr zu. Offenbar hatte sie endlich seine Aufmerksamkeit geweckt.

Sie fuhr fort. »Mir wurde zugetragen, dass Sie die Weitergabe von Informationen bezüglich der in die Hand des Opfers geritzten Zahlen an andere Dienststellen verzögern wollten. Vielleicht sollten wir darüber mal sprechen. Denn das hätten Sie nur auf meine Anweisung hin tun dürfen.«

»Also, was jetzt?«

Sie wiederholte ihre Ausführung in etwas anderen Worten, wobei sie einmal beinahe vor Zorn ins Stocken geriet. Als sie fertig war, seufzte der Sheriff, und Amy sah etwas in seinem Blick, was sie bei ihm noch nie gesehen hatte – eine Spur von Traurigkeit. Einen Moment lang tat er ihr fast leid.

»Nein«, sagte er. »Dazu habe ich keine Meinung. Tut mir leid, wenn Sie da jemand falsch informiert hat.«

»Warum hatten Sie Bedenken, Informationen über die eingeritzten Zahlen an andere Ermittlungsbehörden weiterzugeben?«

»Nun ja.« Seine Stimme war jetzt leise, fast flüsterte er, und ein unangenehmes Lächeln umspielte seine Mundwinkel. In Verbindung mit seinen Narben ließ es ihn beinahe unheimlich wirken. »Ganz im Vertrauen, Sergeant? Weil das vielleicht genau das ist, was Robby will.« Er legte besondere Betonung auf die Worte »genau das«. »Richtig?«

»Sir?«

»Ich will nur nicht, dass Robby Fallow uns manipuliert – keinen von uns, und am allerwenigsten Sie. Verstehen Sie? Es könnte sein – ich sage nicht, dass ich dafür schon direkte Beweise hätte –, aber es ist möglich, dass Robby ihr diese Zahlen selbst in die Hand geritzt hat, um uns auf die falsche Fährte zu locken.«

»Was bringt Sie denn auf diese Idee?«

»Nichts. Warum fragen Sie *ihn* nicht, wenn Sie alles, was ich sage, in Zweifel ziehen?«

»Ich sagte doch gerade, dass er nicht mit mir spricht. Aber *Sie* haben mit Robby darüber geredet«, sagte sie.

»Das stimmt, das habe ich. Aber, wie schon gesagt, wenn Sie Fragen haben, dann stellen Sie sie Robby, nicht mir.«

Amy sog scharf die Luft ein. Sie fühlte sich verloren im Niemandsland zwischen Kafkas *Schloss* und *Dick und Doof.*

»Entgegen allem Anschein *sind* wir ein Team, Sheriff.«

Sie lächelte, um den Tonfall ihrer Unterhaltung zu ändern, und auch, um Gelassenheit zu demonstrieren.

Überraschenderweise lachte Sheriff Calvert leise und schüttelte den Kopf. Er sah auf den Bach hinab, und seine Miene wurde wieder ernst. »Wissen Sie, was, Sergeant?« Er griff sich in den Schritt und richtete ausgiebig alles zurecht, wie immer, wenn sie allein miteinander sprachen. »Ich will Ihnen mal was sagen. Ich bin schon eine ganze Weile im Geschäft, ja? Und ich merke genau, was Sie hier abziehen.«

Sie ließ sich auf einen kurzen Wer-hält-den-Blick-länger-aus-Wettbewerb ein. »Und was glauben Sie, was ich abziehe?«

»Ich weiß *genau*, was Sie im Schilde führen, Sergeant. Sie tun so, als ginge es Ihnen darum, den Fall zu lösen und der Gerechtigkeit zum Sieg zu verhelfen. Aber Sie wissen so gut wie ich, dass es Ihnen eigentlich um ganz etwas anderes geht.« Er kniff die Augen zusammen. »Wir beide wissen, dass Sie Ihre Position in diesem Verwaltungsbezirk nur als Sprungbrett benutzen. Ihnen geht es nicht um Tidewater County. Sie haben hier ja nicht mal ein Haus und nicht einen Quadratzentimeter Boden. Ihnen geht es nicht um den Fall, sondern darum, dass *Amy Hunter* als Heldin aus der Sache hervorgeht und auf einem weißen Schimmel in den Sonnenuntergang reiten kann!« Verwirrt blinzelte sie.

»Alles, was Sie uns unterstellen, tun Sie doch selber«, fuhr er fort. »Glauben Sie bloß nicht, wir wären nicht dahintergekommen. *Sie* halten Beweismaterial vor *uns* zurück, weil Sie nicht wollen, dass *wir* etwas herausfinden, was den Triumph von *Amy Hunter* schmälern könnte. Nüchtern betrachtet ist es verdammt offensichtlich, was Sie hier treiben.«

Amy sah ihn verblüfft an – teilweise, weil er noch nie so mit ihr geredet hatte, und teilweise, weil in dem, was er gesagt hatte, ein Körnchen Wahrheit steckte.

Doch mit seiner letzten Anschuldigung war er zu weit gegangen.

»Was meinen Sie damit, ich hätte Beweismaterial zurückgehalten?«

Er lächelte, sodass sein Gesicht sich glättete und die Narben verschwanden. »Ach, kommen Sie. Sie wissen ganz genau, was ich meine.«

Amy wurde unsicher. Bezog er sich auf die Psalmen? Auf

Jackson Pynne? Oder bluffte er einfach? Bei den Meetings hatte sie niemandem von den Psalmen erzählt. Sie hatte es überhaupt niemandem erzählt, außer Ben Shipman. Aber das war ihr gutes Recht. Es war schließlich ihr Fall.

»Nur zu Ihrer Information, Miss Hunter. Ich bin hier geboren, wie schon mein Vater. Mein Vater war Austernfischer, er war jeden Morgen ab halb sechs draußen in der Bucht unterwegs. Und weder ich noch meine Familie wollen irgendwo anders hin. Das hier ist mein Zuhause, und soweit es mich betrifft, der wunderbarste Ort auf der ganzen Welt.«

»Okay, das ist ja alles schön und gut«, unterbrach Amy ihn. »Ich sehe ein, dass Sie schon lange hier leben und dass Sie sicherlich eine Menge Dinge wissen, die ich nicht weiß. Aber das ändert nichts an der Tatsache, dass unsere Einsatzgruppe mit der Lösung des Falles betraut ist. Und dass ich mit der Leitung der Einsatzgruppe betraut bin. Tut mir leid, aber so sieht das aus. Es ärgert Sie vielleicht, dass man Sie in dieser Sache zurückgesetzt hat, aber das hat nichts mit mir zu tun. Ich tue nur, was in dieser Situation erforderlich ist. Und wenn Sie oder irgendjemand sonst damit nicht klarkommen, dann muss sich etwas ändern.«

»Soll das eine Drohung sein, Fräuleinchen?«, fragte er mit wütend zusammengekniffenen Augen.

»Nein«, sagte sie. »Ich sage nur, wie die Dinge liegen.«

Als sie wieder in ihren Dienstwagen einstieg, zitterte sie am ganzen Leib.

16

»Hier Detective Mike Gale, Sie hatten angerufen«, sagte die Stimme am anderen Ende der Leitung in breitem Provinzdialekt.

Amy war wieder an ihrem Schreibtisch. Das Gespräch mit dem Sheriff saß ihr noch in den Knochen. Sie suchte kurz nach dem Ordner mit den ausgedruckten Unterlagen zum Brandstiftungs- und Mordfall in Delaware, den Sonny Fischer ihr gemailt hatte. »Danke, nett, dass Sie anrufen«, sagte sie. »Ich, äh, ermittle im Falle einer unbekannten Toten hier in Tidewater County. Dabei untersuche ich andere Fälle in der Region auf Ähnlichkeiten. Wie ich sehe, sind die Unterlagen über Ihren Fall leider schon seit Tagen nicht aktualisiert worden.«

»Stimmt. Gibt nichts zu aktualisieren«, antwortete er. »Die Sache ist beim Schadensermittler der Versicherung.«

Sie überflog die Zusammenfassung des Falles: ein Wachsfigurenkabinett in einer Ladenzeile, in einer Kleinstadt eine halbe Autostunde von Dover. Im Ladenraum hatte man die stark verkohlte Leiche einer unbekannten Frau gefunden, zwischen den geschmolzenen Wachsabbildern diverser Präsidenten und Comichelden. Zahn- und DNA-Analysen hatten bisher nicht zu einer Identifizierung geführt. Auch die Vermisstenkartei hatte nichts zutage gefördert.

»Welche Ähnlichkeiten sehen Sie, wenn ich fragen darf?«

»Ich habe nicht gesagt, dass es Ähnlichkeiten *gibt*. Ich sage nur, dass ich welche *suche*.« Amy überflog einen Zeitungsartikel zu dem Fall. »Und das war also ein Wachsfigurenkabinett?«

»Ja, genau, ein kleines historisches Kabinett. Heißt *Spukmuseum*. Hieß. Der Besitzer hat ein paar billige Wachsfiguren gekauft, vor, ich weiß nicht, so zehn bis zwölf Jahren. Abraham Lincoln, George Washington. Dann hat er Elvis mit reingenommen, allerdings nicht ganz in Lebensgröße und ohne Erlaubnis der Elvis-Erben. Und dann Wonder Woman und Batman.«

»Und die Frau, die umgekommen ist?«

Er hüstelte. »Noch nicht identifiziert. Keine Verbindung zu dem Museum, soweit wir wissen. Merkwürdiger Fall.«

Ja, dachte Amy. Er berichtete mit tiefer Stimme und gedehnten Vokalen von weiteren Einzelheiten: Das Feuer war vermutlich zwischen zwei und drei Uhr morgens ausgebrochen. In den verkohlten Überresten waren Spuren eines Brandbeschleunigers, nämlich Kerosin, entdeckt worden. An einer Wand in der Nähe des Hintereingangs hatten sie Abdrücke von Latexhandschuhen gefunden. Es hatte die ganze Nacht über geregnet, sodass Fuß- und Reifenspuren hinter dem Geschäft fast gänzlich weggewaschen worden waren.

»Wem gehört das Kabinett?«

»Der Besitzer heißt Mervin Coleman«, sagte er. »Vor ein paar Jahren wurde er im Zusammenhang mit seinem Geschäft wegen Steuerhinterziehung angeklagt. Also – unter uns, ja? – wir betrachten ihn als möglichen Verdächtigen. Aber bis jetzt gibt es nichts, was ihn mit dem Brand in Verbindung bringt. Er war in Myrtle Beach im Urlaub, als das Feuer ausbrach.«

Amy schrieb den Namen auf. Etwas an diesem Detail beunruhigte sie, obwohl sie nicht wusste, weshalb. Sie sah auf und betrachtete den Flug einiger kanadischer Wildgänse am blauen Himmel über den Kiefern des Parkplatzes.

»Könnte aber natürlich jeder gewesen sein«, fuhr der Detective fort. »Ein Obdachloser, der durch den Hintereingang eingebrochen ist. Vielleicht war es einfach nur jemand, der es warm haben wollte. Sie wissen ja, was für einen wahnsinnig kalten Winter wir haben. Vielleicht war es auch ein besonders raffinierter Suizid. Oder eine raffinierte Leichenbeseitigung.«

»Es gab nicht zufällig irgendwelche Schriftzeichen am Tatort?«, fragte Amy. »Irgendwelche Zahlen oder Buchstaben oder etwas in der Art? An der Leiche oder am Gebäude?«

Detective Gale hustete, dann sagte er eine Weile nichts. Amy hörte ihn atmen.

»Bitte?«

»Ob es irgendwelche Schriftzeichen am Tatort gab. Zahlen oder Buchstaben oder Ähnliches?«

»Warum fragen Sie?«

»Detective?«

»Ich bin mir nicht ganz sicher, ob ich Ihre Frage richtig verstehe. Und eigentlich möchte ich auch nicht am Telefon darüber sprechen. Normalerweise sehe ich den Leuten lieber ins Gesicht. Nehmen Sie's nicht persönlich.«

»Kein Problem. Ist in Ordnung«, sagte Amy. Sie warf einen Blick auf die Schreibtischuhr und überlegte, wie lange die Fahrt dauern würde. »Können wir uns dann persönlich treffen? Ich könnte in etwas weniger als anderthalb Stunden bei Ihnen sein.«

»Dieser Fall ist sehr ungewöhnlich für uns.« Detective Gale tippte mit dem Bleistift auf die geöffnete Akte. »Morde gab es jetzt, wie viele? Drei, seit ich hier bin. In elfeinhalb Jahren. Drei, diesen eingeschlossen.«

»Sind die anderen beiden aufgeklärt worden?«

»Die anderen beiden waren klar wie Kloßbrühe: einer der Ehemann, der andere der Liebhaber.«

»Aber diesmal ist nichts klar.«

»Stimmt. Diesmal ist alles höchst unklar.«

Sie wurden vom Geräusch einer Toilettenspülung eine Tür

weiter unterbrochen. Gale wartete, bis der schlürfende Laut, mit dem der Spülkasten wieder volllief, verstummte. Seine Stimme klang zwar, als sei er um einiges älter; dem Aussehen nach war er jedoch Mitte dreißig. Ein kleiner Mann mit fleckiger Haut und einer dicken Hornbrille. Sein blondes Haar war dünn, und er trug einen etwas schiefen, bürstenartigen Oberlippenbart. Sein Büro war ein kleines Zimmer ganz hinten im schmuddeligen Ziegelbau der städtischen Polizeiwache.

Gale wiederholte die Eckdaten des Falles noch einmal; anscheinend freute er sich darüber, Besuch in seinem Büro zu haben. Pausenlos fummelte er an Büroklammern herum und verbog sie in alle Richtungen, bis sie schließlich zerbrachen. Amy brauchte nicht lange, um herauszufinden, dass das Ermittlerteam der Stadt aus Gale und sonst niemandem bestand.

»Aber wie auch immer«, unterbrach Gale sich. »Sie wollten etwas über Zahlen wissen.«

»Das ist richtig.«

»Im Tidewater-Fall ist doch gar nicht von Zahlen die Rede.«

»Nein«, sagte sie. Amy vermutete, dass er nach ihrem Telefongespräch die Unterlagen zum Kirchenmord durchgesehen hatte. Sie sagte: »Im Brandstiftungsfall ist auch nirgends von Zahlen die Rede.«

»Nun ja, das wird gerade untersucht. Die Schadensermittler arbeiten dran. Ich bin mir auch nicht sicher, ob es etwas zu bedeuten hat.«

Gale schüttelte den Kopf, öffnete einen anderen Ordner, holte ein Hochglanzfoto daraus hervor und betrachtete es. »Das ist das Opfer.« Mit gequälter Miene reichte er Amy das Foto. »Hübsch, was?«

Die Leiche ähnelte kaum noch einem Menschen. Nur der verkohlte Kopf und ein Stück Torso waren übrig.

»Ist sie im Feuer umgekommen?«

»Nein, das ist sie nicht.« Er streckte die Hand aus, um das Foto wieder an sich zu nehmen. »Aber das haben wir noch nicht öffentlich gemacht. Laut Autopsiebericht wurde kein Kohlenmonoxid im Gewebe gefunden.«

»Sie war also schon tot, bevor es anfing zu brennen.«

»Na ja, auf jeden Fall ist sie nicht an Verbrennungen gestorben. Vielleicht ist sie ja erschossen worden. Genau genommen sieht es ganz danach aus.«

Amy gab ihm das Foto zurück. »Falls man sie erschossen hat, ist das eine weitere Parallele zu unserem Fall.«

Er rückte erneut seine Brille zurecht und sah sie aufmerksam an.

»Was ist nun mit den Zahlen?«, fragte sie. »Haben Sie Zahlen gefunden?«

Anstelle einer Antwort reichte er ihr ein weiteres Foto, das er einem dritten Ordner auf seinem Schreibtisch entnahm. Und dann noch eins.

»Ich habe keine Ahnung, was das zu bedeuten hat, aber bitte schön. Wir dachten erst, es würde zur Schaufensterscheibe gehören … allerdings ist es eine ungewöhnliche Farbe, feuerfest und in Gold. Der Besitzer sagt, er wisse nichts darüber und habe es nie zuvor gesehen.«

Das erste Foto zeigte die Vorderseite des Museums nach dem Brand; Glas und Holz waren rußgeschwärzt. Ein Schriftzug verlief im Bogen übers Schaufenster: *Das Spukmuseum*. Das zweite Bild war von innen her aufgenommen, es handelte sich um die Nahaufnahme von vier ungefähr vier Zentimeter hohen Ziffern, die in Gold in die rechte untere Ecke des Schaufensters geschrieben waren: 6834.

Amy sah sich das Bild an.

»Und diese Zahlen waren vor dem Brand noch nicht dort?«

Er zuckte mit den Achseln. »Der Besitzer Mr Coleman behauptet, nicht zu wissen, wo sie herkommen. Niemand, mit dem wir gesprochen haben, erinnert sich, diese Ziffern vor Freitagmorgen schon einmal gesehen zu haben.«

»Und das Feuer war Donnerstagnacht.«

»Ja.«

Vier Tage vor der Entdeckung unserer Jane Doe in Tidewater County.

Amy sah Gale an. »Was denken Sie, was die Zahlen bedeuten könnten?«

»Tja. Wir haben bei den Glasherstellern nachgefragt. Die haben nichts damit zu tun. Und wir sind noch ein paar anderen Überlegungen nachgegangen.« Er lächelte. »Unser Polizeichef ist auf die Idee gekommen, dass es etwas mit Bandenkriminalität zu tun haben könnte.«

»Mit Bandenkriminalität? Inwiefern?«

Kopfschüttelnd verzog er das Gesicht. »Es gab da mal so ein Gerücht – die Geschichte, dass Gangmitglieder auf der Interstate 68 wahllos auf Autofahrer geschossen hätten. Quasi als Mutprobe. Stellte sich aber als modernes Märchen heraus. Dann haben wir die Sache einer Numerologin gezeigt«, fuhr er fort. »Sie hatte ein paar Ideen. Die Zahl 68 steht ihrer Meinung nach für Loyalität.« Er schüttelte einmal mehr den Kopf und lächelte schief. »Also, mal ehrlich, das ist doch Quatsch. Aber falls Sie eine andere Idee haben, bin ich natürlich ganz Ohr.«

Amy gab ihm die Fotos zurück. *Dieser Fall ist irgendwie gruselig; und zwar auf eine Art, die mir bekannt vorkommt.*

»Können wir uns das Haus mal ansehen?«, fragte sie.

»Sicher.«

17

Anders als auf der Hauptstraße von Tidewater waren auf der hiesigen mehrere Schaufenster mit Brettern vernagelt. Heute schien in dem Häuserblock, in dem sich das Wachsfigurenkabinett befunden hatte, nur ein Anwaltsbüro geöffnet zu haben. Auch die Schaufensterscheiben des Kabinetts waren zugenagelt. Gale öffnete ein Vorhängeschloss und drückte gegen die ebenfalls mit Sperrholz vernagelte Tür. Der Souvenirladen im Eingangsbereich war weitgehend unversehrt, abgesehen von den rußgeschwärzten Wänden. Es roch noch immer nach verbranntem Holz und Gips. Gale schaltete seine Taschenlampe ein, richtete sie auf den bogenförmigen Eingang zum eigentlichen Museum und ging voran, wobei er den Lichtkegel über dem Boden hin und her streichen ließ. Das Kabinett habe aus einem einzigen großen Zimmer bestanden, erläuterte er. Im Licht der Taschenlampe sah Amy, was davon übrig geblieben war. Der Schein fiel auf eine Figur, in der sie Superman erkannte, allerdings waren seine Beine sichtlich verkürzt, und der Großteil von Gesicht und Armen fehlte.

»Der Täter muss das Feuer hier im hinteren Teil gelegt haben.« Gale leuchtete eine weitere Tür an, die zu einem kleinen Büro führte. »Wahrscheinlich mit Papier, Plastik und der Füllung aus den Sofakissen.«

»Er hat die Tote also durch die Hintertür hereingetragen?«

»Genau, durch die Hintertür. Wahrscheinlich hat er direkt an der Rückwand des Hauses geparkt. Dann ist er eingebrochen. Hat Feuer gelegt. Die Frau hereingeschleppt. Ihre Leiche in Brand gesteckt. Hat die Tür offen gelassen, als er raus ist.«

»Es gab also nur einen ursprünglichen Brandherd?«

»Nein.« Er deutete mit der Lampe auf die Stümpfe einiger Wachsfiguren. Von manchen war mehr, von anderen weniger übrig. »Die Branduntersuchung geht davon aus, dass das Feuer an vier Stellen gelegt wurde.«

Amy merkte, dass das Verhalten des Detectives verändert war, seit sie das Museum betreten hatten. Seine Stimme klang verhaltener, und er wirkte nachdenklich. Tatorte ungeklärter Morde waren ihr seit jeher etwas unheimlich; als würden sie noch von den rätselhaften Ereignissen und vom Geist des Opfers in Besitz genommen. Amy merkte, dass dieses Verbrechen noch immer stark in Gale nachwirkte.

Als sie erneut innehielten, diesmal in der Mitte des Raumes, kam ihr die Sache zunehmend bekannt vor – der Mörder hatte den Tatort zu einer Bühne gemacht, um eine möglichst dramatische Wirkung zu erzielen.

Amy konnte Gales feuchte Lederjacke riechen, als er so nah an sie herantrat, dass sein Ärmel sie berührte.

»Gab es Überwachungskameras?« Sie trat einen Schritt zur Seite.

»Außer Betrieb.« Er leuchtete in Richtung Lagerraum. »Mit Bewegungsmelder. Wir nehmen an, dass er durch das Büro hereingekommen ist und sie abgeschaltet hat.«

»Das heißt, er muss sich ausgekannt haben.«

»Das ist anzunehmen.«

»Und wo genau befand sich das Opfer?«

Er deutete mit dem Taschenlampenstrahl auf einen Fleck fast genau in der Mitte des Raumes. »Er hatte sie dort hingesetzt. Einer der Brandherde.« Er ging zu der Stelle hin. »Anscheinend wurde sie mit Brandbeschleuniger überschüttet.« Er zog mit dem Lichtstrahl einen Bogen auf dem Fußboden. »Sie saß zwischen Wonder Woman« – der Strahl bewegte sich einige Meter weiter – »und Batman. Beide sind fast völlig verbrannt, wie Sie sehen.«

Amy stellte sich den Mann vor, wie er sie dort hinsetzte, mit Kerosin überschüttete und dann mit einem Feuerzeug anzündete. Sie hatte im Laufe der Jahre einige schlampig durchgeführte Brandstiftungen zu Gesicht bekommen; diese hier gehörte nicht dazu. Es war ein überlegtes, sorgfältig durchdachtes Verbrechen. Der Täter hatte gewusst, wie der Brand sich entwickeln würde. Er hatte die Hintertür offen gelassen, weil er gewusst hatte, wie der Sauerstoff das Brandverhalten beeinflussen würde – dass die kalte Luft die Flammen zunächst anfachen und sie dann ersterben lassen würde, sodass die Vorderseite des Gebäudes intakt bliebe.

Detective Gale schaltete die Lampe aus und kehrte in den Souvenirladen zurück. Amy blieb noch einen Moment im Dunkeln stehen, um sich einzufühlen. *Der Täter arbeitet gerne bei Nacht. In der Dunkelheit.*

»Da ist es.« Gale leuchtete mit der Taschenlampe in die untere Ecke des Schaufensters.

Amy ging in die Hocke, um sich die Zahlen anzusehen. Absichtsvoll unauffällig. *Als ob der Täter nicht wollte, dass sein Rätsel allzu schnell gelöst wird.* Gale bewegte den Lichtstrahl langsam über die Zahlen hin und her, von rechts nach links, von links nach rechts.

Sie sahen sehr gleichmäßig aus, fast so, als habe der Täter eine Schablone benutzt. Amy strich mit den Fingern über die Goldfarbe.

»Komisch, was?«

»Allerdings.«

Sie stand auf.

»Was glauben Sie, warum hat er sie in ein Wachsfigurenkabinett gebracht?«

»Das ist wohl die Frage, was?«

Amy atmete tief durch, als Gale die Tür wieder mit dem Vorhängeschloss verriegelte. Die Luft war feucht, und über den Ziegelbauten sah sie vereinzelte Schneeflocken tanzen. Als sie um das Gebäude herumgingen und in den Wind kamen, zog sie ihre Armeejacke zu. Sie überlegte, wo wohl genau das Auto des Täters gestanden hatte, während er den Leichnam der Frau hineingeschleppt hatte.

»Wann wird die Versicherung mit dem Fall fertig sein?«, fragte sie, als sie wieder auf der Polizeistation waren.

Der Detective schob seine Brille wieder auf die Nase. Er zuckte mit den Schultern. »Nächste Woche vielleicht?«

»Und haben Sie nach wie vor den Besitzer im Auge?«

»Eigentlich nicht. Da gibt's auch nicht viel im Auge zu behalten.«

»Kann ich Sie morgen anrufen?«

»Wüsste nicht, was dagegenspräche. Warum?«, fragte er. »Was ist Ihre Meinung dazu?«

»Das weiß ich noch nicht. Nur so eine Ahnung.«

»Okay.«

Detective Gale gab Amy Ausdrucke der Bilder aus der Akte und begleitete sie auf den Parkplatz. Als sie neben ihrem Wagen standen, rückte er einmal mehr seine Brille zurecht und steckte die Hände in die Taschen seines Ledermantels. Amy fiel auf, dass er verstohlen in ihr Auto spähte.

»Glauben Sie, dass es schneien wird?«, fragte er.

»Fühlt sich danach an.«

Sie sahen zum Himmel empor.

»Ist schon ein bisschen spät, eigentlich. War ein komischer Winter.«

»Stimmt.«

»Was für Ahnungen haben Sie denn?«, fragte er und sah sie durch seine dicken Brillengläser aufmerksam an.

Amy Hunter seufzte; sie wollte zum jetzigen Zeitpunkt lieber noch nichts sagen. »Ich habe einfach so ein seltsames Gefühl. Vielleicht haben wir es beide mit dem gleichen Mörder zu tun.«

Das schien ihn nicht zu überraschen. »Deshalb sind Sie ja auch hergekommen. Sagen Sie mir, was Sie von den Zahlen halten.«

»Das werde ich.«

»Wann?«

»Lassen Sie mich zuerst noch einer Sache nachgehen. Dann rufe ich Sie an.«

Luke lud gerade das Gepäck in den Kofferraum, als Charlotte ihm von der Veranda aus zurief, dass »die Inspektorin« am Telefon sei.

»Ich bin in Delaware unterwegs«, sagte Amy. »Fahre gerade nach Tidewater zurück. Könnten wir uns in fünfzig Minuten treffen? Es ist dringend.«

»Oh, nun ja.« Luke sah auf die Uhr. Eigentlich hatten sie in sieben Minuten abfahren wollen. »Eigentlich sind wir gerade dabei, wegzufahren. Wir wollten mal ein paar Tage raus in die Berge.« Er hörte, wie Amys Auto beschleunigte. »Wir werden am Samstag zurück sein, am frühen Nachmittag.«

»Könnten Sie Ihre Abfahrt vielleicht noch ein kleines bisschen aufschieben? Ich habe da etwas gefunden, das ich mit Ihnen besprechen muss.«

»Wenn das so ist, na klar. Obwohl ich das erst meinem ungeduldigen Labrador-Mix verklickern muss. Er ist ein echter Reisenarr. Wir hätten ihn Kerouac nennen sollen.«

»Es tut mir leid. Aber können wir uns in fünfzig Minuten in der Kirche treffen?«

»Ich werde dort sein.«

Luke kehrte ins Haus zurück. Er fühlte sich angespannt. Als ob Amy Hunters überschüssige Energie durch das Telefon hindurch auf ihn übergesprungen wäre. Er stolperte beim Treppensteigen und wäre beinahe vornüber auf die Veranda gestürzt. »Himmel«, brummte er und wandte den Kopf, um zu sehen, worüber er gestolpert war.

Charlotte war in der Küche und füllte Sneakers' Reisetasche mit Spielsachen und Leckerlis. Es lief klassische Klaviermusik – vielleicht Liszt, dachte Luke, vielleicht auch etwas anderes.

»Du wirst es nicht glauben«, sagte er.

18

Aggie brachte eine Tasse Kaffee, stellte sie auf Lukes Schreibtisch, rückte seinen Tacker zurecht und schlug seinen Kalender auf der aktuellen Seite auf. Heute trug sie ein schönes schwarzes Kostüm und hatte ihre Frisur so gut mit Haarspray fixiert, dass sie einem mittleren Hurrikan standgehalten hätte.

»Vielen Dank, Aggie.«

»Keine Ursache.«

Fünf Minuten später war sie wieder zurück.

»Amy Hunter ist wieder hier«, sagte sie fast flüsternd. »Ich habe gesagt, dass ich nicht weiß, ob Sie Zeit haben. Soll ich ihr sagen, dass Sie gerade in einer Telefonkonferenz sind?«

»Nein, lassen Sie sie bitte hereinkommen.«

Amy trat ein. Ihr Haar war zerzaust. Luke erhob sich, um sie zu begrüßen.

»Danke«, sagte sie. »Danke, dass Sie sich die Zeit genommen haben.«

»Aber sicher.«

Sie atmete heftig, als sei sie den letzten Kilometer gerannt. Eine Seite ihres Kragens stand hoch, die andere war heruntergeklappt. Luke bedeutete ihr, Platz zu nehmen. Sie ließ sich auf der Vorderkante des Stuhls nieder.

»Ich bin heute auf etwas gestoßen, das mich ein bisschen aus der Fassung gebracht hat«, sagte sie. »Ich würde gern mit Ihnen darüber sprechen, wenn ich darf.«

»Es geht nicht um Jackson Pynne?«

»Nein, um noch etwas anderes.«

Sie legte einen großen Briefumschlag auf seinen Schreibtisch. »Ich muss Ihnen erst den Zusammenhang erklären.«

Luke nickte. Amy erzählte ihm, was sie über den Brandstiftungsfall in Delaware in Erfahrung gebracht hatte: die unidentifizierte weibliche Leiche; die Feststellung der Gerichtsmediziner, dass sie nicht im Feuer umgekommen war; dass der Besitzer Mervin Coleman schon einmal wegen Steuerhinterziehung verurteilt worden war.

Sie zeigte ihm die Ausdrucke der Fotos von der Schaufensterscheibe, die Gale ihr mitgegeben hatte.

Luke betrachtete das Bild: 6834.

»Ich habe schon Psalm 68, Vers 34 nachgeschlagen«, sagte Amy. »Passt aber nicht.«

»Okay.«

»Ich habe mich nur gefragt, ob es sich auch auf eine andere Stelle beziehen kann. Oder auf etwas ganz anderes.«

Luke griff nach seiner Bibel und schlug sie auf. Er wusste aus dem Kopf, dass nur die Bücher Jesaja und Jeremiah und die Psalmen 68 oder mehr Verse hatten. Er sah zunächst in Jesaja nach, dann in Jeremiah. Schließlich schlug er Psalm 68 auf, nur der Vollständigkeit halber.

Zeile 34: *Er fährt einher durch die Himmel, die von Anbeginn sind.*

Nein, sie hatte recht, das passte nicht.

Er spürte das vertraute dünne Papier zwischen den Fingern. Die Dachsparren knarzten an mehreren Stellen, als ob verschiedene Teile des Gebäudes miteinander Zwiesprache hielten. Amy hatte die Ellbogen auf seinen Schreibtisch gestützt und sah aufmerksam nach vorne gebeugt zu.

»Welche Theorie hat man in Delaware zu den Zahlen?«, fragte er. »Was Interessantes?«

»Sie haben auch keine Ahnung. Eine Zeit lang haben sie vermutet, dass es etwas mit Bandenkriminalität zu tun hätte. Vermutlich werden sie letztlich zu dem Schluss kommen, dass es überhaupt nichts bedeutet.«

Luke sah noch einmal auf die aufgeschlagene Bibel und hatte noch eine andere Idee.

Er könnte die Interpunktion ändern.

Luke blätterte zurück zu Psalm 68 und versuchte es mit den Versen 3 und 4. Einen Moment lang sah er Amy in die erwartungsvollen hellbraunen Augen, betrachtete ihre glatten, von der Kälte noch geröteten Wangen. Dann drehte er die Bibel um, schob sie ihr zu und ließ sie lesen.

Wie Rauch verweht, so verwehen sie;
wie Wachs zerschmilzt vor dem Feuer,
so kommen die Gottlosen um vor Gott.
Die Gerechten aber freuen sich
und sind fröhlich vor Gott und freuen sich von Herzen.

Amys Blick wandte sich ihm wieder zu. »Ach du heilige Scheiße«, sagte sie.

Luke lächelte verkniffen.

»Entschuldigung«, sagte sie.

Er zog die Bibel wieder auf seine Tischseite und las die Worte noch einmal. Die Idee, in die Berge zu fahren, erschien ihm auf einmal nicht mehr halb so verheißungsvoll wie noch vor einer Stunde.

»Wissen Sie, was?«, fragte sie. Sie war aufgestanden und sah gedankenverloren aus dem Fenster. »Als Sie das zum ersten Mal erwähnt haben – das mit den Psalmen –, habe ich nicht daran geglaubt. Jedenfalls nicht so richtig … «

»Ich weiß.«

»Na ja, ich dachte, da *könnte* was dran sein. Aber es hätte auch ein Zufall sein können. Ich habe mich gefragt, ob wir da nicht zu viel hineinlesen.«

»Das habe ich mich auch gefragt.«

»Ich glaube, ich bin mir immer noch nicht hundertprozentig sicher.« Bedächtig bewegte sie die zur Faust geballte Rechte auf und ab. »Aber wenn es Zufall ist, dann sind es jetzt schon zwei Zufälle. Und das kommt mir dann doch etwas unheimlich vor. Verstehen Sie?«

»Ja. Mir geht es genauso.«

Er merkte ihr an, dass sie schnell wieder los wollte, als habe sie noch einen dringenden Termin – was durchaus sein mochte. »Auf jeden Fall tut es mir leid, dass ich Ihren Ausflug verzögert habe. Falls Ihnen noch etwas einfällt, rufen Sie mich an, okay?«

»Das werde ich. Allerdings fahren wir wie schon gesagt in die Berge. Ich weiß nicht, ob ich dort ein Netz habe.«

»Na schön. Also, gute Reise.«

Luke erhob sich, um ihr die Hand zu schütteln. Aber sie überraschte ihn, indem sie um den Schreibtisch herumging, ihn kurz umarmte und dabei ihr glattes, kühles Gesicht an das seine drückte. Reflexartig blickte er ins Vorzimmer, wo Agnes Collins am Schreibtisch saß.

»Das Problem bei Pynne ist, dass er weiß, wie man sich bedeckt hält«, erklärte Gil Rankin gerade Kirby Moss.

Moss war um kurz nach halb fünf in dem Haus am Jimmy Creek angekommen, mit mehr als zwei Stunden Verspätung. So etwas hätte sein Kunde ihm nicht durchgehen lassen, aber was sollte man machen? Und er war mit einem gemieteten Chevrolet Spark angekommen, einem Mini-Auto, verdammt noch mal. *Was hat der sich dabei gedacht?* »Park es in der Garage, das fällt sonst auf«, hatte Rankin ihm befohlen. »Himmel noch mal.«

Die zwei saßen in Ledersesseln im Wohnzimmer, das etwas

von einem Klubraum hatte, mit dem vielen Leder, dem dunklen Holz und den Ölgemälden mit Meeresmotiven an den Wänden. Jalousien und Vorhänge waren zugezogen.

Moss hielt eine Dose Diät-Cola auf sein rechtes Knie gestützt. »Er kann sich nicht für immer verstecken.« Sein Tonfall klang unbekümmert.

»Darum geht es nicht«, sagte Rankin. Pynne besaß ein Haus in der Stadt und ein Ferienhaus am Meer. Wenn er nach Tidewater zurückkehrte, würde er sich vermutlich dorthin begeben. Deshalb musste Moss es überwachen.

»Klar.« Moss versuchte sich an einem Lächeln.

Rankin sagte ihm nicht, dass er selbst am Dienstag in dem Stadthaus gewesen war. Dass er in die Garage eingebrochen war. Davon wusste nur der Kunde. So war es abgesprochen. »Wie es geschrieben steht.« Obwohl natürlich kein Teil ihrer Absprache niedergeschrieben war.

»Und schnüffel da ein bisschen rum«, sagte er zu Moss. »Bleib unauffällig, aber halt die Augen offen. *Hör zu*. Nach allem, was ich weiß, kann es ein paar Tage dauern, bis er wiederkommt. Es könnte aber sein, dass er am Sonntag in der Kirche auftaucht.«

»Am Tatort.«

»Genau. Deswegen musst du für alle Fälle vor Ort sein.«

»Falls ich ihn bis dahin nicht gefunden habe.«

»Genau.«

»Und was, wenn er gar nicht auftaucht?«

Moss trank seine Cola und sah ihn unverwandt an. *Der Mann sieht sonderbar aus*, dachte Rankin, mit seinem runden Gesicht, dem Bürstenschnitt und dem unsteten Blick. Moss wollte ins Gespräch kommen, aber Rankin blieb beim rein Geschäftlichen. Er wollte lieber nichts von Moss' Familie in Massachusetts hören, denn dann würde der auch etwas über Rankins Familie erfahren wollen. Und über seine Frau und seine Söhne zu sprechen wäre für ihn das Gleiche gewesen, wie sie in die Sache mit reinzuziehen. Das würde er niemals tun. Nein danke. Das ging Moss wirklich nichts an.

»Wenn es sein muss, dann weiß ich, wie ich seine Aufmerksamkeit erregen kann«, sagte Rankin. »Klar? Aber das geht nur ihn und mich was an. Lass uns mal ein oder zwei Tage abwarten. Ich will nicht, dass er zu den Scheißbullen geht.«

»Alles klar«, sagte Moss, obwohl Rankin davon ausging, dass er keine Ahnung hatte, was Sache war. Einen Moment lang überlegte er sogar, ob er Moss wirklich brauchte, um die Sache zu Ende zu bringen.

19

Sneakers schaute vom Rücksitz aus wachsam hechelnd nach draußen, während die gemächlichen Klänge des dritten Violinkonzerts von Saint-Saëns auf dem CD-Spieler erklangen und die Berge langsam in der Ferne auftauchten. Reisen mit Charlotte verliefen oft überraschend, aber meist auf angenehme Weise. Unterwegs zu sein war mit ihr ein fortlaufendes Abenteuer und nicht nur ein Mittel zum Zweck. Es war nichts Ungewöhnliches für sie, einem Schild zu einem fünfzehn Kilometer von der Straße entfernten Antiquitätengeschäft oder Obststand zu folgen. Dieses Mal beschloss sie, zu einem – wie sich später herausstellte – zweiundzwanzig Kilometer entfernten Hofladen in der Nähe von Fredericksburg zu fahren, um selbst gemachte Marmelade zu kaufen. Charlotte und die Besitzerin, eine kleine, lebhafte, grauhaarige Frau, führten eine ausgedehnte Unterhaltung über das Einmachen und Konservieren, während Luke mit Sneakers auf einem Feldweg spazieren ging. Sie fuhren mit einer Kiste Heidelbeermarmelade im Kofferraum weiter.

Auf ihrem Weg Richtung Südsüdwest blickte Luke gedankenverloren auf die graugrünen Felder hinaus, um seine Augen auszuruhen. Falls der Mord in Tidewater County mit einem anderen Fall zu tun hatte, konnte er natürlich auch mit mehreren anderen etwas zu tun haben, was er ja von Anfang an vermutet hatte. Aber wenn die Psalmen eine Botschaft darstellten, an wen war diese dann gerichtet? Und was hatten die Opfer damit zu tun? Was hatte eine Frau mittleren Alters in Delaware mit der Dreißigjährigen, die in seiner Kirche gefunden worden war, gemeinsam?

»Du bist in Gedanken immer noch bei dieser Sache«, sagte Charlotte und drehte die Musik leiser.

»Bin ich das? Dann war ich wohl so sehr in Gedanken, dass ich es gar nicht bemerkt habe.«

»Vielleicht sollten wir darüber reden?«

»Müssen wir nicht.«

»Und wenn ich es will?«

»Das ist etwas anderes.«

Aber dann fiel keinem von beiden etwas ein, um das Gespräch zu beginnen.

»Ich glaube, der Fall hat eine sehr merkwürdige Wendung genommen«, sagte Luke schließlich.

»Ja, ich weiß«, sagte sie. »Also, hat es wirklich was mit den Psalmen zu tun? Glaubst du das?«

»Langsam schon.«

»Und sie?«

»Hunter?«

»Sergeant Hunter.«

»Glaubt es langsam auch.«

Sie wechselte die Spur, um einen Kleinlaster zu überholen. Dann noch einen; sie fuhr jetzt aggressiver, der Tacho kletterte auf über hundertzwanzig. Aus irgendeinem Grunde fuhr Charlotte immer schneller, wenn sie sich unterhielten, die Hände auf zehn und zwei am Steuer. Sneakers lag nun flach auf dem Rücksitz und winselte gelegentlich, weil er fand, dass sie zu schnell fuhr. Luke dachte dasselbe, behielt es aber für sich.

»Während der Sheriff diese Geschichten über Robby Fallow verbreitet.«

»Ich glaube schon«, sagte Luke. »Der Sheriff und seine Kumpane. Vielleicht auch Barry Stilfork.«

»Ich kapier's nicht. Warum?«

»Vermutlich, weil er eine Gelegenheit wittert. Der Sheriff

ist zutiefst verärgert über das, was man letztes Jahr mit ihm gemacht hat. Er glaubt, das Rad so zurückdrehen zu können.«

»Tidewater County ist schon ein sonderbarer Ort.«

»Ja, das sagen viele Leute.«

»Was denn überhaupt für eine Gelegenheit?«

»Eine Gelegenheit, Robby Fallow den Prozess zu machen, und zwar endgültig.«

»Aber wenn es in Wirklichkeit um die Psalmen geht, dann kann er das nicht.«

»Stimmt.«

»Außerdem würde das bedeuten, dass sie es mit einem Serienmörder zu tun haben.«

»Ja«, sagte er. »Das auch.«

Sie wechselte erneut auf die Überholspur. Vor ihnen tauchte ein Städtchen auf, mit Tankstelle, Ampel, weißen Holzhäuschen und einer Baptistenkirche. Der Fall hatte *wirklich* eine seltsame Wendung genommen. Wenn es sich tatsächlich um einen Serienmörder handelte, dann stimmte mit ihren Grundannahmen etwas nicht, dachte Luke. Eine Idee versuchte, in ihm Gestalt anzunehmen.

Charlotte wurde langsamer, als die Straße sich auf ihrem Weg durch den Ort auf zwei Spuren verengte. Sie schlängelte sich zwischen Häusern und Grünanlagen, einem Antiquitäten-, einem Landwirtschaftsbedarfs- und einem Tante-Emma-Laden hindurch. Die Berge waren nun näher und grau umwölkt.

»Warum Psalmen?« Charlotte versuchte, Luke aus der Reserve zu locken. »Ich meine, will da jemand seine Taten rechtfertigen? Seine Opfer sozusagen strafen?«

»Strafen?«

Sie schaltete die Musik ab. »Erzähl mir was über Psalmen.«

Luke sah sie an und merkte, dass sie jetzt voll bei der Sache war. *Wenn sie mich schon nicht davon abbringen kann, darüber nachzugrübeln, dann macht sie eben mit. Nun gut*, dachte er.

»Was willst du denn wissen?«

»Alles?«

Er warf ihr einen Blick zu.

»Aber die Kurzfassung.«

»Aha.« Er legte sich einen einleitenden Satz zurecht, während sie wieder Fahrt aufnahm. »Die Psalmen umfassen in gewisser Weise die gesamte Schrift, das Alte und das Neue Testament. Und sie behandeln alles, was den Menschen ausmacht.«

»Das Alte und das Neue Testament?«

»Sie nehmen die Ereignisse des Neuen Testaments vorweg – auch wenn sie natürlich Hunderte von Jahren vorher geschrieben wurden. Psalm 22 zum Beispiel erzählt die Kreuzigungsgeschichte, Psalm 16 die Wiederauferstehung. Psalm 110 handelt von dem Retter zur Rechten Gottes. Die Psalmen waren die ersten in der christlichen Liturgie gebräuchlichen Gebete. Thomas von Aquin sagte einmal, die Psalmen enthielten die Essenz des Christentums in poetischer Form.«

»Inwiefern unterscheiden sie sich denn von den anderen Büchern des Alten Testaments?«

»Der Unterschied ist, dass sie keine Geschichten erzählen. Die Psalmen sind religiös inspirierte Gesänge, Gedichte und Gebete, die in einem Zeitraum von ungefähr tausend Jahren entstanden sind. Sie sagen uns, wie wir unser Leben leben sollen. Ursprünglich waren sie als Gesänge gedacht.«

»Und sie wurden von David geschrieben.«

»Der Großteil, ja. Viele handeln von Ereignissen aus Davids Leben. Bekanntlich nannte Gott David ›einen Mann nach seinem Herzen‹.«

»Aber in den Psalmen steht doch auch viel von diesem Auge-um-Auge-Kram, oder?«, sagte sie und trat das Gaspedal ganz durch, sobald sie wieder auf der mehrspurigen Schnellstraße waren. Sneakers stellte sich auf, um zu sehen, was los war.

»Ja, da werden viele ›Feinde zermalmt‹.«

»Könnte es also ein Priester sein? Der Feinde zermalmt?«

»Das habe ich mich auch schon gefragt«, sagte Luke. »Möglich ist es, aber ich glaube es eigentlich nicht. Vermutlich würde ein Polizeipsychologe eher sagen, dass es ein Psychopath der Sorte ›einsamer Wolf‹ ist. Irgendjemand, der nicht gut mit Gesellschaft klarkommt. Der Zeit hat, sich eine komplexe Fantasiewelt auszudenken, mit verdrehten Interpretationen von Bibelversen. Der vielleicht sein eigenes Gefühl des Verfolgtseins auf andere überträgt. Es klingt auch nach jemandem, der die Psalmen nicht wirklich versteht.«

»Inwiefern?«

»Die Psalmen waren wunderschöne hebräische Dichtung. Sie waren Teil des Alltags der Israeliten. Wenn es hier wirklich um die Psalmen gehen sollte, dann werden sie zu einem ganz anderen Zweck handverlesen – nämlich, um Wut und Gewalt zu rechtfertigen.«

»Und was könnte Jackson Pynne damit zu tun haben?«

»Das weiß ich auch nicht.« Ein Gefühl von Unruhe befiel ihn. »Ich weiß nur, dass er irgendeine Verbindung zu der Frau in der Kirche hatte.«

»Aber du hast keine Ahnung, welcher Art.«

»Noch nicht.«

Sie überholte einige Autos und fuhr dann zurück auf die rechte Spur.

»Jackson Pynne, das ist ein komischer Name. Er erinnert mich immer an Jackson Pollock.«

»Ja, weißt du, eigentlich erinnert seine Art zu denken auch an ein Gemälde von Pollock.«

»Haha. Könnte *er* der Mörder sein?«

»Nein, das glaube ich nicht«, sagte Luke. »Aber ich habe das komische Gefühl, dass er uns sagen kann, wer es ist.«

»Warum ist er dann noch nicht zur Polizei gegangen?«

»Gute Frage. Er hat vor irgendetwas Angst. Oder vielleicht vor irgendjemandem. Keine Ahnung, ich verstehe es noch nicht.«

Sie fuhren eine Zeit lang nachdenklich schweigend weiter. Wälder, Lichtungen, Zäune, Ackerland. Luke fragte sich, was Jackson Pynne wohl in den letzten Jahren getrieben hatte. Worüber er nachgedacht und wovon er geträumt hatte. Wie er von seinem Ziel, Luxushotels zu bauen, abgekommen war. Konnte er inzwischen Gefallen an den einfachen Dingen finden, wie Luke es ihm oft geraten hatte?

»Weißt du, was ich denke?«, sagte Charlotte. »Wenn wir zurückkommen, dann werden sie die Frau identifiziert, Jackson Pynne gefunden und die ganze Sache aufgeklärt haben.«

Luke nickte.

»Ja, und vielleicht werden Demokraten und Republikaner ihre Differenzen ausdiskutiert und einen Haushalt verabschiedet haben.«

Charlotte hatte eine Ferienwohnung mit zwei Schlafzimmern, Kamin und atemberaubender Aussicht auf die Blue Ridge Mountains gemietet. Sie hatten eine Abmachung getroffen: Kein Fernsehen oder Internet, und wenn sie die Berge einmal erreicht hatten, würden sie auch nicht mehr über den Kirchenmord reden. Zumindest bis Samstag nicht. Charlotte hatte ihr Handy mitgenommen, aber nur, um erreichbar zu sein.

Am Donnerstagabend gelang es Luke bei einem Spaziergang mit Sneakers auf einer nassen, windigen Bergstraße endlich, sich gedanklich von dem Fall zu lösen. Es stimmte ihn heiter, an diesem merkwürdigen Ort durch den kalten Nebel zu laufen, Kiefern und Fichten zu riechen und die mondbeschienenen Umrisse der fernen Berge zu betrachten. Er hörte nichts als seine eigenen Schritte und Sneakers' Schnaufen.

»Wir haben unsere Männerfreundschaft vertieft«, berichtete er Charlotte, während Sneakers zur Wasserschüssel in der Küche trottete.

»Hat er dir auch geraten, nicht mehr so fixiert zu sein?«

»Er hat es mir nicht nur geraten. Er hat mich in die Wälder gezerrt und sich geweigert umzukehren, bis ich es ihm ganz fest versprochen hatte.«

»Ich habe ihn eben gut dressiert.«

Luke merkte, dass Charlotte sich hier wohlfühlte; ihre Augen fanden in der Berglandschaft etwas, das die wilderen Teile ihrer Seele zufriedenstellte. Das gefiel ihm.

Am nächsten Morgen machten sie gemeinsam eine Bergwanderung durch die Wälder, wobei sie einen kleinen Wasserfall entdeckten, der über eine steile Klippe sprudelte. Charlotte und er setzten sich, um Ei-Sandwiches zu essen, während ihnen Gischt und Wind um die Ohren brausten. Sneakers hingegen rannte aufgeregt schnüffelnd hin und her. Die Bergluft wirkte belebend, und der Friede, den Charlotte an diesem Ort fand, gab auch Luke ein Gefühl innerer Ruhe. Nur selten dachte er an die Frau auf der Kirchenbank oder daran, wie merkwürdig ihn die Leute in den Tagen nach seiner Entdeckung angesehen hatten.

Wie oftmals auf Reisen spielten er und Charlotte an beiden Abenden ihre Rollenspiele. Am Donnerstag war Charlotte ein Förster, der nach einem riesigen Braunbär suchte, der die Gegend unsicher machte. Am Freitag tauchte der örtliche Sheriff Don Kendall auf, um eine am Nachmittag aus dem Gefängnis ausgebrochene Gefangene zu suchen. Sneakers ignorierte sie bei all dem. Er hatte Besseres zu tun, wie zum Beispiel auf dem Teppich herumzuliegen und den warmen Luftzug der Heizung zu genießen.

Am Freitagabend saßen sie dick in Wolldecken eingemummelt auf der Terrasse und redeten endlich über »dies und das«, worauf Charlotte angespielt hatte. Luke hoffte inständig, dass ihr Gespräch die Traurigkeit, die sich ihrer in letzter Zeit bemächtigt hatte, verfliegen lassen würde – und auch die unbestimmte Unruhe, die ihn in letzter Zeit immer wieder mitten in der Nacht geweckt hatte. »Dies und das« erwiesen sich letztendlich in erster Linie als organisatorische Fragen: Methodistenpfarrer blieben im Schnitt fünf bis sieben Jahre in einer Kirche, um dann in eine andere Stadt versetzt zu werden, wie Profisportler, die das Team wechselten. Luke wollte das nicht sein Leben lang mitmachen und Charlotte auch nicht. Beide wollten auf lange Sicht ein Haus kaufen und ihr Leben an einem festen Ort verbringen.

»Wenn uns das wichtig ist«, sagte er, »könnte ich meinen Beruf als Pastor aufgeben und etwas anderes machen. Ich weiß nicht genau, was. Aber es gibt viele Sachen, an denen ich Freude finden könnte.«

»Zum Beispiel?«

»Unterrichten. Therapieren. Schreiben. Tankwart sein.«

»Gibt es überhaupt noch Tankwarte?«

»In Oregon und New Jersey schon.«

Sie lächelte schwach, als glaubte sie ihm nicht recht. Es überraschte Luke immer, wenn er etwas wusste, das Charlotte nicht wusste, vor allem, wenn es um die USA ging, ihr Spezialgebiet als Historikerin.

»Ich meine, es wäre schon irgendwie schön, ein etwas voraussehbareres Leben zu führen«, sagte sie. »An einem festen Ort. Oder?«

»Ja«, sagte er. »Und das werden wir auch – sobald wir finden, dass es für uns an der Zeit ist.«

Luke nahm ihre Hand, und sie lehnte den Kopf an seine

Schulter, sodass er den Duft ihres Shampoos riechen konnte. Das einzige Problem daran, ihr Leben zu ändern, war, dass das bedeuten würde, dass an ihrem jetzigen Leben etwas falsch war, und das fand keiner von beiden. Für Charlotte war es wunderbar, jeden Tag schreiben zu können und ehrenamtlich bei der Tierschutzgesellschaft zu arbeiten. Wo genau sie wohnten, machte da für sie keinen großen Unterschied. Luke mochte die Pflichten eines Pastors. Es gefiel ihm, sich mit Leuten zu treffen, Gemeindemitglieder zu beraten und einen Beitrag zur Vergrößerung der Gemeinde zu leisten. Aber nächste Woche wollten sie Charlottes Eltern besuchen; und es war gut, derlei Dinge im Vorhinein zu besprechen, da sie bei den Carringtons so gut wie jedes Mal auf den Tisch kamen. Charlotte fühlte sich von ihren Eltern, vor allem von ihrem Vater, leicht – und manchmal auch etwas stärker – unter Druck gesetzt, Kinder zu bekommen. Vielleicht war das der Grund für die Traurigkeit, die sie in letzter Zeit gelegentlich überkam. Vielleicht wurde sie aber auch von der Erinnerung an ihren Bruder heimgesucht – an ihren »Seelenverwandten«, wie sie zu sagen pflegte –, dessen Tod ihrer Familie nach wie vor zu schaffen machte.

Sie saßen noch lange bei einem Glas Wein auf der Terrasse und betrachteten die Wolken, die wie kalter Rauch über die Berge zogen.

»Na also, endlich haben wir mal über diese Dinge gesprochen«, sagte sie schließlich.

»Und sind immer noch verheiratet.«

»Halleluja.«

Charlottes Handy klingelte erst am Samstagmorgen, als die Organistin Betsy Anders anrief, um Luke zu fragen, ob er mit ihrer Musikauswahl für den Sonntagsgottesdienst einverstanden war. Es war das erste Mal, dass sie nach seiner Zustimmung fragte; aber schließlich war es auch der erste Gottesdienst seit dem »Kirchenmord«.

»Sie wollte nur sichergehen, dass die Stücke angemessen sind«, erklärte er Charlotte, die noch in dem riesigen Bett lag, Sneakers kraulte und sich wahrscheinlich fragte, warum sie am Samstagmorgen um acht einen Anruf bekamen. »In Anbetracht der Lage.«

»Ja, es ist immer gut, die Lage im Auge zu behalten.«

»Ja, auch wenn es manchmal anstrengend ist.«

»Stimmt.«

Luke legte sich wieder hin, kuschelte sich unter die Decke und schloss die Augen.

»Mach dir keine Sorgen um Betsy«, sagte Charlotte. »Sie ist Methodistin.«

»Oh.« Luke öffnete die Augen. »Und was soll das bitte heißen?«

Als er sich umdrehte, sah er sie noch mit den Schultern zucken. Sie zog die Bettdecke auf die Seite, die sie mit dem Hund teilte. Luke blickte aus dem Fenster: graue Wolken, die Regen oder Schnee über die Berge trugen. »Ich wollte damit nur sagen, dass Methodisten nicht so gerne Molltonarten spielen – weniger gerne als, sagen wir, Presbyterianer oder Katholiken.«

»Wirklich?«, fragte Luke, jetzt hellwach. »Ich liebe Molltonarten.«

»Ich weiß – und ich bin echt froh, dass das auch schon das ganze Ausmaß deines Katholizismus ist«, erwiderte sie. »Geißelung wird bei den Methodisten nicht gerne gesehen.«

Er sah ihre Schultern unter der Bettdecke beben und begriff, dass sie lachte.

Betsys Stimme hatte ihn wieder an Tidewater erinnert: An Jane Does schönes, leeres Gesicht. An den verfinsterten Blick aus Jackson Pynnes whiskeyfarbenen Augen, als er sich auf Lukes

Auffahrt plötzlich in die Enge getrieben gefühlt hatte. An die tanzende Jane Doe seiner Träume, deren Haut an seinen Händen kleben blieb. Und an das Szenario, das ebenfalls nur in seiner Vorstellung, zum Glück jedoch nicht in seiner Erinnerung existierte: an jemanden, der mit einem Schlagstock auf die tote Frau einschlug, bis die Knochen ihrer Beine und Rippen brachen. Und später ihre verstümmelte, aber gut gekleidete Leiche in seine Kirche trug und so in eine Kirchenbank am hinteren Ende setzte, dass sie in Richtung Altar blickte.

Als sie am Nachmittag wieder zu Hause ankamen, las Luke in den Zeitungen der letzten Tage, dass die Frau noch immer nicht identifiziert worden war und man auch noch niemanden festgenommen hatte, dass aber Sheriff Calvert dennoch gegenüber Journalisten von »mehreren heißen Spuren« gesprochen hatte.

20

Samstag, 18. März

»Sergeant Hunter?«

»Ja.« Sie erkannte den ausdrucksarmen Tonfall des Sheriffs sofort.

»Clay Calvert hier. Ich weiß, dass Ihnen das mit dem Team und so ziemlich wichtig ist. Deswegen wollte ich sichergehen, dass Sie es sofort und von mir selbst erfahren.«

Amy wartete. *Was kommt jetzt?*

»Wir sind am Tatort.«

»Am Tatort.«

»Genau.«

»Der Tatort wurde entdeckt?«

»So ist es. Ich bin hier vor Ort, mit einigen meiner Mitarbeiter. Die Spurensicherung ist gerade gekommen. Wir haben den Tatort gesichert.«

»Wo?«

»Bei den alten Jenkins-Häuschen unten am Oyster Creek. Meine Leute sind auf den Anruf des Besitzers hin vor ungefähr vierzig Minuten hier angekommen. Wir fangen gerade mit der Spurensicherung an.«

Warum hat man mich nicht sofort informiert?, hätte Amy beinahe gefragt, aber die Antwort war ihr natürlich bereits bekannt.

Ein Hausmeister war am Morgen durch die Ferienhäuschen gegangen, um nach den Klimaanlagen zu sehen, teilte Calvert ihr mit. Die Matratze in Haus Nummer 12 war offenbar blutverschmiert, und es stank. Die Spurensicherung hatte auch Blut auf Boden und Kacheln in der Dusche gefunden.

»Und da ist noch etwas«, sagte der Sheriff. »Das zeige ich Ihnen, wenn Sie hier sind.«

Sobald sie aufgelegt hatte, rief Amy Shipman an, der sofort in den Flur gestürzt kam. »Du fährst«, sagte sie. »Ich erzähle dir unterwegs, was los ist.«

Oyster Creek befand sich am südlichen Ende der Stadt, ein tief liegendes Gewirr von Bächen, Flüsschen, Zuläufen und sumpfigen Wiesen, das zusammen mit der Chesapeake Bay die labyrinthartige Ortsgrenze bildete. Gelbes Absperrband flatterte zwischen den windzerzausten Kiefern neben der Straße; eine Schar von Schaulustigen und zwei Reporter hatten sich davor versammelt.

Der Mord war in der hintersten von zwölf an einem schlammigen Strand neben dem Flusslauf gelegenen Hütten geschehen. Die Jenkins-Häuschen waren in den 1940er-Jahren erbaut worden, um Fischern und ihren Familien Ferien im Grünen zu ermöglichen. Jetzt standen sie, genau wie Robby Fallows *Ebb Tide Inn*, häufig leer, wurden jedoch im Juni und Juli bisweilen von Krabbenfischern und im Herbst von Jägern angemietet. Eine einspurige Kiesstraße führte zu ihnen hin. Neben jedem Häuschen gab es eine schmale Einfahrt. Zwei Streifenwagen und ein Kleinbus von der Spurensicherung der State Police standen fast ganz am Ende der Zufahrtsstraße. Schon auf den ersten Blick bemerkte Amy mehrere Fußabdrücke und Reifenspuren, die noch nicht als Beweismaterial gekennzeichnet waren, darunter Fußspuren, die von der Rückseite von Haus 10 zu der von Haus 11 führten. Sie sah auch, dass frischere Spuren darüber verliefen, vermutlich von den Leuten des Sheriffs.

Sie blickte zurück auf die Straße und versuchte, sich ein Bild von den Ereignissen zu machen. Ein Wagen hatte neben Haus Nummer 12 gestanden. Zwei Männer waren zu Fuß von der Auffahrt zum Häuschen und wieder zurück gegangen.

»Die Schlösser an einigen der Türen sind nicht gerade stabil.« Die Bemerkung des Sheriffs ließ sie aus ihren Gedanken aufschrecken. »Wenn überhaupt abgeschlossen war. Habe gehört, dass hier öfter mal Obdachlose übernachten.«

»So wie in der Kirche.«

Calvert sah sie mit zusammengekniffenen Augen an. Ein Windstoß kräuselte den seichten Bach und trug den Geruch von Morast und totem Fisch heran. Shipman stand jetzt oben auf der Kiesstraße und sprach mit Barry Stilfork.

»Was ist das andere?«, fragte Amy.

»Das was?«

»Sie meinten, es gebe noch etwas, was Sie mir zeigen wollten, wenn ich hier wäre.«

Er nickte, sah aber zunächst auf die Bucht hinaus und kniff die Augen im Dämmerlicht zusammen. »Die State Police hat oben im Wald den Stummel einer Chesterfield-Zigarette gefunden. Am oberen Ende der Auffahrt. Barry wird es Ihnen zeigen, wenn er zurück ist. Wie Sie wissen, haben wir auch vor der Kirche eine Chesterfield-Kippe gefunden. Und wenn ich mir die Fußspuren hier ansehe«, fügte er hinzu, »kommen die mir auch ziemlich bekannt vor.«

»Allerdings mit einem kleinen Unterschied«, sagte Amy.

»Ach, und der wäre?«

»Diesmal sind es zwei Spuren«, sagte Amy. »An der Kirche war es nur eine.«

Der Sheriff musterte sie von oben bis unten und wandte sich dann ab, um zu sehen, was Stilfork trieb.

Amy stieg die Eingangsstufen zu Haus Nummer 12 hinauf. Eine rostige Türangel quietschte, als sie das Fliegengitter öffnete. Das Innere des Häuschens bestand aus einem einzigen, muffig riechenden Zimmer. Das Bett stand schief in den Raum hinein, und ein Lehnstuhl war umgefallen, als habe hier ein Kampf stattgefunden. Zwei Beamte von der Spurensicherung bestäubten die Oberflächen der beiden einzigen anderen Möbel, einer kleinen Holzkommode und eines Nachttischs. Amy blieb mitten in der Tür stehen und betrachtete den riesigen Blutfleck auf dem Bett, der sich anscheinend von einem einzigen Punkt her ausgebreitet hatte.

»Was haben Sie zu den Fußabdrücken herausgefunden?«, fragte sie eine kleine, schwarzhaarige, nervös dreinschauende Frau von der Spurensicherung.

»Bisher haben wir mehrere klar erkennbare Fußabdrücke.«

»Von verschiedenen Personen?«

»Nein, nur von einer.«

»Passen sie zu denen draußen?«

»Die haben wir uns noch nicht angesehen.«

»Tun Sie das bitte«, sagte Amy. »Bevor die Leute vom Sheriff sie platt trampeln.«

Überraschenderweise drehte sich die Frau zu ihr um und warf ihr ein verschwörerisches Lächeln zu.

Amy betrachtete den Raum einige Minuten lang, bis ihr schließlich noch etwas auffiel. Sie ging zur Wand auf der anderen Seite des Bettes hinüber und fuhr mit den Fingerspitzen über die Ränder eines kleinen Lochs in der hölzernen Wandverkleidung.

»Sehen Sie das?«

Die Frau blickte auf und erstarrte. Der andere Kriminaltechniker, ein kleiner, dicklicher Mann mit grauem Haar, kam ebenfalls herbei.

»Ein Einschussloch«, sagte Amy. »Aber keine Patronenhülsen, oder?«

»Nö.«

Sie nickte, ging wieder hinaus und überlegte, von wo der Schuss wohl gekommen war. Es dauerte sieben Minuten, bis sie die Patronenhülse im eingetrockneten Morast unter herabgefallenen Kiefernnadeln fand. Eine 22er. Die mutmaßliche Todesursache ihrer Jane Doe.

Zwei Häuschen weiter sicherte der Sheriff gerade zusammen mit zwei anderen Kriminaltechnikern Reifenspuren. Es hätte Amy nicht gewundert, wenn es sich dabei um Spuren ihrer eigenen Fahrzeuge gehandelt hätte.

»Was hältst du davon?«, fragte sie Shipman auf dem Rückweg am Gewirr von Bachläufen und kleinen Buchten entlang.

»Zu viele Leute. Versauen die Spuren.«

»Was hat Stilfork dir gesagt?«

»Er hält den Fall für ziemlich eindeutig. Sie bauen ganz auf die Chesterfield und die Fußspuren. Beides wie an der Kirche.«

Mit anderen Worten: Jackson Pynne. Ja, die Ermittlungen gingen inzwischen spürbar in eine neue Richtung. Shipman hatte tags zuvor beim Frühstück ganz recht gehabt: Der Hauptverdächtige des Sheriffs war nun Pynne, und nicht mehr Robby Fallow. Calvert machte sich die veränderte Sachlage mit demselben Eifer zu eigen, mit dem er zuvor Fallows Täterschaft beschworen hatte – als wäre er selbst darauf gekommen. Vielleicht glaubte er ja sogar daran.

War das eine neue Version seiner »unabweisbaren Schlussfolgerungen«? Amy wusste, dass Sheriff Calvert zu voreiligen Schlüssen neigte. Leider betrachtete er das noch dazu als Ausweis seiner besonderen Kompetenz.

»Aber warum?«, fragte sie. »Warum hat er sie in die Kirche geschleppt? Warum hat er ihr die Zahlen in die Hand geritzt?«

»Weißt du, was Zinken glaubt?«

»Zum Glück nicht.«

»Er glaubt, dass Robby Fallow und Jackson Pynne es gemeinsam getan haben.«

Amy sah ihn an wie: *Also, komm …*

Shipmans Lächeln erstarb.

»Ich mein ja nur.«

»Und, wann wird Anklage erhoben?«

»In ein paar Tagen? Vielleicht Mitte der Woche. Aber was ist eigentlich mit diesem Psalmen-Zeug?«, fragte er. »Ist da was dran?«

»Ich weiß nicht.« Amy fiel der Vorwurf des Sheriffs, sie »halte Beweise zurück«, wieder ein, und sie beschloss, Ship noch nicht mehr über die Psalmen zu sagen. Die Einzigen, die bisher von Psalm 51:10 wussten, waren der Pastor und Ben Shipman. Sosehr sie ihn auch mochte und ihn als Bruder betrachtete, so sehr machten ihr Ships geteilte Loyalitäten manchmal Sorgen.

Eine Weile schwiegen sie, während die Straße sie in Richtung Norden zwischen Feldern hindurchführte. Dann schaltete Ship seine Beatles-CD ein und nickte mit dem Kopf zur Musik. *»Lady Madonna, baby at your breast, wonder how you manage to feed the rest …«*

Amy erinnerte sich an den Rat ihres Vaters. *Folge deinem Instinkt. Lass dich von niemandem aus dem Gleichgewicht bringen*. Wie er sie angefeuert hatte. Ihr Vater, der scheinbar auf alles eine Antwort gewusst hatte, der sie als Profisportlerin hatte sehen wollen. Er wäre nicht im Entferntesten auf die Idee gekommen, dass sie einmal Mordermittlerin sein und Bauernschach gegen den Sheriff spielen würde. Die Welt, auf die ihr Vater sie vorzubereiten versucht hatte, war irgendwo da draußen, aber es war nicht die, in der sie lebte. Die milchigen Augen der Jane Doe fielen ihr wieder ein, die sie über die auf der Kirchenbank gefalteten Hände hinweg angesehen hatten. Die

Gesichter verschwanden nie; Amy wusste, dass sie diese Augen noch jahrelang vor sich sehen würde.

»Worüber denkst du nach?« Ship drehte die Musik leiser.

Amy sah in sein ruhiges, sommersprossiges Gesicht, und sofort verpufften alle ihre Bedenken. Shipman hatte etwas unwiderstehlich Kameradschaftliches an sich. Er fühlte sich unwohl, wenn es Leuten nicht gut ging oder sie zu lange nichts sagten. »Entschuldige«, sagte sie. »Ich habe wohl an meinen Vater gedacht. Daran, was er zu alldem gesagt hätte.«

»Und, was hätte er gesagt?«

»Bleib dran. Folge deinem Instinkt. So was halt.«

Ship schwieg einen Moment lang. »Er ist sehr plötzlich gestorben, nicht wahr?«

»Herzinfarkt. Dreiundvierzig. Niemand hatte damit gerechnet.«

»Tut mir leid.«

»Merkwürdig, diese Eindrücke, die unsere Eltern bei uns hinterlassen, findest du nicht? Sogar so viele Jahre später noch.«

Nach einer Weile sagte Shipman: »Mein Vater starb auch jung.«

Amy sah ihn an und hatte ein schlechtes Gewissen, weil sie ihn niemals nach seinem Vater gefragt hatte. Sie wusste, dass er Seemann gewesen war und dass er nicht mehr lebte, aber sonst nichts. Die Geschichten um Ships Vater endeten immer an diesem Punkt. Ship schien nicht gern darüber zu reden.

»Ja, er war Hochsee-Krabbenfischer«, sagte Ship. »Sein Boot ist vierzig Seemeilen vor der Küste leckgeschlagen. Draußen vor North Carolina. Ich war dreizehn.«

»Das wusste ich nicht. Tut mir leid.«

»Schon in Ordnung. Ich spreche normalerweise nicht drüber.«

Amy betrachtete die Straße vor ihnen und das wolkenverhangene Licht auf den Feldern. Als Shipman schließlich weiterredete, überraschte er sie: »Bedrängnis bringt Geduld, Geduld aber Bewährung, Bewährung aber Hoffnung. So ist das.«

»Woher kommt das?«

»Mein Vater hat das immer gesagt«, erklärte er, ohne den Blick von der Fahrbahn zu wenden. »Es steht in der Bibel.«

Sie nahm sich vor, das später nachzuschlagen. »Dein Vater ist in Tidewater aufgewachsen.«

»Ja, er war hier geboren und aufgewachsen. Ein paarmal hat er versucht abzuhauen. Genau wie ich. Muss wohl was mit der Luft hier zu tun haben oder mit dem Wasser. Es zieht einen immer wieder zurück. Manche Leute glauben, sie könnten ihre Sorgen hinter sich lassen, wenn sie woanders hingehen. So läuft das aber nicht. Meine Ex dachte das auch. Sie ist nach North Carolina gezogen, um noch mal ganz von vorn anzufangen, und dachte, ihre Probleme würden sich von selbst erledigen. Meine Tochter Becca erzählt aber, dass Donna noch ganz genau wie früher ist, nur schlimmer. Wir glauben beide, dass sie manisch-depressiv ist. Eine Zeit lang ist immer alles prima, und dann, puh, geht's los.«

»Also, ich bin froh, dass du zurückgekommen bist«, sagte Amy.

»Ja, ich auch.«

Als sie danach wieder in Schweigen verfielen, war es eine angenehme Stille. Leise erklang der Refrain von »*I am the Walrus*«. Sie dachte erneut über den Fall nach, über das, was sie im Wald am Oyster Creek gesehen hatte, und über das Spiel, das der Sheriff spielte.

Etwas später sagte sie: »Jackson Pynnes Firma besitzt ein Innenstadthaus hier in Tidewater, wusstest du das?«

»Wirklich?«

»Es ist ein Mietshaus. Ich finde, es wäre eine gute Idee, dort vorbeizufahren und es sich mal anzusehen.«

»Klar, geht in Ordnung.« Er schaltete die Musik aus. »Warum? Glaubst du, dass er dort war?«

»Nein«, sagte sie. »Aber ich habe das Gefühl, dass wir dort etwas Interessantes finden.«

»Okay.« Nach einer kurzen Unterbrechung fuhr er fort: »Was glaubst du denn, was wir da finden?«

»Ich weiß nicht«, sagte Amy. »Für den Anfang vielleicht ein paar Schuhe.«

21

Jackson Pynne hatte Tidewater über die kleinen Seitenstraßen verlassen und war in Richtung Südosten durch Mais- und Bohnenfelder Richtung Virginia gefahren, fest entschlossen, wieder einmal von der Bildfläche zu verschwinden. Das eine oder andere Mal hatte er darüber nachgedacht, zur Polizei zu gehen und zu erzählen, was er wusste. Aber es war zu riskant. Tidewater County war zurzeit Gift für ihn, und das würde auch noch eine Weile so bleiben. Wäre er dageblieben, dann hätte er den Ort vielleicht nie wieder verlassen. Da war es besser, ein bisschen Abstand zwischen sich und die dortigen Ereignisse zu schaffen. Und sich dann zu überlegen, wie es weitergehen sollte.

Ihr Gesicht ließ ihn nicht los – die Art, wie sie ihn zum letzten Mal angesehen hatte, mit ihren dunklen Augen, dem vielschichtigen Blick. Ihre Augen waren wie Tore in eine Welt voller Geheimnisse gewesen, über die er nun nichts mehr erfahren würde. Es musste doch einen Weg geben, das zu ändern, das Geschehene ungeschehen zu machen. Sie zurückzuholen.

Pynne schaffte es bis nach Selma in North Carolina, Interstate-Abfahrt 97. Er hielt auf einem Parkplatz im Industriegebiet, um einen Hamburger zu essen, eine Zigarette zu rauchen und sich zu überlegen, was er als Nächstes tun und wohin er fahren sollte.

Er ließ das Fenster herunter und zündete sich eine Chesterfield an. Versonnen betrachtete er die dicken Quellwolken über den Dächern der billigen Hotels und den riesigen grünen Autobahnschildern. Er atmete die Luft von Carolina. In seiner

Kehle spürte er beim Rauchen wieder dieses leichte Kratzen; er fragte sich, ob er vielleicht Kehlkopfkrebs hatte. Dann schloss er die Augen und versuchte, einfach nur die Luft zu genießen, jedes bisschen davon – die Fastfood-Gerüche, den Asphalt und das Benzin, die Kiefernwälder, den Verkehrslärm und den Geschmack einer guten Zigarette.

Als er gerade wieder in Richtung Autobahnauffahrt losfuhr, klingelte sein Mobiltelefon. Er nahm ab und hörte ihre Stimme. Als wäre sie noch am Leben. Einfach so. Aber sie redete nicht mit ihm.

»Nein, bitte«, sagte sie. »Tu das nicht. Bitte nicht.«

Jackson fuhr rechts heran und riss die Handbremse hoch.

»Nein, nein, nein«, hörte er sie sagen, gefolgt vom Geräusch eines lauten Schlags.

Jackson stieg aus und erbrach sein Mittagessen in einen Gully neben der Straße. Jetzt wusste er es. Wusste, dass sein Plan zu verschwinden niemals funktionieren würde. Sie würden ihn finden. Wohin er auch ging, sie würden ihm folgen. *Bis sie mich finden.* Er würde das Geschehene niemals hinter sich lassen können.

22

Alan Barker war der Chef der Kriminalpolizei in Bridge County, West Virginia, einem ländlichen Bergstädtchen in der Nähe der Grenze zu Maryland und Pennsylvania. Hier hatte man am Grund eines Abwasserbeckens eine Jane Doe gefunden; in ein Betttuch gewickelt und an Händen, Knöcheln und Nacken mit Klebeband gefesselt. Die Todesursache war eine einzige 45er-Schussverletzung direkt unterhalb des rechten Ohrs. Die Frau war weiß, Ende dreißig, einen Meter siebzig groß und wog zweiundsiebzig Kilo. Sie trug Jeans und ein schwarzes T-Shirt. Ein Beutel mit einer kleinen Menge Marihuana hatte in ihrer Tasche gesteckt.

Wie Amy Hunter aus den Aufzeichnungen über den Tidewater-Fall ersah, hatte Sonny Fischer vier Nachrichten für Barker hinterlassen, die erste davon am Mittwoch. Barker hatte einmal zurückgerufen, nach Fischers zweitem Anruf, und eine Nachricht hinterlassen, auf den dritten und vierten Anruf aber nicht reagiert.

Sie kochte sich eine Kanne Kaffee und machte es sich an ihrem Schreibtisch bequem, schloss die Tür und sah auf die im Wind schaukelnden Bäume bei den Straßenlaternen auf dem Parkplatz hinaus. Heute Abend waren die meisten Büros schon verlassen, nur ein Sergeant am Schreibtisch und ein paar Fahrdienstleiter waren noch hier, ein paar Leute von der Notrufzentrale in einem anderen Flügel des Gebäudes und jemand, der in den Räumen der Kriminalpolizei herumlief. Sie mochte diese Stille, wenn niemand sie unterbrach. Heute würde sie so lange arbeiten, wie die Sache brauchte. *Ich höre nicht auf, bevor ich etwas finde.*

Sie fing mit West Virginia an. Leider stand Alan Barkers Privatnummer nicht auf der Liste, aber immerhin fand sie Einträge für mehrere andere County-Beamte. Sie brauchte vier Versuche, um jemanden zu erreichen. Die stellvertretende Staatsanwältin hieß Patricia Pembrook, und ihre Stimme war so tief, dass Amy zunächst dachte, sie spräche mit einem Mann.

»Ich kann Ihnen nur sagen, dass an einem Samstagabend die Wahrscheinlichkeit recht hoch ist, dass Barky drüben im *Red Lobster* zu Abend isst.«

»Entschuldigen Sie – Barky?«

»Al Barker. Nach dem hatten Sie doch gefragt.«

»Ach so.«

Amy suchte die Nummer des *Red Lobster* heraus. Das Mädchen, das ans Telefon ging, klang, als wäre es zehn Jahre alt.

»Ich versuche, Alan Barker zu erreichen«, sagte sie. »Ich glaube, er isst gerade bei Ihnen zu Abend.« Sie hörte sich die wirren Rückfragen am anderen Ende der Leitung an und fügte hinzu: »Es ist dringend. Ein Notfall.«

Sie sah auf die Armbanduhr. Es dauerte sechs Minuten, bevor eine männliche Stimme in der Leitung zu hören war.

»Hallo?«

»Mr Barker?«

»Wer ist da?«

Amy erklärte ihm, wer sie war und was sie wollte.

»Also wirklich«, sagte er. »Ich esse gerade mit meiner Familie zu Abend. Können Sie mich am Montag im Büro anrufen? Ich weiß nicht mal, mit wem ich spreche.«

»Das habe ich Ihnen doch gerade erklärt«, sagte sie. »Und in Ihrem Büro haben wir angerufen. Wir haben mehrfach Nachrichten hinterlassen. Vier Nachrichten, laut unseres Protokolls.

Dies ist ein dringender Fall von höchster Wichtigkeit.« Sie bemühte sich, etwas nachsichtiger zu klingen. »Es dauert nur eine Minute.«

Barker seufzte demonstrativ. Dann wurde sein Tonfall verbindlicher. »Was müssen Sie denn so dringend wissen?«

»Ich sehe mir gerade die Akte von diesem Jane-Doe-Fall an. Ich suche nach einer möglichen Verbindung zu einer unbekannten Toten hier in unserem Verantwortungsbereich. Ich muss etwas Bestimmtes wissen: Sind am Tatort irgendwelche Zahlen hinterlassen worden – oder an der Leiche?«

»Zahlen!?«

»Ja. Oder in der Nähe der Leiche. Irgendwas in der Art?«

»Wer hat Ihnen denn gesagt, dass da welche wären?«

»Niemand«, sagte sie. »Es ist nur eine Vermutung. Wie ich schon sagte, es könnte eine Verbindung zu meinem Fall geben.«

»Gibt es eine Telefonnummer, unter der ich Sie erreichen kann?«

»Selbstverständlich.« Sie gab ihm ihre beiden Telefonnummern.

»Und wie war noch mal Ihr Name?« Sie sagte es ihm. »Okay, jetzt esse ich erst mal zu Abend. Ich werde Sie anrufen lassen, wenn wir was finden. Vielen Dank«, sagte er und legte auf.

Dann öffnete Amy den Fallordner zu dem Toten in Central Virginia und las ihn von vorn bis hinten durch. Das Opfer war ein Weißer, der an einem ländlichen Abschnitt der Bundesstraße 736 gefunden worden war. Man hatte ihm aus nächster Nähe mit einer 22er-Handfeuerwaffe in die Brust geschossen. Fisch hatte mit zwei Ermittlern über den Fall gesprochen, aber das hatte keine weiteren brauchbaren Informationen hervorgebracht als die, die ohnehin in der Akte standen – abgesehen von ihrer Mutmaßung, der Fall habe etwas mit Drogen zu tun, ein Vergeltungsmord, wobei die herausgeschnittene Zunge bedeutete, dass er ein Spitzel gewesen war.

Sie hörte ein Geräusch und blickte auf. Eine Tür wurde geschlossen. Draußen vor dem Fenster glitzerten vereinzelte Schneeflocken über den Laternen. Sie hörte das Piepen eines Autoschlosses. Sie lauschte den Gerätegeräuschen um sie her – da war die Uhr, die Kaffeemaschine, die Heizung. Dann hatte sie eine Idee.

Sie blätterte zurück zu der Toten in West Virginia. Der Gerichtsmediziner hieß Carroll Sternwilder, und im Telefonbuch fand sie einen C. Sternwilder, der in der Slope Lane wohnte. Eine männliche Stimme meldete sich am anderen Ende.

»Mr Sternwilder?«

»Ja?«

»Amy Hunter hier. Ich bin von der Spezialeinheit des Morddezernats in Tidewater County in Maryland. Ich arbeite an einem Mordfall, der in Zusammenhang mit Ihrer offenen Jane-Doe-Ermittlung steht. Ich möchte mehr über die Zahlen wissen, die eventuell beim Opfer zurückgelassen wurden.«

»Hallo?«

Amy hörte einen Fernseher im Hintergrund – ein Brummen, in dem sie nach einer Weile die Geräuschkulisse eines Autorennens erkannte. Sie wiederholte das meiste von dem, was sie gesagt hatte.

»Ich bin nicht dazu befugt, Informationen an die Medien weiterzugeben«, sagte er entschieden und prinzipientreu.

»Mr Sternwilder? Ich bin nicht von den Medien. Ich bin die leitende Ermittlerin der State Police in einem Mordfall.«

»Ich bin nicht befugt, darüber zu sprechen.«

Darüber zu sprechen. Amy atmete tief durch.

»Aber es waren Zahlen da.«

»Nichts, was für die Ermittlungen relevant wäre.«

»Aber da *waren* Zahlen.«

»Könnten Sie mir bitte Ihren Namen und Ihre Telefonnummer geben?«

Das tat sie, und Carroll Sternwilder hängte auf.

Um kurz vor neun klingelte ihr Mobiltelefon. Eine Nummer aus West Virginia erschien auf dem Display.

»Hunter.«

»Liebe Güte, Sie sind ja ein fleißiges Bienchen.«

»Bitte?«

»Wie ich höre, haben Sie gerade unseren obersten Gerichtsmediziner zu Hause angerufen?«

Es war »Barky«, der sein Abendessen im *Red Lobster* beendet hatte. »Mr Barker, ich vermute, dass es eine Verbindung zwischen unserem und Ihrem Mordfall gibt. Ich nehme an, dass Sie das interessiert?«

»Und was für eine Verbindung soll das Ihrer Meinung nach sein?«

»Das weiß ich erst, wenn Sie mir sagen, ob Zahlen hinterlassen wurden«, sagte sie.

Sie hörte das Rascheln von Papier.

»*Waren* da Zahlen?«

»Ich habe gerade die Unterlagen rausgeholt, und das Einzige, was ich finden kann, ist, dass ein paar Ziffern unten auf den Rücken der Leiche tätowiert waren. Falls das etwas zu bedeuten hat.«

»Wurde diese Information an andere Dienststellen weitergegeben?«

»Im ganzen Bundesstaat, ja.«

Im Bundesstaat. Das hieß, dass sie davon ausgingen, dass diese Frau aus West Virginia stammte und dass es sich um einen lokalen Fall handelte. Genau wie im Brandstiftungsfall in Delaware. Lokaler Verdacht, lokale Lösungen.

»Könnten Sie sie mir bitte beschreiben? Die Zahlen.«

Während sie wartete, spürte Amy, wie das Adrenalin ihr durch die Adern schoss.

»Tja, es war irgendwie komisch.« Er atmete tief ein. »Die Zahlen waren stümperhaft eintätowiert. Zuerst dachten wir, es wäre eine 666. Sie wissen schon, das Zeichen des Tiers, aus der Bibel. Wir dachten, sie hätten versucht, eine 666 zu schreiben, und es einfach nicht richtig hingekriegt. Aber dann sind wir zu dem Schluss gekommen – also eigentlich ist es ziemlich deutlich zu sehen –, dass es zwei Achten sind. Und eine Sieben.«

»Achten.«

»Ja, genau. Acht, acht und sieben«, sagte er, wobei er jede einzelne Zahl dehnte. »Bedeutet das was?«

»Ich bin mir nicht sicher.«

»Falls das was mit einem anderen Mordfall zu tun haben sollte, dann sind wir natürlich daran interessiert.«

»Selbstverständlich«, sagte Amy. »Einer unserer Ermittler sagte, Sie hätten schon eine den Fall betreffende Theorie?«

»Also, nein, wir haben ein paar *Ideen.* Es gibt einen Verdächtigen. Aber ehrlich gesagt haben wir noch nicht genug Beweise, um Anklage zu erheben.«

»Könnten Sie das etwas ausführen?«

»Nun ja, wir haben Grund zu der Annahme, dass es etwas mit Drogenhandel zu tun hat. In der Nähe des Fundorts befindet sich ein Drogenhaus, das in den letzten sechs oder sieben Jahren mehrmals durchsucht wurde. Ich glaube, der Besitzer ist ganze drei Mal wegen Besitz von Kokain und der dazugehörigen Utensilien angeklagt worden.«

»Und Ihre Leute haben sie innerhalb weniger Stunden nach ihrem Tod gefunden, stimmt's?«

»Bitte?«

Amy wiederholte die Frage.

»Davon gehen wir aus. Wir haben einen Tipp erhalten.«

»Und erschien Ihnen das irgendwie merkwürdig?«

»Nein.«

»Haben Sie eine Ahnung, woher der Tipp kam?«

»Nein. Er war anonym.«

Am gegenüberliegenden Ende des Parkplatzes hielt ein Streifenwagen aus Tidewater. Einer der Leute des Sheriffs. Die Scheinwerfer erloschen.

»Und wie könnte der andere Fall nun damit zu tun haben?«, fragte Barker.

Doch Amys Gedanken rasten. »Hören Sie«, sagte sie. »Ich muss da etwas überprüfen. Kann ich Sie zurückrufen?«

»Ja, sicher.«

»Vielen Dank.«

Ein Drogendelikt. Sie blätterte noch einmal die Akte des Virginia-Falls durch. Die Verstümmelung. Auch die dortigen Ermittler glaubten, dass der Mord etwas mit Drogen zu tun hatte, obwohl die Umstände andere waren: In West Virginia war Marihuana in der Tasche des Opfers gefunden worden, aber keine Drogen in seiner Blutbahn. Konnte es sein, dass jemand der Frau Drogen zugesteckt hatte, damit es so *aussah*, als handelte es sich um ein Drogendelikt? Um von den wahren Motiven abzulenken? Amy dachte über die neue Spur nach: eine aus drei Ziffern bestehende Zahl, die man der Frau grobschlächtig auf den Rücken tätowiert hatte. Nicht bloß eine Visitenkarte, sondern eine bleibende Hinterlassenschaft: 887.

Diesmal musste sie nicht erst den Pastor anrufen.

Sie schlug ihre Bibel auf. Es war das Exemplar aus ihrer Kindheit, mit ihrem Namen auf der Umschlaginnenseite: Amy L. Hunter.

88:7.

Dieses Mal fand sie beim ersten Versuch die richtige Stelle:

887 war Psalm 88, Vers 7.

Eine einfache Botschaft. Eine genaue Beschreibung des Schicksals der Frau, die man in einer Abwassergrube an einem Hang in West Virginia gefunden hatte.

Amy las es mehrmals.

Du hast mich hinunter in die Grube gelegt, in die Finsternis und in die Tiefe.

23

In der kalten Luft und der Stille fühlte Amy sich wie eingekapselt, als sie über den Parkplatz ging. Doch als sie ihren Wagen erreichte, hörte sie hinter sich einen Motor aufheulen. Scheinwerfer erhellten die Bäume am anderen Ende des Asphalts, als der Streifenwagen rückwärts ausparkte und in ihre Richtung beschleunigte.

Das Auto hielt hinter ihr und versperrte dadurch die Ausfahrt. Das Fahrerfenster wurde heruntergelassen. Es war Barry Stilfork.

»Sergeant.«

»Guten Abend.«

»So spät noch bei der Arbeit?«

»Nur ein paar lose Enden zusammenknüppern.«

Sein Blick fiel auf die Ordner unter ihrem Arm. Eigentlich durfte sie keine Akten mitnehmen, ohne das zu verzeichnen. Würde er ihr deshalb Ärger machen? Stilforks grobschlächtige Art kam ihr manchmal wie ein Zerrspiegel seiner Herkunft vor. Nach Ships Darstellung war er in der Schule ein Außenseiter gewesen, ein schlaksiger Junge, der nie lächelte und um den die Leute einen Bogen machten, wenn sie ihn überhaupt bemerkten. Amy hatte Stilfork einmal sagen hören, seine Eltern, die mittlerweile beide verstorben waren, seien im »Gastgewerbe« tätig gewesen. Aber Ship hatte ihr erzählt, dass sie seit jeher bei dem McDonald's oben an der Schnellstraße gearbeitet hatten, wo sie sich auch kennengelernt hatten. Stilforks Vater hatte es irgendwann zum Manager gebracht.

»Sie wohnen unten am Jachthafen, nicht wahr?«

»Bitte?«

»Sie wohnen am Hafen?«

»Warum?«

»Es gab Berichte, dass dort heute Abend randaliert wurde. Wollte ich Ihnen nur lieber sagen.«

»Inwiefern randaliert?«

»Ein kaputtes Fenster. Jemand ist ohne Licht herumgefahren. Ich wollte Sie nur warnen.«

Er sah sie an. Es hatte in den letzten Tagen mehrere Berichte über nächtlichen Vandalismus gegeben – eingeworfene Fensterscheiben, vier oder fünf aufgebrochene Autos, umgeworfene Grabsteine auf dem Friedhof. Bisher gab es keine Verdächtigen. Es war, als hätte der Kirchenmord die Stadt mit einem dunklen Fieber der Bosheit infiziert. Amy fragte sich, ob vielleicht Stilfork, der als Einziger nachts Streife fuhr, eine Rolle dabei spielte.

»Vielen Dank«, sagte sie. »Wird schon gut gehen, Lieutenant.«

»Nun ja, ich fahre da wahrscheinlich ohnehin später noch Streife. Dann sehe ich mal nach Ihrem Haus.«

»Das ist nicht nötig.«

»Passen Sie einfach auf sich auf«, sagte er, wobei sein Tonfall eher drohend als besorgt klang.

Es war siebzehn Minuten nach neun, als sie den Wagen anließ. Pastor Luke Bowers war inzwischen sicher schon seit Stunden zu Hause. Sie rief ihn von ihrem Wagen aus an. Stilforks Streifenwagen stand noch immer mit laufendem Motor an der Einfahrt, als warte er auf sie.

Bowers' Frau ging ans Telefon. Amy wartete, während sie ihn rief. Fast meinte sie zu hören: *Veronica Mars ist dran*! Vermutlich war es nur ein »Die Kommissarin ist dran!«.

»Hallo?«

»Sie hatten verdammt noch mal recht«, sagte sie.

»Wie bitte?«

Amy holte tief Luft. »Entschuldigung. Amy Hunter am Apparat. Sie hatten recht. Es gibt einen dritten Fall. Psalm 88, Vers 7. Ich habe es gerade entdeckt. Ich gehe der Sache jetzt auf den Grund.«

»Okay.«

»Können wir uns gleich morgen früh treffen?«

»Äh, klar, können wir machen.« Amy wollte nun auch seine Meinung zu dem Fall in Virginia hören. »Allerdings habe ich vorher erst noch etwas zu erledigen«, fügte er hinzu.

»Oh.«

»Könnten wir es nach dem Gottesdienst machen?«

»Ja, natürlich. Entschuldigung. Daran habe ich überhaupt nicht gedacht.«

In der FBI-Zentrale in Washington, D.C., las Sonderermittler Dave Crowe die merkwürdigen Details zum Fall John Doe aus Central Virginia: ein gut gekleideter Mann mittleren Alters mit abgetrennten Lippen und herausgeschnittener Zunge.

Es war nicht sein Fall. Wahrscheinlich hatte er nicht das Geringste mit seiner derzeitigen Arbeit zu tun, aber trotzdem ging er derzeit alle Vermisstenfälle in der Gegend durch, in der Hoffnung, etwas zu finden, das zu den Puzzleteilen in seinem Kopf passen würde. Dieses Teil passte nicht. Aber die Beschreibung war verstörend. Er würde sie nicht so schnell aus dem Kopf bekommen. Später würde er sich den Fall noch einmal ansehen – sobald er herausgefunden hatte, dass die Teile, die er sammelte, zu einem anderen Puzzle als dem in seinem Kopf gehörten.

Vorläufig aber schloss Dave Crowe die Akte und wandte sich einer sehr viel drängenderen Angelegenheit zu.

Teil 2

Die Betende

»Siehe, ich sage euch ein Geheimnis: Wir werden nicht alle entschlafen, wir werden aber alle verwandelt werden; und das plötzlich, in einem Augenblick, zur Zeit der letzten Posaune.«
1. Korinther 15:51

»Manchmal ist die Frage kompliziert,
die Antwort hingegen einfach.«
Dr. Seuss

24

Sonntag, 19. März

Über Nacht überzuckerte leichter Schnee die Straßen, Felder und Wiesen von Tidewater County. Als die Sonne über den Äckern aufging, hing Nebel dicht wie Dschungelmoos in den Weihrauchkiefern an der Küste. Gelegentlich grollte tiefer Donner und erzeugte einen seltsamen Widerhall zwischen den Klippen an der Bucht.

Luke Bowers hatte Aggie darum gebeten, zwei zusätzliche Platzanweiser anzufordern und fünfzig zusätzliche Exemplare des Kirchenfaltblatts auszudrucken, da er heute mit deutlich mehr Besuchern als sonst rechnete. Aber er hatte nicht erwartet, dass es doppelt so viele werden würden. Als Betsy Anders mit ihrem Orgelpräludium begann, waren die Bankreihen von vorn bis hinten besetzt, und über dreißig Leute standen hinten in der Kirche und an den Ausgängen. Nur der Platz, auf dem man die Tote gefunden hatte – er war mit Klebestreifen auf dem Fußboden markiert –, war leer.

»Ich muss schon sagen«, begann Luke, »ich habe hier an einem dritten Märzsonntag noch nie so viele Leute gesehen.« Ein nervöses Raunen ging durch die Menge; es roch nach nassen Haaren und Kleidern. »Ich gehe davon aus, dass einige von Ihnen heute eher aus Neugier gekommen sind als aus dem Bedürfnis heraus, den Herrn zu preisen. Das ist völlig in Ordnung. Ich bin froh, dass wir gemeinsam hier sind. Was mich zum Thema der heutigen Predigt bringt. Diese Woche«, sagte er und warf einen kurzen Blick auf seine Notizen, »hat hier in unserer Kirche, in unserer Gemeinde, eine Tragödie stattgefunden. Am Dienstagmorgen kam das Böse im Schutz der Dunkelheit und hat sich wieder davongeschlichen, ungesehen und ohne eine Erklärung zu hinterlassen. In den Stunden und Tagen seither haben viele die gleichen Fragen gestellt – sich selbst, einander, mir. Wer war die junge Frau, die wir am Dienstagmorgen hier in unserer Kirche gefunden haben? Welche verschlungenen Wege haben sie unter solch unglücklichen Umständen hierher zu uns geführt? Warum hat dieses Böse unser kleines, gemütliches Tidewater heimgesucht?

Wir stellen uns diese Fragen, weil es Teil unserer menschlichen Natur ist, die Ereignisse in unserem Leben erklären zu wollen. Vor allem, wenn es sich um Tragödien handelt. Und es ist unsere menschliche Natur, die uns davon ausgehen lässt, dass es eine Erklärung für solche Vorkommnisse *gibt*.

Aber was, wenn es keine einfachen Antworten auf unsere Fragen gibt? Wenn wir die Erklärungen nicht so schnell bekommen, wie wir es gerne hätten, oder wenn sie uns ein Rätsel bleiben? Darüber möchte ich heute sprechen. Denn manchmal unterscheidet sich die Natur des Menschen deutlich von der Natur Gottes.

Wir kommen hier heute Morgen an den Gestaden der Hoffnung zusammen – nicht in Verzweiflung oder Verwirrung, sondern durch die Gnade Gottes. Wir sprechen hier am Sonntagmorgen oft vom Glauben. Und mit Fragen zu leben ist ein wichtiger Teil unseres Glaubens. Wussten Sie, dass Jesus in der Heiligen Schrift mehr als achtzig Mal infrage gestellt wird? Unsere Fragen erinnern uns daran, dass ein Fragen stellender Glaube gelebter Glaube ist. Wenn unser Glaube keine Fragen mehr stellt, dann ist aus dem Glauben ein Dogma geworden.

Die Schrift fordert uns auf, nach Glauben zu streben, aber

sie fordert uns auch auf, Fragen zu stellen. In einer berühmten Passage bei Matthäus sagt der Apostel: ›Fragt, und euch wird Antwort gegeben, strebt nach der Wahrheit, und ihr werdet sie finden, klopfet an, und euch wird aufgetan.‹ Aber die Schrift sagt uns auch, dass wir lernen müssen, bei unseren Fragen zu unterscheiden. Mit anderen Worten, der Glaube ist voll der Prüfungen und des Kummers, und oftmals sind es die Prüfungen und der Kummer, die uns innerlich und im Geiste wachsen lassen.«

Luke bemerkte während seiner Predigt wiederholt einen rundgesichtigen Mann mit rauchblauen Augen, sehr kurzen schwarzen Haaren und einem dunklen Regenmantel, der am Ende einer seitlich stehenden Kirchenbank saß. Der Mann schien ihn anzustarren und riss die Augen jedes Mal, wenn Luke ihn ansah, weiter auf. Es gab keine Regeln darüber, welche Art von Blickkontakt bei Predigten erlaubt war oder nicht, und Luke hatte im Laufe der Jahre schon einige »Starrer« erlebt. Fast immer waren es Frauen, einschließlich jener, die Charlotte als seine »Fans« bezeichnete. Dieser hier wurde ihm langsam unangenehm, sodass er schließlich einfach nicht mehr in seine Richtung sah.

»Unsere Fragen werden manchmal zum zentralen Geheimnis unseres Glaubens«, fuhr er fort. »Und die Art, in der diese Fragen beantwortet werden – oder auch nicht beantwortet werden –, formt in manchen Fällen unseren Glauben. Aber wir dürfen nie vergessen, dass wir oftmals mit dem Geschenk der Weisheit belohnt werden, wenn wir den Glauben und die Geduld nicht aufgeben. So lasst uns denn unsere Fragen stellen. Aber lasst uns auch geduldig sein und zuhören – wirklich zuhören –, wenn wir Antworten wollen.«

Luke machte eine theatralische Pause. Die Stille wurde von einem langen Donnergrollen erfüllt, von dem die Bodendielen erzitterten. Er ließ den Blick über die Gemeinde schweifen.

»Vermutlich haben das sogar diejenigen gehört, die gar nicht hören *wollen*«, sagte er.

Wie zur Antwort erhob sich der Donner erneut, noch lauter und länger. Eine Welle des Gelächters ging durch die Kirche.

»Wir stellen also fortwährend Fragen«, fasste Luke noch einmal zusammen. »Aber während wir auf die Antworten warten, lasst uns diese Zeit der Unsicherheit als Gelegenheit betrachten, innerlich zu wachsen – unsere Geduld zu schulen, unseren Glauben und unseren Verstand. Und auch dazu, unsere Verbundenheit mit der Gemeinde zu vertiefen, mit unseren Familien und miteinander. Lasst uns in Erinnerung behalten, dass das Böse uns immer und überall heimsuchen kann, wie zum Beispiel in dieser Woche. Aber wenn es uns heimsucht, dann müssen wir dem Bösen mit Gottes Gnade begegnen.

Nun bitte ich euch, mit mir für die Frau zu beten, die am Dienstag ermordet hier in unserer Kirche zurückgelassen wurde.« Er sah auf die Gemeinde hinab, und wieder fiel ihm der Mann mit den kurz geschorenen Haaren und dem starren Blick auf – blassblaue, unerbittliche Augen.

Luke neigte das Haupt zum Gebet.

Nach und nach verließen die Gemeindemitglieder und Besucher die Kirche und stellten sich an, um Pastor Luke zu begrüßen. Unter den Anwesenden waren viele, die Luke noch nie zuvor in der Kirche gesehen hatte: der makellos gekleidete Kongressabgeordnete Morton Sand mit seiner stark geschminkten Frau Carlotta; Donald McFarland, der hochgewachsene Bürgermeister von Tidewater mit dem Engelsgesicht und seine zierliche Frau Petra, die in Lukes Augen etwas Elfenhaftes hatte; Buddy Read, der Charterboot-Kapitän mit der ledrigen Haut, der ihn immer »Pastor Baus« nannte; Staatsanwalt Wendell Stamps mit seiner wunderhübschen Frau Janine und seinen beiden großen, blonden Töchtern; Annie Havram, die Computerbauteile verkaufte und deren kleine Augen immer, wenn man mit ihr sprach, belustigt aufzublitzen schienen; die Philanthropen Harold und Blanche Ganders, ein freundliches britisches Ehepaar, das das größte Haus im County besaß und seine Freizeit mit Trinken verbrachte; die Malerin Wendy Singh mit den schneeweißen Haaren, deren Porträt von Eleanor Mondale sich im Besitz der Porträt-Nationalgalerie befand; mehrere in Jeansstoff gekleidete Buntings von der Zeitung, von denen eine hartnäckig, aber vergeblich versuchte, Luke zu interviewen; Debbie Cosgrove mit dem Schmollmund, die das Kino betrieb, mit ihrem derzeitigen Verlobten Bobby Bell, der ausnahmsweise eine Anzugjacke trug, dafür aber ein blaues Auge hatte; und schließlich der streng dreinschauende Tankstellenbesitzer John Patterson, der wie immer darauf zu warten schien, dass der Gottesdienst endlich ein Ende nahm.

Ebenfalls anwesend, aber nicht zum Plaudern aufgelegt waren der ehemalige Verteidigungsminister Donald Rumsfeld und seine Frau Joyce, die im Nachbar-County wohnten und gelegentlich herkamen, weil ihnen das alte Kirchengebäude mit Aussicht auf die Bucht gefiel.

Nur der seltsame Mann mit dem Kurzhaarschnitt und dem schwarzen Regenmantel war nirgendwo zu sehen. Luke fragte sich, wie er es angestellt hatte, einfach zu verschwinden.

Ganz am Ende der Schlange stand Amy Hunter, die den Kragen ihrer Armeejacke schief hochgeschlagen hatte. Ihr Haar stand an einer Seite ab.

»Pastor«, sagte sie. »Hätten Sie dann einen Moment Zeit für ein Gespräch?«

»Natürlich. Ach ja, Charlotte, kennst du Amy Hunter schon?«, sagte er, um die beiden einander vorzustellen. »Sie ist Mordermittlerin bei der State Police.«

Charlotte begrüßte sie mit einem lauwarmen Händeschütteln. »Hocherfreut«, sagte sie.

Luke sah sie stirnrunzelnd an. Charlotte formte mit den Lippen ein »Was denn?«.

»Gute Predigt«, sagte Amy und warf dabei einen unruhigen Blick auf den Parkplatz.

»Danke.«

»Ich nehme an, die Leute stellen wirklich einen Haufen Fragen«, sagte sie und musterte einen Moment lang Charlotte. »Und wahrscheinlich erwartet man von Ihnen, dass Sie die Antworten wissen.«

»Nun ja, solange man mich nicht nach Wahrscheinlichkeiten und Statistik fragt, komme ich ganz gut zurecht.«

Ihm fiel auf, dass sie immer wieder zu den Leuten des Sheriffs hinübersah, die an der Auffahrt herumstanden.

»Können wir uns irgendwo anders treffen? Nicht bei der Kirche?«

»Wüsste nicht, was dagegen spricht.«

»Wie wäre es mit dem *Blue Crab Diner*, in einer halben Stunde?«

»In Ordnung.«

Als er sich zu Charlotte umblickte, starrte sie ihn finster an.

Gil Rankin saß ganz am Ende des Parkplatzes hinterm Steuer, als Kirby Moss durch den Seiteneingang der Kirche herauskam und sich zwischen den Autos hindurchschlängelte. Mit seinem dunklen Regenmantel und dem 50er-Jahre-Haarschnitt sah er verdächtig aus. Der Mann war weniger raffiniert, als Rankin gedacht hatte.

Rankin beobachtete, wie die Leute aus der Kirche kamen. Junge Familien, alte Paare. *Ratlose Seelen*. Es kam ihm vor, als sähe er überall, wo er hinging, Leute wie diese, immer in den fast gleichen Kleidern, immer mit demselben Gesichtsausdruck. *Sie sind unaufmerksam. Korrumpiert und ängstlich. Keiner von ihnen hat auch nur die geringste Ahnung von den wirklichen Vorgängen. Sie halten sich für so zivilisiert, dabei behandeln sie ihre ärmsten Mitbürger derart schändlich.*

Auch die Schande hat einen Geruch.

Mit einem Mal begriff Rankin, dass es überhaupt nicht seine eigenen Gedanken waren, die ihm durch den Kopf gingen, sondern die seines Kunden.

Lieber Himmel! Was zum Teufel ist hier los? Würde er irgendwann nicht mehr in der Lage sein, den Unterschied zu erkennen?

Erneut fand sein Blick Moss. Rankin konnte den Gesichtsausdruck des anderen schon eine ganze Weile, bevor dieser das Auto erreichte, deuten. Er musste gar nicht erst fragen, was passiert war. Moss öffnete die Beifahrertür und stieg neben ihm ein.

»Nicht da«, sagte Moss, als würde er ihm damit etwas Neues erzählen.

»Dachte ich mir.«

Moss zog an seinem Sicherheitsgurt, der erst beim dritten Versuch einrastete.

Also warten wir, dachte Gil Rankin. *Na schon. Wir warten einfach noch ein bisschen.* Und dann fuhr er davon, als sei er allein im Auto.

Ship rief an, als Amy gerade auf dem Weg zum Diner auf der Main Street war. »Du hattest recht«, sagte er. »Volltreffer.«

Einen Moment lang wusste sie nicht, wovon er redete. Dann begriff sie.

»Du warst im Stadthaus?«

»Jau. Nichts da. Aber in der Garage habe ich schlammverschmierte Stiefel gefunden. Das Profil der Sohlen scheint zu passen oder ist mindestens nah dran«, erklärte er. »Woher wusstest du das?«

»Es war so eine Ahnung. Was hast du mit den Stiefeln gemacht?«

»Gar nichts. Ich stehe noch draußen vor dem Haus. Soll ich sie eintüten und mitbringen?«

»Nein. Könntest du bitte die Spurensicherung rufen?«

»Klar.«

Amy schwieg einige Sekunden lang und versuchte, sich den Hergang der Ereignisse zusammenzureimen. Dann sagte sie: »Gut, hol sie. Sie sollen die Garage und das Haus sorgfältig überprüfen, Zentimeter für Zentimeter. In aller Ruhe. Am meisten interessiert mich, was dort außer den Stiefeln vielleicht noch liegen gelassen wurde.«

»Roger.« Er klang verunsichert.

»Und verbreite das nicht. Wenn möglich, soll der Sheriff nichts davon erfahren.«

25

Luke hielt zwei Plätze neben Amys weißem Toyota vor dem *Blue Crab Diner*. Er sah sie am Fenster sitzen, mit dem Rücken zur Tür. Vor ihr auf dem Tisch lagen zwei Mappen. Als er Hamburger und Bratkartoffeln roch, merkte er, wie hungrig er war.

»Hallo mal wieder.« Sie erhob sich halb, um ihm die Hand zu schütteln. »Wie war Ihr Ausflug?«

»Mit einem Wort: erholsam.«

»Entschuldigen Sie, dass ich Sie gestern Abend so überfallen habe«, sagte Amy, als Luke sich ihr gegenüber niederließ. »Ich glaube, ich war ein bisschen überdreht.«

»Daran ist nichts Schlimmes«, erwiderte er. »Jesus war auch ein bisschen überdreht, als er es mit ein paar Geldwechslern zu tun hatte.«

»Gut. Dann habe ich kein so schlechtes Gewissen mehr.«

Luke lächelte.

»Wie auch immer, Sie hatten recht«, sagte Amy. »Es sind inzwischen drei Fälle. Von denen wir wissen.«

Luke wartete. Amys anscheinend unstillbarer Ermittlungsdrang war wieder einmal ziemlich ansteckend.

Sie bestellten Kaffee und Bagels. Amy erzählte ihm von dem Fall in West Virginia. Dann schlug sie eine der Mappen auf und schob ihm mehrere Fotos über den Tisch zu. Auf dem einen war eine Schussverletzung an der linken Kopfseite der Frau zu sehen, direkt unterhalb des Ohrs, auf einem anderen die Austrittswunde durch die obere Hälfte ihres rechten Ohrs. Ein drittes zeigte die Zahlen unten auf ihrem Rücken.

»Damit dürften sich die derzeitigen Prozesspläne erledigt haben«, bemerkte Luke.

»Wahrscheinlich ist das Ganze schon in wenigen Stunden ein Fall für die Bundesbehörden«, sagte Amy. »Ich will nur vorsichtig vorgehen. Der Sheriff und sein Hilfssheriff machen mir etwas Sorgen.«

»Was sollen die jetzt noch machen?«

»Ich weiß nicht, aber ich traue Calvert nicht. Ich weiß, dass er aus dieser Sache etwas für sich herausholen will. Und zwar viel, wenn möglich. Und er hat mit dem Staatsanwalt geredet.« Luke drehte die Fotos um, als der Kaffee und die Bagels kamen.

Amy strich sich Frischkäse auf einen halben getoasteten Bagel. »Also, erzählen Sie mir mehr über Jackson Pynne«, sagte sie. »Ist er ein gewalttätiger Mann?«

»Gewalttätig? Eigentlich nicht.« Luke überlegte, während er sich Zucker in den Kaffee schüttete. »Jackson ist temperamentvoll. Aber meistens dauert es eine Weile, bis er überkocht – dann kann er einem allerdings ziemlich Angst einjagen.« Er nippte an seinem Kaffee. »Womit ich nicht sagen will, dass er es getan hat.«

»Weil Sie nicht glauben, dass er es getan hat.«

»Genau.«

»Warum?«

»Weil er nicht so jemand ist. Und wegen seines Verhaltens bei unserem Gespräch.«

»Aber was, wenn man ihn so weit getrieben hätte – wenn er übergekocht ist?«

Luke neigte den Kopf, wie um zu sagen: *Es ist möglich, aber unwahrscheinlich.*

Amy erzählte ihm von den neuen Hinweisen aus dem Ferienhäuschen am Oyster Creek – dem Zigarettenstummel und den Fußabdrücken, die offenbar beide Jackson Pynne mit dem Verbrechen in Verbindung brachten.

Luke hörte zu, überrascht, aber weiterhin nicht überzeugt. All das kam ihm zu bequem vor.

Doch warum sollte jemand Jackson einen Mord anhängen wollen?

Er versuchte, einen weniger offensichtlichen roten Faden auszumachen, der die verschiedenen Fälle miteinander verband, eine Art gemeinsames Leitmotiv, an dem sie nicht nur erkennen würden, was der Täter sie finden lassen wollte, sondern auch, was er sie *nicht* finden lassen wollte.

Außerdem fragte er sich, ob Amy darüber nachdachte, ihre Informationen freizugeben. Konnten sie weitere Morde verhindern, wenn sie jetzt die Sache mit den Psalmen an die Öffentlichkeit brachten? Oder würde der Mörder dann nur noch gerissener vorgehen und seinen Modus Operandi verändern? Würde es ihn verschrecken, sodass er untertauchen würde und sie ihre Chance, ihn zu fassen, verspielt hätten?

»Seltsam, nicht wahr?«, sagte er.

»Was?«

»Die Unterschiede. Ich meine, wenn es sich bei den Zahlen um eine Art Visitenkarte handelt, warum hat man sie dann auf so unterschiedliche Art und Weise hinterlassen?«

Amy beugte sich vor und stützte die Ellbogen auf den Tisch. »Na schön, was denken Sie? Dass es nicht derselbe Täter ist?«

»Oder vielleicht hat er einfach beschlossen, sein Tun in dieser Weise zu enthüllen.«

Sie forderte ihn mit einem Nicken auf, fortzufahren.

»Ich meine, sehen Sie sich mal die drei Visitenkarten an, von denen wir wissen. Die zweite, die wir gefunden haben – mit Farbe in eine Ecke der Schaufensterscheibe gemalt –, war unauffälliger als die in die Hand geritzten Zahlen.«

»Okay.«

»Und die dritte war sogar noch unauffälliger als die zweite.«

»Sie meinen also, dass er vielleicht mit Absicht ein Muster verfolgt?«

»Das wäre möglich. Wenn das Visitenkarten sind, wäre es höchst unwahrscheinlich gewesen, dass die Ermittler in Delaware die Zahlen auf dem Glas sehen und auf die Psalmen der Bibel kommen. Das wäre ihnen doch nie eingefallen.«

»Ja, das stimmt.«

»Und in West Virginia war das sogar noch unwahrscheinlicher. Sie sagten, dass die örtliche Polizei die Zahlen für völlig bedeutungslos hielt. Sie dachten, es handele sich um eine Tätowierung. Die hätten doch niemals von sich aus gesagt: ›He, ich frage mich, ob sich das auf die Psalmen bezieht.‹«

Amy nickte. »Na schön, mit anderen Worten, ohne vorheriges Wissen über das, was hier geschehen ist, kann man sich unmöglich einen Reim auf die beiden anderen Fälle machen.«

»So ist es.«

»Und Sie sagen, dass das Absicht war – dass es gewissermaßen aufeinander aufbaut, zunehmend erkennbar wird? Sodass die Zahlen erst im Nachhinein zu Visitenkarten werden?«

»Denkbar wäre das.«

»Aber warum?«

Luke zuckte mit den Schultern und gab ihr die Fotos zurück. Das war die Frage. »Ich schätze, weil man das Muster erst später erkennen soll.«

»Vielleicht erst, nachdem man seinem Treiben ein Ende gesetzt hat.«

»Möglich.«

Eine Weile sprach keiner von ihnen ein Wort. Ein gut gelauntes Paar aus der Kirche kam an ihren Tisch, um Luke zu begrüßen, und Amy klappte die Mappe zu. Sobald die beiden gegangen waren, schlug sie sie wieder auf.

»Das hier ist aus Virginia«, sagte sie. »Ein John Doe. Ich wollte, dass Sie sich das ansehen. Einer unserer Leute hat mit dem dortigen Ermittlungsleiter gesprochen. Bei diesem Fall wurde keine Zahl hinterlassen. Aber ich weiß nicht … ich habe da ein komisches Gefühl. Es gibt ein sehr seltsames Detail, bei dem es sich wohl auch um eine Art Visitenkarte handelt. Sehen Sie mal …«

Luke blätterte die Ausdrucke in der Akte durch.

John Doe. Männlich, weiß. 45–55 Jahre, 1,78 m, 87 kg. Von einem Autofahrer am Rand einer Landstraße im nördlichen Central Virginia entdeckt. Bekleidet mit dunklen Anzughosen, einem weißen Hemd und einem bedruckten Schlips.

Oberflächlich betrachtet sah er keine Verbindung zu dem Tidewater-Fall, abgesehen davon, dass man auch dieses Opfer verstümmelt hatte und seine Identität unbekannt war. Die Art der Verstümmelung sollte offenbar eine Botschaft vermitteln: Man hatte dem Mann laut Gerichtsmedizin mit einer scharfen Klinge die Lippen ab- und die Zunge herausgeschnitten. Der Ermittler von der State Police hatte Fischer erklärt, dass es sich wahrscheinlich um einen Drogenmord handele.

»In West Virginia ist man der Meinung, dass der Mord an der dortigen Jane Doe ebenfalls etwas mit Drogen zu tun hatte«, sagte Amy. »Deshalb haben sie wohl nicht besonders breit ermittelt.«

»Vielleicht will der Täter also, dass es wie ein Drogenmord aussieht?«

»Denkbar. Was die Wahrscheinlichkeit verringern würde, dass jemand eine Verbindung zu den anderen Fällen herstellt. Zumindest vorerst.«

Luke nickte. Wenn die Jane Doe aus Tidewater von außerhalb gekommen war, dann konnte das auch bei den anderen Opfern der Fall sein. Vielleicht war es Zufall, wo der Mörder die Leichen ablud. Auch damit verschleierte er möglicherweise sein Tun. Was auch immer er genau tat.

Er warf einen Blick auf den Parkplatz hinaus. Ihm fiel auf, dass nun ein nicht als Polizeiwagen markierter Ford zwischen Amys und seinem Auto stand. Der Fahrer saß am Steuer und schien sie zu beobachten.

»Sehen Sie nicht hin«, sagte er und klappte dabei die Akte zu, »aber ich glaube, Ihr Freund, der Hilfssheriff, ist da draußen.«

Amy wartete einen Moment, ehe sie einen unauffälligen Blick durch das Fenster warf.

Barry Stilfork stieg umständlich aus seinem Streifenwagen aus und ließ den Blick an den übrigen Autos auf dem Parkplatz entlangwandern, wie um sie zu zählen. In seinem seltsam steifbeinigen Gang betrat er das Restaurant. Er verschaffte sich kurz eine Übersicht über die Gäste und deutete ein Nicken an, als sein Blick Luke streifte.

Ohne zu lächeln, redete er mit der Bedienung an der Kasse – wahrscheinlich bestellte er einen Kaffee zum Mitnehmen – und zeigte dabei sein langnasiges Profil. Schließlich kam er zu ihnen.

»Sergeant«, sagte er. »Pastor.«

Luke stand auf, schüttelte ihm die Hand und setzte sich wieder.

»Das waren ja eine Menge Leute heute Morgen.«

»Ja, allerdings«, antwortete Luke gutmütig. »Sehr viel mehr, als wir erwartet hatten.«

Stilforks Blick wanderte zu der Mappe, die neben Amy auf der Sitzbank lag, und dann zu der anderen auf dem Tisch.

»Sie sind zum Mittagessen hier?«

Luke lächelte. »Nur Kaffee und Bagels.«

Amy hob den Blick. »Wie lief es mit den Rowdys letzte Nacht?«

»Wie bitte?«

»Ich habe gesehen, dass Sie um zwei Uhr vierzig heute Morgen draußen vor meinem Haus gestanden haben. Ich bin davon ausgegangen, dass Sie diesen Rowdys auf der Spur sind.«

Stilfork blickte zu Bowers. Dann nickte er ihnen zum Abschied zu und ging ohne ein weiteres Wort. Nachdem er seinen Kaffee bezahlt hatte, kehrte er zu seinem Wagen zurück.

Luke wartete, bis er endlich wegfuhr, ehe er die Akte wieder aufschlug.

Darin befand sich ein Umschlag mit Bildern vom Tatort und vom Opfer. Es waren acht Tatortfotos und sechs aus der Gerichtsmedizin. Amy hatte recht. Es waren keine Zahlen zu sehen und auch sonst nichts in Richtung einer Visitenkarte, abgesehen von der Verstümmelung der Leiche. Doch Luke erkannte zwei Gemeinsamkeiten zwischen diesem Fall und den anderen. Zum einen befand sich nur wenig Blut am Tatort, zum anderen hatte man dem Opfer laut Gerichtsmedizin seine Wunden zugefügt, als es bereits tot gewesen war. »Man hat ihn also woanders getötet und verstümmelt und dann hier abgeladen.«

»Ja. Das ist das sonderbare Detail, das ich meine. Das mich eine Verbindung vermuten lässt.« Amy nippte an ihrem Kaffee.

Die Frontalansichten waren schaurig – der Mund des Mannes stand in grotesker Weise offen, mit einem Oval aus geronnenem Blut anstelle der Lippen. Getrocknete Blutrinnsale an seinem Hals und seiner Schulter. Die Augen geschlossen. Das Opfer sah nicht aus wie ein Drogendealer und schon gar nicht wie ein Abhängiger. Es wirkte eher wie ein Anwalt oder Buchhalter.

Luke malte sich aus, wie der Mörder vorgegangen war: Er hatte wahrscheinlich irgendwo am Straßenrand geparkt, die Leiche des Mannes in den Wald getragen und ihn an einen Baum gelehnt. Aber das Opfer aus Virginia war ein großer Mann; wahrscheinlich hatte es zwei Leute gebraucht, um ihn zu tragen. Zu seiner Überraschung fand er im Ermittlungsbericht nichts über Schuhabdrücke.

»Moment mal«, sagte Amy und berührte ihn am Handgelenk. Sie blätterte durch die Fotos zurück und zog eines heraus. Es zeigte die Kleidung und die Uhr des Toten, die auf einem Edelstahltisch in der Gerichtsmedizin lagen.

»Mein Gott«, sagte sie. »Das habe ich völlig übersehen.«

»Was?«

»Sehen Sie sich die beiden Bilder an. Das hier wurde wahrscheinlich mehrere Stunden nach dem ersten aufgenommen.«

Luke betrachtete die Bilder, die sie nebeneinander vor ihm hingelegt hatte.

»Sehen Sie, was da nicht stimmt?«

Zuerst erkannte er es nicht. Doch dann war es offensichtlich.

»Die Armbanduhr.«

»Stimmt. Die Armbanduhr. Sie zeigt auf beiden Bildern exakt die gleiche Zeit an.«

Also ist sie stehen geblieben. Oder man hat sie angehalten. Luke sog den Atem ein.

»Wollen wir mal sehen, was hier über die Uhr steht.« Luke wartete, während Amy den Bericht der Spurensicherung durchblätterte und aufmerksam die Seiten überflog; ihre konzentrierte Energie war so deutlich spürbar wie vom Asphalt zurückgeworfene Sommerhitze.

»Armbanduhr, stehen geblieben um zwölf Uhr vierunddreißig. Uhr intakt«, las sie vor.

Das war alles. Keiner der Ermittler vor Ort hatte der Sache irgendeine Bedeutung beigemessen. Nur eine seltsame Kleinigkeit. Doch Luke hatte bereits sein Telefon hervorgeholt und googelte Psalm 12.

26

12:34.

Luke scrollte die Verse des zwölften Psalms durch.

Aber es gab keinen Vers 34.

Psalm 12 bestand aus neun Versen.

Er scrollte zur Überschrift hoch: »Klage über die Macht des Bösen«. Der Autor war einmal mehr David.

Er las den Psalm von Anfang an und hielt nach dem vierten Vers inne. Ein Schauer lief ihm über den Rücken. Er sah Amy Hunter an, begegnete dem bohrenden Blick ihrer hellbraunen Augen, drehte das Telefon herum und reichte es ihr.

»Psalm 12«, sagte er. »Verse drei und vier.«

Er sah zu, wie sie las.

Einer redet mit dem anderen Lug und Trug, sie heucheln und reden aus zwiespältigem Herzen.
Der Herr wolle ausrotten alle Heuchelei
und die Zunge, die hoffärtig redet.

Luke sah über die schrägen 60er-Jahre-Markisen und Ziegelsteinfassaden der Main Street hinweg zum grauen Himmel empor, über den die Wolken jagten. Amy zog das Foto von John Does Arm aus der Mappe und studierte es erneut.

»Mist«, sagte sie schließlich. »Und zu Ihrer Theorie passt das auch.«

Ja. Das Muster wurde dadurch noch eine Spur unauffälliger: Es war die früheste und subtilste der vier Botschaften. »Zunehmend erkennbar«, hatte sie es genannt. Inzwischen war für Luke der letzte Rest des Gefühls, dass es sich vielleicht doch um einen bizarren Zufall handeln mochte, verpufft. Sie hatten es eindeutig mit einem Serienmörder zu tun, der seine Verbrechen brillant methodisch verübte.

»Mist!«, rief sie erneut. »Genau das will er doch, oder? Genau auf diese Art sollen wir es herausfinden. So hat er es geplant.«

»Er?«

»Der Psalmist. Das ist der Täter. So möchte er von uns wahrgenommen werden. Er spielt mit uns. Das ist wirklich völlig krank.« Amys Augen sprühten nun förmlich Funken. Sie steckte die Fotos in den Umschlag zurück und schlug die Mappe zu. »Und es ist eine große Sache, die weit über Tidewater County hinausgeht.«

»Was haben Sie jetzt vor?«, fragte Luke.

»Zuerst einmal setze ich dem Gerede über diesen voreiligen Prozess ein Ende«, sagte Amy. »Dann rufe ich beim FBI an. Sie sollen einen Profiler schicken. Wahrscheinlich setzen sie ein Team von Kriminalpsychologen auf den Fall an. Das läuft jetzt nach ganz anderen Regeln. Morgen früh ist der Fall wahrscheinlich schon bei den Bundesbehörden.«

»In Ordnung.«

Amy erhob sich. Sie wirkte aufgedreht. In Gedanken war sie offensichtlich schon ganz woanders.

»Ich rufe Sie später an, okay?«, sagte sie.

»Natürlich. In Ordnung.«

Sie schüttelten sich die Hand. Amys Griff war nun kräftiger als zuvor, als sei sie mit einem Mal fester in der Welt verankert. Luke setzte sich wieder. Er tippte an seine Kaffeetasse und dachte darüber nach, einen weiteren Bagel zu bestellen, während er beobachtete, wie Amy mit im Kies durchdrehenden Reifen losfuhr.

Er schloss die Augen und dachte erneut über die vier Fälle nach. Ein und dieselbe Person hatte vier Morde verübt. Der Täter hatte seine miteinander in Zusammenhang stehenden Hinweise so klug und unauffällig hinterlassen, dass sie einem für sich genommen niemals aufgefallen wären. Warum? Wer sollte sie sehen, und zu welchem Zweck?

27

Amy ging den hohen Glas-und-Stahl-Korridor zum Büro des Staatsanwalts entlang, vollkommen auf vier Zahlenreihen und vier Psalmenverse konzentriert. Es war der einzige Hinweis, der noch eine Rolle zu spielen schien. Die Zahlen waren wie eine blinkende Boje kurz vor Einbruch der Dunkelheit, etwas, von dem man den Blick nicht wenden konnte.

Wendell Stamps' Verwaltungssekretärin, Connie Elgar mit dem Bulldoggengesicht, blickte auf, als Amy eintrat.

»Ist Mr Stamps da?«, fragte sie.

»Tut mir leid, meine Liebe. Er ist unterwegs. Haben Sie einen Termin?«

»Könnten Sie ihn bitten, mich anzurufen, sobald er zurück ist?«

Connie Elgar lächelte, offenbar belustigt über Amys Ungeduld, und senkte den Blick, anstatt zu antworten. Amy kehrte in ihr Büro zurück. Sie schloss die Tür, hängte ihre Jacke an die Garderobe und rief die FBI-Einsatzzentrale in Washington an. Dort hinterließ sie eine Nachricht für John Marcino und sagte ihm, dass sie seine Hilfe bei einem Serienkillerfall benötige. Marcino war ein Profiler, mit dem sie bereits bei zwei Morderermittlungen zusammengearbeitet hatte. Sie vertraute ihm und wollte ihn als Kontakt zu den Bundesbehörden. Marcino rief immer zuverlässig zurück; Amy rechnete damit, innerhalb einer Stunde von ihm zu hören.

Marcino würde mit einem Team anrücken, und das FBI würde die Leitung übernehmen. Sie wusste, dass sie das akzeptieren musste, obwohl der Fall ihr inzwischen viel bedeutete und sie weiter daran arbeiten wollte. Sie wollte mitverfolgen, wie die Ermittlungen sich entwickelten; herausfinden, was jemanden dazu getrieben hatte, vier Menschen auf so ausgefeilte und grausame Weise zu töten. Das würde Marconi ihr wahrscheinlich auch erlauben. Doch im Moment war sie nervös. Endlich hatte sie es mit einem komplizierten, mehrere Bundesstaaten überspannenden Fall zu tun, war dabei aber den Terminplänen, Strategien und Launen anderer ausgesetzt. Das war der Teil ihrer Arbeit, der ihr nicht gefiel.

Während sie wartete, weil sie niemanden erreicht hatte, ging sie noch einmal alle vier Morde durch. Sie studierte die Fotos des Tatorts am Oyster Creek und dann die aus der Methodistenkirche – einmal mehr fragte sie sich, was dieses Opfer und den Mörder nach Tidewater County geführt hatte. Wie schon viele Male zuvor versuchte sie sich vorzustellen, wie Luke sich gefühlt hatte, als er am Dienstagmorgen den Andachtsraum betreten und die Tote in der Kirchenbank entdeckt hatte, zuerst in der Annahme, sie würde beten.

Dann sah sie den Staatsanwalt in seinem marineblauen Dreiteiler vorbeirauschen.

Sie legte die Fotos beiseite und ging zu Stamps' Büro. Bevor sie ein Wort herausbekam, sagte Connie Elgar: »Tut mir leid, meine Liebe, er telefoniert gerade. Ich kann ihn bitten, Sie später anzurufen.«

»Ich warte.«

Die Sekretärin senkte den Blick und schürzte missbilligend die Lippen. Amy stellte sich neben die Tür von Stamps' vornehmem Arbeitszimmer. »Nein, nein, ich verstehe«, hörte sie Stamps sagen. »Das ist gute Arbeit, Clay. Ja, genau. Ich muss jetzt Schluss machen. In Ordnung. Gute Arbeit. Aber ja. Danke, Clay.«

Als er auflegte, stand Amy in seiner Tür. Stamps' sonst ausdruckslose Augen weiteten sich etwas, als amüsiere ihn die Störung.

»Hunter.«

»Können wir reden?«

Er nickte knapp, und sie setzte sich.

»Ich wollte Sie nur wissen lassen, wie es aussieht, Sir. Dass unsere Mordsache demnächst ein Fall für die Bundesbehörden ist.«

»Ach?«

»Ja. Es ist also egal, was für Informationen der Sheriff hat oder zu haben meint, es handelt sich nicht mehr um ein lokales Verbrechen. Wir haben inzwischen Verbindungen zu drei weiteren Morden gefunden, in drei anderen Bundesstaaten. Offensichtlich haben wir es hier mit einem höchst gewieften Serienkiller zu tun.«

Die Andeutung eines Lächelns huschte über sein Gesicht.

»Die Zahlen in der Hand des Opfers waren eine Visitenkarte, kein Ablenkungsmanöver«, fuhr sie fort. »Wir haben vergleichbare Phänomene in drei anderen Fällen gefunden. Wir sind gerade erst dabei, ihre Bedeutung zu verstehen.«

»Wer ist wir?«

»Die Einsatzgruppe.«

»Sie und der Pastor?«

»Sir?«

»Nein, tut mir leid.« Er schüttelte den Kopf und schaute verlegen vor sich hin. Das tat Stamps nur selten – mit seiner Neutralität brechen und eine spitze Bemerkung machen, nur um sofort wieder den Rückzug anzutreten und sich zu entschuldigen, als sei sie ihm ohne böse Absicht herausgerutscht, wie ein Magenknurren. Weil das so selten vorkam, brachte es sie jedes Mal aus dem Konzept.

»Moment mal«, sagte er und drehte sich in seinem Chefsessel von ihr weg. »Ich möchte erst etwas nachsehen. Dauert nur eine Sekunde.«

Amy wartete, und ihr Blick fiel auf den Computermonitor auf dem Aktenschrank hinter seinem Schreibtisch. Anscheinend scrollte er seine E-Mails durch. »Hören Sie überhaupt zu, Sir?«, sagte sie. »Wir haben es hier mit einem Serienkiller zu tun.«

»Da haben wir's.« Er drückte in kurzer Folge mehrere Tasten. »Warten Sie mal einen Moment mit Ihren Visitenkarten, ja, Hunter? Wir haben sie gerade erst identifiziert, vor ein paar Minuten.«

»Sir?«

»Unsere Jane Doe. Wir wissen, wer sie ist.«

28

Mit seiner immer gleichen, undurchschaubaren Miene holte Staatsanwalt Wendell Stamps bedächtig ein Blatt aus seinem Drucker und betrachtete es.

»Da haben wir's«, wiederholte er schließlich. »Kam vor weniger als einer Stunde als Tipp auf der Polizeiwache rein. Der Sheriff hat gerade angerufen, als ich auf dem Weg hierher war. Sie dürften jeden Moment per E-Mail ein Foto erhalten.«

Er reichte Amy das Blatt. Darauf war das Gesicht einer Frau zu sehen. Offensichtlich handelte es sich um die Tote aus der Kirche, auch wenn sie auf dem Foto jünger aussah. Ein leises Lächeln lag auf ihren Lippen. Ruhiger Blick. Lebendig. Ein angenehmes Gesicht.

»Das ist sie, nicht wahr?« Stamps setzte sich wieder.

Amy las die Angaben unter dem Foto.

Die Frau hieß Kwan Park.

Sie war zweiunddreißig gewesen. Fast auf den Tag genau ein Jahr älter als Amy.

Sie hatte in Sharonville, Ohio, gelebt.

»Ja?«

Amy holte tief Luft, seufzte und sagte sich, dass das hier nach wie vor ihr Fall war. »Ja, das ist sie. Na schön. Wir müssen uns mit der Einsatzgruppe zu einer Besprechung treffen. Haben die örtlichen Behörden Kontakt zu ihren Angehörigen aufgenommen?«

»Das müssen Sie Clay fragen. Anscheinend gibt es da irgendein Problem, das die Freigabe von Informationen verzögert.«

»Was für ein Problem?«

»Ich weiß nicht. Da müssen Sie Clay fragen«, wiederholte er.

Amy schoss vor Wut das Blut ins Gesicht. Sie stand auf und wandte sich zum Gehen. Stamps erhob sich ebenfalls, und sein Stirnrunzeln wurde zu einem Lächeln. Offenbar wusste er, dass das Spiel sich gerade zu seinen Gunsten verschoben hatte.

Innerhalb der nächsten fünfzig Minuten stellten Amy, Shipman und Fischer ein rudimentäres Profil über ihre Jane Doe zusammen, die nun einen Namen hatte: Kwan Park. Sie sprachen mit Polizeikommissaren in Ohio, dem Leiter des Tankstellen-Minimarkts, in dem Park gearbeitet hatte, mit drei ihrer Kollegen und zwei Nachbarn. Anscheinend hatte niemand Kwan Park wirklich gekannt. Von denen, die flüchtig mit ihr zu tun gehabt hatten, wurde sie als höflich, aber unnahbar beschrieben. In ihrer Nachbarschaft und im Geschäft war sie fast eine Art Gespenst gewesen, eine Frau ohne echte Freunde, die vor sieben oder acht Jahren ihre Familie in Korea zurückgelassen hatte.

Stamps leitete ihr eine Audiodatei mit dem telefonischen Tipp weiter, der nicht unter der Notrufnummer, sondern auf dem Anrufbeantworter des Sheriffs hinterlassen worden war. Eine Männerstimme mit leichtem Südstaatenakzent: »Ich frage mich, ob die Frau, die man in der Kirche gefunden hat, wohl die ist, die in einem Minimarkt in Sharonville, Ohio, gearbeitet hat. Wenn ja, wäre ihr Name Kwan Park.«

Dann buchstabierte die Stimme den Namen.

»Können wir den Anruf zurückverfolgen?«

»Die Telefongesellschaft arbeitet daran. Clint Fogg kümmert sich darum«, antwortete der Staatsanwalt.

Zuerst fiel es Amy schwer, sich auf Kwan Park zu konzentrieren, nach dem, was sie von den schlammverschmierten Stiefeln in Jackson Pynnes Wohnung und von den Psalmenversen aus

Virginia wusste – Informationen, die den Staatsanwalt offenbar kaum interessierten. Vorerst schien es sich um völlig voneinander unabhängige Geschichten zu handeln; aber natürlich musste es eine Verbindung geben.

Trotzdem wollte Amy das Wissen um die Serienmorde noch nicht in allen Einzelheiten an die restliche Einsatzgruppe weitergeben. Sie kam zu dem Schluss, dass sie sich die Arbeit sinnvoll aufteilen mussten. Sich auf den Tidewater-Fall konzentrieren, zumindest, bis der Name des Opfers veröffentlicht wurde.

Es gab allerdings eine Besonderheit über Kwan Park, die sie erstaunte und durch die der Fall eine Wendung nehmen würde, die auch der Staatsanwalt noch nicht vorhersehen konnte. Mehrere Minuten vor dem Treffen der Einsatzgruppe schloss Amy ihre Bürotür und rief bei Pastor Luke Bowers an.

Er musste davon erfahren.

Sonntags nahm Charlotte sich immer vom Schreiben frei, obwohl sie nach ihren gemeinsamen frühen Abendessen gern noch mal für ein bis zwei Stunden überarbeitete, was sie im Laufe der Woche geschrieben hatte.

Nach der Kirche schlüpfte sie normalerweise in bequeme Kleidung – meist in ihren alten Georgetown-Sweater – und unternahm einen langen Nachmittagsspaziergang mit Sneakers. Manchmal folgte sie dem Strandverlauf bis zum Conners Point, wo das dreihundert Jahre alte *Admiral's Inn* riesige Krebspasteten und gebratene Austernstreifen servierte, die so köstlich schmeckten, dass die Leute bereitwillig mehr als eine Stunde auf einen freien Platz warteten.

Nach solchen Spaziergängen hing Sneakers die Zunge schlenkernd aus dem Maul, und er trottete durch die Küche zu seiner Wasserschüssel, als hätte er gerade eine Wüste durchquert.

Danach breiteten Luke und Charlotte eine *New York Times*

auf dem Wohnzimmerboden aus, tauschten Seiten und redeten über Artikel. Schließlich begab sich Charlotte dann in die Küche, in ihre geradezu hermetisch abgeriegelte »Kochzone«, wie Luke sie heimlich nannte, hörte Klassik und machte das Abendessen. Heute Abend würde es in Dijon-Senf gebackene Buntbarsch-Filets mit Mandelkruste geben. Sneakers, den Charlotte zum »Vorkoster« ernannt hatte, machte es sich zu ihren Füßen bequem.

Luke hatte sein Lager im Wohnzimmer aufgeschlagen und las einen Artikel über Noam Chomsky, als Charlotte mit ihrem Laptop hereinkam und ihn vor ihn hinstellte. Sneakers folgte ihr mit gesenktem Kopf.

»Hast du das gesehen?«, fragte sie. »Du bekommst Applaus.«

»Von wem?«

Auf der Website der *Tidewater Times* lautete eine Schlagzeile: *Pastor schlägt Gemeinde in seinen Bann*. Oben war ein verschwommenes Foto von Luke zu sehen – er hatte die Arme erhoben wie ein fundamentalistischer Prediger und sah sich ganz und gar nicht ähnlich. Seltsam: Er hatte keinen Fotografen in der Kirche gesehen.

Er las:

Pastor Luke Bowers hat heute Morgen einer Gemeinde Halt gegeben, die noch immer zutiefst verstört von dem ungeklärten Mord an der geheimnisvollen Frau ist, die am Dienstagmorgen in der Methodistenkirche in Tidewater gefunden wurde.

Bowers, der die Tote in einer Kirchenbank entdeckt hatte, mahnte die Menschen in der aus allen Nähten platzenden Kirche am Sonntagmorgen, angesichts dieses tragischen Ereignisses dichter zusammenzurücken.

Bezüglich der zahlreichen unbeantworteten Fragen, die den Mord umgeben, erklärte Pastor Bowers: »Wir wollen, während wir auf Antworten warten, die Gelegenheit nutzen, uns in Geduld, Vertrauen und Verstehen zu üben. Und dazu, unsere Hingabe an diese Gemeinde zu vertiefen, an unsere Familien und aneinander.«

Derweil verfolgt die Polizei weiterhin mehrere Spuren, konnte bislang aber weder die Frau identifizieren noch feststellen, warum sie sich in der Kirche befand.

Als das Telefon klingelte, hörte er auf zu lesen. Charlotte nahm in der Küche ab. Sneakers lief ihr träge hinterher, für den Fall, dass es für ihn war.

»Für dich«, sagte sie und gab den Hörer weiter. Sie musste nicht extra erwähnen, wer dran war. Luke sah es an ihrer gequälten Miene.

»Wir haben sie identifiziert!«, sagte Amy Hunter.

»Wen?«

»Jane Doe. Wir haben ihren Namen, ihren Beruf, mit allem Drum und Dran. In etwa einer Stunde geht es an die Medien raus.«

»Okay«, sagte Luke. Es überraschte ihn, dass sie *ihn* anrief, aber er hörte trotzdem interessiert zu, während sie ihm atemlos alles erzählte, was über Kwan Park bekannt war.

»Und jetzt kommt's«, sagte sie. »Sie hatten recht mit Jackson Pynne. Er kannte sie.«

»Tatsächlich.«

»Ja, er war Miteigentümer des Minimarkts, in dem Kwan Park gearbeitet hat. In Ohio. Letztes Jahr hat er seine Anteile verkauft. Anscheinend ziemlich genau zu der Zeit, zu der sie dort anfing. Vielleicht war es sogar Jackson Pynne, der sie eingestellt hat.«

»Wirklich?«

»Ja, ich wollte nur, dass Sie das wissen. Das ist noch nicht für die Öffentlichkeit freigegeben.«

Luke blinzelte in den sich verdunkelnden Nachmittagshimmel. Er konnte sich Jackson nicht als Besitzer eines Minimarkts vorstellen.

»Um fünf haben wir eine Pressekonferenz zur Identität der Toten«, sagte Amy. »Danach kann ich mehr sagen.«

Sowohl Charlotte als auch Sneakers starrten Luke an, als er mit dem Telefon in der einen und Charlottes Laptop in der anderen Hand in die Küche kam. Wie benommen stellte er das Telefon in die Ladestation. Einmal mehr fragte er sich, ob er mit seiner Einschätzung von Jackson Pynne falsch gelegen hatte.

»Ich glaube, der Artikel muss aktualisiert werden«, sagte er, während er Charlotte ihren Laptop reichte.

29

Als sich die Einsatzgruppe der Mordkommission schließlich um Viertel nach vier um den Konferenztisch versammelte, war der Himmel mit dicken Regenwolken bedeckt. Laut Wettervorhersage sollte es zwölf bis achtzehn Zentimeter Niederschlag geben, angefangen mit Schneegestöber am frühen Abend, das bis tief in die Nacht anhalten würde. Ein Großteil der Schneedecke würde wohl am kommenden Nachmittag wieder schmelzen.

Diesmal waren neben Amy acht Personen im Konferenzzimmer anwesend. Am Kopf des Tisches saß Staatsanwalt Wendell Stamps. Ebenfalls anwesend waren die Mordermittler Ben Shipman und Sonny Fischer von der State Police; Hilfssheriff Barry Stilfork; Kirsten Sparks, die Öffentlichkeitsbeauftragte des Sheriffs; Arthur Law, der Polizeichef von Tidewater, ein Ehrenmitglied in der Mordkommission; und der Ermittler der Staatsanwaltschaft Clinton Fogg. Amys Chef Henry Moore war ebenfalls zugegen – nach wie vor eine zuverlässige, aber stillschweigende Stütze für sie.

»Also gut«, sagte Amy. »Wir wissen jetzt, wer unsere Jane Doe ist. Ihr Name lautet Kwan Park. K-W-A-N. P-A-R-K. Sie hat die letzten fünf Monate in Sharonville, Ohio, gewohnt, einer Vorstadt von Cincinnati.«

Sie fuhr fort und achtete dabei genau darauf, was sie sagte und wie sie Fragen beantwortete. Sie hatte beschlossen, dass die Konferenz sich um das Opfer drehen sollte und nicht um den Serienkiller. Noch nicht. Nicht in dieser Gesellschaft. Alles, was sie vor Barry Stilfork sagte, konnte sie genauso gut gleich dem Sheriff sagen. Diese Information war nicht für ihn und seine Leute gedacht, sondern für das FBI. Im Laufe der letzten paar Stunden hatte sie begonnen, den Fall mit anderen Augen zu betrachten. Wer waren diese vier Leute, die man getötet hatte, und welche Verbindung bestand zwischen ihnen, falls es überhaupt eine gab? Würde das Wissen um die Identität eines Opfers neues Licht auf die der anderen werfen?

»Mrs Park hat seit Anfang Oktober die Nachtschicht im *Sharonville Quik-Store* geleitet«, erklärte Amy. »Wir sammeln noch Informationen über ihre vorherigen Tätigkeiten.

Offenbar wurde sie nicht vermisst gemeldet, weil niemand wusste, dass sie verschwunden war. Eine Woche bevor man ihre Leiche gefunden hat, hat sie einem Mitarbeiter, einem Nachbarn und ihrem Vorgesetzten mitgeteilt, dass sie für zwei Monate ihre Familie in Korea besuchen würde. Angeblich ist sie nach Cincinnati geflogen, um von dort zum JFK-Flughafen weiterzufliegen. Und von dort nach Seoul in Südkorea. Ihre Mitarbeiter sind davon ausgegangen, dass sie das Land bereits verlassen hatte. Bisher haben wir bei keiner Fluggesellschaft eine Reservierung auf ihren Namen finden können.

Kwan Park war eindeutig ein sehr unauffälliger Mensch. Sie wohnte in einem guten Viertel, wo sie ein Drei-Zimmer-Haus gemietet hatte. Fuhr einen geleasten Mercedes. Bisher hat man den Wagen noch nicht gefunden. Nach allem, was man uns gesagt hat, sah ihr Zuhause aus wie neu. Mit Designermöbeln ausgestattet. Fast, als hätte sie es überhaupt nicht bewohnt.

Wir konnten bisher keine Familienmitglieder von ihr ausfindig machen und auch keine Kontakte in Korea. Aber das wird uns noch gelingen«, sagte Amy. »Die Namen, die sie ihrem Arbeitgeber als Kontaktpersonen genannt hat, scheinen – nach bisherigem Stand – nicht zu stimmen. Wieder einmal gilt, dass wir bislang nicht besonders viel über das Privatleben dieser Frau wissen.

Und wir wissen nicht, was sie in Maryland zu suchen hatte, weder in Oyster Creek noch in der Kirche.«

Es sei denn, sie hat Jackson Pynne gesucht. Diesen Punkt wollte Amy nicht betonen, aber sie beschloss, ihn trotzdem zu erwähnen. Sonst konnte es hinterher so aussehen, als hätte sie etwas verbergen wollen. Sie warf Staatsanwalt Wendell Stamps einen Blick zu, ehe sie fortfuhr.

»Wir wissen von einer Verbindung, die Park mit diesem County hatte«, sagte sie. »Einer der ehemaligen Mitbesitzer der *Quik-Store*-Gesellschaft besitzt hier ein Sommerhaus. Sein Name ist Jackson Pynne. Ich bin mir sicher, dass einige von Ihnen diesen Namen kennen.«

Mehrere der Anwesenden wechselten Blicke.

»Ist er ein Verdächtiger?«, fragte Kirsten Sparks und hörte dabei für einen Moment auf, Kaugummi zu kauen.

»Nein. Bisher noch nicht«, antwortete Amy. »Wir versuchen, ihn zu erreichen. Das ist bislang noch vertraulich, alles klar? Sein Name sollte weder der Presse noch sonst jemandem gegenüber fallen, bis wir ihn gefunden haben.«

»Ist er also ein Verdächtiger?«, fragte Sparks erneut.

»Es ist zu früh, um irgendjemanden als verdächtig zu bezeichnen«, erwiderte Amy. »Im Moment hat es wenig Sinn, diese Frage zu stellen. Wir sammeln noch Informationen.«

Sparks fing wieder an zu kauen. »Was genau hat er dann mit der Sache zu tun? Wissen wir es?«

»Wie ich schon sagte: Er war Mitinhaber des Geschäfts, hat seine Anteile jedoch letztes Jahr verkauft. Und noch mal: Das soll *nicht* an die Öffentlichkeit.« Sie blickte zu Fisch und Ship. »Er ist jemand, den wir finden und mit dem wir reden müssen.«

»Und sie war die Geschäftsführerin?«, fragte Sparks.

»Für die Nachtschicht.«

Sparks fixierte Amy weiter, als sei außer ihnen niemand im

Raum. »Wie konnte sie sich so ein luxuriöses Leben leisten, wenn sie in einem Minimarkt gearbeitet hat? Das verstehe ich nicht.«

»Beziehungsweise, warum hat sie in einem Minimarkt gearbeitet, wenn sie sich so ein luxuriöses Leben leisten konnte?«, sagte Amy. »Das wissen wir noch nicht. Es gehört zu den Fragen, die wir uns näher ansehen müssen.«

»Wie viel von alledem geben wir dann überhaupt an die Öffentlichkeit?«, fragte Sparks.

Jetzt sah sie nicht mehr Amy an, sondern den Staatsanwalt.

»Wir geben bekannt, dass wir sie identifiziert haben«, sagte Amy. »Name, Alter, Adresse. Arbeitsplatz. Automodell und Nummernschild. Weiter nichts. Zumindest vorerst.«

»Na schön, aber warum war sie denn jetzt in Tidewater?«, fragte Sparks und sah wieder Amy an. »Ich meine, *das* ist es doch, was die Medien uns fragen werden.«

»Ja. Und wie ich soeben erklärt habe, kennen wir die Antwort auf diese Frage noch nicht. Wir können dazu keinen Kommentar abgeben.« Sie dachte an das, was der Pastor in seiner Predigt über Fragen und Antworten gesagt hatte: *Wir bekommen oft nicht das, was wir wollen: einfache Antworten auf komplizierte Fragen.*

»Abgesehen davon, dass wir vermuten, dass sie irgendwohin unterwegs war. Stimmt's?«, fragte Sparks.

»Nein«, sagte Amy. »Darauf gibt es keinerlei Hinweise. Ihr Auto ist verschwunden. Wir geben Modell und Nummernschild bekannt, weiter nichts. Mehr haben wir den Medien im Moment nicht zu sagen.«

Nach der Pressekonferenz rief Amy die Mailboxnachrichten in ihrem Büro ab. Erst vor wenigen Minuten hatte sie einen Anruf vom FBI in Washington verpasst. Aber er war nicht von John

Marcino gewesen, dem Profiler, den sie angerufen hatte. Auf der Mailbox war Sonderermittler Dave Crowe, ein Bekannter, mit dem sie vor Jahren zusammengearbeitet hatte. Amy verspürte eine seltsame Mischung aus düsteren Vorahnungen und Aufregung, als sie sich anschickte, ihn zurückzurufen.

30

Den Kragen gegen den Wind hochgeschlagen, ging sie gerade durch die späten Nachmittagsschatten, als Agent Crowe anrief.

Er begrüßte sie wie eine gute Bekannte – »Hi, Amy« –, obwohl es um die sieben Jahre her sein musste, dass sie zum letzten Mal miteinander geredet hatten. »Wir haben gerade erfahren, dass man deine Jane Doe identifiziert hat. Wir schicken euch ein Team.«

»Wirklich? Warum?« Das mit den Zahlen konnte er doch noch nicht wissen, oder? In der Presseerklärung hatte nichts über Kwan Parks Verbindung zu den anderen Morden gestanden. Wusste das FBI bereits davon? Nein, wahrscheinlich war es eher so, dass John Marcino ihre Mitteilung an ihn weitergeleitet hatte. Allerdings war es seltsam, dass Marcino sie nicht zuerst angerufen hatte.

»Ich erzähl dir alles Weitere, wenn ich da bin«, sagte Crowe.

Amy ließ ihren Wagen an und legte den Rückwärtsgang ein. Sie hatte Dave Crowe bei ihrer Ausbildung an der FBI-Akademie in Quantico kennengelernt. Er war vier Jahre älter als sie und eine Art Mentor für sie gewesen. Sie waren ein paarmal miteinander ausgegangen, einmal essen und zweimal ins Kino, aber ihre Verabredungen waren über einen langen Zeitraum verteilt gewesen, und Amy hatte sich nie etwas dabei gedacht. Sie waren damals beide mit jemand anders zusammen gewesen, was Crowe nicht als Problem betrachtet hatte. Amy allerdings schon. Ironischerweise war es dann ihre Beziehung gewesen, die in die Brüche gegangen war, nicht seine. Er hatte die Frau, mit der er damals zusammen gewesen war, später geheiratet. Soweit sie wusste, waren die beiden immer noch ein Paar.

»Du begleitest das Team hierher?«

»Ja, genau. Ich rufe dich an, sobald ich unterwegs bin.«

Das Schneetreiben setzte kurz vor Sonnenuntergang ein. Erst war es nur leichtes Gestöber, das dann und wann in Regen überging, doch schnell wurde es zu einem Schleier aus schweren, feuchten Flocken. Amy hatte die vier Psalmenverse in 14-Punkt-Schrift ausgedruckt und sie an die Pinnwand über dem Schreibtisch in ihrem Arbeitszimmer gehängt. Dahinter befand sich eine Karte der mittelatlantischen Bundesstaaten mit Notizzetteln an den vier Orten, an denen man die Visitenkarten des Mörders gefunden hatte.

Donnerstag, 2. März, Central Virginia, John Doe.
Montag, 6. März, Bridge County, West Virginia, Jane Doe.
Freitag, 10. März, Delaware, Jane Doe.
Dienstag, 14. März, Tidewater County, Jane Doe, mittlerweile als Kwan Park identifiziert.

Würden noch weitere folgen? Das Muster ließ auf einen Abstand von vier Tagen zwischen den Morden schließen, allerdings hatte es am 18. März keinen gegeben, zumindest nicht, soweit sie wussten. Außerdem war zu vermuten, dass der Mörder nachts arbeitete. Wahrscheinlich waren alle Morde etwa um zwei oder drei Uhr früh geschehen.

Um kurz nach sieben klingelte ihr Telefon. Da Amy die Nummer nicht kannte, ließ sie die Mailbox anlaufen. Es war Crowe. »Ich bin jetzt unterwegs. Ich dachte mir, dass wir uns treffen sollten.«

Sie nahm ab. »Hi«, sagte sie.

»Hi, Amy.«

Sie war sich nicht sicher, wie sie ihn anreden sollte. Dave? Agent Crowe? Oder einfach Crowe? Sie hatte sich nie richtig daran gewöhnen können, Nachnamen zu benutzen.

»Hör mal«, sagte er, »ich weiß nicht, ob du schon Feierabend gemacht hast. Aber es wäre vielleicht keine schlechte Idee, uns heute Abend zu treffen. Das entwickelt sich alles ziemlich schnell.«

»Was entwickelt sich schnell?«

»Wie schon gesagt, das kann ich dir am Telefon nicht genauer erklären. Aber morgen wird's wahrscheinlich zugehen wie im Affenzirkus.«

Das kam ihr bekannt vor – und irgendwie auch auf vertraute Weise verwirrend: Crowe, der auf irgendeine dramatische Entwicklung hinter den Kulissen anspielte und dabei wahrscheinlich völlig übertrieb. Amy überlegte, ob sie ihm vertrauen konnte – und fragte sich dabei ein Stück weit, ob sie sich eigentlich selbst trauen konnte.

Er hatte sich im *Old Shore Inn* eingemietet, etwa dreißig Kilometer von ihrem Zuhause am Hafen. Wenn sie vorbeikommen würde, könnten sie die Sache noch heute Abend besprechen.

»Was meinst du mit Affenzirkus?«

»Zum einen die Presse. Die hängen uns vielleicht einen Tag hinterher, höchstens zwei. Und diese Lücke wird sich in den Morgenstunden zweifellos verringern. Bei dieser Sache gibt es einen Haufen beweglicher Teile, und ich fürchte, dass sie uns schon bald um die Ohren fliegen könnten.«

»Warum interessieren dich die Vorgänge hier?«

»Wir interessieren uns für Kwan Park. Aber darauf möchte ich jetzt nicht näher eingehen«, sagte er. »Ich habe übrigens kurz mit eurem Sheriff gesprochen. Vorher. Klingt, als wäre bei euch ganz schön was los.« Ein augenzwinkernder Unterton lag in seiner Stimme. »Treffen wir uns auf einen Drink oder zum Abendessen, dann kann ich dir die Sache in groben Zügen erklären. Sonst machen wir das morgen früh, wenn die anderen alle da sind. Deine Entscheidung.«

Amy sah aus dem Fenster und bemerkte überrascht, wie dicht der Schnee inzwischen schräg durch die Hafenlichter fiel. Nein, dachte sie, es wäre nicht besonders schlau, jetzt noch loszufahren, wenn schwere Schneefälle für die Nacht vorhergesagt waren.

»Ich glaube, ich gehe noch mal nach der Kirchentür sehen«, sagte Luke Bowers.

»Und nach den Fenstern.«

»Nach denen auch.« Er sah ins Schneetreiben hinaus, das zwischen den Birken- und Kiefernstämmen hindurch vom Mond angestrahlt wurde. »Ich brauche nur noch ein paar Minuten, um die Bücher durchzusehen und alles, was Aggie hat.«

»Sei lieb«, sagte Charlotte mit gespieltem Vorwurf. »Wir müssen sie irgendwann mal einladen.«

»Du hast recht. Das sollten wir bald mal machen.«

Luke warf seiner Frau im Gehen einen Blick zu und eine Woge der Zuneigung stieg in ihm auf. Sie war ein so von Natur aus freundlicher Mensch, wie er keinen zweiten kannte, trotz ihrer Introvertiertheit. Sie musste sich niemals Mühe geben, freundlich zu sein, so wie er. Einmal hatte Charlotte zu ihm gesagt: *Wenn du nicht glücklich sein kannst, sei freundlich. Dann kommt das Glück von allein.* Ein paar Tage später hatte er diese Worte in eine Predigt geschmuggelt, obwohl er Angst gehabt hatte, dass die Gemeinde ihre Botschaft als zu kitschig empfinden würde. Aber alle waren begeistert gewesen; manche gebrauchten sie bis heute, als handele es sich um ein bekanntes Bibelzitat.

Die Fahrt an der Bucht entlang war wunderschön. Der Schnee hatte sich bereits auf den Feldern und im lichten Wald niedergelassen und wirbelte rechts von ihm über der Chesapeake Bay.

Er parkte auf dem Kiesplatz vor der Klippe und eilte durch Aggies Arbeitsbereich ins Büro. Dort schaltete er das Licht ein und ging den langen Korridor entlang, der Büroräume und Kirche miteinander verband. Die Luft hier war wärmer und leicht abgestanden. Er betrat die Kirche durch den Altarraum, ließ das Licht ausgeschaltet, setzte sich in die vorderste Reihe und betrachtete die Schatten der Schneeflocken an den Wänden, auf dem Boden und auf den Kirchenbänken. Er liebte die Wirkung, die das Licht erzeugte, wenn es bei Schnee hinten durch das große Buntglasfenster fiel. Sie rührte an schlummernde Gefühle, erinnerte ihn daran, wie er als kleines Kind im Schneegestöber herumgelaufen war und die stille Erhabenheit der Natur in sich aufgesogen hatte. In gewisser Weise gehe es bei seiner Arbeit genau darum, hatte er einmal zu Charlotte gesagt – darum, dieses Gefühl des Glücks und Staunens einzufangen, das man dem Erwachsenendasein opfert.

Doch Luke ahnte, dass an diesem Abend noch etwas anderes hier in der Kirche war. Das Etwas, das vor fast einer Woche Tidewater County heimgesucht hatte, war noch hier. Eine gewisse Art des Bösen. Er blickte dorthin, wo er Kwan Parks Leiche gefunden hatte, über die Kirchenbank gebeugt, dem Altar zugewandt. Er sah durchs obere hintere Fenster dem rieselnden Schnee zu, während das alte Gebäude ächzte und die Fensterläden leise klapperten. Und dann sah er einen Lichtbogen wie von einer Sternschnuppe über die Südwand streifen.

Was war *das*?

Luke stand auf und lauschte. Er hörte, wie die Dachbalken im Wind knarrten.

Eine Minute später hörte er noch etwas, ein lauteres und entschlosseneres Geräusch.

Ein Klopfen.

Jemand hämmerte an die Kirchentür.

Luke ging durch den dunklen Altarraum, und erneut ertönte das Klopfen, diesmal noch fester. Ein gedämpfter, aber nachdrücklicher Laut.

Luke hielt mehrere Schritte vor der Tür inne und überlegte, ob er sie abgeschlossen hatte. Er sah, wie die Klinke sich auf und ab bewegte.

Es klopfte erneut. Jemand fragte etwas. Luke streckte die Hand aus und öffnete die Tür.

31

Jackson Pynne stand in der Tür, mit Schneeflocken auf dem langen Kaschmirmantel.

Luke ließ ihn ein und schloss die Tür. Pynne wischte sich über Schultern und Ärmel und stampfte mit den Füßen auf.

»Dieser Scheißschnee«, sagte er.

»Ich dachte, du wolltest die Stadt verlassen, Jackson.«

»Ich bin zurückgekommen.«

»Das sehe ich. Gehen wir in mein Büro. Da drin ist es wärmer.«

Pynnes Gummisohlen quietschten feucht auf dem Holzboden, als er Luke mit ausladenden Schritten durch den dunklen Flur zu den Büroräumen folgte. Luke knipste die Schreibtischlampe an.

»Setz dich, Jackson.«

Jackson folgte der Aufforderung nicht. Er blieb mitten im Zimmer stehen und sah sich um, während der Schnee auf seinem Mantel schmolz. »Ich habe gehört, dass die Polizei nach mir sucht«, sagte er. »Dass sie meine Schwester belästigt.«

»Tatsächlich?«

»Unsere kleine Unterhaltung neulich sollte doch unter uns bleiben. Oder?«

Luke verschränkte die Hände auf dem Schreibtisch.

»Ich habe dir vertraut, Pastor«, sagte Pynne und deutete mit dem Finger auf ihn. »Ich gehe eigentlich davon aus, dass ich die Leute beim Wort nehmen kann.«

Luke seufzte. »Bitte. Setz dich, Jackson.«

Diesmal nahm er widerwillig Platz, seine langen Beine ragten von dem Klappstuhl vor Lukes Schreibtisch aus in die Höhe.

»Also, wie sich herausgestellt hat, gibt es nun doch eine Verbindung zwischen dir und der Frau, die man in der Kirche gefunden hat«, sagte Luke.

Pynnes Gesichtsausdruck blieb unverändert. Luke betrachtete die Schatten der Schneeflocken auf seinem Gesicht.

»Sie hat für eine Minimarkt-Kette in Ohio gearbeitet. Deren Mitbesitzer du warst, wie sich gerade erst heute Nachmittag herausgestellt hat.«

Jackson Pynne musterte ihn, ohne ein Wort zu sagen.

»Das hat die Polizei ganz allein herausgefunden, das kann ich dir versichern. Soweit ich weiß, sucht man nach dir.«

»Ja.«

»Soweit ich weiß.«

»Lieber Himmel«, sagte er und blickte zum Fenster.

»Sie wollen von dir wissen, was sie hier in Tidewater gemacht hat. Und ob du eine Ahnung hast, was passiert ist.«

Jackson seufzte tief und spielte an den Knöpfen seines Mantels herum. Das angespannte Knistern im Raum hatte sich verändert; jetzt ging es Pynne darum, sich zu verteidigen, anstatt Luke zu beschuldigen.

»Tja, dazu kann ich nichts sagen. Und das werde ich auch nicht«, erwiderte Pynne mit wachsendem Zorn.

»Wer war sie?«

»Wie?«

Jackson setzte sich auf. Er schlug die Beine übereinander und zappelte mit dem Fuß. Dann setzte er sich wieder breitbeinig hin.

»Was ist passiert?«, fragte Luke. »Wer war sie?«

»Kwan Park.«

»Ja.«

Jackson wandte sich ab, als wüsste er nicht, wo er hinsehen und was er machen sollte. »Ich habe ihr geholfen.« Mit einem Mal klang er kleinlaut. »Alles klar? Was *glaubst* du denn, was passiert ist?«

»Ich weiß es nicht.«

Er sah immer wieder aus dem Fenster, auf den Ort hinaus, an dem er einmal gewohnt hatte; wie ein Mann im Gefängnis, dachte Luke.

»Wenn du darüber reden möchtest, nur zu«, sagte Luke und bemühte sich dabei um einen gelassenen Tonfall.

»Es wäre mir lieber, wenn *du* das Reden übernehmen würdest, Pater.«

»Ich bin kein Pater.«

»Pastor.«

Luke zuckte mit den Schultern. »Na schön, worüber sollen wir reden?«

»Sag mir, was du weißt.« Er suchte nach etwas in seiner Tasche. Dann versuchte er es mit der anderen Tasche. Luke fragte sich, ob er eine Schusswaffe bei sich hatte. »Wie ich nach Ansicht der Polizei mit diesem Fall in Verbindung stehe.«

»Die Polizei ist der Ansicht, dass diese Frau namens Kwan Park für dich gearbeitet hat.«

»Na schön.« Endlich fand Pynne, was er suchte: eine Schachtel Chesterfield.

»Sie glauben, dass du vielleicht eine Beziehung mit ihr hattest.«

»Ach ja?« Er klopfte eine Zigarette aus der Packung. Während er nach Streichhölzern oder einem Feuerzeug tastete, bedeutete er Luke mit einem Nicken, dass er fortfahren sollte.

»Außerdem glauben sie, dass der Mord an ihr mit mehreren anderen Morden in Verbindung stehen könnte.«

Die Zigarette verharrte auf halbem Weg zu Jackson Pynnes Mund. »Mit mehreren anderen *Morden*?«

»Ja.« Sie starrten einander einen Moment lang über den

Schreibtisch hinweg an. Die Schneeschatten schufen die Illusion großer Entfernung zwischen ihnen. *Er ist aus einem bestimmten Grund gekommen*, dachte Luke. *Ja, er will Informationen, aber da ist noch etwas anderes.*

»Was ist mit Kwan Park passiert, Jackson?«

Pynne schüttelte den Kopf, doch in seinen Augen war ein für ihn untypisches Glitzern zu sehen. Luke fiel der Schriftzug auf dem Streichholzbriefchen auf, als Pynne schließlich das Streichholz über die Zündfläche zog. *Gonter's Crabhouse*. Die Zigarettenspitze flammte rot auf. Pynne steckte das Briefchen wieder ein. Seine Finger zitterten.

»Ich hatte nichts damit zu tun«, sagte er. »Das ist dir doch klar, oder? Ich habe versucht, der Frau zu helfen. Ich habe diese Frau geliebt.«

»Okay«, sagte Luke. Pynne starrte auf die Spitze seiner Zigarette, während er den Rauch einsog. »Aber du verstehst schon, warum die Polizei nach dir sucht, oder? Dass sie für dich gearbeitet hat … sie werden dir Fragen stellen. Darauf solltest du dich lieber vorbereiten, Jackson. Ich meine, selbst wenn du nichts mit der Sache zu tun hattest, hast du immer noch …«

»*Wenn* ich nichts mit der Sache zu tun hatte?«, sagte er und ruckte auf seinem Stuhl nach vorn.

»Tut mir leid.«

»Ich habe dir doch gerade gesagt, dass ich nichts damit zu tun habe.«

»Ja, das hast du. Tut mir leid.«

Luke wartete, bis Pynnes Zorn sich ein wenig gelegt hatte. Der Zigarettenrauch, der jetzt im Büro hing, erinnerte ihn an Wege, die er in seinem Leben nicht eingeschlagen hatte.

»Wer ist hinter dir her, Jackson?«, fragte Luke schließlich.

Pynne tat die Frage mit einem Schulterzucken ab.

»Weißt du es?«

»Ja, ich weiß es.« Er sah aus dem Fenster. Luke wartete. Ihm war klar, dass sie sich nun auf dünnem Eis bewegten.

»Worum geht es bei dieser Sache, Jackson? Was ist deiner Meinung nach geschehen?«

Pynne nahm sich Zeit. Anscheinend arbeitete es in seinem Kopf. Schließlich kehrte sein Blick zu Luke zurück, und er sah ihm fest in die Augen. »Ich bin da in etwas reingerutscht, okay?«, sagte er. »Ein kleines Missgeschick. Aber ich habe niemanden umgebracht.«

»Was für ein Missgeschick?«

»Nur … ein Geschäft, das schiefgelaufen ist.« Er beugte sich vor, stützte die Ellbogen auf die Knie und hielt die Zigarette in seiner Rechten von sich weg. »Aber es hat weniger mit dem zu tun, was ich gemacht habe, als mit dem, was ich weiß. Was ich mir zusammengereimt habe. Oder was ich mir *deren* Meinung nach zusammengereimt habe.«

»Na schön.«

Pynne nahm einen Zug von seiner Zigarette und ließ den Rauch diesmal durch die Nase ausströmen.

»Und du willst mit deinem Wissen nicht zur Polizei gehen. Nicht mal anonym.«

»Genau.«

»Warum?«

»Warum?« Sein Mund zuckte seltsam. »Wenn ich etwas sage, schaufele ich mir damit mein eigenes Grab. Verstehst du?«

»Nicht ganz«, sagte Luke. »Aber wie schon gesagt, ich bin mir sicher, dass die Polizei bereits nach dir sucht, Jackson.«

Pynne lachte gekünstelt und schüttelte den Kopf. Blickte aus dem Fenster. »Dieser verdammte Schnee.« Gemächlich führte er die Zigarette an den Mund.

»Ich weiß«, sagte Luke. »Denk einfach daran, dass ich für dich da bin, wenn du reden willst.«

»Das habe ich schon verstanden, Vater.«

»Ich bin nicht dein Vater.«

»Pastor.« Er deutete mit der Zigarette auf Luke, wandte sie eine ganze Weile nicht von ihm. Schneeschatten zogen wirbelnde Muster in den Rauch. »Erzähl mir von diesen anderen Morden.«

Luke atmete tief durch; das hätte er wahrscheinlich nicht erwähnen sollen.

»Na los doch, verdammt«, sagte Pynne und rückte dabei noch weiter nach vorn. »Erzähl mir davon. Wer waren die Opfer? Beschreib sie mir.«

Luke dachte an die Computerausdrucke, die Tatorte, die Opfer, den Mann, dem man Lippen und Zunge abgeschnitten hatte. »So, wie ich es verstehe, gibt es noch drei weitere Fälle, von denen die Polizei glaubt, dass sie mit diesem in Zusammenhang stehen. Ich kenne kaum Einzelheiten.«

»Erzähl mir, was du weißt. Beschreib sie mir.«

»Zwei Frauen und ein Mann.«

»Beschreib sie.«

»Na schön. Eine Frau in Delaware. Um die fünfundvierzig. Ihre Leiche wurde bis zur Unkenntlichkeit verbrannt nach einem Feuer in einem Wachsfigurenkabinett gefunden. Dann eine Frau in West Virginia, Ende dreißig. Sie wurde mit einem Kopfschuss getötet und in eine Abfallgrube geworfen, mit einem Bettlaken und Klebeband umwickelt. Und ein Mann in Virginia, etwa fünfzig, in einem Geschäftsanzug. Schuss in die Brust. Man hat ihn am Rand einer Landstraße im Wald gefunden.«

Luke meinte, eine Spur von Wiedererkennen über Pynnes Miene huschen zu sehen.

»Weiter.«

»Das ist alles.«

Jackson erhob sich langsam von seinem Stuhl. Ging durch Aggies Büro Richtung Eingangstür. Ein letztes Mal zog er an seiner Zigarette und schnippte sie dann nach draußen. Der Wind wehte die roten Funken ins Büro. Dann kam er zurück, beide Hände in den Manteltaschen, und ließ den Blick schweifen. Ein kalter Luftzug begleitete ihn.

»Ich will dir mal was sagen, Pastor«, sagte er, noch immer im Stehen. »In Ordnung?«

»Ja, bitte.«

»Ich nenne dir drei Namen, okay? Wenn du der Polizei – anonym – von ihnen erzählen willst, nur zu, mal sehen, ob sie etwas zu bedeuten haben. Ruf nur nicht gleich alle an, kapiert? Gib mir ein paar Stunden Zeit.«

»Warum?«

»Warum. Du hörst einfach nicht zu, was?«

»Nicht immer.«

»Nicht oft.«

»Okay.«

»Mein Name taucht jetzt nicht mehr auf. Auf keinen Fall und in keiner Form.«

»Wie du willst.«

»Ja.« Luke wartete. »In Ordnung. Hast du einen Stift?«

Luke griff nach dem Kugelschreiber auf seinem Schreibtisch und hielt ihn in die Höhe.

Jackson Pynne gab ihm drei Namen, wobei er jeden buchstabierte. Luke schrieb sie in sein Predigt-Notizbuch: Mark Chandler, Sheila Patterson, Katrina Menken.

»Stell Recherchen über sie an, wenn du willst. Darüber, wo sie gearbeitet haben.«

»Warum? Wer sind sie?«

Pynne erwiderte seinen Blick. Luke glaubte, er würde gleich wieder wütend werden, doch stattdessen lächelte er ihn an. »Du meinst, wer sie jetzt sind?«

»Ja?«

»Jetzt sind sie Schall und Rauch. Sie wiegen weniger als nichts.«

Er trat ans Fenster. Spähte hinaus, wobei er den Kopf etwas einzog, um besser zu sehen. Seine Miene war wieder tiefernst.

»Die Sache ist die«, sagte er, »ich habe versucht, mal was Anständiges zu tun. Ja?« Er drehte sich um, die Hände in den Taschen. »Hast du mal ›Die Killer‹ gelesen?«

»Du meinst die Kurzgeschichte von Hemingway?«

»Genau.« Er lächelte kurz, überrascht, dass Luke die Geschichte kannte. »Tja, so einer bin ich. Der alte Ole. Und jetzt ist Zahltag. Trumbles Leute kommen die Schulden eintreiben.«

»Deine Schulden?«

»Ja, genau.« Luke sah ein vieldeutiges halbes Lächeln in Pynnes Spiegelbild im Fensterglas. »Erinnerst du dich an unsere Gespräche früher, Pastor?«

»Natürlich erinnere ich mich.«

»Und daran, wie ich dir immer erzählt habe, dass ich nach etwas auf der Suche wäre? Ich wollte etwas bewirken. Anderen Leuten helfen. Um vielleicht in gewisser Weise erlöst zu werden. Erinnerst du dich?«

»Ich denke schon.«

»Tja, weißt du was? Ich hatte endlich etwas in der Art gefunden. Und es hatte mit Kwan zu tun. Es ging um uns beide. Wir wollten etwas Gutes tun und uns dann vielleicht selbst etwas gönnen. Irgendwo im Süden.«

Luke hatte auf einmal ungeheures Mitgefühl mit Jackson Pynne. Pynne blickte in den fallenden Schnee empor.

»Ich würde dir empfehlen, mit den Behörden zu sprechen, Jackson«, sagte Luke. »Du weißt doch auch, dass sie dich letztendlich finden werden.«

»Ja, das weiß ich. Da ist mir klar, Pastor. Und weißt du was:

Die *können mich mal!*« Er bedachte Luke mit einem nicht gerade freundlichen Lächeln. »Aber eins will ich dir sagen. Ich habe wirklich darum gebetet, dass diese verdammte Sache funktionieren würde. Mit mir und Kwan. Und weißt du was? Trotzdem ist uns das ganze Ding um die Ohren geflogen, kapierst du? Das ganze Scheißding ist uns um die Ohren geflogen!«

Einen Moment lang wartete Luke, den Blick auf seinen Schreibtisch gesenkt.

»Erzählst du mir davon?«

»Nein, das tue ich nicht.«

»Warum nicht? Du hast gerade davon geredet, was für gute Gespräche wir früher miteinander hatten.«

»Warum nicht? Weil ich Nein gesagt habe, kapiert? Ich kann nicht. Nicht, bevor ich mir über einige Dinge Gewissheit verschafft habe.«

»Okay.«

Einige Minuten später sah Luke zu, wie Jackson Pynne durch den Schnee zu seinem Audi ging, wobei sein Blick das Gelände um die Kirche absuchte. Seine Bremslichter leuchteten auf, als er um das Wäldchen herumfuhr. Luke sah ihm nach und wartete darauf, dass seine Heckscheinwerfer im Schneegestöber verschwanden. Doch bevor es so weit war, sah er aus Richtung Norden ein weiteres Paar Scheinwerfer herannahen, das zu einem kleineren Wagen gehörte, der sich hinter Jacksons einordnete. Einige Sekunden lang waren die Rücklichter beider Wagen zu sehen, wie sie sich gemeinsam Richtung Südosten bewegten, dann wurden sie vom Schneetreiben verschluckt.

Kirby Moss folgte Pynnes Audi, als er vom Kirchenparkplatz losfuhr. Endlich hatte er ihn gefunden. Eigentlich war es reines Glück gewesen. Er hatte aus sicherem Abstand die Wohnung beschattet, und schließlich war Pynne aufgetaucht, hatte weniger als eine Minute dort gehalten und war dann weitergefahren. Da war bereits die Spurensicherung im Haus gewesen. Kein Wunder, dass er nicht reingegangen war.

Moss hatte sich an seine Fersen geheftet. Er war ihm nach Norden gefolgt, zurück zu der Kirche. Zum Tatort, genau, wie Rankins Kunde es vorhergesagt hatte.

Der Umstand, dass Pynne einige Zeit in der Kirche verbracht hatte, konnte zu einem Problem werden, dessen war sich Moss bewusst. Aber es war nicht *sein* Problem. Für ihn ging es darum, Pynne nicht aus den Augen zu verlieren und herauszufinden, wo er heute übernachten würde. Dann würde Rankin sich darum kümmern, diese Sache in der ihm angemessen erscheinenden Weise zu Ende zu bringen, sodass sie alle nach Hause konnten. Es war sogar möglich, dass sie es noch vor morgen früh hinter sich hatten. Bei diesem Gedanken erfüllte Moss eine warme Zufriedenheit.

Dann würde Rankin eine Entscheidung bezüglich des Mannes in der Kirche treffen müssen. Des Pastors. Es war zu dumm, dass Pynne beschlossen hatte, ausgerechnet einen Pastor in die Sache hineinzuziehen.

32

»Das macht es doch einfacher, oder?« Charlotte sah Luke vom anderen Ende des Sofas aus an, während sich draußen auf dem Rasen und den Bäumen um ihr Häuschen herum der Schnee niederließ. »Ich meine, es gibt eine ziemlich klare Grenze, jenseits derer du ihn nicht mehr schützen kannst. Stimmt's?«

Luke nickte, obwohl es ihm nicht so einfach vorkam. Als er schlitternd die Auffahrt hinaufgefahren war und den weichen, orangefarbenen Lampenschein drinnen gesehen hatte, hatte er plötzlich wieder tiefes Mitgefühl mit Jackson Pynne verspürt, der keine solche Zuflucht und keinen solchen Menschen hatte, zu dem er heimkehren konnte – soweit Luke wusste, besaß er noch nicht mal ein Haustier. *Hat Jackson dieses Verbrechen begangen?* Luke glaubte es nicht. Aber anscheinend plagte ihn irgendein Schuldgefühl.

»Die Sache ist nur, dass er von mir verlangt hat, ihn auf keinen Fall zu erwähnen. In keiner Form.«

»Ziemlich viel verlangt.«

»Ja.«

»Es hätte doch genügt, wenn er dich darum gebeten hätte«, sagte Charlotte.

»Ich weiß.«

»Aber es einfach zu verlangen …«

»Ziemlich dreist.«

Sie schmunzelten beide. Charlotte versuchte, ihn aus der Reserve zu locken, eine Fähigkeit, die sie im Laufe der Jahre immer weiter perfektioniert hatte.

»Andererseits muss er ja einen Grund dafür gehabt haben, dir diese Namen zu nennen«, sagte sie.

»Er will sie bekannt machen.«

»Ja.«

»Na schön. Vielleicht schicke ich sie ihr anonym, per E-Mail.« Er hatte, gleich nachdem Jackson gegangen war, versucht, Amy Hunter anzurufen, aber nur den Anrufbeantworter erreicht. Was ihm merkwürdig vorkam.

»Meinst du mit ›ihr‹ den Sergeant? Veronica Mars?«

»Ja.« Luke drehte sich zu seiner Frau um. »Du bist eine echte Spaßkanone, habe ich dir das schon mal gesagt?«

»Entschuldigung, ich habe mich versprochen. Ich meinte Amy Hunter. Du gefällst ihr, musst du wissen«, fügte sie hinzu und klimperte dabei aufreizend mit den Wimpern. »Das weißt du doch, oder?«

Luke lachte ungläubig.

»Ich hoffe nur, dass du sie nicht in einem ähnlichen Licht siehst«, fügte sie hinzu.

»Ich ›gefalle‹ ihr nicht. Und ich interessiere mich nur für dich. Sonst wäre ich der größte Trottel auf Erden.«

»Gut. Wenn sie etwas versucht, dann kratze ich ihr nämlich die Augen aus, das ist dir ja wohl klar.«

»Eine überaus christliche Haltung.«

»Tja, eher alttestamentarisch.« Charlotte lächelte unwiderstehlich. Obwohl sie über ein ausgeprägtes Selbstbewusstsein verfügte, war sie manchmal doch überraschend leicht zu verunsichern. »Chuzpe hat sie allerdings, das muss man ihr lassen«, sagte sie. »Dass sie sich so mit dem Sheriff und dem Staatsanwalt anlegt.«

»Sie hat aber auch Ahnung«, bemerkte Luke.

»Ja, das auch. Ganz zu schweigen von ihrem Schneid.«

Er nahm sich mehrere Minuten Zeit, um einen E-Mail-Account unter dem Namen Anonym777 einzurichten. Charlotte sah zu, wie er die Nachricht eingab. *Diese drei Personen haben in irgendeiner Weise mit den Mordfällen zu tun, in denen Sie ermitteln*, schrieb er, gefolgt von den Namen, die Jackson ihm genannt hatte: *Mark Chandler, Sheila Patterson, Katrina Menken*.

»Meinst du, dass das die drei Opfer sind?«, fragte sie, nachdem er die E-Mail abgeschickt hatte.

»Könnte sein.«

»Aber Jackson Pynne ist nicht der Täter. Oder doch?«

»Ich glaube nicht. Irgendwie hat er mit der Sache zu tun, wegen Kwan Park. Ich glaube, dass er sie sehr geliebt hat. Aber aus irgendeinem Grund ist er nicht bereit, darüber zu reden. Den Teil verstehe ich noch nicht.«

Luke ging einmal mehr in Gedanken die Fotos der Opfer durch, die Amy ihm gezeigt hatte. »Aber es ist seltsam«, fügte er hinzu. »Etwas an diesen Verbrechen kommt mir falsch vor.«

Charlotte füllte ihre Weingläser nach und kehrte zum Sofa zurück. Windböen rüttelten an den Rollläden und der verriegelten Hintertür. Sneakers, der mit seinem Lieblingsspielzeug – dem sabberfleckigen Rentier – an der Heizung auf dem Teppich lag, knurrte im Schlaf, hob jedoch nicht den Kopf. Er hielt noch sein abendliches Verdauungsschläfchen.

»Also gut«, sagte sie, »was kommt dir falsch vor?«

»Serienkiller gehen anders vor.«

»Gibt es dafür eine Gebrauchsanweisung?« Charlotte nahm einen Schluck und sah einen Moment lang in den Schnee hinaus. »Du meinst die Opfer.«

»M-hm. Serienkiller nehmen doch normalerweise eine bestimmte Sorte Opfer ins Visier, oder? Um ein paar bekanntere Beispiele zu nehmen: Der Atlanta-Killer hatte es auf kleine Jungen abgesehen, dieser Hillside-Würger hat Prostituierte getötet, Ted Bundy junge Frauen, Studentinnen, Jeffrey Dahmer Schwule.«

»Der Hillside-Würger war eigentlich zwei Personen.«

»Na schön. Du hast recht.«

»Wie dem auch sei, du willst darauf hinaus, dass es hier kein solches Muster gibt.«

»Anscheinend nicht. Das eine Opfer ist eine gut gekleidete Asiatin Anfang dreißig, die in einem Minimarkt gearbeitet hat. Das andere eine Frau Ende dreißig, in Jeans und T-Shirt und mit Rauschgift in der Tasche. Das dritte ist ein Mann im Geschäftsanzug, um die fünfzig. Und das vierte Opfer ist eine Frau Mitte vierzig. Und die Mordmethoden und Tatorte sind auch alle unterschiedlich.«

»Na schön, Professorchen«, sagte sie. »Willst du damit sagen, dass er ein Muster *erzeugt* hat, damit es nach Serienmorden *aussieht*? Dass das der Grund für die Psalmenverse ist?«

»Kann sein«, antwortete Luke. »Oder vielleicht verschleiern die Psalmen ein anderes, weniger offensichtliches Muster.«

Charlotte sah ihn gespannt an. »Du meinst, der Mörder hat die vier Opfer vielleicht gekannt?«

»Hmmm.« Er sah Zustimmung in Charlottes Augen. »Das habe ich mich auch gefragt. Es wäre zumindest ein Gedanke. Jackson meinte, dass die Polizei sich vielleicht genauer ansehen sollte, wo sie gearbeitet haben. Was, wenn sie bei derselben Person angestellt waren oder in derselben Firma?«

Luke stand auf und stellte seinen Wein auf dem Couchtisch ab.

»Wo willst du hin?«

»Mir ist gerade noch etwas eingefallen. Ich komme gleich wieder.«

Charlotte legte erwartungsvoll den Kopf auf die Seite, als er zurückkehrte. Sneakers schnarchte weiter, während die warme Heizungsluft ihm durchs Nackenfell strich.

»Und?«, fragte sie.

»Kurz bevor er gegangen ist, habe ich Jackson gefragt, wer diese drei Leute wären. Er sagte etwas in der Art von: ›Sie sind jetzt Schall und Rauch. Sie wiegen weniger als nichts.‹«

»Na, und?«

»Das ist aus den Psalmen.« Charlottes Blick wurde interessiert. »›Weniger als nichts‹ ist aus Psalm 62:10. Eine sehr bekannte Stelle.« Er las laut vor: »Aber Menschen sind ja nichts, große Leute täuschen auch; sie wiegen weniger als nichts, so viel ihrer sind.«

Nachdenklich wog Charlotte ihr Weinglas in der Hand. »Na schön, und mit großen Leuten sind Menschen von hoher Geburt gemeint? Reiche?«

»Ja.«

»Aber warum sollte Jackson Pynne aus den Psalmen zitieren? Er kam mir nie so vor, als hätte er ein besonderes Interesse an der Bibel gehabt.«

»Ich weiß nicht, ob er es bewusst getan hat. Ich hatte eher den Eindruck, dass er die Worte von jemand anderem gehört hat und sie ihm irgendwie gefallen haben.«

»Hm.« In dem Moment ließ sie ein lautes Klopfen hochschrecken – zweimal und dann dreimal klopfte es an der Eingangstür.

Sneakers hob den Kopf und stimmte sein gedehntes, drohendes Knurren an – ein Laut, der manchmal selbst den Wind einschüchterte. Sie horchten alle drei abwartend, und schließlich erhob sich das Geräusch erneut. Es erinnerte Luke an Jackson Pynnes hektisches Klopfen an der Kirchentür. Das Herz schlug ihm bis zum Hals. Dann erkannte er das Geräusch plötzlich: Es war der Rollladen vorn am Häuschen, der sich gelöst hatte. »Ich gehe das in Ordnung bringen«, sagte er.

33

Amy Hunter saß in eben diesem Moment an einem kleinen Tisch mit weißer Tischdecke im *Old Shore Inn*, einem eleganten Hotelrestaurant auf einer Landzunge, die in die Chesapeake-Bucht hinausragte. Ihr gegenüber saß Special Agent Dave Crowe vom FBI. Der Schnee fiel seit Anbruch der Dunkelheit dichter und wurde nun von heftigen Windböen über die aufgewühlte Bucht gepeitscht. Doch im vom Kaminfeuer erleuchteten Gastraum war es warm und gemütlich. Sie wartete immer noch darauf, dass Crowe ihr wie versprochen »die Sache in groben Zügen erklärte«. Er trank einen Cocktail, während Amy gelegentlich an ihrem Pinot grigio nippte. Sie waren die beiden einzigen Gäste im Restaurant.

Dave Crowe erinnerte Amy an ihre Vergangenheit. An eine Version ihrer selbst, aus der sie längst herausgewachsen war. Nicht all diese Erinnerungen waren angenehm, einige aber schon. Crowe war nach wie vor ein einnehmender und gut aussehender Mann, aber er wirkte ihr ein bisschen zu selbstgefällig.

»Und, gefällt dir Tidewater County?«, fragte er zum wiederholten Mal. In seinen dunklen Augen tanzte die Kerzenflamme.

Sie legte die Hand an ihr Weinglas. »Wie schon gesagt, im Herbst und Frühjahr ist es wunderbar hier. Vor allem, wenn man gern segelt und Krebse mag. Im Sommer ist viel los. Politisch ist es etwas verwirrend. Da steht das eine oder andere auf dem Kopf. Und ein bisschen korrupt geht es hier wohl auch zu.«

»Hast du da ein Beispiel?«

»Dieser Fall«, sagte sie. »Kwan Park.«

»Inwiefern?«

Amy sah zur Fensterfront hinaus, um das Schneetreiben zu bewundern. Sie fragte sich, ob die Straßen noch befahrbar waren. »Der Sheriff und der Staatsanwalt haben sich für eine lokale Lösung stark gemacht, seit die Leiche gefunden wurde. Und das halbe County war damit einverstanden. Der Sheriff hat das als den ›zu erwartenden Ausgang‹ bezeichnet.«

Crowe nickte knapp – er interessierte sich offenbar noch immer für die Psychologie des Kleinstadt-Rechtswesens, für die leisen Verschwörungen und Intrigen, die sich anscheinend überall abspielten. Crowe erinnerte sie seit jeher ein bisschen an Tom Selleck – eine kleinere, weniger charismatische Ausgabe.

Das Essen kam, ehe sie zu einer Erklärung ansetzen konnte – für Crowe ein Grillsteak, für Amy Lachssalat, und dazu ein zweiter Brotkorb.

»Und wie wollten sie das bewerkstelligen?«, fragte er.

Amy folgte seinem Blick und sah, dass er das Hinterteil der sich entfernenden Kellnerin begutachtete.

»Sie hatten ein paar Spuren. Sogenannte ›Spuren‹. Eine 22er-Patronenhülse, angeblich. Ein komischer Kauz aus der Gegend namens Robby Fallow und sein Sohn waren die Hauptverdächtigen. Sie haben versucht, möglichst schnell ein Geschworenengericht einzuberufen, obwohl sie kaum etwas in der Hand hatten.«

Crowe schnitt ein Stück Fleisch ab und sah ihr in die Augen. »Und was hat sie dazu bewogen, ihre Meinung zu ändern?«

»Wir.«

»Wie das?«

Amy zerteilte das Lachsfilet auf den Salatblättern. »Wir haben Beweise gefunden, durch die ihre Theorie haltlos wurde. Aber ich bin mir nicht sicher, ob ich darüber reden sollte. Du wolltest mir zuerst von deinem Fall erzählen.«

Crowe lachte herzhaft.

»Wird das jetzt ein Tauschhandel? Zeig mir deins, dann zeig ich dir meins?«

»Kann schon sein.«

Er schnaubte belustigt und konzentrierte sich dann erst mal eine Weile aufs Essen, wobei er übertrieben zu kauen schien. Amy nahm sich ein Brötchen und riss es in der Mitte durch.

»Also, wenn das so ist, ich hab nichts dagegen«, sagte er. »Ich meine, wir können uns sicher gegenseitig helfen.« Er sah sie gerade lange genug an, um die Zweideutigkeit anklingen zu lassen.

»Wie fühlt man sich denn so als verheirateter Mann?«

»Nicht besonders, ehrlich gesagt.« Bevor Amy sich eine passende Antwort einfallen lassen konnte, fügte er hinzu: »Ich habe jetzt eine kleine Tochter.«

»Ach, das wusste ich nicht. Glückwunsch.«

»Ja, sie ist mein ganzer Stolz. Für sie ist es die Sache wert.«

Amy wandte sich ihrem Salat zu. Es war wohl keine besonders gute Idee gewesen, dieses Thema anzusprechen. Es kam ihr seltsam vor, über Ehethemen zu sprechen. Ihr eigenes Liebesleben war zuweilen eine Katastrophe, weshalb sie es vorzog, gar nicht erst darüber nachzudenken.

Doch Dave Crowe hatte etwas an sich, das ihr selbst nach all den Jahren noch das Gefühl gab, verwundbar zu sein.

»Was für Beweise habt ihr gefunden?«, fragte er.

»Ach, Spuren, die diesen Fall mit den drei anderen in Zusammenhang bringen.«

Das ließ ihn aufmerken. Er hielt in der Bewegung mit der Gabel inne. *»Drei andere?* Wovon sprichst du? Mordfälle?«

»Ja, Mordfälle.« Zu ihrer Überraschung bildeten sich kleine Fältchen in seinen Augenwinkeln. »Das weißt du nicht?«

Er hörte auf zu kauen und seine Mundwinkel zogen sich nach unten. »Nein«, sagte er.

»Was geht hier vor?«, fragte Amy verblüfft. »Ich dachte, du bist deshalb hier?«

Doch er sah sie nur mit ausdrucksloser Miene an.

»Was, zum Teufel, untersuchst du dann?«

Dave Crowe schob das Essen mit der Gabel auf seinem Teller herum, wie um seine Gedanken zu sammeln und neu zu sortieren. Mit seiner Charmeoffensive war es jetzt vorbei.

»Wir sind wegen einer Konvergenz hier«, sagte er.

»Na schön, ich habe keine Ahnung, was das heißen soll. Was für eine Konvergenz?«

»Kwan Park. Ihre Leiche ist hier bei euch in der Kirche aufgetaucht. Was wir unglücklicherweise erst wissen, seit ihre Identität heute Nachmittag öffentlich bekannt gegeben wurde.«

»Warum interessiert dich das?«

Er tupfte sich mit der Serviette den Mund ab. »Darum.« Er warf einen Blick in den leeren Gastraum, wie um sich zu vergewissern, dass niemand in Hörweite war. »Wir interessieren uns schon seit ein paar Wochen für Kwan Park. Wir dachten, sie hätte das Land verlassen.«

»›Wir interessieren uns.‹ – Was meinst du damit?«

»Hör mal, die Sache ist die«, sagte er. »Ich stecke mitten in einem Riesenfall, bei dem es um Betrug und organisierte Kriminalität geht. Ich kann nicht in die Einzelheiten gehen. Aber es ist ein großer Fall, an dem mehrere Behörden beteiligt sind.«

»Okay.« Amy hatte inzwischen auch aufgehört zu essen.

»Aber um es grob zu umreißen: Wir haben eine kriminelle Organisation identifiziert, die wir bis vor Kurzem für eine Reihe getrennter, voneinander unabhängiger Gruppen hielten. Jetzt wissen wir, dass dem nicht so ist. Sie sind alle durch ein verworrenes Netz miteinander verbunden, durch nicht zurückzuverfolgende Fassadenfirmen und anonyme Bankkonten. Wir sind gerade dabei, die Puzzleteile zusammenzusetzen.«

»Aha.« Sie nippte an ihrem Wein. »Und wo kommt Kwan Park ins Spiel?«

»Kwan Park hat für diese Organisation gearbeitet. Für den Mann, der sie betreibt.«

»Puh«, sagte Amy und wartete, dass er weitersprach. Sie wusste, dass er gern drum herumredete, einem mit Informationshäppchen vor der Nase herumwedelte, während er die großen Stücke zurückbehielt. Manchmal, wenn er etwas getrunken hatte, wurde er aber auch redselig. »Ist diese Organisation aus Ohio?«

»Sie operiert in Ohio, Maryland, Delaware, New Jersey. In Texas. Und vielleicht noch woanders. Es ist eine kleine Organisation mit langem Arm.«

»Aber der Umstand, dass Kwan Park hier tot aufgetaucht ist, hat euch überrascht.«

»Vollkommen. Das kam in keinem unserer Szenarien vor. Wie schon gesagt, wir dachten, dass sie das Land verlassen hätte.«

»Dein Fall hat also nichts mit Tidewater County zu tun.«

»Bisher hatte er das nicht«, erwiderte er. »Jetzt natürlich schon.«

Er sah ihr erneut in die Augen. Amy fragte sich, wie viel sie ihm erzählen sollte.

»*Das* ist es also, hinter dem die Presse her ist?«, fragte sie. »Die Sache mit dieser Organisation.«

»Genau.«

»Und du kannst mir nicht sagen, was das mit Kwan Park zu tun hat?«

»Hmm-ja.« Er wandte sich wieder seinem Essen zu, schnitt sein Steak in kleine Bissen und kaute sie länger als nötig. Amy aß ebenfalls weiter, stocherte aber eher in ihrem Lachssalat herum. Als Crowe fertig war, legte er Messer und Gabel übereinander und ließ einmal mehr den Blick durch den Gastraum schweifen. Sie waren noch immer unter sich.

»Eins kann ich dir allerdings sehr wohl sagen, weil diese Information ohnehin für jeden einsehbar ist. Weißt du, wo Kwan Park gearbeitet hat?«

»Natürlich«, sagte sie. »In einem Minimarkt in Sharonville, Ohio.«

»Ja. Und hast du dich schon gefragt, warum die Dame in so einem Laden arbeitet?«

»Etwas komisch kam es mir schon vor.«

»Wenn du etwas nachbohrst, wirst du feststellen, dass ihr Geschäft in den letzten paar Monaten mehrmals in den Nachrichten war.«

Amy nickte. »Du meinst, weil dort zwei Multimillionen-Dollar-Lotterielose verkauft wurden?«

Er zwinkerte ihr zu und sah wieder auf seinen Teller. »Allerdings nicht bloß bei ihr im Geschäft. Sie hat sie persönlich verkauft. Im Januar hat sie ein Lotterielos im Wert von 14,4 Millionen verkauft. Und im letzten Monat hat sie im selben Laden ein Los verkauft, das 18,2 Millionen wert war. Dazu kamen noch ein paar mehr über kleinere, aber immer noch erkleckliche Beträge. Letzte Woche hat sie gekündigt und das Land verlassen – zumindest dachten wir das.«

»Okay.«

»Vor sieben Monaten«, fuhr er fort, »hat ein Geschäft in Texas drei Multimillionen-Dollar-Lose verkauft. Eins über einundzwanzig Millionen. Die gleiche Nummer. Auch ein *Quik-Store*-Minimarkt. Vielleicht hat sogar dieselbe Frau dort gearbeitet, unter einem anderen Namen, das wissen wir nicht.«

»Was für eine Nummer? Und wer ist dieser Mann, für den ihr euch interessiert?«

Lächelnd griff er nach seinem Drink. »Ich nehme an, dass du die üblichen Argumente dagegen kennst, dass die Regierung im Lotteriegeschäft mitmischt.«

»Natürlich«, sagte Amy. »Die Lotterien sind eine regressive Steuer, die die Armen belastet. Sie nähren falsche Hoffnungen. Und so weiter und so weiter.«

»Genau. Heutzutage hört man diese Argumente natürlich nicht mehr so oft, weil das Glücksspiel inzwischen überall im Land Fuß gefasst hat. Seine Gegner sind schon vor Jahren größtenteils weich geworden. Und Lotterieeinnahmen in Bildungsprogramme zu leiten war ein genialer PR-Schachzug. Dadurch ist die Vorstellung, dass die Regierung Glücksspiel sanktioniert, für fast alle im Land verdaulich geworden.«

»In gewisser Weise *sind* Lotterien allerdings eine regressive Steuer, nicht wahr?«

Er zuckte mit den Schultern. »Sicher, in dem Sinne, dass die Armen einen größeren Prozentsatz ihres Einkommens auf Lotterielose verwenden als irgendjemand sonst. Manche sind der Meinung, dass solche Formen des Glücksspiels den amerikanischen Traum korrumpiert hätten – im alten amerikanischen Traum ging es um harte Arbeit; im neuen amerikanischen Traum geht es darum, sich für die richtigen Zahlen zu entscheiden oder das richtige Rubbellos zu kaufen.«

»Willst du behaupten, dass diese Leute sich verschworen haben, um die staatlichen Lotterien zu bestehlen? Ich wusste nicht, dass so etwas machbar ist.«

»Das habe ich nicht gesagt.« Er stellte Blickkontakt zu der Kellnerin her und deutete mit dem Zeigefinger erst auf sein Getränk und dann auf das von Amy. »Aber ja, machbar ist das. Es wäre nicht das erste Mal. Natürlich ist so etwas machbar. Ich verrate kein Betriebsgeheimnis, wenn ich dir sage, dass die meisten Rubbellose von einer Handvoll Firmen hergestellt werden. Sie entwickeln Algorithmen, anhand derer die Gewinnerlose ermittelt werden. Das bleibt nicht dem Zufall überlassen, das wäre ganz unmöglich. Es muss ein System geben, damit die

Regierung am Ende mit einem vorhersagbaren Verhältnis von auszuzahlenden Gewinnen und Einnahmen dasteht.

Im Laufe der Jahre haben wir in mehreren Fällen ermittelt, in denen Einzelne die Algorithmen geknackt und Hunderttausende von Dollars abgeschöpft haben. Nach solchen Vorkommnissen wurden die Sicherheitsvorkehrungen jedes Mal verschärft. Doch diesmal liegen die Dinge ein bisschen anders. Zum ersten Mal wissen wir von einer Gruppe, die in fünf oder sechs Bundesstaaten operiert, vielleicht sogar mehr.«

»Dann brauchen die wohl jemanden in der Lotteriekommission, um die Sache am Laufen zu halten?«

Er nickte und trank aus. »Mindestens drei Personen pro Bundesstaat. Jemanden, der die Tickets kauft, jemanden, der sie verkauft, und ja, vor allem einen Insider, der ihnen Informationen verkauft.«

Die neuen Getränke kamen. Amy stocherte in den Resten ihres Salats herum.

»Daran arbeitest du also«, sagte sie. »Das ist es, was diese Organisation tut.«

»Nein«, erwiderte er. »Es ist nur ein Teil davon. Der kleinere.«

»Und was ist der größere?«

Er nahm einen tiefen Zug von seinem frisch eingetroffenen Cocktail. »Unter uns?« Amy nickte. »Wo ist die Bundesregierung im Moment wohl am verwundbarsten? Fällt dir etwas ein?«

Amy runzelte die Stirn und tat so, als dächte sie angestrengt nach.

»Du weißt es nicht?«

»Ich bin mir nicht sicher.«

»Bei der Einkommenssteuer«, erklärte er. »Glücklicherweise wissen das nicht viele. Aber mehr als genug. Natürlich ist das ein bisschen peinlich. Jedes Jahr verteilt die Regierung drei bis vier Milliarden Dollar an unrechtmäßigen Steuerrückzahlungen.«

»Das wusste ich nicht.«

»Das wird auch nicht an die große Glocke gehängt.« Der Blick seiner mandelfarbenen Augen wurde härter. »Aber damit du eine Vorstellung hast: Das Büro des Generalinspekteurs hat letztes Jahr anderthalb Millionen Steuerfälle identifiziert, in denen die Regierung Rückzahlungen aufgrund gefälschter Steuererklärungen geleistet hat. Und natürlich kann sie sich das Geld nicht zurückholen, sobald sie die Schecks einmal ausgestellt hat. Wir haben da ein Auge drauf und bauen immer neue Sicherheitsmaßnahmen ein. Aber jahrelang herrschte da die pure Wilderei.«

»Wie geht das vonstatten?«

»Da gibt es viele Möglichkeiten. Man klaut Identitäten, erzeugt falsche Steuerformulare. Tatsächlich versuchen es nach wie vor jedes Jahr Zehntausende mit diesem Trick.«

»Du willst damit also sagen, dass diese Gruppe das Gleiche organisiert betreibt.«

»Genau. Und zwar im großen Stil.«

»Also stiehlt diese Organisation der Regierung Millionen von Dollars. Über die Lotterie und durch Einkommenssteuerbetrug.«

»So ist es. Und die Sache ist die – in ihren Augen begehen diese Leute nicht mal ein Verbrechen. Es steckt nämlich eine Ideologie dahinter. Sie betrachten ihr Tun als eine Art Vergeltung. Dadurch lassen sie die Regierung für das bezahlen, was sie ihren ärmsten Bürgern antut.«

»Puh«, sagte Amy. »Und wer profitiert von all dem gestohlenen Geld?«

Crowe lächelte und rückte umständlich Messer und Gabel zurecht. »Darauf kann ich nicht näher eingehen. Aber so viel darf ich sagen: Weißt du, was passiert ist sechs Tage nachdem das

Siegerlos in Delaware eingelöst wurde? Anonyme Spenden in einer Gesamthöhe von drei Millionen Dollar gingen bei einem Dutzend Obdachlosenheimen in sieben Bundesstaaten ein. Alles klar?«

»Kein Zufall.«

»Nein. Zwei der Schecks kamen von einer Organisation namens *Sherwood Forest Foundation*, bei der es sich auch um den Namen der Gesellschaft handelt, die das Siegerlos gekauft hat.«

Amy nickte. Langsam begriff sie. »Anstatt also von den Reichen zu stehlen und es den Armen zu geben, stehlen sie von der Regierung und geben es den Armen.«

»So ungefähr.« Er griff in den Brötchenkorb. »Willst du das letzte Brötchen, oder kann ich es mir nehmen?«

»Greif zu.«

Er schien jetzt seine ganze Konzentration darauf zu richten, das Brötchen mit Butter zu bestreichen.

»Und wie heißt der Mann, der diese Organisation betreibt?«, fragte sie. »Der Mann, für den Kwan Park deiner Meinung nach gearbeitet hat?«

Sehr langsam trat ein Lächeln auf sein Gesicht, während sein Blick auf dem Brötchen in seiner Hand lag. Wahrscheinlich wurde ihm gerade klar, dass er ihr zu viel verraten hatte.

»Darfst du das sagen?«

»Nein, eigentlich nicht.«

»Aber die Zeitung weiß es.«

»Die Zeitung weiß es. Höchstwahrscheinlich kommt es in ein paar Wochen raus.« Er musterte sie aufmerksam. »Ein wirklich brillanter Charakter, dieser Kerl. Er hat rund ein halbes Dutzend Wohltätigkeitsorganisationen gegründet, die alle nur als Fassade für diese eine Organisation dienen. Und er verfügt sogar über noch mehr Firmen und Beteiligungsgesellschaften. Aber er ist schlau. Es ist nicht leicht, ihm diese Verbindungen nachzuweisen oder ihn auch nur zu finden. Der Mann ist schwerer in die Finger zu kriegen als Howard Hughes.«

»Und Kwan hat für ihn gearbeitet, sagst du?«

»M-hm.«

Die Kellnerin kam, um ihre Teller abzuräumen. Amy sah in den Schnee hinaus. *Ich werde die Nacht wohl hier verbringen müssen*, dachte sie.

»Die Sache ist die: Wir glauben, dass er weiß, dass wir ihm auf der Spur sind«, fuhr Crowe fort. »Wahrscheinlich ist er gerade dabei, den Großteil seiner Organisation aufzulösen. Sie abzuwickeln. Wir glauben, dass Kwan Park deshalb das Land verlassen wollte. Und wir glauben, dass er als Teil seines Abgangs vielleicht noch seine Geschichte erzählen will. Auf seine Art. Sodass er am Ende als Held dasteht – wenn auch als ein gesetzloser Held.« Er gestattete sich ein knappes Lächeln. »Und davon wollen wir ihn auf jeden Fall abhalten.« Er zwinkerte.

»Und warum war Kwan Park nach Korea unterwegs?«

»Wir glauben, dass er sie bezahlt hat. Damit sie verschwindet, den Mund hält. Eine Abfindung, in gewisser Weise. Wahrscheinlich mehr als genug, dass sie sorgenfrei davon hätte leben können.«

Amy trank einen Schluck Wein und ließ sich dieses neue Szenario durch den Kopf gehen. *Aber wo kommt Jackson Pynne ins Spiel? Und wer hat Kwan Park ausgerechnet nach Tidewater County in Maryland gebracht?* Die Sache ergab für sie jetzt noch weniger Sinn als vor dem Gespräch mit Crowe.

»Wie dem auch sei«, sagte er. »Du bist dran.«

34

Die gelben Warnlichter eines Schneepflugs drehten sich im dichten Schneegestöber an der Zufahrt zum *Old Shore Inn*. Amy nippte gerade an ihrem dritten Glas Wein. Die Informationen, die sie ausgetauscht hatten, schufen eine Art Verbindung zwischen ihnen – oder vielleicht war es auch nur der Alkohol. Crowe gefiel das natürlich – er redete ein bisschen mehr, als er sollte, benutzte das Tröpfeln der Informationen als Kontrollinstrument. Sie empfand seine Gesellschaft noch als genauso gefährlich wie vor Jahren. Bei ihm war sie sich nie sicher, worauf die Dinge letztendlich hinauslaufen würden.

»Na schön, ich möchte dir eine hypothetische Frage stellen«, setzte sie an. »Was, wenn er eine ganz andere Art von Abgang hinlegt als die, die du gerade beschrieben hast?«

»Okay.«

Er rührte seinen frischen Drink mit seinem Cocktailstäbchen um, ohne sich anmerken zu lassen, was er von ihren Worten hielt.

»Was, wenn dieser Mann den Laden dichtmacht, aber *nicht*, indem er Abfindungen zahlt? Was, wenn er den Leuten keinen Ausweg lässt?« Die Idee war Amy gerade erst gekommen.

Crowe rührte weiter in seinem Drink. »Meinst du damit, dass er keine Zeugen hinterlässt?«

»Ja.«

»Entspricht nicht seiner Vorgehensweise. Der Kerl ist auf einem Rachefeldzug gegen die Regierungsinstitutionen. Und zwar so richtig. Aber er ist kein Killer.«

»Na schön.« Amy hielt einen Moment inne. »Du hast doch gesehen, wie der Mörder von Kwan Park vorgegangen ist, oder? Du hast heute Nachmittag eine Kopie des Berichts angefordert.«

»Ja, hab ich.«

»Du hast die Zahlen gesehen, die man Kwan Park in die rechte Hand geritzt hat?«

»Ja. Seltsam. Was hat es damit auf sich?«

Sie holte tief Luft. *Er weiß es nicht.*

»Das hat genau genommen der Pastor herausgefunden, der sie entdeckt hat, und nicht ich. Die Zahlen beziehen sich auf das Buch der Psalmen.«

Crowe zog das Kinn ein und sah sie an, als wollte er sagen: *Ach komm!*

»Das sind die Hinweise, die ich meinte.«

»Was redest du da?«

»Das sind die Hinweise.«

Er grinste ungläubig. »Und die stellen eine Verbindung zwischen diesem Mord und den drei anderen her?«

»Ja, mit drei anderen Morden, bei denen Zahlen hinterlassen wurden. Die sich alle auf die Psalmen beziehen.« Crowe verzog das Gesicht; er sah aus wie ein kleiner Junge, dem man sein Spielzeug weggenommen hat. »Und das bleibt natürlich unter uns«, fügte Amy hinzu.

»Zeig es mir.«

»Was?«

Er warf seine Serviette auf den Tisch. »Sekunde, ich bin gleich zurück.«

Amy nahm einen weiteren kleinen Schluck Wein und fragte sich einen verrückten Moment lang, ob sie wohl heute Nacht noch mit Crowe schlafen würde. *Nein, Riesenfehler*, dachte sie – obwohl sie Crowe anmerkte, wie sicher er sich seiner Sache war.

Er hatte kein Wort darüber verloren, dass sie noch dreißig Kilometer durch den Schnee nach Hause fahren musste, als sei das kein Grund zur Sorge. Ein Knacken im Kamin ließ sie aufschrecken. Dann war Crowe zurück und durchmaß mit schnellen, zielsicheren Schritten den Saal, eine Bibel in der Hand.

Amy zeigte ihm die vier Stellen.

Der Tidewater-Fall, Psalm 51:10:

Lass mich hören Freude und Wonne,

dass die Gebeine fröhlich werden, die du zerschlagen hast.

Die Brandstiftung und der Mord in Delaware, Psalmen 68:3 und 68:4:

Wie Rauch verweht, so verwehen sie;

Wie Wachs zerschmilzt vor dem Feuer, so kommen die Gottlosen um vor Gott.

Die Gerechten aber freuen sich

und sind fröhlich vor Gott und freuen sich von Herzen.

Die Frau in der Abfallgrube in West Virginia, Psalmen 88:7:

Du hast mich hinunter in die Grube gelegt, in die Finsternis und in die Tiefe.

Und die stehen gebliebene Uhr des John Doe aus Virginia, Psalmen 12:3 und 12:4:

Einer redet mit dem andern Lug und Trug,

sie heucheln und reden aus zwiespältigem Herzen.

Der Herr wolle ausrotten alle Heuchelei,

und die Zunge, die hoffärtig redet.

Vier Morde, vier Visitenkarten. Jede deutlicher zu erkennen als die vorangegangene. Crowe sah sie lange an, ohne ein Wort zu sagen. So gefiel er Amy.

»Also?«, sagte sie schließlich. »Was hältst du davon?«

»Ganz ehrlich?« Er sah auf die Bibel und dann zu ihr.

»Ganz ehrlich.«

»Dieser Kerl«, sagte er. »Ich habe mir ziemlich ausgiebig seinen Werdegang angesehen …«

»Du meinst den Kerl, der diese Organisation betreibt?«

»Ja, genau. Ich habe viel Zeit darauf verwendet, mir ein Bild von ihm zu machen, herauszufinden, wie er tickt. Ich wollte seine Obsessionen verstehen, was ihn antreibt.«

Amy nickte. »Und?«

»Und zufällig – ist das hier eine seiner Obsessionen.«

»Was?«

»*Das.*« Er zeigte auf die Bibel, als handelte es sich um eine tote Ratte. »Die Psalmen. In gewisser Weise scheint Trumble – dieser Mann – sich als modernen David zu verstehen. Er redet immer wieder von der Geschichte von David und Goliath. Wie David Goliath getötet hat, indem er eine Schwachstelle in seiner Rüstung gefunden hat. Goliaths Stirn war ungeschützt, und David hat ihn dort attackiert. So sieht er sich selbst.«

»Und Goliath ist die US-Regierung?«

Er deutete ein Nicken an. »So ist es. Vor dreizehn Jahren hat man ihn wegen Steuerbetrugs angeklagt. Er ist für acht Monate ins Gefängnis gewandert. Seitdem ist er auf einem Kreuzzug, um es der Regierung heimzuzahlen.«

»Puh.«

Crowe nickte und sah sie mit aufgeregtem Flackern in den Augen an.

»Aber du meintest gerade, dass er nicht gewalttätig ist. Dass er so nicht vorgeht.«

»Das stimmt. Zumindest bisher. Aber er hat ein Sicherheitsteam, das durchaus eine härtere Gangart anschlagen kann.« Er seufzte und hielt sein Glas schräg. »Glauben wir zumindest.«

»Hast du gerade ›Trumble‹ gesagt?«, fragte Amy. »Heißt er so?«

Crowe sah sie verblüfft an. Offenbar war ihm der Name versehentlich herausgerutscht. Er zuckte hastig mit den Schultern, als sei das nicht weiter wichtig.

»Kommt mir bekannt vor«, sagte sie. »Gab es nicht mal einen Bericht über einen Trumble – in diesem CBS-Nachrichtenmagazin, *60 Minutes*?« Mit einem Mal fiel ihr sein ganzer Name ein. »August Trumble.«

»Ja, genau.« Einmal mehr sah er sie überrascht an. »Wieso, was weißt du denn über ihn?«

»Nichts weiter. Nur, dass er ein brillanter und kluger Kopf ist, wie du gesagt hast. War das nicht der Kerl, der ein System entwickelt hat, mit dem man die Kasinos überlisten konnte?«

»Ja, genau.« Er nahm einen tiefen Schluck und ließ den Blick in die Ferne schweifen. »Früher einmal war er Professor für Statistik in Princeton. In den frühen Neunzigern hat er sich Methoden ausgedacht, um die Kasinos in Atlantic City und Vegas um Millionen zu erleichtern. Als die ihm dann Hausverbot erteilt haben, hat er andere ausgebildet, damit sie für ihn weitermachen.«

»Hat er Karten gezählt?«

»Zum Teil. Er hat auch mit anderen Spielen gearbeitet. Aber es ging nicht nur um Kasinos. Er hat sich auch zum hochkarätigen Trickbetrüger entwickelt. Er hat zwielichtige Deals eingefädelt, die Regierung ausgetrickst, nach ihren Schwachstellen gesucht. Nach dieser *60-Minutes*-Sendung hatte er eine Reihe Anhänger, die ihn fast schon kultisch verehrten. Die Sendung wurde übrigens ohne seine Einwilligung produziert, und uns wäre es am liebsten, wenn es sie nie gegeben hätte. Ich habe mit ein paar Leuten geredet, die vor und nach dieser Steuerbetrugssache mit ihm zu tun hatten. Als er aus dem Gefängnis kam, war er ein ganz anderer Mensch. Besessen von dem für ihn unerträglichen Gedanken daran, dass die Regierung Glücksspiele betreibt.«

»Wo ist er jetzt?«

»Das weiß niemand. Für kurze Zeit hatten wir eine Quelle –

sogar zwei – in seiner Organisation. Aber obwohl sie uns Informationen verschafft haben, konnten sie uns nicht sagen, wo er sich aufhielt.«

»Was ist aus diesen Quellen geworden?«

Mit einem knappen Kopfschütteln bedeutete er ihr, dass er darüber nicht sprechen durfte. »Wie gesagt, er ist sehr schwer in die Finger zu kriegen. Seine Organisation ist klein, aber loyal. Er scheint eine gewisse Macht über die Menschen auszuüben, die für ihn arbeiten. Kennst du das Sprichwort ›Jeder hat seinen Preis‹?«

Amy nickte.

»Wir glauben, dass das seine Methode ist. Er findet heraus, welchen Preis ein Mensch hat, und bezahlt ihn.« Er schlug die Serviette im Brotkorb zurück, als könnte sich noch ein weiteres Brötchen darunter verstecken. »Mit anderen Worten: Er ist ein meisterhafter Manipulator. Er hat ein Auge für die verwundbaren Stellen anderer Menschen. Inzwischen wissen wir aber kaum noch etwas über ihn, was uns nutzt. Nach allem, was man hört, ist er ziemlich gut darin, sein Erscheinungsbild zu verändern. Wir wissen also nicht mal mit Sicherheit, wie er derzeit aussieht. Es gibt kein bekanntes Foto von ihm, das weniger als zehn Jahre alt ist. – Wie dem auch sei.« Er deckte die Serviette wieder über den Brotkorb. »Du siehst gut aus.« Sein Blick ruhte mit dem Anflug eines Lächelns auf ihr. Ein seltsames Lächeln. »Du bist gewachsen. Größer geworden.«

»Eigentlich nicht.«

Ihre knappe Antwort belustigte ihn. »Nein, nein, ich meine nicht körperlich. Ich meine – du bist in deine Arbeit hineingewachsen. Du nimmst jetzt mehr Raum ein als früher. Ich bin beeindruckt.«

»Ach so, verstehe. Tja dann, vielen Dank.« Ihr gefiel, was er damit sagen wollte, auch wenn sie die Art, wie er es sagte, nicht besonders mochte. Sie bedachte ihn mit einem kurzen, übertriebenen Lächeln.

Jackson Pynne fuhr mit seinem Audi in die Garage der Eigentumswohnung am Tompkin's Neck. Er befand sich jetzt eine halbe Meile jenseits der County-Grenze und war ziemlich sicher, dass er seinen Verfolger abgehängt hatte – vorläufig jedenfalls. Pynne hatte die Wohnung fünf Jahre zuvor unter einem fiktiven Firmennamen für solche Fälle angeschafft, wenn er untertauchen musste – allerdings benutzte er sie heute Nacht zum ersten Mal zu diesem Zweck. Sein anderes Wohneigentum hier – ein Stadthaus, das seiner Baufirma gehörte – war im Moment für ihn tabu, vielleicht auch für immer. Am Mittwoch war er zum letzten Mal dort gewesen, um den Audi zu holen.

Jackson war aufgefallen, dass man ihn verfolgte, sobald er den Kirchenparkplatz verlassen hatte, aber er hätte es schon sehr viel früher bemerken sollen. Sein Vorteil bestand darin, dass er die alten Landstraßen hier und die seltsamen Windungen der Bäche und Buchten kannte. Er hatte an der Kreuzung Bayfront/Route 31 geblinkt, als wollte er auf den Highway abbiegen, um dann die Scheinwerfer auszuschalten und in die andere Richtung zu fahren – auf eine ungepflasterte Zufahrtsstraße, die einmal zu einem privaten Bootssteg geführt hatte. An diesem Rückzugsort dachte er gerne nach. Hierhin war er vor vielen Jahren mit seiner Frau gefahren, um über das Wasser hinweg die Hafenlichter zu betrachten und über seine Pläne zu reden, die Bauprojekte, die er hier eines Tages verwirklichen würde. Und hierher hatte er auch Kwan Park mitnehmen wollen.

Heute Nacht hatte er gewartet, während der Wind den Schnee über die Wellen getrieben hatte. Er hatte das Fenster ein paar Zentimeter heruntergekurbelt, die eiskalte Luft eingeatmet, an Kwan gedacht und sich an die Freude erinnert, die sie ihm geschenkt, den Sinn, den sie seinem Leben verliehen hatte. Er hatte die Lichter eines Frachters weit draußen in der Bucht gesehen, den Rauch aus den Schornsteinen der Häuser an der Küste. In dem Bewusstsein, dass es in ein paar Wochen wieder warm werden und alles von vorne beginnen würde und dass er dann nicht mehr da wäre.

Jetzt saß er in der Dunkelheit seiner Wohnung auf dem Tompkin's Neck, mit einem Glas Bourbon auf Eis, und ließ den Blick über das verschneite Sumpfland wandern. Dieser Ort weckte Erinnerungen in ihm, eine Sehnsucht nach dem einfachen Leben, das er hier zu finden gehofft hatte. *Nachts an der Chesapeake-Bucht*. Wäre er ein Songschreiber gewesen, hätte er ein Lied mit diesem Titel gemacht. Er dachte an den August, den üppigsten Monat, daran, wie es abends ganz ruhig wurde, wie man das Gefühl hatte, die Stimmen aller Menschen hier im County hören zu können, die der Familien beim Essen in der Küche, der Paare, die am Wasser lachten, der Kinder, die barfuß durch die Straßen rannten; alle Fenster geöffnet, um die sanften Brisen einzulassen.

Aber das war der Sommer. Jackson ging davon aus, dass er hier, wenn er im Haus blieb, vielleicht noch ein oder zwei Tage über die Runden kommen würde. Er spürte, wie sich in seinem Denken etwas auflöste, seine Überzeugung vielleicht.

Eines Tages würde er das finden, was ihm bestimmt war, aber nicht hier. Tidewater war kein Ort, an dem er noch leben konnte. Das lag nun hinter ihm, genau wie alles, was er geplant oder erwartet hatte. Er war ein Gesetzloser. Alles kam ihm heute Abend traurig vor – und sehr vergänglich.

35

Montag, 20. März

Amy Hunter lief in der Mitte der Hafenpromenade entlang, wo die Schneepflüge eine Bahn freigeschaufelt hatten. Aus ihren Ohrstöpseln dröhnte Radiohead, und der Wind brannte ihr im Gesicht. Das Glitzern des schmelzenden Schnees auf den Feldern tat ihr in den Augen weh. Der Himmel war von kräftigem, beinahe wolkenlosem Blau. Nachdem sie sich mit dem Morgen angefreundet hatte, wurde die Luft für sie zu einer Art Treibstoff, der ihre Lebensgeister weckte, und einmal mehr stellte sich ein Gefühl des Einklangs mit der Natur bei ihr ein. Sie hatte ein schlechtes Gewissen, weil sie gestern Abend beinahe bei Crowe geblieben wäre, freute sich aber zugleich, dass sie es dann doch nicht getan hatte – obwohl es auch nicht besonders schlau gewesen war, nach drei Gläsern Wein durch den Schnee zu fahren. Und noch dazu versehentlich ihr Telefon auszuschalten, sodass sie einen Anruf von Pastor Luke verpasst hatte.

Sie rannte das letzte gerade Stück, vorbei an den Werften und dem Handelshafen, und kehrte nass und gekräftigt in ihre Wohnung zurück. Sofort zog es sie an ihren Schreibtisch. Sie war ganz aus dem Häuschen über die Erkenntnisse des vorigen Abends und die neue Richtung, in die der Fall sich entwickelte.

»Wir klären das schon auf«, sagte sie zu Winston, der auf ihrem Schreibtisch saß und auf seinen Frühstücks-Thunfisch wartete, während sie ihre Joggingsachen auszog. »Hörst du? Wir klären das auf!«

Rllll, brummte er, sprang vom Schreibtisch und trottete mit steil aufgerichtetem Schwanz in die Küche.

Amy machte ihre morgendlichen Erledigungen, fütterte Winston und leerte sein Katzenklo, brachte den Müll weg und räumte die Geschirrspülmaschine aus. Dann duschte sie ausgiebig und heiß und fuhr zur Arbeit. Dort sah sie als Erstes auf die Website von *The Post*. Nichts. Dann auf die der *Tidewater Times*.

Mitherausgeberin Karen Bunting hatte einen neuen Artikel geschrieben.

Opfer im Kirchenmord-Fall identifiziert

Die Polizei hat gestern die sogenannte »geheimnisvolle Unbekannte« identifiziert, die man am Dienstagmorgen in der Methodistenkirche in Tidewater gefunden hat.

Laut Büro des Sheriffs handelt es sich bei der Frau um die 32-jährige Kwan Park aus Sharonville, Ohio.

Wie verlautbart wurde, sind mittlerweile Ermittler des FBI an der Suche nach dem Mörder der Frau beteiligt. Unseren Quellen zufolge hat die Frau möglicherweise für einen Hostessenservice in der Region Baltimore gearbeitet. Allerdings weigerten sich Sprecher der Polizei und des Sheriffs, weitere Aussagen zu diesem Thema zu machen.

Wie bitte?, dachte Amy.

Das kam zweifellos aus dem Lager des Sheriffs. Die versuchten immer noch, ihre Edelprostitutions-Theorie durchzudrücken. Und sie glaubten immer noch, dass sie irgendwie Robby Fallow mit diesem Verbrechen in Zusammenhang bringen konnten.

Hastig scrollte sie durch ihre E-Mails, bis sie auf eine stieß, die unter dem Namen Anonym777 an sie geschickt worden war. Die Betreffzeile weckte ihre Aufmerksamkeit: *Information bzgl. Kwan Park*.

Ihr Herz schlug schneller, als sie die Nachricht las, und sie spürte die Mischung von Adrenalin und Koffein in ihren Adern.

Diese drei Personen haben in irgendeiner Weise mit den Mordfällen zu tun, in denen Sie ermitteln: Mark Chandler, Sheila Patterson, Katrina Menken.

Weiter nichts. Der Absender war anonym. Amy rief einen IT-Techniker an, um die E-Mail zurückverfolgen zu lassen. Dann machte sie sich auf die Suche nach Informationen über die drei Namen. Zwei mögliche Verbindungen fanden sich schnell: Es gab eine Katrina Menken, die für die Lotteriekommission in Ohio arbeitete. Und Mark Chandler war ein Rechtsanwalt, der in der Gegend von Washington lebte und mehrere Buchhaltungsfirmen in Virginia und Maryland vertrat.

»Morgen, kann ich dich kurz stören?«

Amy machte vor Schreck beinahe einen Satz.

Dave Crowe stand hinter ihr.

»Oh«, sagte sie. »Guten Morgen.«

»Morgen.« Er hatte dunkle Halbmonde unter den Augen. »Interessantes Gespräch gestern Abend. Bin froh, dass du es heil nach Hause geschafft hast. Meeting ist übrigens abgesagt.«

»Warum?«

»Ich fahre nach Washington zurück. Neue Taktik«, erklärte er. »Ich versuche, heute Nachmittag wieder hier zu sein. Ich möchte jetzt noch nicht, dass man uns in irgendeiner Weise mit der Sache hier in Verbindung bringt.«

»Dafür ist es ein bisschen spät.«

»Ja, dieser Satz in der Zeitung tut mir leid. Ich habe bei denen angerufen und um eine Berichtigung gebeten.« Er fügte hinzu: »Zu dem Briefing heute Vormittag um elf werden zwei andere

Agenten hier sein. Halt bis dahin bitte den Deckel auf dieser Psalmen-Sache.«

Amy nickte. »Ich werde also in die Ermittlungen einbezogen.«

»Klar. Wirst du. Darüber reden wir später.«

Wunderbar, dachte sie. Aber er sprach mit einem angespannten Unterton. Da war etwas, das er ihr nicht verriet.

»Moment mal«, sagte sie. »Ich dachte, dass du dir das hier vielleicht ansehen möchtest.«

Sie rückte beiseite, damit er die E-Mail auf ihrem Monitor lesen konnte. Als er sich vorbeugte, die Hand an ihrer Rückenlehne, umwehte sie sein Aftershave. Nach einer ganzen Weile fuhr sein Kopf zurück, als hätte er gerade gelesen, dass China in die USA einmarschiert sei.

»Wo, zum Teufel, kommt das her?«

Sie zuckte mit den Schultern und ahmte die gelassene Haltung nach, die sonst er an den Tag legte. »Eine anonyme E-Mail. Wieso? Passt das mit irgendetwas zusammen?«

»Ja«, sagte er. »Und zwar so was von.«

»Weißt du, wer diese Leute sind?«

Er sah sie an, als hätte er ihre Frage überhaupt nicht gehört. Dann sagte er: »Ja, ich weiß, wer diese Leute sind. Zumindest zwei. Woher kommt diese Mail?«

»Ich weiß es nicht. Welche zwei?«

»Chandler und Patterson.« Und leiser fügte er hinzu: »Sie haben beide für August Trumbles Organisation gearbeitet, verstehst du? Wieso, zum Teufel, hast du mir gestern Abend nichts davon erzählt?«

»Ich habe es gerade erst bekommen.«

»Wann?«

»Gerade eben. Vor fünf Minuten.«

Er schloss die Tür zu ihrem Büro und setzte sich auf den Stuhl neben ihrem Schreibtisch.

»Hör mal«, sagte er. »Die Sache ist die. Ein paar Dinge habe ich dir gestern Abend nicht erzählt.«

»Na, so eine Überraschung.«

Er warf ihr einen missmutigen Blick zu und seufzte tief, wie um ihr deutlich zu machen, dass er ihr das Folgende eigentlich wirklich nicht verraten wollte. »Ich habe doch erwähnt, dass der Mann sich praktisch unauffindbar gemacht hat? Dass er so eine Art Howard-Hughes-Gestalt ist?«

»Trumble?«

»Ja. Tja, aus irgendeinem Grund war das auch charakteristisch für einige der Leute, die für ihn gearbeitet haben. Vielleicht war es auch eine Voraussetzung, um für ihn zu arbeiten. Kwan Park ist zum Beispiel mit Sicherheit nicht der echte Name dieser Frau. Wenn man ihre Fingerabdrücke sucht, findet man nichts. Sie hat keine auffindbare Familie. Wir glauben, dass die Trumble-Organisation in gewisser Weise zu ihrer Familie *geworden* ist.«

»Wie bei einer Sekte.«

Er schüttelte den Kopf. »In gewisser Weise. Allerdings benutzen wir dieses Wort nicht mehr.«

»Na schön. Dann möchte ich dir eine Frage stellen«, sagte Amy. »Meinst du, dass Jackson Pynne, der Bauunternehmer, irgendwie etwas mit dieser Organisation zu tun haben könnte?«

In seinen Augen flackerte es. »Jackson Pynne.«

»Ja.«

»Warum fragst du?«

»Man hat ihn im Laufe der letzten Woche mehrmals im County gesehen. Ich bin nur neugierig.«

»Tatsächlich.« Crowe bedachte sie mit einem kalten, alles andere als freundlichen Blick. »Gibt es da etwas, was du mir nicht erzählst?«

»Nein. Mehr fällt mir nicht ein.«

Amy wartete, aber mehr wollte er ihr offenbar nicht verraten.

Kurz nachdem Crowe gegangen war, rief sie Pastor Bowers in der Kirche an. Aggie Collins ließ sie mehr als drei Minuten in der Leitung hängen, bevor sie Bowers' Stimme hörte.

»Hier ist Amy Hunter«, sagte sie. »Kann ich mit Ihnen reden?«

»Natürlich. Aber hören Sie erst mal Ihren Anrufbeantworter ab. Ich versuche seit gestern Abend, Sie zu erreichen.«

»Tut mir leid, immer noch nichts«, sagte Kirby wieder einmal. Er stand mit seinem Mietwagen im Schnee, eine Halbliter-Plastikflasche Cola light zwischen den Beinen. »Ich habe das Gefühl, dass er nicht in sein Stadthaus kommen wird. Nicht, nachdem die Polizei dort war.«

»Wo ist er dann?«

»Ich finde ihn schon.«

»Ich weiß, aber wo ist er?«

»Ich finde ihn«, sagte Moss. »Gib mir einfach ein bisschen Zeit.«

In Ordnung, dachte Gil Rankin und versuchte, seine Wut unter Kontrolle zu halten. Gestern Abend hatte Moss ihn erst gefunden und sich dann abhängen lassen. Er habe ihn im Schnee aus den Augen verloren, hatte er gesagt. *Himmel noch mal.*

»Mach dir keine Gedanken. Ich finde ihn.« Er war guter Dinge. Offenbar kam er gar nicht auf die Idee, dass Rankin verärgert sein könnte.

»Ja, klar«, sagte Rankin. »Ruf mich erst wieder an, wenn du ihn gefunden hast.«

»Wenn.«

Ja, ja. Rankin schnaubte. Das Morgenlicht machte ihn gereizt.

»Was ist mit dem Pastor?«, fragte Moss. »Soll ich da etwas unternehmen? Rausfinden, ob er mir weiterhelfen kann?«

Rankin war nicht nach einer Antwort darauf zumute. »Zerbrich dir deinen Kopf über Pynne. Ich zerbreche mir meinen über den Pfaffen.«

»Okay.«

Rankin legte auf. Er stieß einen langen Atemzug aus und dachte über den Prediger nach. Im Zweifelsfall gab es mehrere Möglichkeiten, mit ihm fertigzuwerden. Wenn nötig, konnte er ihm so einheizen, ihn so aus dem Tritt bringen, dass er nicht mehr wusste, wo vorn und hinten war. Das würde ihm sogar Spaß machen. Aber er musste aufpassen. Manchmal vergaloppierte er sich und ging auf die falschen Leute los. Leichte Beute. Einfach nur, weil er es *konnte*. Das war eine seiner Schwächen. Und das wusste er auch.

Hier ging es nicht um den Prediger, sondern um Jackson Pynne. Rankin wusste, dass Pynne eine Schlange war, schwer einzufangen. Der Mann hatte ein Talent dafür, von der Bildfläche zu verschwinden und sich dann wieder anzuschleichen, wenn man nicht mehr mit ihm rechnete. In gewisser Weise war Pynnes Leben eine nicht enden wollende Comeback-Story.

Doch diesmal würde es kein Comeback geben. Soweit zumindest war sich Gil Rankin sicher. Weil es nun Zeit für ihn war heimzukehren. Er wollte seine Familie zurück. Das war das Einzige, worauf es noch ankam. Den Kunden zufriedenzustellen und nach Hause zu gehen. Sich sein Leben zurückzuholen.

36

Luke sah, wie Amys Toyota mit im Schnee knirschenden Reifen die Auffahrt zur Kirche hinaufkam. Entschlossen stapfte sie auf direktem Weg zu seinem Büro durch den Schnee. Sie trug die zu große Armeejacke, die Jeans und die Arbeitsstiefel, die er inzwischen praktisch als ihre Uniform betrachtete. Luke ging in Aggies Vorzimmer, um sie zu begrüßen und hereinzubitten.

Amy setzte sich, zog ein zusammengefaltetes Blatt Papier aus der Jacke und breitete es auf seinem Schreibtisch aus. »Das hier habe ich letzte Nacht bekommen.«

»Okay.« Luke sah einen Ausdruck der E-Mail, die er ihr geschickt hatte, vor sich. Amy atmete schwer, und ihr Gesicht war rosig von der Kälte.

»Die Techniker arbeiten gerade daran, sie zurückzuverfolgen. Sieht ganz danach aus, als hätten wir einen hilfreichen Engel.«

»Hmm«, machte Luke. Er nickte und gab ihr den Ausdruck zurück. »Ziemlich knapp.«

»Ja, stimmt.«

Luke spürte, dass sie ihn musterte.

»Und wissen Sie, wer diese Leute sind?«

»Ich weiß es bei zweien von ihnen«, antwortete sie. »Zwei sind vielleicht Opfer unseres Serienkillers. Wir versuchen derzeit, das zu verifizieren.«

»Tja.« Luke nickte erneut. »Ich würde übrigens nicht allzu viel Zeit darauf verschwenden, herauszufinden, wo die E-Mail herkommt.«

»Ach?«

Endlich hob er den Blick und sah sie an.

»Was soll das heißen?«, fragte Amy. »*Sie* haben mir das geschickt?«

»Es sollte anonym sein. Ich habe vorher mehrmals versucht, Sie zu erreichen.«

Sie wurde rot. »Ich weiß, mein Telefon war aus. Tut mir leid. Ich hab's vermasselt.«

»Schon gut.«

»Und warum?«, fragte sie. »Was ist los?«

»Jackson Pynne war gestern Abend hier«, sagte er. »Er hat mir die Namen gegeben. Deshalb habe ich versucht, Sie zu erreichen. Ich wollte es nicht irgendjemand anders sagen.«

»Ich weiß das sehr zu schätzen. Tut mir leid«, sagte sie. »Was hat er sonst noch gesagt?«

»Er sagte, er hätte Kwan helfen wollen, von der Organisation wegzukommen, für die sie gearbeitet hat. Er nannte einen Namen. Trumble, glaub ich.«

»Ja«, sagte sie. »August Trumble.«

»Sie wissen, wer das ist?«

»Inzwischen weiß ich es.«

»Für ihn hat Kwan gearbeitet?«

»Ja.« Ihre Augen schienen heller zu werden. »Er ist der gemeinsame Nenner all dieser Morde. Es wird jetzt ein überregionaler Fall. Ich nehme an, Dave Crowe vom FBI wird später vorbeikommen, um mit Ihnen zu reden. Ich wollte Sie schon mal vorwarnen.«

»Wann später?«

»Ich weiß nicht genau, warum?«

»Weil – eigentlich wollte ich heute Nachmittag wegfahren. *Wir*. Bloß rüber zu Charlottes Eltern in Washington, D.C.«

»Charlotte?«

»Meine Frau.«

»Ja, richtig.«

Wie vorhergesehen schmolz um Mittag der Großteil des Schnees in Tidewater County, das Wasser rann über die Bordsteine und den Asphalt und tropfte von den Regenrinnen. Ein nachmittäglicher Regenschauer würde wohl die Reste wegspülen.

Luke schaltete seinen Laptop aus und steckte sein Predigt-Notizbuch in einen Rucksack, der auch eine Wechselgarderobe und Waschzeug enthielt.

Er knipste seine Schreibtischlampe aus und stellte zu seiner Überraschung fest, dass Aggie in der Tür stand. Sie trug ihren schicken neuen zweireihigen Nadelstreifen-Hosenanzug.

»Da ist ein Anruf von Mr Jackson Pynne«, sagte sie. »Soll ich ihm sagen, dass Sie schon Feierabend gemacht haben?«

»Oh. Nein. Danke, Aggie. Ich nehme ab.«

Luke setzte sich wieder an seinen Schreibtisch. Er freute sich ehrlich, von Pynne zu hören.

»Hallo?«, sagte er. »Jackson?«

Aber die Stimme am anderen Ende war nicht die von Jackson Pynne. Sie klang schwerer, tiefer und hatte einen mittelatlantischen Akzent. »Tut mir leid, Sie zu enttäuschen, Herr Pastor. Hier ist nicht Jackson Pynne. Ich hoffe allerdings, dass Sie mir helfen können, ihn zu finden.«

»Wer spricht da?«

»Ich bin ein Freund von Jackson Pynne. Wie gesagt, ich versuche, ihn zu erreichen.«

Luke hörte den Mann atmen, ein krächzendes Geräusch. »Tja«, sagte er und versuchte, verbindlich zu bleiben, »ich fürchte, ich kann Ihnen nicht helfen.«

»Ich glaube schon, dass Sie das können.« Sein Tonfall war jetzt scharf. »Ich weiß nämlich, dass Jackson Sie gestern Abend besucht hat. Da in der Kirche. Und wenn Sie ein bisschen überlegen, dann können Sie mir sicher ungefähr sagen, wo er sich aufhält.«

»Wer spricht da?«, wiederholte Luke.

»In diese Sache sollten Sie sich lieber nicht verwickeln lassen, Pfaffe, verstanden? Und zur Polizei sollten Sie auch nicht gehen. Kapiert? Es ist wichtig, dass wir unser Gespräch vorerst für uns behalten. Habe ich mich deutlich ausgedrückt? Ich weiß nämlich, wo Sie wohnen. Und wo Ihre Frau wohnt.«

Luke schwieg.

»Denken Sie einfach drüber nach. Ich rufe Sie dann wieder an, nächstes Mal auf Ihrem Handy.«

»Woher haben Sie meine Handynummer?«

»Ich habe sie nicht. Aber Sie werden sie mir sagen.«

»Wohl kaum.«

Luke hörte den Mann erneut atmen.

»Das ist Ihre Entscheidung. Aber ich bin mir sicher, dass Sie nicht wollen, dass Ihretwegen jemand verletzt wird, oder? Na los, sagen Sie mir schon Ihre Handynummer, dann können wir dieses Gespräch höflich zu Ende bringen.«

Luke gab sie ihm, und der Mann am anderen Ende legte auf.

Danach saß Luke in seinem Büro und blinzelte hinaus ins helle Sonnenlicht, sah zu, wie der Schnee auf den Feldern schmolz, und fragte sich, ob der Anruf ein Versuch des Sheriffs gewesen war, ihn von der Beschäftigung mit Jackson Pynne abzubringen. Oder waren sein und Charlottes Leben wirklich in Gefahr? Die Stimme des Anrufers hatte etwas ziemlich Bedrohliches gehabt.

Er zog die Tür ins Schloss. Dann setzte er sich wieder an seinen Schreibtisch, senkte den Kopf und betete lange um Führung und Schutz. Als er fertig war, fiel ihm auf, dass Aggie an die Tür klopfte. »Geht es Ihnen gut, Herr Pastor?«

37

Während Charlotte sie nach Washington fuhr, erzählte Luke ihr alles, was er bei seiner Google-Recherche über August Trumble gefunden hatte. Er erwähnte den Telefonanruf nicht, aber er hatte sein Handy griffbereit in der Hosentasche, um jederzeit den angekündigten Anruf entgegennehmen zu können. Jedes Mal, wenn er daran dachte, durchlief ihn eine Woge des Unbehagens.

Sneakers saß die meiste Zeit über auf dem Rücksitz und hechelte. Luke beneidete ihn ein wenig.

Plötzlich sagte Charlotte unvermittelt: »Weißt du was? Ich glaube, mein Vater könnte August Trumble *gekannt* haben.«

»Ach?«

Das machte Charlotte manchmal: Sie zauberte eine erstaunliche Information aus dem Hut, die unmöglich wahr sein konnte – und es dann oft genug doch war. »Nein«, sagte er, »das kann ich mir nicht vorstellen.«

»Vielleicht ist er ihm ja mal begegnet.«

»Möglich. Aber vielleicht meinst du auch jemand anderen.«

Charlotte verstummte, während sie an einem scheppernden Sattelschlepper vorbeizogen. »Hat August Trumble nicht an der Yale University studiert?«

»Ja, da hast du tatsächlich recht.«

»Ja, ich glaube, dann hat mein Vater ihn gekannt«, sagte sie. »Du könntest ihn ja mal fragen.« Sie wandte sich ihm mit freundlichem, hoffnungsvollem Blick zu. »Dann hättet ihr beiden mal was, worüber ihr reden könnt, nicht wahr?«

»Abgesehen von unserer Zukunft«, erwiderte er. »Deiner und meiner.«

»Ja«, sagte sie, »abgesehen davon.«

Die Carringtons wohnten in einem weitläufigen Haus im Tudor-Stil aus dem Jahre 1906 in der Vorstadt Chevy Chase in Maryland, weniger als zwei Kilometer von Washington, D.C., entfernt. Zwischen Eichen und Erlen standen die Anwesen alter, reicher Familien, und in den schmalen, gewundenen Straßen standen eine Menge Nobelmarken wie Lexus und Mercedes an der Bordsteinkante.

Judy und Lowell Carrington waren beide in Rente, aber Charlottes Vater »spielte ein bisschen mit Immobilien herum«, wie er sich ausdrückte. Tatsächlich war daraus für ihn eine einträgliche zweite Laufbahn geworden. Davor war er Professor für Wirtschaftswissenschaften an der Universität Georgetown gewesen und hatte dem Weißen Haus während der Amtszeiten von Reagan und Bush senior als Regierungsberater gedient. Er war ein hochgewachsener, vornehmer Mann, der es offenbar nicht eilig hatte, Platz für die Jugend zu machen. Sein wirres weißes Haar erinnerte an das Stereotyp des verrückten Wissenschaftlers oder exzentrischen Filmemachers, obwohl er in Wirklichkeit sehr bodenständig und konservativ war.

Als sie in ihrem alten Viertel ankamen, wurde Charlotte munterer – sogar ein bisschen ausgelassen –, als handelte es sich bei den engen, baumgesäumten Straßen um den geheimen Weg zurück in ihre Kindheit und nicht nur zum Haus ihrer Eltern.

Diese Zusammenkünfte folgten einem Muster – sie begannen mit den Cocktails im reich geschmückten Wohnzimmer, wo Charlotte in einer Weise locker und lebhaft wurde, die er zu Hause nie zu Gesicht bekam. Schließlich erbot sie sich dann immer, ihrer Mutter in der Küche zu helfen, oder verschwand mit ihr, um sich ihre neuesten Kunstkäufe anzusehen, wodurch sie die Gesellschaft strategisch nach Geschlecht aufteilte.

Derweil wurde Sneakers wegen Judy Carringtons diverser Allergien in den Keller verbannt, wo er schlief, fernsah und gelegentlich lautstark nach Aufmerksamkeit verlangte.

Lowell Carrington war jemand, der sich mühelos über praktisch jedes Thema unterhalten konnte, von Golf über das Gesundheitssystem und französische Restaurants bis hin zum jüngsten Konflikt im Mittleren Osten – doch am Ende landete das Gespräch immer unweigerlich bei Lukes und Charlottes »Plänen« für die Zukunft. Charlotte und ihr Vater redeten nur noch selten ernsthaft miteinander, weil ihre Auffassungen von einer höflichen Unterhaltung zu weit auseinandergingen. Aber bei Luke war er weniger zurückhaltend. Er betrachtete ihn als Tor zum Innenleben seiner Tochter, zu dem er allein keinen Zugang fand.

Diesmal dauerte es nur ein paar Minuten, bis er fragte: »Also, haben du und Sharley noch mal darüber nachgedacht, euch ein Haus zu kaufen?« Niemand außer Charlottes Vater nannte sie »Sharley«.

»Ein bisschen«, antwortete Luke.

»Sharley hat das in letzter Zeit zumindest ein paarmal erwähnt.«

»Hmm.« Luke war sich ziemlich sicher, dass Charlotte ihrem Vater gegenüber kein Wort darüber verloren hatte, ein Haus zu kaufen. »Wir sind uns nur noch nicht sicher, ob jetzt der richtige Zeitpunkt ist«, sagte er, eine Variante seiner Standardantwort.

Charlottes Vater erhob sich zu seiner vollen Größe. »Das sagt man sein ganzes Leben lang, nicht wahr?« Er setzte ein respektvolles Lächeln auf. »Und dann fällt einem plötzlich auf, dass man feststeckt. Noch ein Glas Wein?«

»Nein, danke.«

Carrington ging zu dem Wandschrank, der die Bar enthielt, und schenkte sich gemächlich einen Scotch auf Eis ein. Das Wohnzimmer der Carringtons hatte etwas von einem kuriosen Museum – an einer Wand waren antike französische Stühle aufgereiht, auf dem Bücherregal mit den Glastüren und auf einem Podest standen klassische Büsten, und an den Wänden hingen Originale von Robert Rauschenberg, Frank Stella und Damien Hirst. Die Kunstsammlerin im Haus war Charlottes Mutter. Lowell Carrington hatte Luke einmal in verschwörerischem Tonfall gestanden, dass er ihre Sammlung für »einen Haufen überteuerten Krempels« halte, und hinzugefügt, dass er dennoch »ihren Wert als Investition« anerkenne.

»Weißt du, wir haben ein Mietshaus unten auf den Turks- und Caicosinseln«, sagte er mit gespielter Beiläufigkeit. »Ende April steht es für ein paar Wochen zur Verfügung. Auf Südcaicos, direkt am Wasser. Wirklich wunderhübsch da. Ich habe das Sharley gegenüber noch nicht erwähnt, aber es steht ohnehin nur rum. Jude und ich können dieses Jahr nicht hin. Sie hat mit dem Museum zu tun, und ich stecke gerade mitten in dieser Steuersache.«

»Ah«, sagte Luke.

»Es wäre also eine gute Gelegenheit für euch beide, mal rauszukommen.«

»Tja, das ist sehr großzügig«, sagte Luke. Er holte sein Handy heraus und warf einen Blick darauf, um sich zu vergewissern, dass er keinen Anruf verpasst hatte. »Allerdings ist im April natürlich viel in der Kirche zu tun. Die Bußzeit, Ostern.«

Carringtons Miene fror ein. Offenbar war er der Meinung, dass Luke und Charlotte nur ein bisschen Zeit zu zweit verbringen mussten, damit sie über ihre Zukunft reden, die nötigen Entscheidungen treffen und Veränderungen vornehmen würden. Er wusste sehr wohl, wie wenig ein Pastor verdiente, und hatte mehr als einmal angeboten, Luke bei einem Wechsel ins Immobiliengeschäft unter die Arme zu greifen.

»Nun ja, wir denken auf jeden Fall darüber nach«, sagte Luke fröhlich.

»Ich nehme doch an, dass du eine Vertretung hast, die sich um die Gottesdienste und all das kümmern kann?«

»Ja, aber ich habe sie schon im Herbst ein paar Wochen für mich einspringen lassen. Als wir auf Missionsreise waren.«

»Eine *Frau*?«

»Ja, meine Vertretung ist eine Frau. Melissa Walker.«

Carrington schmunzelte in sich hinein. »Das wusste ich nicht.«

»Sie ist auch für mich eingesprungen, als ich letzten Herbst die Reise nach Kenia gemacht habe.«

»Ach ja.« Der andere verzog leicht das Gesicht, als schmecke etwas an seinem Drink seltsam. Luke vermutete, dass das mit seiner Erwähnung der Missionsarbeit in Afrika zu tun hatte. Unter Wohltätigkeit stellten sich die Carringtons vor, einfach ihren Zehnten zu zahlen. Auf die Straße zu gehen und den Menschen in einem notleidenden Land zu helfen, war in ihren Augen völlig übertrieben.

»Was in Gottes Namen ist eigentlich da in deiner Kirche passiert?«, fragte er und wurde dabei leise, als schnitte er ein Tabuthema an. »War es Mord?«

»Das wird gerade untersucht. Ich kann wirklich nicht viel darüber sagen.«

Ein seltsamer kleiner Laut drang aus Carringtons Kehle. »Wir sind eine Familie, Luke.«

»Nein, ich meine, dass ich nicht viel darüber sagen kann, weil ich nicht viel darüber *weiß*.«

»Ach so, ich verstehe.« Carrington nippte an seinem Drink. »Sharley meinte, dass irgend so ein junges Ding die Ermittlungen leitet.«

»Nein.« Luke lächelte über Charlottes kleine Gemeinheit. »Sie ist wohl so Mitte dreißig. Hat eine FBI-Ausbildung. Leitet das regionale Morddezernat der State Police. Hat zwei Master-Abschlüsse.«

»Tja. Wir wissen beide, was man sich damit und mit ein paar Dollars heute alles kaufen kann.«

Er zwinkerte und brach in ganz untypisches, derb-nasales Gelächter aus.

Die Frauen kehrten mit ihren Drinks zurück.

»Was gibt es zu lachen?« Judy Carrington zeigte ihr verkniffenes Überraschungslächeln. Oft schien sie sich unsicher und ausgeschlossen zu fühlen.

»Wir haben gerade über die Zukunft der Tea Party diskutiert«, erklärte Luke.

Judy sah ihn einen Moment lang an und lächelte dann entspannter. »Das habt ihr *nicht*.«

Luke erwiderte ihr Lächeln. Sie verstand ihn vielleicht nicht, aber immerhin wusste sie, wann er scherzte.

»Hast du ihm von unserem Haus auf Caicos erzählt, Schatz?«

»Gerade eben.«

Charlotte sah Luke an und verdrehte die Augen.

Das Abendessen begann mit einem Gebet. Luke bat den Herrn, Speis und Trank und die Familie zu segnen, und dankte ihm für Gesundheit und Glück. Die Carringtons neigten mit beklommener Miene die Köpfe und sprachen ein halb geflüstertes »Amen«, bevor sie nach Messer und Gabel griffen.

Das Gespräch beim Abendessen drehte sich um die Reisen der Carringtons und um Judys wachsende Kunstsammlung. Eine Weile versuchte Carrington, über seine Immobilieninvestitionen zu reden, aber bis auf Luke beteiligte sich niemand an der Unterhaltung. Judy setzte ein seltsames Lächeln auf, als Luke ihr ein Kompliment für das Essen machte. Sie war ein liebenswerter Mensch, aber es war schwer, sich mit ihr zu unterhalten, besonders, wenn sie bereits ein Gläschen mehr getrunken hatte.

Während des Nachtischs ließ ein lautes, kehliges Geräusch sie alle aufschrecken. Charlottes Mutter sah Luke an, als hätte er sie geohrfeigt. Das Geräusch erinnerte im ersten Moment an das Heulen eines Seelöwen; dann veränderte es sich und klang eher nach einer Zufallstonfolge auf einem Waldhorn, und schließlich, als ob Seelöwe und Waldhorn sich miteinander paaren würden.

»Was um alles in der Welt ist das?«, fragte Judy Carrington.

»Oh«, machte Charlotte.

»Unser Sohn«, sagte Luke und schob seinen Stuhl zurück.

Der Schrei erklang erneut, diesmal noch lauter und fremdartiger.

»Himmel«, sagte Lowell Carrington.

»Er möchte sich nur auch ein bisschen amüsieren«, sagte Luke. »Das lässt sich leicht mit einem Leckerli beheben. Danke, Judy, für das wunderbare Essen.«

Luke ging mit Sneakers kurz im kleinen Garten hinterm Haus spazieren, der noch feucht vom geschmolzenen Schnee war. Danach setzte er sich ein paar Minuten lang zu ihm nach unten auf den Kellerboden und rieb ihm den Bauch mit einem Handtuch ab, während sie sich die alte *Mary-Tyler-Moore-Show* im Fernsehen ansahen.

»Ich weiß«, sagte Luke. »Mir gefällt es hier auch nicht immer. Aber manchmal muss man durch Sachen durch, die einem nicht gefallen. Das stärkt die Geduld und den Charakter und hält unsere Frauen zufrieden. Wie dem auch sei, bald sind wir fertig, und dann gehen wir noch mal spazieren, in Ordnung? Diesmal zu dritt.«

Nach dem Abendessen teilten sie sich noch einmal auf. Charlotte half ihrer Mutter dabei, den Geschirrspüler einzuräumen.

Mit ihr fühlte Charlotte sich wohl, konnte lachen und plaudern und über Persönliches reden. Ihrem Vater gegenüber war sie nach außen hin die liebe Tochter, blieb aber auf der Hut. Die beiden trugen noch immer alte Streitigkeiten aus.

Als Luke mit Carrington im Wohnzimmer saß, sah er seine Gelegenheit gekommen, das Thema August Trumble anzusprechen.

»Weißt du«, sagte er, »Sharley – Charlotte – hat erwähnt, dass du vielleicht früher einmal mit August Trumble bekannt warst.«

»August Trumble. August *Trumble*«, sagte er, als wolle er den Klang des Namens erproben, während er es sich in seinem Sessel gemütlich machte. »Den Namen habe ich schon eine ganze Weile nicht mehr gehört. Ein richtiges gestörtes Genie war der doch, nicht wahr?«

»Aber kanntest du ihn?«

»Nein.«

»Oh. Ich dachte, Charlotte hätte das gesagt.«

»Nein.« Er nahm einen Schluck von seinem Scotch, als sei damit alles gesagt. Dann fügte er hinzu: »Na ja, wir sind beide auf die Yale University gegangen. Aber nicht zur selben Zeit. Ich glaube, ich war noch im Grundstudium, als er schon auf seinen Abschluss zusteuerte. Ich glaube nicht, dass er mir jemals über den Weg gelaufen ist. Tom Griffin kannte ihn.«

»Tom …?«

»Griffin. Ein Nachbar von uns.«

»Ich glaube nicht, dass ich den kenne.«

»Tust du auch nicht. Er wohnt ein paar Häuser weiter.« Luke merkte sich, dass er den Namen an Amy Hunter weitergeben musste. »Allerdings ist Trumble ja vor ein paar Jahren etwas aus der Bahn geraten, nicht wahr?«

»Angeblich ja.«

Charlottes Vater hob sein Glas wie zu einem Toast. Es überraschte Luke, dass Lowell ihn nicht nach dem Grund für sein Interesse fragte. »Wie dem auch sei, ich glaube, Sharley ist ein bisschen gesetzter geworden«, bemerkte Carrington, »jetzt, wo sie mit dem Schreiben Fahrt aufgenommen hat. Und weißt du, was?« Er schwenkte seinen Drink. »Was das angeht, ist sie ausnahmsweise mit ihrem alten Herrn einer Meinung.«

»Was was angeht?«

»Sich niederzulassen. Ein Haus zu kaufen.«

Er bedachte Luke mit einem bedeutungsschwangeren Blick.

»Genau genommen hat es auch seine Vorzüge, dann und wann umzuziehen«, sagte Luke um des Debattierens willen. »Ich meine, als wir vor fünf Jahren an die Küste gezogen sind, hat sie angefangen, sich für Geschichte zu interessieren, vor allem für Frederick Douglass, der eine der großen Persönlichkeiten der Ostküste war.« Lowell Carrington kniff unwillig die Augen zusammen, als habe er mit Sodbrennen zu kämpfen. »So hat sie mit ihrem gegenwärtigen Buch angefangen. Ein ganz schönes Projekt. Jefferson und Douglass.«

»Tja.« Carrington klang skeptisch und enttäuscht. »Und wenn dein nächster Kirchenauftrag dich nach Kansas führt, dann schreibt sie über die Geschichte des Winterweizens in Amerika?«

»Oder vielleicht eine Biografie über Fatty Arbuckle«, erwiderte Luke fröhlich. »Der kam aus Kansas.«

Charlottes Vater betrachtete sein Glas und ließ die Eiswürfel darin kreisen. »Nein«, sagte er. »Nein. Ich halte ihre Arbeit für ein bisschen wichtiger. Wichtiger jedenfalls als die Richtung, in die der Wind sie gerade treibt.«

»Ich auch«, sagte Luke und fügte, weil er einfach nicht widerstehen konnte, hinzu: »Obwohl der Wind einen manchmal in interessante Richtungen treiben kann. Wie ich manchmal den Leuten aus meiner Gemeinde sage: Wir sollten nicht versuchen, zu viel Kontrolle über unser Leben auszuüben.«

»Wir sollten versuchen, so viel Kontrolle wie *möglich* über unser Leben auszuüben.« Carrington korrigierte ihn wie einen Schuljungen. »Was wir kontrollieren *können*, *sollten* wir auch kontrollieren.«

»Aha.«

»Ansonsten zieht das Leben einfach an einem vorbei. Und womit steht man dann da?«

»Ich weiß nicht. Mit Existenzangst?«

Lowell Carrington überraschte Luke mit einem breiten Lächeln. »Du bist ein guter Kerl, Lucas. Und du bist klug genug, mich nicht zu ernst zu nehmen.« Er beugte sich vor und versetzte ihm spielerisch einen Knuff gegen die Schulter. Luke blickte auf und sah, dass Mrs Carrington mit ihrem Drink in der Hand und einem schiefen Lächeln auf dem Gesicht in der Tür stand.

Während der Zehn-Uhr-Nachrichten trank Charlotte Kräutertee, Luke und die Carringtons schenkten sich dagegen Drinks nach. Auf der Toilette sah Luke auf sein Handy. Noch immer nichts.

Mitten in den Nachrichten erlitt Judy Carrington einen ausgedehnten Niesanfall – das geschah fast immer, wenn sie zu Besuch waren, meistens zur etwa gleichen Zeit.

»Liebe Güte, ich bin wohl gegen irgendwas allergisch«, sagte sie.

Luke fiel auf, dass sie, als die Nachrichten zu Ende waren, bereits schlief, den Wodka Tonic noch immer in der rechten Hand.

Carrington beugte sich zu ihr hinüber und nahm ihr den Drink ab. »Tja, dann sagen wir wohl Gute Nacht. Sieht so aus, als hätte Judy schon einen kleinen Vorsprung.«

Er gab seiner Frau einen Kuss auf die Wange, und sie schlug die Augen auf. »Liebe Güte.« Ihr Blick wanderte zu Luke und dann zu ihrem Mann. »Ich bin wohl für ein Sekündchen eingenickt.«

Luke lächelte höflich, und sie erwiderte sein Lächeln.

»Nochmals danke, Judy«, sagte er. »Der Lachs und der Pfirsichauflauf waren unverschämt gut.«

Sobald ihre Eltern sicher oben in ihrem Schlafzimmer waren, fragte Charlotte: »Machen wir einen Spaziergang?«

»Sollen wir den Opernsänger mitnehmen?«

»Aber bitte.«

Es war ein wunderschöner Abend, der Himmel war klar, und es war längst nicht so kalt wie in der Nacht zuvor. Hand in Hand spazierten sie durch die nächtlichen Schatten zum Bach hinunter, während Sneakers vor ihnen herlief und dabei Büsche und Rasen beschnüffelte, ohne etwas zu finden, wofür es sich stehen zu bleiben lohnte.

»Ich liebe dieses alte Viertel«, sagte Charlotte.

»Das merke ich. Mir gefällt es auch.«

Sie hielten unten an der Straße inne und lauschten dem Plätschern des Bachs zwischen den Bäumen. Im Licht der Straßenlaternen sah Luke Charlottes Atem als Wolke aufsteigen. Als sie sich sanft küssten, summte plötzlich etwas in seiner Hose.

Charlotte runzelte die Stirn. »Du hast dein Telefon mitgenommen? Warum?«

»Oh«, machte Luke.

Er zog es mit hämmerndem Herzen hervor, bereit, Charlotte zu erzählen, was passiert war.

Doch er sah, dass es nicht der erwartete Anruf des Mannes war, der ihn bedroht hatte.

Es war ausgerechnet Amy Hunter. Als er das Telefon aufgeklappt hatte, war das Klingeln bereits wieder verstummt. »Hunter«, sagte er. »Das ist seltsam.«

»Nur zu. Ruf sie zurück.« Charlotte stand inzwischen auf einem Felsen am Bach. Sneakers senkte die Schnauze und leckte vorsichtig am Wasser. »Ich stehe hier einfach rum und tue so, als würde ich nicht lauschen.«

Luke lächelte.

»Ich meine, es sei denn, ihr beiden müsst irgendwelche persönlichen Sachen klären. Vielleicht hattet ihr ja Krach, bevor du gefahren bist?«

»Sehr lustig.«

Sie spazierte am Bach entlang, um ihn etwas für sich sein zu lassen. Sneakers lief neben ihr her.

Amy ging sofort ans Telefon.

»Hi, hier ist Luke Bowers.«

»Ja, danke für den Rückruf. Ich habe Ihnen gerade eine Nachricht hinterlassen.«

»Oh, ach so.« Es wurde still. Luke blickte den Hang hinauf, zu den Lichtern im Obergeschoss bei den Carringtons. Jemand bewegte sich hinter einem Vorhang. Ein Hund bellte zweimal. Sneakers hob den Kopf und legte ihn wachsam auf die Seite; offenbar überlegte er, ob er anfangen sollte zu knurren.

»Was ich Ihnen sagen wollte: Im Fall Kwan Park wird Anklage erhoben. Wahrscheinlich morgen.«

»Tatsächlich?«, fragte er. »Auf Bundesebene?«

»Nein. Lokal.«

»Nicht gegen Robby Fallow?«

»Nein, nicht gegen Fallow. Gegen Ihren Freund Jackson Pynne.«

»Oh.« Mit einem Mal fühlte Luke sich elend. Die Luft kam ihm dickflüssig vor. »Tja«, sagte er, »es könnte schwer werden, ihn zu finden.«

»Nein, wird es nicht. Er hat sich gerade gestellt.«

»Wie bitte?«

»Und er fragt nach Ihnen.«

»Nach mir?«

»Ja. Er sagt, dass er mit niemandem außer Ihnen reden will.«

38

Dienstag, 21. März

Das Besucherzimmer in der Justizvollzugsanstalt Tidewater war ein kahler, frisch geweißter Raum mit am Boden festgenieteten Metalltischen und -bänken und Neonlampen an den Decken. Luke Bowers hatte hier mehrere Jahre lang Gefängnisgottesdienste abgehalten, und als er durch die Reihe von Türen ging, die vom Einlass zum Besucherbereich führten, fiel ihm wie immer der Gegensatz zwischen den hellen Oberflächen und der düsteren, niedergeschlagenen Ausstrahlung so vieler Insassen auf.

Jackson kam herein. Er trug einen orangefarbenen Overall und ließ den Blick durch den Raum schweifen, über die beiden anderen Insassen, die von Familienangehörigen besucht wurden, und die beiden Aufseher. Sie saßen sich an einem kleinen, quadratischen Tisch mit etwa einem halben Meter Kantenlänge gegenüber. Pynne hatte sich bislang geweigert, mit der State Police oder den Leuten des Sheriffs zu reden, und bestand darauf, dass man sein Gespräch mit Luke nicht aufzeichnete. Es war also kein Verhör, sondern nur eine Unterhaltung. Obwohl Luke natürlich fragen konnte, was immer er wollte.

»Hallo, Jackson.«

Pynne nickte zur Begrüßung, doch seine Miene blieb ausdruckslos. Er sah müde und unrasiert aus.

»Möchtest du gern zuerst beten?«, fragte Luke.

Er beugte sich achselzuckend vor und blickte, die Arme auf

die Knie gestützt, zu Boden. Luke senkte den Kopf und betete für ihn.

Als Luke die Augen wieder öffnete, sah Jackson ihn direkt an. »Sag mir, was sie in der Hand haben«, sagte er kleinlaut. »Beweise, meine ich. Was ist mit dem Fall?«

»Nach dem, was ich gehört habe, wirst du der Geschwindigkeitsübertretung beschuldigt und der Einmischung in behördliche Angelegenheiten. Außerdem sollst du dich der Verhaftung widersetzt haben. Und vielleicht kommt auch noch eine Anklage wegen Verstoßes gegen das Waffengesetz dazu. Du hattest eine nicht gemeldete Handfeuerwaffe bei dir?«

»Der Mord«, sagte Jackson brüsk. »Was für Beweise haben sie?«

»Ach so.« Luke räusperte sich. »Soweit ich gehört habe, hat man deine DNA und deine Schuhabdrücke in der Kirche gefunden und auch am Tatort – einem Ferienhäuschen am Oyster Creek …«

»Woher kommt die DNA?«

»Von Zigarettenstummeln. Chesterfield.«

Pynne nickte und zog dabei den Kopf ein, wie ein Boxer, der Schläge einsteckt.

»Jackson, du hast mir doch gesagt, dass du es nicht warst, stimmt's?«

»Stimmt.«

»Möchtest du mir dann vielleicht erzählen, was passiert ist und was hier los ist?«

Er hob den Kopf, wich Lukes Blick jedoch aus. Luke fand, dass etwas an ihm seltsam wirkte. Jackson war nicht so aufgebracht, wie man es hätte erwarten können.

»Die Kurzfassung?«

»In Ordnung.«

»Alles klar, die Kurzfassung.« Er holte tief Luft und begann zu erzählen. »Die Sache reicht drei Jahre zurück, okay? Oder sagen wir: eher zweieinhalb. Ich habe mit zwei Partnern zusammen eine Firma gegründet. Genau genommen sind die beiden zu *mir* gekommen. Ich hatte schon vorher mit ihnen zusammengearbeitet. Wir übernahmen vier *Quik-Store*-Tankstellen, zwei in Ohio, eine in Delaware, eine in Maryland. Ich hatte damit praktisch nichts zu tun. Die Läden waren nur dazu da, Bargeld zu parken. Sie machten guten Umsatz – die meiste Zeit über haben sie verlässlich Geld für uns abgeworfen. Damals wollte ich gerade eine neue Baufirma in Nordflorida ins Leben rufen und dafür früher oder später meine Anteile an den Geschäften verkaufen. Aber bevor es dazu kam, hat sich dieser Anwalt mit uns in Verbindung gesetzt, letzten Sommer. Er sagte, er würde einen Investor vertreten. Hat uns ein Kaufangebot für die Geschäfte gemacht. Es war ein gutes Angebot, zu gut, um es auszuschlagen.« Jackson hustete stoßweise.

»Ich habe Kwan in unserem Geschäft in Sharonville kennengelernt«, fuhr er fort. »Sie hat dort, etwa eine Woche nachdem wir die Minimärkte verkauft hatten, angefangen. Ich habe danach noch ein paarmal vorbeigeschaut, nur um mir Zigaretten oder Lotterielose zu holen. Um zu quatschen, sich einfach nur nett zu unterhalten. Ich gebe zu, dass ich sie sofort mochte. Sie hatte etwas sehr Intelligentes an sich, sie hatte Klasse. Aber gleichzeitig war sie auch irgendwie distanziert, wenn du weißt, was ich meine. Irgendwie verschlossen, und ich glaube, das hat mich an ihr interessiert. Wie auch immer, mir ist schnell klar geworden, dass da irgendwas nicht stimmte.«

»Was meinst du damit, dass etwas nicht stimmte?«

»Nur, dass etwas mit dem Geschäft nicht stimmte und dass es ihr zu schaffen machte.« Er scharrte mit den Füßen. »Aber worauf ich hinauswill, ist, dass wir schon bald verwandte Seelen wurden. Ich meine, ich bin sechsundfünfzig, okay? Und sie war so – zweiunddreißig?« Mit verschleiertem Blick sah er in die

Ferne. »Aber es war eine dieser Sachen, die wirklich nichts mit dem Alter zu tun haben.«

»Was hat ihr bezüglich des Geschäfts zu schaffen gemacht?«

»Was ihr zu schaffen gemacht hat? Tja, ich weiß es nicht – ich meine, warum wollten die diese Läden überhaupt so dringend kaufen?«

»Sag du es mir.«

Er zuckte mit den Schultern, was bedeutete, dass er darauf nicht eingehen würde. Ein Insasse drei Tische weiter stand auf und ging mit seinen beiden Besucherinnen an den Getränkeautomaten; Luke vermutete, dass es sich um seine Mutter und seine Schwester handelte. Jackson atmete gedehnt aus, und sein Blick wurde glasig. Er wartete, bis die drei an ihnen vorbei waren. »Jedenfalls haben wir uns dann eines Abends unabhängig von ihrer Arbeit getroffen. Auf einen Drink. Und da ist mir dann erst richtig klar geworden, wie verängstigt sie war. Eine wunderhübsche Lady, obwohl sie es manchmal gut verbarg, wenn du weißt, was ich meine. Aber eine wunderhübsche Lady.«

»Was *glaubst* du, was vorgegangen ist?«

»Im Geschäft? Oder mit ihr?«

»Beides.«

Er deutete ein weiteres Schulterzucken an. »Keine Ahnung. Drogen? Geldwäsche?« Seine Augen machten eine weitere Bestandsaufnahme des Besucherraums. »Ich meine, ich habe solche Sachen schon früher mitbekommen. Es könnte alles Mögliche gewesen sein. Aber ich schätze, was mir wirklich aufgefallen ist, war die Lotteriesache. Die hat sie ziemlich nervös gemacht.«

»Dass sie diese Gewinnlose verkauft hat? Für die es mehrere Millionen Dollar gab?«

»Ja, genau. Darüber wollte sie auf gar keinen Fall reden.«

»Und hattest du irgendeine Ahnung, was hinter dieser Organisation steckte, die die Läden gekauft hat?«

»Später schon.«

»Wann später?«, fragte Luke.

»Monate später. Ich meine, nach und nach hat sie mir Sachen über diese Nummer verraten. Und über den Mann, der das Ganze veranstaltete. Und langsam wurde mir klar, warum sie solche Angst hatte.«

»Der Mann, der das Ganze veranstaltete, war August Trumble.«

»Ja, genau.« Er sah Luke mit kaum merklichem Lächeln an. »Trumble.«

»Warum hat sie dir davon erzählt, Jackson? Was wollte sie von dir?«

»*Warum* sie es mir erzählt hat? Um sich auszusprechen. Weil sie aus der Sache rauswollte. Sie saß in der Falle. So hat sie es beschrieben.«

»Erklär mir das. Warum saß sie in der Falle?«

»*Warum?* Ich weiß nicht, vielleicht war sie diesem Kerl nicht mehr von Nutzen oder so. Sie hatte Angst vor ihm, wie alle, aber sie war auch von ihm abhängig. Ich meine, er hat ihr ein sechsstelliges Gehalt bezahlt, okay? Hat sich um ihre Krankenversicherung gekümmert. Hat ihre Miete bezahlt, ihr ein Auto geleast. Aber dafür hat man von ihr auch ein gewisses Verhalten erwartet. Es war das alte Lied: Man verkauft der Firma seine Seele. Aber jetzt wollte sie sie zurückhaben. Und er wollte sie ihr nicht geben. Für ihn war sie sein rechtmäßiges Eigentum.«

»Es kommt mir seltsam vor, dass eine Firma, die Minimärkte betreibt, so vorgehen sollte.«

»Tja, eben. Ganz genau.«

»Und was ist weiter passiert?«

»Um es kurz zu machen: Ich habe ihr meine Hilfe angeboten. Als ich sie näher kennenlernte, habe ich in Erfahrung gebracht, dass es noch einige andere Leute gab, die genauso viel Angst hatten wie sie. Sie hatten eine Art ›geheimes Bündnis‹ geschlossen, so könnte man es wohl nennen. Also habe ich Kwan und den anderen dabei geholfen, sich einen Fluchtplan zu überlegen.«

»Waren diese anderen die drei, deren Namen du mir neulich abends in der Kirche genannt hast?«

Er wandte sich Luke zu und nickte.

»Also hast du für sie einen Plan entwickelt, aufzuhören und sich aus dem Staub zu machen.«

»So ist es.«

»Und was ist mit den anderen?«

»Die waren auf sich gestellt. Mir ging es um Kwan.«

»Na schön. Aber etwas ist schiefgegangen.«

»Ja, sieht so aus.«

»Wie sollte sich das abspielen?«

»Wie es ablaufen sollte?« Er wartete, bis der andere Insasse mit seinen Gästen sie erneut passiert hatte. »Kwan sollte zum Flughafen in Cincinnati fahren, Montagmorgen nach Washington fliegen und dort in die U-Bahn steigen. Ich wollte sie dann in Virginia abholen. Von dort, so der Plan, wollten wir auf der 95 nach Süden. Ich hatte ihr eine Wohnung besorgt.« Er sah zwischen seinen Knien hindurch zu Boden. Tränen glitzerten in seinen Augen. »Und dann bekam ich Montagabend eine E-Mail von ihr, in der stand: *Treffen wir uns stattdessen morgen früh in Tidewater. Vor der Methodistenkirche*.«

»Und was hast du gemacht?«

»Was ich gemacht habe?« Er bedachte Luke mit einem eisigen Blick. »Ich habe natürlich versucht, sie zu erreichen. Aber es ist mir nicht gelungen. Also bin ich hingefahren. Bin die Nacht durchgefahren, nur für den Fall. Mir fielen zu dem Zeitpunkt kaum Alternativen ein. Und dann, am nächsten Tag, am Mittwoch, habe ich die Sache mit der Frau in der Kirche gelesen. In der Zeitung.«

»Du hast es nicht getan, Jackson. Oder?«

»Das sagte ich doch schon, Pastor.«

»In Ordnung.« Luke musterte ihn, versuchte, seinen Gesichtsausdruck zu interpretieren und herauszufinden, was er verschwieg. Jackson Pynne war gut in geschickten Auslassungen, das wusste Luke, und er schien nicht die ganze Geschichte erzählt zu haben. »Was glaubst du, wie ist deine DNA an die beiden Tatorte gekommen?«

»Das kann ich dir auch nicht sagen.«

»Rate.«

»Jeder hätte mir folgen und meine Zigarettenstummel auflesen können. Ich habe keine Ahnung.«

»Ist es möglich, dass Kwan Park deine Zigarettenstummel aufgehoben hat?«

Er sah zur Wand und schüttelte den Kopf. Wieder war ein verwundbares Glitzern in seine Augen getreten.

»Was ist mit den Fußabdrücken? Die Schuhe, von denen sie stammen, hat man in der Garage in deinem Stadthaus hier in Tidewater County gefunden.«

Er blinzelte. »Dieses Stadthaus benutze ich gar nicht. Im Sommer vermiete ich es, darum kümmert sich die Immobilienagentur. Keine Ahnung. Vielleicht hat man sie absichtlich dort hingelegt.«

»Wer sollte das getan haben?«

»Keine Ahnung.« Jackson sah zu Boden. »Hör mal«, sagte er. »Die Sache ist die: Es ging nicht um uns. Nur, damit das klar ist. Eigentlich wollte Kwan die Sache öffentlich machen. Ich wollte ihr helfen …«

»Was öffentlich machen?«

»Was diese Organisation getrieben hat. Sie hat ja nicht nur der Regierung Geld gestohlen. Ich glaube, das war uns allen scheißegal. Aber was sie mit ihren eigenen Leuten gemacht hat …«

»Den eigenen Angestellten?«

»Ja.« Sein Blick ging in die Ferne. »Und wahrscheinlich haben die rausgefunden, was wir machen, und es als Illoyalität ausgelegt oder so. Was für sie eine Art Kapitalverbrechen ist.«

»Wer sind die?«, fragte Luke.

»Trumble. Seine Sicherheitsleute.«

»Sind sie es, die hinter dir her sind?« Pynne nickte und zuckte gleichzeitig mit den Schultern. »Warum *du*, Jackson? Du warst doch gar nicht Teil dieser Organisation, oder doch?«

»Nein, nie. Wegen dem, was ich weiß – oder was ich ihrer Meinung nach weiß. Und weil ich dabei geholfen habe, die Sache zu planen. Ich war Teil des Verrats.«

»Du musst das der Polizei erzählen, Jackson. Sie müssen erfahren, was du mir gerade erzählt hast. Verstehst du? Du musst mit Amy Hunter reden, der leitenden Ermittlerin. Tust du das?«

Er schüttelte den Kopf.

»Warum nicht?«

»Ich will nicht.«

»Warum?«

»Weil es keinen Anlass dazu gibt. Weil ich mich hier sicher fühle, okay? Wenn ich hier rausgehe, schaffe ich es nicht mal aus dem County. Das garantiere ich dir. Deshalb habe ich mich gestellt.«

»Dann bleib hier. Aber du musst trotzdem deine Geschichte erzählen. Damit sie den wirklichen Täter finden können.«

Jackson sagte nichts. Er sah erneut zu Boden. Anscheinend wartete er darauf, dass Luke sich in Luft auflöste. Schließlich winkte Luke den Aufseher heran.

»Gibt es noch etwas, Jackson?«

»Ja, eine Sache.« Er richtete sich auf. »Wie sah sie aus? Kwan? Als du sie gefunden hast?«

»Wunderschön.« Jackson musterte ihn aufmerksam. »Bis ich näher heranging.«

»Und dann?«

»Sie sah immer noch wunderschön aus. Aber dann sah ich, dass man ihr wehgetan hatte.«

Er nickte, als wäre es das gewesen, was er hatte hören wollen. Beide Männer erhoben sich, Luke zuerst. Jackson streckte ihm die Hand hin.

»Sie *war* wunderschön«, sagte er mit schwachem Händedruck. »Ich kann nicht glauben, dass man denkt, ich hätte ihr etwas antun können. Da wäre ich der Letzte. Der *Letzte*.«

39

Die Nachricht, dass jemand wegen des Kirchenmords über Nacht in Gewahrsam genommen worden war, hatte es am nächsten Morgen noch nicht in die Zeitung oder ins Fernsehen geschafft, aber auf den Straßen erzählte man sich schon überall in Tidewater County davon. An den Holzbuden und den Resopaltischen auf der Main Street ließen die Gäste ihre Zeitungen zusammengefaltet und tauschten über Kaffee, Eiern und Speck und Krabbenomeletts die wahren Neuigkeiten aus.

Luke holte sich beim *Blue Crab Diner* einen Kaffee zum Mitnehmen und wehrte die Fragen mehrerer Stammgäste ab. Zu seiner Überraschung schien noch niemand zu wissen, dass er gerade erst mit Jackson Pynne gesprochen hatte.

Auf der Fahrt zur Kirche rief er Amy Hunter an. Die späte Morgensonne schien hell und ließ die letzten Schneereste vom Sonntag schmelzen.

»Wie war es mit ihm?«, fragte sie.

»Was Kwan Park betrifft, war er sehr offen. Ansonsten eher nicht. Ich glaube, sie hat ihm wirklich etwas bedeutet.«

»Wo sind Sie?«

»Auf dem Weg zur Kirche.«

»Ich komme gleich rüber.«

Aggie Collins, die einen marineblauen Nadelstreifenanzug mit einem lilafarbenen bedruckten Halstuch trug, spulte die üblichen Formalitäten ab, bevor sie Amy vor Lukes Schreibtisch Platz nehmen ließ.

»Kann ich einem von Ihnen etwas zu trinken bringen?«, fragte sie. »Kaffee? Wasser?«

»Nein danke«, sagte Amy.

»Mir auch nicht.«

»Sind Sie sicher?« Ihr Blick wanderte wieder zu Amy. »Tee?«

»Wir haben alles, was wir brauchen«, sagte Luke.

Endlich schloss sich die Tür hinter Aggie, und die beiden tauschten ein kurzes Lächeln. Dann berichtete er ihr, was Jackson Pynne ihm am Morgen im Gefängnis erzählt hatte. Amy sah ihn reglos und aufmerksam an. Sie machte sich keine Notizen. Als er fertig war, veränderte sich ihr Gesichtsausdruck nur leicht. Er sah, dass sie das Gehörte verarbeitete.

»Und?«, fragte Luke. »Haben Sie genug in der Hand, um den Prozess gegen ihn zu eröffnen?«

»*Die* glauben das zumindest.« Ihr Blick war nun wieder ganz bei ihm. »Natürlich sind das alles nur Indizienbeweise, aber eine ganze Menge. Wir haben es hier mit einem Serienkiller zu tun, und wir müssen eine Verbindung zwischen den vier Verbrechen herstellen, wenn wir zeigen wollen, was wirklich passiert ist. Aber daran hat der Staatsanwalt kein Interesse. Er findet, dass er genug gegen Jackson Pynne in der Hand hat, und jetzt will er die Sache erledigen, damit Tidewater County wieder seine Ruhe hat.«

»Ohne dabei die drei anderen Morde ins Spiel zu bringen.«

»Genau. Und was Sie mir gerade darüber erzählt haben, dass die beiden eine Liebesbeziehung hatten, ist ja Wasser auf seine Mühlen.« Amy holte Luft. »Was wir bei all dem nicht wissen, ist, was das FBI vorhat. Und aus irgendeinem Grund habe ich in der Beziehung auch ein eher schlechtes Gefühl.«

Sie sah nachdenklich auf das Sumpfland hinaus. Wenig später stand sie auf und ging zur Tür. Luke sah ihr an, dass sie noch etwas auf dem Herzen hatte, auch wenn er nicht wusste, was es war.

An der Tür blieb sie stehen, die Hand auf der Klinke, und ließ den Blick durch sein Büro wandern.

»Wissen Sie, was? Das erste Mal, als wir hier miteinander geredet haben, habe ich etwas gesagt, das ich seitdem bereue.«

»Ach?«

»Ja.«

Irgendwoher wusste Luke, was jetzt kommen würde. »Meinen Sie Ihre Bemerkung, dass Sie ganz dem Weltlichen verschrieben wären?«

»Ja, genau.« Links und rechts neben ihrem Mund bildeten sich kleine Fältchen wie Klammern. »Woher wussten Sie das?«

Er zuckte mit den Schultern.

»Im Nachhinein kam mir das etwas zu schnodderig vor«, sagte sie. »Und es stimmt auch nicht ganz. Ich bin mir wohl selbst nicht ganz sicher, woran ich glaube.«

»Daran ist nichts auszusetzen. Ich bin kein Befürworter absoluter Gewissheiten. Das Schöne ist, dass man sich dem Glauben aus allen Richtungen annähern kann.«

»Ja.« Sie lächelte erneut, die Hand noch immer auf der Klinke. »Gut.«

Luke fielen mehrere Dinge ein, die er darauf hätte erwidern können, Fragen über ihr Leben, die er ihr gern gestellt hätte. Aber dafür schien jetzt nicht der geeignete Zeitpunkt zu sein.

»Wie auch immer«, sagte sie. »Wir reden später.«

Luke hatte sich versprochen, dass er den kleinen Stapel von Rückmeldungen aus seiner Gemeinde vor dem Mittagessen abarbeiten würde. Bei vielen handelte es sich um erfreuliche Kommentare zur Kirchenbelegschaft, zu seiner Predigt oder zur Musikauswahl, obwohl es auch immer ein oder zwei Nörgler gab. Zum Beispiel Germaine Holland, die darum bat, man möge die Mickelson-Familie – die sie allerdings nur als »die Neuen«

bezeichnete – doch bitten, »in Zukunft davon abzusehen«, sich in die zweite Reihe zu setzen, die schon seit fast zehn Jahren der »Stammplatz« von Germaine und Bob Holland sei. Luke legte ihr Kärtchen ganz nach unten.

Leichter fiel ihm der Umgang mit einem anonymen Kommentar: *Seit zwei Wochen liegt dieselbe tote Küchenschabe in einer Ecke ganz hinten in der Kirche. Bitte ENTFERNEN Sie die bis Sonntag!!*

Luke beschloss, sich selbst darum zu kümmern und anschließend mit Germaine Holland zu reden.

Er nahm ein Taschentuch aus der Schachtel auf Aggies Schreibtisch. »Ich bin auf einer Mission«, erklärte er geheimnisvoll und ging in die Kirche hinüber. Er verbrachte mehrere Minuten mit dem erfolglosen Versuch, das störende Ungeziefer zu finden. Vielleicht war Martha Cummings, die Kirchenhausmeisterin, ja schneller gewesen.

Auf dem Rückweg ins Büro spürte Luke, wie sein Handy vibrierte. *Unbekannter Anrufer* stand auf dem Display.

Er blieb im dunklen Korridor zwischen Kirche und Büroräumen stehen. Das Herz schlug ihm bis zum Hals.

»Hallo?«

»Hallo, Pfaffe.« Es war die belegte Stimme vom Tag zuvor. »Haben Sie heute Morgen unseren Freund Jackson Pynne besucht?«

Luke schwieg.

»Seltsam, ich dachte nämlich, Sie hätten mir gesagt, dass Sie nicht wüssten, wo er sich aufhalte.«

»Das wusste ich auch nicht. Die Polizei hat mich gestern Abend angerufen und gesagt, dass er mit mir reden wolle.«

»Und was hat Mr Pynne Ihnen erzählt?«

»Nicht viel.«

»Was ist seiner Aussage zufolge mit der Frau passiert? Kwan Park.«

»Das weiß er nicht.«

»Jetzt sind Sie mir gegenüber aber nicht ehrlich, oder? Was ist seiner Aussage zufolge mit Kwan Park passiert?«

Luke antwortete nicht.

»Sie glauben doch nicht, dass jemand anders als Jackson Pynne diese Frau getötet hat, oder, Pfaffe?«

»Ich habe keine Ahnung.«

»Ich hoffe wirklich sehr, dass Sie das nicht glauben.« Luke hörte ihn atmen. »Das wäre nämlich ein großer Fehler. Wenn Sie das täten. Ein großer Fehler.«

Luke dachte an Charlotte. »Das geht mich alles wirklich nichts an«, sagte er. »Darum soll sich die Polizei kümmern.«

»Ja, ganz genau. Es geht Sie nichts an. Versuchen Sie also nicht, den Helden zu spielen und noch tiefer in die Sache einzusteigen, als Sie ohnehin schon drinstecken. Wenn Sie das machen, dann ist nämlich vielleicht schon bald etwas in die Haut Ihrer Frau geritzt.«

»*Wie bitte?*«

»Sie wissen sehr wohl, was ich damit sagen will, Pfaffe. Sie ist eine sehr hübsche Lady«, fügte er leise kichernd hinzu. Dann legte er auf.

Luke stand da und starrte auf den staubigen Dielenboden.

Dann rief er Amy Hunter an.

»Wahrscheinlich haben Sie nicht damit gerechnet, so bald wieder von mir zu hören.«

In Amys kleinem Büro im neuen Verwaltungsgebäude gab Luke seine beiden Gespräche mit dem anonymen Anrufer wieder. Die Drohung gegen Charlotte hatte für ihn sofort die Vorzeichen verändert. Nach dem ersten Anruf hatte er gebetet und mit sich gerungen, um zu einer Entscheidung zu gelangen. Nach dem zweiten nicht. Selbst wenn es sich um jemanden aus dem Umfeld des Sheriffs handelte, der ihm Angst einjagen wollte, damit er sich von Jackson Pynne fernhielt, hatte der Anrufer mit der Drohung gegen Charlotte jetzt eine Grenze überschritten.

Amy sah ihn mit dem stillen Mitgefühl einer geübten Zuhörerin an. Es kam ihm beinahe vor, als hätten sie die Rollen getauscht, sodass Lukes nervöse Energie nun von ihrer Gelassenheit absorbiert wurde. Sie hatte schon einiges gesehen, das war unverkennbar. Sie hatte selbst Sachen durchgemacht, über die sie nicht sprach.

»Ich hätte Ihnen das wohl sofort erzählen sollen«, sagte er.

»Manchmal ist es nicht so leicht zu wissen, was man tun sollte. Nehmen Sie es sich nicht zu Herzen«, erwiderte sie. »Widmen Sie sich Ihrem ganz normalen Tagesablauf. Wir würden gern regelmäßig Streifen bei Ihnen zu Hause vorbeischicken, wenn es Ihnen nichts ausmacht. Und außerdem würde ich gern alle Anrufe bei Ihnen zurückverfolgen lassen.«

»Natürlich«, sagte er. »Danke.«

»Wahrscheinlich ist es am besten, wenn Sie sich von jetzt an ganz aus dem Fall heraushalten. Reden Sie nicht noch einmal mit Jackson Pynne. Wenn er anruft, verweisen Sie ihn an uns.«

»In Ordnung.« Luke kam sich auf einmal hilflos vor. »Was meinen Sie, wer ist dieser Anrufer?«

»Ich weiß es nicht. Vielleicht ist es jemand aus dem Umfeld des Sheriffs, wie Sie vermuten. Oder vielleicht jemand, der mit dieser Organisation zu tun hat, für die Kwan Park gearbeitet hat. Wie dem auch sei, das Motiv ist dasselbe.«

»Sie wollen sichergehen, dass man Pynne anklagt.«

»Sieht ganz danach aus. Was an und für sich schon interessant ist.«

»Allerdings.«

Amy lächelte vorsichtig. An dem Ausdruck in ihren Augen erkannte Luke, dass sie ihm voraus war und im Kopf bereits weitere Schachzüge durchspielte. Er war ein wenig traurig, dass er nichts mehr mit der Sache zu tun haben würde; aber er wusste auch, dass es nicht anders ging. Seine Rolle bestand von jetzt an darin, zu beten. Und zu warten.

Gil Rankin beobachtete aus der Entfernung, wie die Frau des Pastors von ihrem BMW zur Eingangstür des Häuschens ging, einen kleinen Einkaufsbeutel in der Hand. Eine elegante Frau, dachte er, hübsch und schlank. Schönes Haar. Selbstbewusster Gang. Er hätte schon seinen Spaß daran haben können, sie sich vorzuknöpfen.

Aber etwas Derartiges war zu diesem Zeitpunkt zu riskant. Bevor sie nicht mit Sicherheit wussten, was mit Jackson Pynne passierte, musste er vorsichtig sein. Er hatte den Pfaffen aus der Ruhe gebracht, das genügte fürs Erste.

Rankin wusste, dass sein Problem zu viel Zeit war, in der er nichts zu tun hatte. Er musste trainieren, um sich auf andere Gedanken zu bringen.

Du tust das, was dir angemessen erscheint, hatte sein Kunde gesagt. *Ich muss nur sichergehen, dass das Endresultat stimmt.*

Rankin ließ den Jeep an. Es konnte nicht mehr lange dauern, bis die Polizei das Haus des Pastors überwachen würde. Er konnte nicht noch einmal herkommen.

Während er in Richtung Jimmy Creek zurückfuhr, drehte er das Radio auf, um die Stimme des Kunden in seinem Kopf zu übertönen.

Aber sie verstummte nicht, war so greifbar wie die Straße und die Felder:

Ich wünschte, dass es einen anderen Weg gäbe, Gilbert. Diese Leute waren wie Kinder für mich, das weißt du. Aber jetzt haftet ihnen dieser Gestank an. Verrat hat einen Geruch. Wir haben also keine Wahl mehr. Das verstehst du doch, oder, Gilbert?

40

Staatsanwalt Wendell Stamps willigte ein, die Anklageerhebung gegen Jackson Pynne aufzuschieben, bis Amy Hunter sich um halb vier am darauffolgenden Nachmittag mit ihm getroffen hatte. Das war zugleich eine gute und eine schlechte Nachricht für sie. Gut, weil sie damit ein Zeitfenster von vierundzwanzig Stunden hatte, um ihre Sicht auf den Fall zu untermauern und ihn umzustimmen; schlecht, weil vierundzwanzig Stunden dafür nicht reichten. Es wäre natürlich hilfreich gewesen, wenn Jackson Pynne sich bereitgefunden hätte, mit ihr zu reden. Aber Pynne wies ihre Bitten um ein Gespräch nach wie vor zurück. Und Ben Shipman hatte sich heute Morgen untypischerweise krankgemeldet, was ihre Arbeit zusätzlich erschwerte.

Sie spannte Sonny Fischer ein, um Pynnes Bewegungen am Montag und Dienstagmorgen zurückzuverfolgen. Sie wollte eine Zeitschiene erstellen, die bewies, dass er Kwan Park weder hatte töten noch ihre Leiche in der Kirche hatte deponieren können. Aber das Überwachungsvideo erzählte eine andere Geschichte. Pynnes Pick-up hatte am Dienstagmorgen um 6:37 Uhr die Mautstelle an der Bay Bridge passiert, auf dem Weg nach Osten Richtung Küste. Was bedeutete, dass er in Tidewater County gewesen war, als man Kwan Parks Leiche in die Kirche gebracht hatte. Für Amys These sprach allerdings, dass es vom Montag kein Videomaterial gab, auf dem er die Brücke passiert hatte. Bundespolizisten hatten seinen Pick-up vor zwei Tagen auf dem Parkplatz eines Einkaufscenters entdeckt, dabei jedoch keine

Spur von seinem Computer oder irgendwelchen anderen Habseligkeiten gefunden.

Mehrmals versuchte sie Dave Crowe zu erreichen, der anscheinend noch in Washington war. Schließlich hinterließ sie ihm auf seiner Mailbox die Mitteilung, dass sie wichtige Informationen über Jackson Pynne für ihn habe.

Es war kurz nach fünf, als er endlich zurückrief.

»Ich wollte dich nur vorwarnen«, sagte er zur Begrüßung. »Unter uns? Wir haben heute Morgen etwas über Mark Chandler herausgefunden. Wir glauben, dass er der John Doe aus Virginia ist. Erinnerst du dich, ihm fehlten Lippen und Zunge?«

»Ja.«

»Er war Rechtsanwalt. Hat mehrere Buchhaltungsfirmen vertreten, einschließlich der, die die Steuererklärung für die Quik-Stores gemacht hat. Einer der drei Namen, die du mir gegeben hast.«

»Stimmt. Das weiß ich alles.«

»Na schön, aber das hier weißt du nicht. Wir haben die Festplatte eines seiner PCs untersucht. Im Laufe der letzten Wochen hat er Geldmittel von einer Firma in Delaware abgezweigt, die eine direkte Leitung zu August Trumbles Wohltätigkeitsorganisationen hat.«

»Tatsächlich.«

»M-hm. Wir reden hier alles in allem von mehreren Millionen Dollar an illegalen Steuerrückzahlungen, die über Strohfirmen abgezweigt worden sind.« Er hielt kurz inne. »Elektronisch weitergeleitet und dann auf vier verschiedene Konten verteilt. Der Hauptteil ist auf einem Konto gelandet.«

Amy drehte sich von ihrem Schreibtisch weg und ließ diese Information erst mal sacken. Seltsam, dass Crowe auf einmal so offen am Telefon sprach. »Was willst du damit sagen – glaubst du, dass Chandler Geld von Trumbles Firma veruntreut hat?«

»Das habe ich nicht gesagt. Das ist alles noch vorläufig, Amy. Es ist deine Sache, was für Schlüsse du daraus ziehst. Ich warne dich nur vor.«

Plötzlich wurde es Amy schwer ums Herz. »Du glaubst also, dass eines der vier Konten Kwan Park gehört hat. Dass sie und Jackson Pynne vielleicht zusammen Geld aus Trumbles Organisation veruntreut haben. Und dass man sie deshalb getötet hat.«

»Das wissen wir nicht. Wir wissen nicht, wer Zugriff auf das vierte Konto hatte. Wir wissen nur, dass es existierte, das ist alles.« Crowe holte tief Luft. »Es ist noch zu früh, um sicher zu sein, aber ich denke, du weißt, in welche Richtung es läuft.« Nach kurzem Überlegen fügte er hinzu: »Wie ich höre, hat man Jackson Pynne festgenommen, aber er will nicht reden.«

»Das stimmt. Ich habe versucht, dich zu erreichen.«

»Klingt, als hätten sie diesmal vielleicht den Richtigen erwischt«, sagte er.

»Wie? Was redest du da?«

»Das besprechen wir später genauer.«

»Wann?«

»Morgen früh.«

Amy seufzte. »Und was ist mit den Ermittlungen?«, fragte sie. »Sind die schon beim FBI?«

»Zum Mord an Kwan Park? Nein. Aber darüber können wir morgen reden. Behalt das erst mal für dich.«

»Was?«

»Alles, was ich dir erzählt habe. Seit wir neulich Abend miteinander geredet haben.«

»Warum?«

»Wir reden morgen früh. Der Fall nimmt eine neue Wendung. Mehr kann ich nicht sagen. Morgen früh bin ich wieder da, dann reden wir darüber.«

»Warum können wir nicht …?«

Doch er hatte bereits aufgelegt. Amy saß mit dem Telefon in der Hand da. Nach einer Weile wurde ihr klar, dass sie ihr eigenes Spiegelbild im Fenster betrachtete und dass ihr das, was sie sah, nicht gefiel. Sie malte sich aus, wie sie in fünfundzwanzig Jahren aussehen und wo sie dann im Leben stehen würde. Solche Gedanken konnte sie im Moment nicht gebrauchen.

»Es war richtig, ihr davon zu erzählen«, sagte Charlotte. »Jetzt liegt es in deren Händen, und du musst dir nicht mehr den Kopf darüber zerbrechen.«

»Ich weiß.« Sie lagen alle zusammen unter der Bettdecke – Charlotte, Luke und Sneakers, die drei Amigos. Nur die Nachttischlampe erhellte das Zimmer. Ein Polizeiwagen stand draußen an der Straße, um das Haus im Auge zu behalten. Gleich morgen früh würden sie an allen Türen und Fenstern Alarmanlagen anbringen.

»Aber versprich mir, dass du dich von jetzt an aus der Sache raushältst, was auch passiert«, sagte sie. »Lass uns gar nicht erst darüber diskutieren.«

»In Ordnung.«

»Versprich es.«

»Versprochen.«

Sie stützte sich auf den Ellbogen. Er spürte, dass sie ihn in der Dunkelheit musterte.

»Was ist?«

»Sag es noch mal. Aber diesmal mit Gefühl.«

»Ich verspreche es«, sagte Luke. Sie küsste ihn, und sie schmiegten sich dichter aneinander. Als Sneakers merkte, dass es eng wurde, wühlte er sich unter der Decke hervor und ließ sich in seinem eigenen Bett zum Schlafen nieder.

Charlotte hatte die Gabe, Schlechtes verblassen zu lassen. Während er im Bett lag und auf den Wind lauschte, dachte

Luke daran, wie sie einander begegnet waren. Sie war zu einem methodistischen Gottesdienst in einer Vorstadt von Washington, D.C., gekommen und hatte hinterher auf dem Parkplatz mit ihm geplaudert – sie hatten über Joseph Campbell, Madeleine Albright, Platons *Republik* und den Rapper Coolio gesprochen, die er alle irgendwie in seiner Predigt untergebracht hatte. Es war ihnen leichtgefallen, zusammen zu lachen, auf eine Art, die – wie er inzwischen wusste – für keinen von ihnen ganz natürlich gewesen war. Einige Wochen später waren sie zusammen essen und hin und wieder miteinander ausgegangen. Es war eine respektvolle, lebhafte und platonische Beziehung gewesen. Und dann, nach mehreren Monaten und einem Fischabendessen bei Charlotte zu Hause, hatte sie ihn gefragt: »Du hast nicht zufällig deinen Pyjama dabei?«

»Nein, sollte ich?«

Charlotte hatte ihn schulterzuckend zum ersten Mal mit diesem schalkhaften Blick angesehen, den er inzwischen so liebte.

Heute Nacht hielten sie einander beim Einschlafen in den Armen. Doch Luke wachte mehrmals auf und wälzte sich herum. Immer wieder kam ihm der bedrohliche Tonfall des Anrufers in den Sinn, der ihn »Pfaffe« genannt hatte. Er horchte auf Charlotte und Sneakers, die wie heimliche Jazzmusiker im Wechselrhythmus atmeten. Eine ganze Weile lag er mit den Händen hinter dem Kopf da, betrachtete durch den Vorhang den Mond, der hoch über dem Sumpfgras hing, und wünschte sich, endlich die Augen schließen und mit einstimmen zu können.

41

Mittwoch, 22. März

Als er die Morgenzeitung holte, winkte Luke der Polizistin zu, die weiter oben an der Straße parkte. Die Frau von der State Police – eine kräftige, freundliche Beamtin, die er kannte, obwohl ihr Name ihm nicht einfiel – nickte, winkte aber nicht zurück. Der Morgenhimmel war hell und wolkenlos, und wahrscheinlich hatten sie schon an die zehn Grad. Der Schnee war längst geschmolzen. Von weither hörte er Arbeitsgeräusche – Hämmern und das Kratzen von jemandem, der Muscheln von einem Bootsrumpf entfernte. Die Welt fühlte sich heute Morgen zerbrechlich und irgendwie kostbar an.

Er schlug die Zeitung auf dem Küchentisch auf. Jackson Pynne war oben links auf der ersten Seite: *Bauunternehmer verhaftet*.

Charlotte stand in ihrem Elch-Pyjama am Herd und machte Käse-Pilz-Omeletts. Zu ihren Füßen lag Sneakers, der tief und fest schlief. Dramatische Orchestermusik drang aus der Anlage.

Oben rechts las Luke: *Fall der »Betenden« gibt weiterhin Rätsel auf*. In der Unterzeile hieß es: *FBI übernimmt Ermittlungen*.

»Anscheinend hat die *Associated Press* jetzt auch Wind von der Geschichte bekommen«, sagte er. »Sie nennen sie inzwischen ›die Betende‹.«

»Immerhin interessanter als die ›geheimnisvolle Tote‹«, gab sie zurück, während sie die Musik leiser drehte.

»Da hast du wohl recht.«

»Als Nächstes ist sie dann in der Boulevardpresse.«

»Das ist vielleicht gut für den Tourismus.«

»Vielleicht.«

Sie schob die Omeletts auf die Teller und deckte den Frühstückstisch mit Orangensaft und einem Korb mit weißem Toast.

»Und?«, fragte Charlotte, als er ihr seine Aufmerksamkeit zuwandte. »Geht es dir besser?«

»Ein bisschen. Ich glaube, um halb vier konnte ich endlich wieder einschlafen.«

Eine Weile aßen sie schweigend. Es war seltsam, dass sie nicht mehr über den Fall reden durften.

»Ich fühle mich wohler mit der Polizistin da draußen«, bemerkte Luke schließlich.

»Deanna.«

»Für sie muss es allerdings ziemlich langweilig sein.«

»Ich frage sie mal, ob sie Frühstück oder einen Kaffee möchte.«

»Gute Idee«, sagte Luke. »Vielleicht könnten wir den Opernsänger rausschicken, damit er ihr die Zeit vertreibt.«

»Zu dumm, dass er nur im Keller meiner Eltern auftritt.«

»Ja. Ein Jammer.«

Charlotte sah Sneakers an, der unter ihrem Stuhl leise schnarchte. Schweigend beendeten sie ihr Frühstück.

Amy dachte auf dem Weg zur Arbeit an den Anruf und fragte sich, wie der Anrufer wohl weiter vorgehen würde. Die Probleme nahmen kein Ende: Jetzt machte sich also irgendjemand Sorgen darum, was Jackson Pynne der Polizei erzählen würde, falls er beschloss zu reden.

Auf dem Anrufbeantworter in ihrem Büro wartete eine weitere Nachricht von Theresa Kincaid, der Reporterin der *Associated-Press*-Agentur, die auf die Idee gekommen war, Kwan Park als »die Betende« zu bezeichnen. Amy ignorierte sie und wandte sich wieder den Fallakten zu. Um kurz nach halb zehn klingelte ihr Telefon. Es war Dave Crowe.

»Könntest du wohl um zehn nach zehn im Konferenzzimmer sein?«

»Ich denke schon. Bist du hier?«

»Ich bin im Haus. Es gibt einen notwendigen Ablauf für diese Sache, Amy.« Sein Tonfall war seltsam beflissen. »Klar? Vertrau mir einfach, ich erkläre es dir später. Aber ich brauche dich jetzt hier.«

Amy ging innerlich in Abwehrhaltung. Sie musste den Impuls, ihm zu widersprechen, unterdrücken. Stattdessen machte sie sich um fünf nach zehn pflichtschuldigst auf den Weg und stieg die Stufen zum kleinen Konferenzzimmer im zweiten Stock hinauf. Wendell Stamps war bereits dort, zusammen mit Deputy Stilfork, dem Ermittler der Staatsanwaltschaft Clinton Fogg und der Pressesprecherin Kirsten Sparks. Nur Sekunden nachdem Crowe die Tür geschlossen hatte, schlüpfte Sheriff Clay Calvert herein und setzte sich ans andere Ende des Tisches. Amy verspürte ein unangenehmes Kribbeln im Nacken, als er sich setzte.

»Guten Morgen. Danke, dass Sie so kurzfristig kommen konnten.« Crowe bedachte einen nach dem anderen mit dem gleichen raschen, geschäftsmäßigen Blick. »Ich will Sie lediglich knapp auf den neuesten Stand bringen. Wie Sie wissen, berichtet die Lokalzeitung, dass das FBI die Ermittlungen im Fall Kwan Park übernimmt.« Er wedelte mit einer Ausgabe der *Tidewater Times* und ließ sie auf den Tisch fallen. »Das ist absoluter Unsinn«, erklärte er und sah dabei erst Sheriff Calvert und dann Kirsten Sparks an. Sparks schien seinen Gesichtsausdruck beim Reden nachzuahmen. »Nur, damit alle im Bilde sind: Das FBI übernimmt *nicht* die Ermittlungen im Falle Kwan Park. Wir bieten unsere Hilfe an, wenn man uns darum bittet. Aber es handelt sich hierbei *nicht* um eine Untersuchung der Bundesbehörden. Ich habe mit der örtlichen Presse gesprochen, und eine allgemeine Richtigstellung gleichen Inhalts wird noch heute erscheinen.«

In Amy stieg die Wut auf. *Warum hast du mir das nicht einfach erzählt?*

»Zur näheren Erläuterung – und bitte, das ist nicht für die Presse bestimmt.« Dabei zwinkerte er Sparks zu, die die Augen niederschlug und aus irgendeinem Grund ein Lächeln unterdrücken musste. *Wie lange lief das schon?*, fragte sich Amy. »Zwei Sachen: Erstens bin ich davon überzeugt, dass es sich hier um ein lokales Verbrechen handelt und dass die lokalen Behörden und die State Police« – dabei nickte er erst Sheriff Calvert und dann Amy zu – »alles unter Kontrolle haben. Zweitens ermitteln die Bundesbehörden derzeit in einem davon unabhängigen, laufenden Fall, der nicht das Geringste mit diesem Mord zu tun hat. Kwan Park, das hiesige Opfer, ist – war – nur eine Randfigur bei diesen Bundesermittlungen.«

»Um was für Ermittlungen handelt es sich denn dabei?«, fragte Sheriff Calvert mürrisch, als sähe er darin eine Art persönlichen Affront.

»Um eine laufende Ermittlung in Sachen Betrug und organisierte Kriminalität. Ich darf leider nicht auf Einzelheiten eingehen.«

»Hat das irgendwas mit diesem County zu tun?«, fragte der Sheriff.

»Nein, nichts.«

Das besänftigte Sheriff Calvert offenbar. Wenig später räusperte er sich und verließ das Zimmer.

»Damit wollen Sie also sagen, dass die in Kwan Parks Hand eingeritzten Ziffern nicht Teil eines größeren Falls sind?«, fragte Amy. Ihr aufmüpfiger Tonfall überraschte sie selbst.

Crowes Miene wurde angespannt. »Ich gehe davon aus, dass sie das nicht sind.«

Amys Herz klopfte wie wild.

»Alles klar?« Crowe sah alle Anwesenden nacheinander an, wobei er Amy nur kurz mit dem Blick streifte. »Das wäre dann alles.«

Amy fiel auf, dass Stamps auf seine übliche dezente Art nickte. Kirsten Sparks schien zu erröten, als Crowes Blick einen Augenblick zu lange an ihr hängen blieb.

Crowe marschierte zügig durch den Flur, wobei er absichtlich einen halben Schritt vor Amy herlief.

Sie folgte ihm in ihr Büro und schloss die Tür. In ihr rumorte die Wut. Crowe lächelte falsch. Er ließ sich in ihrem Gästestuhl nieder und verschränkte die Hände hinterm Kopf.

»Warum hast du mir das nicht gesagt?«, fragte sie. »Du weißt, dass das *mein* Fall ist.«

»Ich habe dich darum gebeten, mich machen zu lassen, Amy. Ich habe dir gesagt, dass ich es dir später erklären würde.«

Sie blieb vor ihm stehen.

»Warum versucht das FBI, die weitergehenderen Ermittlungen lahmzulegen? Das verstehe ich nicht.«

»Das versuchen wir gar nicht.«

»Sehr wohl tut ihr das.«

»Wir müssen *unseren* Fall schützen, Amy. Das ist alles. Ich versuche, dafür zu sorgen, dass die Dinge sich in eine bestimmte Richtung entwickeln.«

»Das sehe ich.«

Endlich setzte sich Amy, aber beruhigt hatte sie sich noch lange nicht.

»Ich wage mal einen Schuss ins Blaue«, sagte sie. »Das FBI will nicht, dass die Unterschlagungsgeschichte rauskommt, weil Trumble dann als das Opfer dastehen könnte?«

»So ungefähr.«

»Und du glaubst, dass Trumble es genau so aussehen lassen will? Dass man seine Geschichte in diesem Licht sehen soll? Er möchte als Opfer dastehen? Das Opfer von Jackson Pynne und Kwan Park? Und du glaubst, dass diese Geschichte eine Art Irreführung ist?«

Crowe sah aus, als versuche er angestrengt, ein Grinsen zu unterdrücken. »Du bist gut.«

Amy sah auf die Kiefern hinaus. »Und *hat* Kwan Park jetzt Geld aus Trumbles Organisation veruntreut?«, fragte sie. »Und war Jackson Pynne bei der Sache dabei? Und sind sie dann irgendwie darüber in Streit geraten? Ist es das, was du jetzt glaubst?«

»Das ist die Eine-Million-Dollar-Frage, was? Die kann ich noch nicht beantworten. Ich würde gern Pynne danach fragen. Aber du weißt ja, dass er weder mit mir noch mit dem Sheriff reden will. Mit überhaupt niemandem.«

»Außer dem Pastor.«

»Nach allem, was man hört.«

»Aber nur, um das klarzustellen«, sagte Amy. »Wir haben sehr wohl vier Morde, die eindeutig miteinander in Zusammenhang stehen. Stimmt's? Das haben wir doch neulich Abend besprochen.«

»Da bin ich mir nicht so sicher«, antwortete er.

Amy holte tief Luft. Sie fragte sich, was er ihr sonst noch alles verschwieg. Es war, als bestünde Crowe aus zwei Personen – die eine war ein Spieler, die andere ein Ritter in Rüstung. Den Ausschlag gaben normalerweise ein paar Drinks.

»Hör mal, Amy«, sagte er, »du bist schlauer als der Rest hier. Das wissen wir beide. Ich habe über die Jahre viele solcher regionalen Machtspiele gesehen, bei denen irgendjemand einfach nicht lockerlässt. Das FBI will sich nicht in diese Sache verwickeln lassen. Wir dürfen das gar nicht. Die Dinge sollen hier einfach ihren Lauf nehmen. Wenn es andere Fälle gibt, kümmern wir uns beizeiten darum. Anders geht es nicht. In dieser Angelegenheit gibt es sehr viele bewegliche Teile.«

Amy wurde erneut wütend. Sie vermutete, dass er Druck aus Washington bekam, im Fall Trumble auf eine bestimmte Weise vorzugehen. *Darum* ging es hier in Wirklichkeit.

»Dann erzähl mir den Rest«, sagte sie. »Hat das etwas mit deinen Informanten zu tun? Sag mir, was wirklich los ist.«

»Das werde ich«, erwiderte er. »Beizeiten.« Er bedachte sie mit einem unnachgiebigen Blick. »Okay?«

Dann schlug er sich nachdrücklich mit beiden Händen auf die Oberschenkel, stand auf und ging.

Arschloch, dachte Amy, während sie ihm nachblickte.

Aber sie verschluckte das Wort. Und später war sie froh darüber. Obwohl es sie wirklich gejuckt hatte.

42

Amy saß in Wendell Stamps' Wartezimmer, während er einen Telefonanruf beendete. Sie hörte ihn mehrmals sagen: »Ich tue gerne alles, was in meiner Macht steht, um dir zu helfen, Everett, das weißt du doch.«

Die Wartezeit gehörte beim Staatsanwalt wohl einfach dazu. Wie alle anderen auch hatte Amy sich daran gewöhnt.

Den Nachmittag über hatte sie die Akten gewälzt, als lernte sie für eine Abschlussprüfung, aber etwas an diesem Fall vermittelte ihr den Eindruck, dass sie nicht gewinnen konnte. Es reichte nicht, recht zu haben. Sie musste überzeugende Beweise dafür abliefern, was anscheinend unmöglich war, solange der Staatsanwalt nicht die Möglichkeit in Betracht ziehen wollte, dass der Mord an Kwan Park etwas mit den drei anderen Morden zu tun hatte.

Schließlich, um 15.41 Uhr, rief Stamps sie herein. Seine große, gläserne Schreibtischplatte war wie immer auf Hochglanz poliert und fleckenlos. Als sie sich setzte, stand er auf und nickte ihr zu, wirkte dabei jedoch zerstreut, als sei er in Gedanken noch immer bei seinem Telefongespräch. Oder vielleicht schon beim nächsten Thema.

»Eines will ich gleich vorwegsagen, Amy«, hob er an. »Ich will kein böses Blut zwischen uns. Ich glaube, wir müssen so effizient und effektiv wie möglich weitermachen. Ich will, dass wir alle am gleichen Strang ziehen, als Team.«

Sie nickte. Stamps griff also ihre Rede vom selben Team auf. Das war eine seiner Lieblingstechniken. Und dass er sie jetzt

Amy nannte, war auch Kalkül: Als wären sie auf einmal nicht nur Teamkollegen, sondern gute Freunde. Stamps war ein gerissener Staatsanwalt und in Charakterdingen ein sehr scharfer Beobachter. Im Gegensatz zum Sheriff durfte er fest damit rechnen, im November wiedergewählt zu werden. Sheriff Calvert war dagegen ein eigensinniger Kerl, mit dem viele Leute sich nicht wohlfühlten und der sich bei jeder Wahl einem unerwarteten Herausforderer gegenübersah. Der Staatsanwalt war ausgeglichen und diplomatisch und zu allen freundlich. Bei den letzten drei Wahlen war gar nicht erst jemand gegen ihn angetreten.

Er fasste den Fall im Großen und Ganzen so zusammen, wie Amy es erwartet hatte, angefangen mit dem Morgen des Verbrechens: Man hatte Jackson Pynnes Pick-up vor der Kirche gesehen, etwa eine Stunde bevor Kwans Leiche gefunden worden war. Später hatte man seine Fußabdrücke und seine DNA sowohl in der Kirche als auch am mutmaßlichen Tatort am Oyster Creek gefunden. Den Pick-up hatte man auf einem Parkplatz am Highway aufgegabelt. Stiefel, die zu den Fußabdrücken passten, hatte man in der Garage von Jackson Pynnes Stadthaus gefunden.

Die Worte des Staatsanwalts klangen überzeugend, als probte er sein Eröffnungsplädoyer vor den Geschworenen, was er wahrscheinlich auch tat. Nachdem er die Beweise dargelegt hatte, erklärte er Jackson Pynnes Motiv: Pynne und Kwan Park waren ein Liebespaar gewesen, aber es hatte Probleme in ihrer Beziehung gegeben. Die Anklage würde einen Mitarbeiter aus dem Minimarkt in Ohio präsentieren, der die beiden mehrere Tage vor Parks Verschwinden bei einem Streit beobachtet hatte. Am Montag hatten die beiden sich auf einem Parkplatz beim internationalen Flughafen Cincinnati getroffen, wo Kwan Park ihr Auto zurückließ, und waren gemeinsam zur Ostküste von Maryland gefahren. Achthundertsechsundvierzig Kilometer, zehn Stunden

Fahrt. Am späten Montagnachmittag oder frühen Abend waren sie bei den Ferienhäuschen am Oyster Creek angekommen. Am selben Abend hatten sie sich über ihre Zukunftspläne gestritten. Die Sache war eskaliert, und es war zu Tätlichkeiten gekommen; er hatte auf sie eingeschlagen und sie erschossen. Dann hatte Pynne sie in seinen Pick-up geladen und war auf die andere Seite der Chesapeake Bay zurückgefahren. Weil ihn aber die Reue gepackt hatte, war er Dienstag früh umgekehrt und hatte ihre Leiche in die Methodistenkirche gebracht, wo er sich auskannte.

»So weit wären wir«, sagte er und verschränkte die Hände.

Amy nickte.

»Das Problem ist, dass das alles zu glatt ist«, erklärte sie. »Und gleichzeitig lassen Sie zu viele Einzelheiten aus.«

Wendell Stamps hob leicht eine Augenbraue, wie um zu sagen: *Nur zu, sagen Sie mir, was Sie in der Hand haben.* Er beugte sich vor, stützte die Ellbogen auf den Schreibtisch und legte die Fingerspitzen aneinander.

Gut, dachte Amy. *Er ist bereit zuzuhören.*

»Es gibt beispielsweise keinerlei Hinweise darauf, dass ihre Leiche sich in dem Pick-up befunden hat.«

»Das stimmt«, sagte Stamps. »Aber wie Sie wissen, konnten wir sehr wohl feststellen, dass der Pick-up Dienstagmorgen vor der Kirche gestanden hat. Und wir haben die Fußabdrücke und die Zigarettenstummel an beiden Tatorten. Und die Stiefel im Stadthaus.«

»Die Stiefel waren nicht von ihm«, sagte Amy. »Sowohl die Stiefel als auch die Zigarettenstummel wurden bewusst dort deponiert, um ihn zu belasten. Und wenn wir etwas mehr Zeit für die Untersuchung des Beweismaterials hätten, ließe sich das auch eindeutig belegen.«

Stamps nickte, scheinbar unbeirrt. »Aber ist das nur das, was Pynne sagt, oder lässt sich irgendetwas davon beweisen?«

»Wir werden es beweisen, Sir. Wir brauchen nur etwas mehr Zeit.«

Stamps sah sie an, sagte jedoch nichts.

»Außerdem haben Sie den Umstand verschwiegen, dass sie nach ihrem Tod geschlagen wurde«, fuhr sie fort. »Das passt nicht zu einem eskalierten Streit. Und es lässt auch nicht auf nachträgliche Reue schließen.«

Der Staatsanwalt legte den Kopf auf die Seite, als handelte es sich um Spitzfindigkeiten. »Reue, die auf Leidenschaft folgt«, erwiderte er. »Er hat einen sprunghaften Charakter. Das wissen wir beide.« Amy merkte, dass er sie genau beobachtete. »Fahren Sie fort.«

»Und die Vorstellung, dass er die Zigarettenstummel liegen gelassen hat? Wenn er sich ansonsten solche Mühe gegeben hat, weder Fingerabdrücke noch DNA zu hinterlassen, würde er dann wirklich an beiden Stellen Zigarettenstummel wegwerfen?«

»Aber warum sollte ihm jemand den Mord in die Schuhe schieben wollen?«, fragte Stamps.

»Das ist der größere Zusammenhang, Sir. Ich glaube, dass dieser Mord mit Auseinandersetzungen um eine komplizierte Betrugsoperation zu tun hat und dass Pynne das Bauernopfer ist. Wir brauchen mehr Zeit, um in diese Richtung weiterzuermitteln.«

Stamps seufzte gedehnt. »Noch mal: Wenn wir irgendwelche Beweise dafür hätten, dass diese Theorie zutrifft, dann würde ich sie liebend gern in Erwägung ziehen. Das wissen Sie.«

»Sie haben auch keine Beweise dafür, dass er am Montag in Cincinnati war«, erwiderte Amy. Das war das Spekulativste an seinem Szenario. »Kein Überwachungsvideo, keine Zeugen.«

»Es gibt auch kein Video, das ihn am Montag in Washington zeigt.«

»Aber wir werden eins finden.« Amy blickte nervös zur Wanduhr hinüber. »Wir arbeiten daran. Wir haben immer noch viele Stunden Videomaterial, das gesichtet werden muss.«

»Jedenfalls wissen wir, dass er Dienstagmorgen *hier* war. Und dass er an beiden Tatorten Spuren hinterlassen hat.«

»Nein, Sir. Das wissen wir nicht.« Amy holte tief Luft. »Meine Sorge ist, dass wir überstürzt vorgehen, anstatt uns die Zeit zu nehmen, alles denkbare Beweismaterial zu überprüfen.«

Er atmete demonstrativ aus.

»Und was ist, wenn die Verteidigung mit den Zahlen kommt, die man ihr in die Hand geritzt hat?«, fuhr sie fort. »Was sagen Sie dann? Was bedeuten diese Zahlen?«

»Wer weiß?« Amy sah ihm an, dass er langsam ungeduldig wurde. »Eine Charakterstudie von Jackson Pynne lässt darauf schließen, dass er ein ziemlich sonderbarer Kerl ist. In einer Minute großmütig und in der nächsten jähzornig und von Wahnvorstellungen getrieben. Und natürlich lassen sich die Beweggründe eines Mörders nicht immer logisch und eindeutig erklären. Das muss ich Ihnen ja wohl nicht sagen.«

Amy nickte, als sie begriff, dass er ihr soeben seine weitere Anklagestrategie vor Augen geführt hatte: Man würde Jackson Pynne für seine eigenwillige Persönlichkeit vor Gericht stellen – seine Unbeherrschtheit, seine Besessenheit, seine Anflüge von Größenwahn.

»Und die drei anderen Fälle?«

»Spielen in diesem Zusammenhang keine Rolle«, erwiderte Stamps. »Das Beweismaterial genügt einfach nicht, um eine Verbindung herzustellen.« Er spreizte die Finger. »Obwohl es sich bei dem Wachsmuseum herausgestellt hat, dass Pynne eine Verbindung zu dieser Gegend von Delaware hat, oder? Er hat nur einen Ort weiter gewohnt.« Amy nickte. Ihr war nicht klar gewesen, dass er das wusste. »Aber was die anderen Fälle betrifft, die sind so eine Art Büchse der Pandora – und im Moment ist es besser, die nicht zu öffnen.«

»Aber was sagen Sie, wenn die Verteidigung die Zahlen in ihrer Hand aufs Tapet bringt? Was, wenn es ihr gelingt, sie mit den anderen Fällen in Verbindung zu bringen?«

Zuerst antwortete Stamps nicht. Sie hatte wahrscheinlich gerade ihr bestes Argument vorgebracht. Die Reaktion des Staatsanwalts sah jedoch anders aus, als sie es erwartet hatte: Anstatt in eine Diskussion mit ihr einzusteigen, lehnte er sich mit gelangweiltem Blick zurück.

»Ich weiß nicht. Ein Ablenkungsmanöver? Das haben wir doch von Anfang an geglaubt.«

»Aber warum?«

Er tat den Einwand mit einem schiefen Lächeln ab.

»Was, wenn sie das zum Thema machen? Fünf-eins-null. Was bedeutet das? Was bedeuten diese Zahlen?«

»Ein Datum? Vielleicht der zehnte Mai?« Amy war überrascht, wie schnell er mit dieser Erklärung kam. »Ich würde mutmaßen, dass fünf/zehn ein Datum bezeichnet, das für die beiden von Bedeutung ist. Vielleicht wollten sie am 10. Mai zusammen abhauen. Vielleicht wollten sie heiraten. Wer weiß? Aber ehrlich gesagt gehe ich nicht davon aus, dass man viel Aufhebens um diese Zahlen machen wird. Selbst, wenn es Zahlen wären.«

»*Wenn* es Zahlen wären?«

»*Wenn* es welche wären.«

»Na schön.« Amy holte tief Luft. Sie beugte sich über den Schreibtisch. »Dann will ich Ihnen sagen, warum Sie meiner Meinung nach einen Fehler begehen, wenn Sie so weitermachen, Sir. Sie sind sich sicher bewusst, dass dieser Fall möglicherweise nationale Aufmerksamkeit auf sich ziehen wird. Wenn Sie jetzt gegen Pynne Anklage erheben, dann ignorieren Sie zusätzliches Beweismaterial aus drei weiteren Mordfällen, die, so glaube ich, dem Fall Kwan Park eine neue Wendung geben werden – was für diese Dienststelle letzten Endes peinlich sein könnte. Ich denke, wir werden Beweise dafür finden, dass alle vier Verbrechen zusammenhängen und dass Jackson Pynne kein einziges davon begangen haben kann. Unsere Ermittlungen in andere Richtungen sind noch längst nicht abgeschlossen, Sir. Und bei allem gebotenen Respekt, ich halte es für verantwortungslos, das Verfahren zu eröffnen, bevor es so weit ist.«

Amy war jetzt voll in Fahrt. Aber sie sah Stamps an, dass er ein Gähnen unterdrückte. Sie begriff, was hier gespielt wurde. Er wollte unbedingt Anklage erheben und die Sache hinter sich bringen. Das Ganze sollte erledigt sein, bevor das Wetter umschlug und die Tore sich für die sommerliche Touristensaison öffneten. Und er wusste, dass ihm das höchstwahrscheinlich auch gelingen würde.

»Und worauf gründet sich diese Einschätzung?« Als sie nicht sofort antwortete, hob er die Rechte. »Sie müssen nicht antworten. Ich weiß, worauf sie sich gründet. Auf die Psalmen. Sie glauben, dass es um die Psalmen geht.« Er sah sie scharf an. »Stimmt das?«

Amy nickte unwillig. »Ja«, sagte sie. Aber wer hatte ihm das gesteckt? Crowe? Shipman? Oder hatte einer der Detectives in den anderen Bundesstaaten sich die Sache zusammengereimt und mit ihm geredet oder mit Clinton Fogg, Stamps' Ermittler?

»Aber das ist nicht mein Fall«, fuhr er mit einstudiertem Lächeln fort. »Das habe ich nicht nachzuweisen. Ich will ein ganz bestimmtes Verbrechen nachweisen, das sich innerhalb der Grenzen des Countys abgespielt hat, und zwar auf Grundlage des vorhandenen Beweismaterials. Punkt. Und ganz ehrlich«, fügte er hinzu. »Ich glaube nicht an diese Psalmen-Theorie. Ich habe mir alle vier Fälle sehr genau angesehen, und offen gesagt halte ich sie einfach nicht für tragfähig. Das mit der Uhr und mit der Tätowierung … Ich bin nicht davon überzeugt, dass die überhaupt etwas bedeuten. Und die Zahlen auf der Scheibe? Wer weiß? Für mich klingt das, als würde man eine Beatles-Platte rückwärts abspielen und dabei einen Hinweis auf Johns Tod finden.«

Amy schwieg. Woher kannte er all diese Einzelheiten? Das war der Fall gewesen, den *sie* ihm hatte vorlegen wollen. Der Fall, von dem er nichts hören wollte.

»Aber abgesehen davon«, fuhr er fort, »handelt es sich um ganz verschiedene Verbrechen. Wie Sie sehr wohl wissen, ist nichts Ungewöhnliches dabei, wenn jemand in einem Bundesstaat wegen Mordes angeklagt wird und man später herausfindet, dass er auch in einem anderen jemanden umgebracht hat.

Kein Fall ist perfekt, Sergeant. Wäre es mir lieber, Videomaterial, DNA im Pick-up und Augenzeugen zu haben? Aber natürlich. Trotzdem glaube ich, dass wir mehr als genug Beweislast beisammenhaben, und nur darauf kommt es an.« Er setzte sein kompromissbereites Gesicht auf. »Aber wenn Sie mir einen guten, klar umrissenen Grund nennen, nicht Anklage zu erheben, einen anderen als diese etwas verworrene Verschwörungstheorie – einen Hinweis, den ich bislang übersehen habe –, dann höre ich natürlich zu.«

Amy stiegen Tränen hilfloser Wut in die Augen. Aber gleichzeitig ahnte sie, dass er noch etwas in der Hinterhand hielt – ein Ass im Ärmel, von dem er ihr nichts erzählte. Sein ganzes Verhalten war einfach zu gelassen.

»Können Sie mir vierundzwanzig Stunden geben?«

Zuerst reagierte Stamps nicht. Aber sein Schweigen verriet ihr, dass er sich darauf einlassen würde. Amy war in der Absicht hereingekommen, achtundvierzig Stunden herauszuschlagen, aber jetzt war ihr klar, dass das zu viel verlangt gewesen wäre. »Bis morgen am späten Nachmittag?«

Er schürzte leicht die Lippen und warf einen Blick auf die Uhr. Er war ein hervorragender Vermittler, der sich wünschte, dass möglichst alle zufrieden waren. Dafür hatte Amy Verständnis. Entgegen den Behauptungen des Sheriffs ging es ihr nicht um ihr persönliches Renommee; und entgegen dem, was Calvert nahegelegt hatte, versuchte sie auch nicht, die alte Garde abzuservieren. Es ging ihr nur um Gerechtigkeit, darum, herauszufinden, was geschehen war. Wer Kwan Park getötet hatte.

»Na schön«, sagte er. »Das ist vertretbar. Dann also morgen Nachmittag um fünf.«

Zehn Kilometer entfernt, in dem Haus am Jimmy Creek, saß Gil Rankin in der nachmittäglichen Düsternis und wartete auf eine Nachricht von Kirby Moss. Pynne war nun in Polizeigewahrsam. Kein Wunschverlauf für Pynne. Aber immerhin eröffnete ihnen das eine Gelegenheit. Wenn man Anklage gegen Pynne erhob, dann würde es eine Anklageverlesung im Gerichtsgebäude geben; und wenn nicht, würde man ihn gehen lassen. So oder so würden sie nun irgendwie an ihn herankommen.

Es muss so schnell wie möglich passieren, hatte der Kunde zu ihm gesagt. *Andernfalls gefährdet Pynne die gesamte Unternehmung. Kümmere dich um Pynne, damit schließt sich die Tür, und wir können alle unserer Wege gehen.*

Das Geschehene betrübt mich sehr, Gilbert. Das weißt du. Aber so steht es geschrieben. Wir haben keine Wahl. Sie haben die gerechte Frucht ihrer Illoyalität geerntet. Das verstehst du doch.

Rankin wusste nicht alles über die »gesamte Unternehmung«, aber er wusste genug. Er hatte die Geschichten über gewaltige »Steuerrückzahlungen« zugunsten verschiedener Wohltätigkeitsorganisationen an der Ostküste gehört. Er hatte von den Multimillionen-Dollar-Lotteriegewinnen gelesen und wusste, dass der Kunde auch hinter einigen davon steckte. Rankin war Teil von etwas Größerem, aber er war nur ein kleiner Teil, den man im Dunkeln ließ. Das lag in der Natur seiner Abmachung mit dem Kunden.

Gewisse Dinge machten ihm allerdings langsam Sorgen. Das mit den Morden ging in Ordnung. Das war nun mal seine Arbeit. Aber die Verstümmelungen – abgeschnittene Lippen, gebrochene Knochen – und die Zahlen, die er an den Tatorten hinterlassen sollte, all das ergab für ihn keinen Sinn. Entweder stellte ihn der Kunde auf die Probe, oder er drehte langsam durch, wie es einige seiner Angestellten behauptet hatten. So oder so wusste Rankin, dass er selbst nichts dagegen tun konnte. Nicht das Geringste. Und deshalb musste er an etwas anderes denken.

Er holte das vertraute Foto von seiner Frau und seinen Söhnen aus der Brieftasche und legte es vor sich auf den Tisch. *Denk an all das Gute, Gil. An deine Zukunft.*

43

Der köstliche Duft von in Sherry gekochten Austern erfüllte das Haus, als Luke von seinen nachmittäglichen Besuchen im Memorial Hospital und im Hospiz von Tidewater heimkam. Aus der Küche drang leise klassische Musik, die er als Barockmusik erkannte. Vielleicht Bach oder Händel.

Charlotte und Sneakers waren allerdings nirgends zu sehen. Luke wusste, dass es dafür drei mögliche Erklärungen gab: entweder lief die Arbeit bei ihr heute großartig oder sie lief schlecht oder sie wollte ihn verführen.

Sobald er sie hörte, wusste er, dass es sich nicht um Möglichkeit drei handelte. Diesmal nicht.

»Ich bin hier«, rief sie aus dem Arbeitszimmer. »Ich komme gleich raus.«

»Lass dir Zeit«, sagte er.

Luke holte sich ein Chesapeake-Bier, die Marke der hiesigen Brauerei, aus dem Kühlschrank und ging ins Wohnzimmer. Er sah zum Fenster hinaus auf die Bucht, die von der Sonne orange eingefärbt war. Endlich kam Sneakers, um ihn zu begrüßen und sich seine Hals-, Kopf- und Bauchrubbeleinheiten abzuholen.

»Verdammt!«, sagte Charlotte zweimal hintereinander.

»Alles in Ordnung?«, rief Luke.

»Ach, Mist, ich habe gerade einen Teil von einer Datei verloren. *Verdammt* noch mal!«

Einen Moment lang blieben Luke und Sneakers in der Tür zu Charlottes Arbeitszimmer stehen. Aber er wusste nur zu gut, dass er besser nicht versuchte ihr zu helfen. Normalerweise war sie von wunderbar ausgeglichenem Gemüt. Aber gelegentlich trieb irgendein winziges Problemchen sie zur Weißglut. Luke hatte inzwischen gelernt, dass er darauf am besten reagierte, indem er sie in Ruhe ließ, bis sie allein damit fertig geworden war.

Luke ging auf die Terrasse hinaus und dachte über seinen Tag nach. Er empfand tiefe Dankbarkeit dafür, dass er Charlotte und Sneakers hatte, und für das Leben, das man ihm geschenkt hatte. Der Sonnenuntergang tauchte die Marschen in rötliches Licht, die Konturen traten schärfer hervor, und die Luft wurde kühler. Immer wieder dachte er an Jackson Pynne und fragte sich, was dem Mann wohl gerade durch den Kopf ginge.

Schließlich gesellte Charlotte sich mit einem Glas Wein in der Hand zu ihm. Der Wind frischte auf. Es waren noch fünf oder sechs Minuten bis Sonnenuntergang.

»Tut mir leid«, sagte sie und gab ihm einen Kuss. »Ich habe sie wiedergefunden.«

»Gut. Dann ist alles wieder in Butter?«

»Alles in Butter«, sagte sie und lehnte sich an ihn. »Außer, dass wir noch nicht gegessen haben.«

»Ich weiß. Aber wir können diesen Sonnenuntergang nicht verschwenden.«

»Stimmt.«

Ein paar Minuten später gingen sie mit Sneakers im Schlepptau zurück ins Haus, um zu Abend zu essen.

Während sie Austernsuppe und Maisbrot aßen, erzählte ihr Luke davon, wie er am Nachmittag Millie Blanchard im Hospiz besucht hatte. Und dann fragte Charlotte ihn zu seiner Überraschung nach Jackson Pynne, obwohl sie ihm das Versprechen abgenötigt hatte, nicht mehr über den Fall zu reden.

»Nach dem, was ich gehört habe«, sagte sie, »wird man Jackson in ein oder zwei Tagen des Mordes anklagen. Und anscheinend wissen die Leute jetzt auch über die Zahlen in Kwan Parks Hand Bescheid.«

»Ja, ja«, sagte Luke. »Aber eigentlich wollten wir doch nicht mehr über den Fall reden?«

»Ja, da hast du recht.«

»Was hast du denn sonst noch gehört?«

Ein verschmitztes Lächeln trat auf Charlottes Gesicht. »Meine Freundin Claire von der Tierschutzgesellschaft hat gesagt: ›Fähig ist er zu so etwas.‹ Aber ist das nicht jeder?«

»Zu so etwas fähig? Manche mehr, manche weniger, würde ich sagen.«

»Sie sagen, dass er vielleicht auch für die anderen Morde verantwortlich ist«, sagte Charlotte.

»Das behaupten sie vielleicht«, erwiderte Luke, »aber stimmen tut es nicht.« Er fragte sich, ob Amy Hunter schon von diesen neuen Gerüchten wusste.

Die Sonne war inzwischen untergegangen, und er sah die Lichter des Hafens und der Krabbenhäuser hell über die Bucht leuchten.

Als sie aufgegessen hatte, räumte Luke den Tisch ab. Dann füllte er ihnen zum Nachtisch Eis mit Schokosplittern in Dessertschalen.

»Wie können die ihn überhaupt dabehalten?«, fragte Charlotte. »Heißt es in Krimiserien nicht immer, dass man niemanden länger als vierundzwanzig Stunden festhalten darf? Oder waren es achtundvierzig?«

»Er will gar nicht gehen«, sagte Luke. »Und niemand hat es eilig, ihn rauszuwerfen. Er sagt, wenn er das Gefängnis verließe, würde er es nicht mal bis über die Grenze schaffen.«

»Wie theatralisch.«

»Ja, ich weiß. Er will nicht raus. Er will, dass die Polizei den Fall löst, während er wartet.«

Der Ausdruck in Charlottes blassblauen Augen wurde sanfter. »Du möchtest ihm helfen, nicht wahr?«

»Ich wünschte, ich könnte es. Er tut mir leid. Ich glaube, er hat diese Frau wirklich geliebt.«

»Kwan Park?«

»Ja. Ich glaube, für ihn war es eine echte Liebesgeschichte. Er wollte ein gemeinsames Leben mit ihr anfangen. Er hat fest damit gerechnet.«

»Trotz des Altersunterschieds?«

»Trotz allem«, sagte Luke. »Dass es so unmöglich war, gehörte gerade dazu. Das hat für Jackson den Reiz ausgemacht. So ist er. Für ihn war das etwas Echtes, eine wahre Liebesgeschichte. Und dann hat man ihm all das entrissen. Und jetzt kommt noch hinzu, dass man ihn des Mordes an ihr anklagt. Ja, ich habe wirklich Mitleid mit ihm.«

Sneakers hob unvermittelt und ohne erkennbaren Grund den Kopf. Er gab sein dumpfes Knurren von sich und ließ den Kopf dann wieder zu Boden sinken.

Kurz darauf wurde Luke klar, was Sneakers gehört hatte: Im Wohnzimmer brummte sein Handy.

»Wer das wohl ist?«

Er konnte nicht mehr rechtzeitig abheben, sah aber, dass der Anruf aus der Vollzugsanstalt Tidewater gekommen war. Was nur eines bedeuten konnte: Jackson Pynne wollte mit ihm reden.

Teil 3

Der Frevler

»Siehe, ich habe vor dir eine Tür aufgetan,
und niemand kann sie zuschließen.«
Offenbarung Johannes, 3:8

»Der Jäger verfängt sich in seiner eigenen Schlinge,
wie der große Psalmist sagt.«
Bram Stoker, *Dracula*

44

»Amy Hunter.«

Es war Crowe, der aus Washington anrief. »Hast du schon das Neueste gehört? Die Nachrichtenagentur sagt, dass es eine Verbindung zwischen dem Fall in Tidewater und dem in West Virginia gibt.«

»Ich habe es gerade gesehen, ja.«

»Was meinst du, wo die das herhaben?«

»Keine Ahnung.«

Er verfiel für einige Sekunden in Schweigen. »Wenn das in dem Tempo weitergeht, dann haben sie in ein oder zwei Tagen auch die Sache mit den Psalmen.«

»Wie kommst du darauf?«

»Darum. Nach allem, was ich gehört habe, weiß inzwischen mehr als nur ein Reporter davon. *Du* redest doch nicht mit der Presse, oder?«

Amy antwortete nicht.

»Ich meine, auch nicht inoffiziell?«

Amy schwieg noch immer. Sie hatte den Verdacht, dass Dave Crowe heute schon einiges getrunken hatte und auf die fixe Idee gekommen war, dass sie absichtlich Informationen nach außen dringen ließ – vielleicht, um die örtlichen Ermittlungen zu behindern. Tatsächlich hatte sie sogar darüber nachgedacht, das zu tun, aber nicht besonders ernsthaft.

Während sie auf ihren Parkplatz beim Hafen fuhr, überlegte sie, ob sie einfach auflegen sollte. Im Wohnzimmerfenster sah sie Winstons eleganten Umriss. Der Kater wartete auf sein

Katzenfutter mit Thunfisch. Ein warmes Gefühl der Zuneigung breitete sich in Amys Bauch aus.

»Wie auch immer«, sagte Crowe, »die Detectives aus den anderen Bezirken, mit denen du geredet hast, lassen das tröpfchenweise an die Öffentlichkeit. Niemand legt ihnen einen Maulkorb an, und die Presse setzt das Puzzle langsam zusammen. Wie viel hast du ihnen gesagt?«

»Ich habe niemandem von den Psalmen erzählt«, sagte sie.

Dann schaltete sie den Motor ab. Sie beobachtete, wie die Schiffsmasten im frühen Abendnebel schwankten.

Crowe schnaubte. »Wir wollten nicht, dass die Geschichte herauskommt, Amy. Das wusstest du. *Deshalb* habe ich versucht, das alles lokal begrenzt zu halten.«

»Ja, das habe ich mir schon zusammengereimt.« Es war offensichtlich, was hier vorging. Crowe bekam Druck von oben, den Deckel auf der Sache zu halten, und jetzt ließ er das an ihr aus. »Hör mal«, sagte sie wütender, als sie es war. »Ich finde das gar nicht gut. Ich habe nicht mit der Presse geredet und würde das auch niemals tun. Ende der Diskussion. Alles *klar*?«

»Alles klar«, antwortete Crowe kleinlaut.

»Rufst du nur deshalb an?«

»Nein. Genau genommen rufe ich an, weil ich gehört habe, dass Stamps' Ermittler – Clint Fogg – nach Virginia gefahren und dort auf ein paar Dinge gestoßen ist, die die dortige State Police offenbar übersehen hat. Hast du davon gehört?«

Amy holte ihr Schlüsselbund hervor. »Nein, was meinst du?«

»Das weißt du noch nicht? Ich dachte, das müsstest du gehört haben.«

»Was hat man gefunden?«

»Anscheinend DNA, und noch mehr Fußabdrücke, die den Mord mit Jackson Pynne in Verbindung bringen.«

Deshalb machte der Staatsanwalt sich also keine Sorgen darüber, dass bei den anderen Fällen etwas ans Licht kommen könnte, was seiner Theorie widersprach? Falls dem so war, hatte er es ihr nicht mal gesagt. *Wenn man lügt, indem man etwas verschweigt, lügt man trotzdem.* Ihr Herz klopfte schneller, als sie ihre Wohnung betrat. Winston blickte auf und lief davon, um so zu tun, als hätte er nicht auf sie gewartet.

»Was für DNA? Wovon redest du?«

»Anscheinend von einer Getränkedose im Wald.«

Amy gab einen verächtlichen Laut von sich. »Ich muss Schluss machen«, sagte sie. »Wir reden später.«

Sie warf ihre Akten auf den Küchentisch, goss sich ein großes Glas Rotwein ein und trank. Dann löffelte sie Winston eine halbe Dose Thunfischfutter in den Napf. Während er sein Abendessen hinunterschlang, ließ sie sich im Wohnzimmer nieder und fing an, die Akten durchzublättern. Sie enthielten einen Haufen Zutaten, mit denen sich etwas kochen ließ, was einem lokalen Geschworenengericht munden würde, das wusste Amy. Die Theorie, dass es sich um einen Streit unter Liebenden gehandelt habe, ergab beinahe Sinn, abgesehen davon, dass man Kwan Park bizarrerweise nach ihrem Tod geschlagen hatte. Die Geschworenen – und auch die Einwohner von Tidewater – würden sich wahrscheinlich mit der Vorstellung anfreunden können, dass Jackson Pynne der Mörder war. Aber nicht mit der, dass er ein Serienkiller war, der Visitenkarten hinterließ. Sie musste also eindeutige Beweise dafür finden, dass der Täter tatsächlich ein Serienkiller war. Anscheinend war die Lösung also ganz einfach – aber es gab einen Unterschied zwischen einfach und leicht. Würde es etwas ändern, dass die Zeitung implizit eine Verbindung zwischen den Verbrechen in Tidewater und West Virginia hergestellt hatte? Würde das etwas an Stamps' Entschluss ändern, Anklage zu erheben? Wahrscheinlich nicht. Auch das war ihr klar.

Amy fragte sich, wer dem Reporter von dem Zusammenhang

erzählt hatte, und kam zu dem Schluss, dass es Alan Barker gewesen sein musste – »Barky«. Der Mordermittler aus West Virginia, den sie beim Abendessen im *Red Lobster* gestört hatte. Vielleicht hatte er sich total auf die Vorstellung versteift, an einem Serienkiller-Fall beteiligt zu sein – insbesondere an einem, der möglicherweise nationale Aufmerksamkeit erregen würde. Solche Ermittler hatte sie schon kennengelernt.

»Irgendwelche Ideen?«, fragte sie Winston, der sich auf dem Sofa an sie geschmiegt hatte. Sie tätschelte ihm den Kopf, worauf Winston eine laute, aber undeutbare Antwort gab.

Als das Telefon später am Abend klingelte, war Amy bereits bei ihrem dritten Glas Rotwein und starrte gerade aus dem Fenster. Winston schnarchte leise in einem seiner Katzenkörbe. Sie nahm ab, als sie Pastor Lukes Stimme auf ihrem Anrufbeantworter hörte.

»Hallo«, sagte er. Es war ihm immer noch unangenehm, sie Amy zu nennen, weshalb sie ihn ebenfalls weiter siezte. »Tut mir leid, Sie zu stören.«

»Aber nein, ich bin bei der Arbeit«, sagte Amy. Nach dem unangenehmen Gespräch mit Crowe war es schön, seine Stimme zu hören. »Ich muss an der Sache dranbleiben.«

»Vielleicht kann ich helfen. Ich habe eine Nachricht von Jackson Pynne erhalten«, sagte er. »Er ist bereit, mit Ihnen zu sprechen. Er *möchte* mit Ihnen sprechen. Ich habe natürlich nichts mehr mit der Sache zu tun. Aber ich habe versprochen, dass ich das weitergebe.«

»Großartig«, sagte sie. »Wann können wir reden?«

»Können Sie sich morgen früh mit ihm treffen? Um neun Uhr dreißig?«

Jackson Pynnes Welt war auf drei mal drei Meter zusammengeschrumpft. Nichts außer einem Bett, einer Toilette und einem Waschbecken daneben. Abgestandene Luft, die Geräusche menschlicher Verrichtungen. Es gab nichts mehr, woran er seine Wut auslassen konnte, keine Richtung, in die er sie lenken konnte. Zuerst hatte es an ihm genagt, in dieser Kiste festzusitzen, in dem Wissen, dass man ihn ausmanövriert hatte und ohne zu verstehen, wie. Einmal mehr hatte man ihm alles genommen, auf eine Art, mit der er niemals gerechnet hatte. Erst Kwan, jetzt seine Freiheit. Er wusste noch nicht einmal genau, wer *man* eigentlich war. Doch nach und nach begann er, die Umstände, in denen er sich befand, als andere Art von Freiheit zu begreifen – als umgekehrte Freiheit.

Jackson glaubte, dass er den Spieß umdrehen und denjenigen, die Kwan Park getötet hatten, eine Falle stellen konnte. Vielleicht würde er am Ende sogar irgendwie als der Gute dastehen. Als eine Art Held.

Und im Laufe dieser langen Nacht, in der er sich auf seinem Metallbett gewälzt und den Schlaflauten anderer Männer gelauscht hatte, war ihm eine neue Idee gekommen. Eine erlösende Idee. Sie spulte sich in scheinbar endlosen Variationen vor seinem inneren Auge ab, und jede davon ließ Hoffnung in ihm aufkeimen. Und schließlich, etwa zwei Stunden vor Tagesanbruch, ermöglichte diese Idee es ihm sogar, einzuschlafen.

45

Donnerstag, 23. März

Amy fuhr am Gerichtsgebäude, dem Gemischtwarenladen, dem 60er-Jahre-Filmpalast, dem *Blue Crab Diner*, *Holland's Family Restaurant*, dem Antiquitätengeschäft und der Baptistenkirche vorbei und dann zwischen die umliegenden Mais- und Sojabohnenfelder. Sie dachte darüber nach, was für Fragen sie Jackson Pynne stellen musste.

Eigentlich gab es nur zwei.

Der Anruf des Pastors gestern Abend war ein Geschenk des Himmels gewesen, ihre Chance, endlich herauszufinden, was Jackson Pynne über Kwan Parks Tod wusste. Und was wahrscheinlich noch wichtiger war, genau zu erfahren, wo er am Montag und am Dienstagmorgen gewesen war.

Sie wartete in dem kleinen Verhörraum mit den Betonwänden und las die Liste von Fragen, die sie sich bis lange nach Mitternacht aufgeschrieben hatte – wahrscheinlich mehr Fragen, als sie ihm stellen konnte. Luke Bowers hatte ihr davon abgeraten, zu viel Druck auf Pynne auszuüben. »Er muss zu seinen eigenen Bedingungen mit Ihnen reden können, sonst macht er dicht.« Diesmal würde man das Gespräch digital aufzeichnen. Was immer Pynne sagte, würde beim Prozess gegen ihn zu Beweismaterial werden. Oder vielleicht, so hoffte Amy, würde es auch zur Grundlage für einen Prozess gegen jemand anderen.

Er kam in Begleitung eines bewaffneten Aufsehers herein, gekleidet in einen orangefarbenen Overall und mit beschwingtem

Schritt, als freue er sich über etwas. Der Aufseher blieb an der Tür stehen. Um den Metalltisch herum standen vier Klappstühle.

»Guten Morgen, Mr Pynne«, sagte Amy.

Jackson wirkte überrascht, sobald er sie sah. Er schüttelte ihr die Hand und hielt sie dabei länger fest als erwartet, obwohl sein Griff erstaunlich schwach war. Ein schelmisches Lächeln umspielte seine Mundwinkel, während sie ihm die Rahmenbedingungen für das Gespräch erklärte. Forschend musterte er ihr Gesicht.

Amy war all das gewohnt. Er reagierte auf ihre äußere Erscheinung und ihr Alter. Sie fragte sich, was er erwartet hatte.

»In Ordnung?«, fragte sie. »Es wird also aufgezeichnet.«

Jackson Pynne nickte. Und dann fing er an, seine Geschichte zu erzählen, wobei er sie die ganze Zeit über ansah. Dann und wann hielt er inne, um eine Miene zu machen, die er wohl für besonders bedeutungsschwanger hielt. Amy nickte gelegentlich. Sie spürte, dass er beim Reden ein Stück weit eine Rolle spielte. Manchmal gestikulierte er übertrieben. Regelmäßig flocht er ein »wie Sie wissen« oder »wie ich bereits dem Pastor sagte« ein. Häufig erschien sein verschlagenes Lächeln genau dann auf seinem Gesicht, wenn er ihr in die Augen sah, doch anstatt sein Lächeln zu erwidern, nickte sie nur.

Die Geschichte endete mit seiner Rückkehr nach Tidewater County letzte Woche und seinem Gespräch mit Luke Bowers, »dem Einzigen, dem ich hier noch traue«.

Sobald er fertig war, sagte Amy: »Der Staatsanwalt möchte morgen früh wegen des Mordes an Kwan Park Anklage gegen Sie erheben. Was empfinden Sie bei dem Gedanken?«

Pynne sah sie aufmerksam an. Noch immer lag ein leises Lächeln auf seinem Gesicht.

»Sir?«

»Ich empfinde gar nichts dabei.«

»Aber Sie haben sie nicht getötet.«

»Das stimmt, das habe ich nicht.«

Er hob die Augenbrauen, als wolle er etwas sagen.

»Die Anklage wird folgende Theorie vorlegen«, sagte sie. »Sie haben sich am Sonntagabend oder Montagmorgen mit Kwan Park in Cincinnati getroffen. Von dort sind Sie zusammen nach Tidewater County gefahren, wollten aber noch weiter, wahrscheinlich irgendwo in Richtung Süden. In einem Häuschen am Oyster Creek wollten Sie übernachten. Sie haben sich gestritten. Die Sache ist eskaliert. Sie haben Kwan Park getötet. Dann haben Sie auf sie eingeschlagen. Am nächsten Morgen haben Sie sie in die Kirche gebracht.«

»Nein.«

»Nichts von alledem ist wahr?«

»Nichts. Ich war nie in Cincinnati. Oder am Oyster Creek. Ich war den ganzen Montag über in Washington, D.C. Das habe ich auch schon dem Pastor gesagt.«

»Na schön. Und die Anklage hat nichts in der Hand, um das Gegenteil zu beweisen. Aber können Sie beweisen, dass Sie dort *waren*? Wo genau haben Sie sich am Montag aufgehalten? Denken Sie über jede Straße nach, die Sie entlanggefahren sind, jedes Geschäft, das Sie betreten, jeden Anruf, den Sie getätigt haben, an jedes Gespräch. Fangen wir damit an, wie Sie morgens aufgewacht sind, und gehen den Tag durch. Wir müssen diesen Montag von vorn bis hinten abklopfen, nach Zeugen, Überwachungsvideos, Verkehrskameras. So können wir eine Vertagung herausschlagen, und auf die Art bekommen wir Sie frei. Alles klar?«

Der Pastor hatte ihr gesagt, dass Pynnes Aufmerksamkeitsspanne kurz sei, deshalb wollte sie so schnell wie möglich mit diesem Teil des Gesprächs beginnen. Jackson nahm sich Zeit, er redete gern mit ihr. Er gab ihr einen detaillierten Bericht über alles, was er am Montag getan hatte. Den ganzen Morgen über sei er in seiner Wohnung in der Vorstadt von Maryland gewesen, habe ferngesehen und gelesen. Kwan habe eigentlich kurz vor Mittag am Reagan National Airport ankommen sollen, sagte er. Er sei zu einer U-Bahn-Station gefahren, um sie dort zu treffen.

Doch Kwan sei nicht aufgetaucht. Sie sei nicht ans Telefon gegangen und habe ihm keine E-Mail geschickt. Er habe über eine Stunde gewartet und sei dann wieder nach Hause gefahren. Immer wieder habe er erfolglos versucht, sie zu erreichen. Und dann, um etwa halb neun, habe er die E-Mail bekommen, in der sie ihn darum gebeten habe, sich am nächsten Morgen um sieben vor der Methodistenkirche in Tidewater mit ihr zu treffen.

Amy wusste, dass sich dieser Hergang mittels Telefon- und E-Mail-Daten beweisen oder widerlegen lassen würde, aber sie brauchte handfestere Beweise, um ihn von der Anklagebank zu bekommen.

Jackson berichtete ihr, dass er am Dienstag vor Tagesanbruch aufgestanden und auf die andere Seite der Chesapeake Bay nach Tidewater County gefahren sei. Mit laufendem Motor habe er vor der Methodistenkirche gestanden, sei jedoch nicht hineingegangen. Er sei sich sicher gewesen, dass jemand ihn aufs Kreuz legen wollte. Die E-Mail habe nicht nach Kwan geklungen, und er habe gewusst, dass sie ihn angerufen hätte, wenn sie sich verspätet hätte. Aber zu jenem Zeitpunkt sei ihm noch nicht ansatzweise klar gewesen, was wirklich geschehen war. Erst am Mittwoch habe er in der Zeitung gelesen, dass man in der Kirche eine Tote gefunden habe.

Amy war sehr zufrieden mit diesem Ablauf. Er gab ihnen mehrere genaue Zeiten und Orte an die Hand, die sie überprüfen und durch ihre Computer jagen konnten. Allerdings ergab sein Verhalten nicht unbedingt Sinn.

»Warum sind Sie nicht zur Polizei gegangen?«, fragte sie.

Er schüttelte den Kopf.

»Mr Pynne?«

»Jackson«, erwiderte er. »Dafür gibt es viele Gründe.«

»Okay.« Sie bedeutete ihm mit einem Nicken, fortzufahren.

Doch Jackson schüttelte nur einmal mehr schweigend den Kopf. Amy warf einen Blick auf ihre Fragen. »Vor ein paar Wochen«, fuhr sie fort, »hat Mark Chandler Geldmittel von einem Firmen- auf ein Privatkonto überwiesen und sie anschließend auf vier verschiedene Privatkonten verteilt. Insgesamt mehr als sechs Millionen Dollar. Drei dieser Konten hat man eingefroren. Das vierte wurde am Montag leer geräumt, einen Tag vor Kwan Parks Tod. Hatten Sie und Kwan Park Zugriff auf dieses Konto?«

Er betrachtete seine Handrücken und ließ sich durch nichts anmerken, dass er ihre Frage gehört hatte.

»Sir? Hatten Sie Zugriff auf dieses Konto?«

»Jackson«, sagte er.

»Jackson.«

»Nein.«

»Wussten Sie davon?«

»Damit hatte ich nichts zu tun.«

»Aber *wussten* Sie davon?«

Langsam hob er den Blick, wobei er nur die Augen bewegte. »Ja, Kwan hat mir davon erzählt. Am Tag vor ihrem Verschwinden.«

»Na schön, was hat sie Ihnen erzählt?«

»Das, was Sie mir beschrieben haben.«

»Die Sache mit der Veruntreuung?«

»Ja.«

»Und was haben Sie davon gehalten?«

»Was ich davon hielt? Das ist etwa so, wie … wenn man eine

Brieftasche voller Geld auf der Straße findet. Gibt man sie ab oder behält man sie? Ich dachte, dass man ihre Loyalität prüfen wollte. Und sie dachte das auch. Sie haben uns eine Brieftasche voller Geld hingelegt, um zu sehen, was wir tun. Aber ich habe sie nicht genommen.«

»Was meinen Sie damit? Wer hat Ihnen diese Brieftasche voller Geld hingelegt?«

Er zuckte mit den Schultern.

»Ist das vielleicht der wahre Grund dafür, dass sie mit Ihrer Hilfe verschwinden wollte?«, fragte Amy. »Ging es um gestohlenes Geld?«

»Nein, meines Wissens nicht.«

»Sie sind sich also nicht sicher.«

Einen Moment lang waren seine Augen zornerfüllt, und Amy begriff, dass sie es möglicherweise zu weit getrieben hatte. Da war etwas Unterdrücktes in Jackson Pynne, das jederzeit zum Ausbruch kommen konnte.

»*Kannten* Sie Chandler?«, fragte sie. »Haben Sie sich nicht auch bereit erklärt, den anderen zu helfen?«

»Ich kannte die anderen nicht, aber Chandler bin ich einmal begegnet. Er war der Anwalt, der ins Büro gekommen ist, um die Läden zu kaufen. Er hat den Vertrag ausgehandelt. Die anderen? Nie gesehen. War Chandler der Tote in Virginia?«

»Ja.«

Er nickte.

Amy sagte: »Warum sollte jemand Kwan Park töten und Ihnen dann den Mord in die Schuhe schieben wollen? Das verstehe ich nicht.«

Pynne beugte sich leicht vor, die Ellbogen auf die Knie gestützt, die Hände ineinander verschränkt, und starrte angestrengt zu Boden. Er sagte kein Wort.

»Sie haben Pastor Bowers gestern erzählt, dass Sie nicht davon ausgehen, es lebend über die Grenze zu schaffen, falls Sie das Gefängnis verlassen. Wie kommen Sie darauf? Wer ist hinter Ihnen her?«

Jackson machte den Mund auf und wieder zu wie ein Fisch. Seine Augen schienen nun ganz damit beschäftigt zu sein, die Muster im Betonboden zu betrachten. Es kam ihm nicht mehr in den Sinn, mit ihr zu flirten.

»Außerdem haben Sie Pastor Bowers erzählt, dass diese Person oder diese Personen hinter Ihnen her sind, weil Sie etwas wissen. Nicht, weil Sie etwas getan haben, sondern weil Sie etwas wissen.«

»So ist es.«

»Dann hat diese Organisation also Angst, dass Sie Ihr Wissen über sie ausplaudern könnten.«

Er schüttelte beinahe unmerklich den Kopf.

»Ist es etwas, das Kwan Park Ihnen erzählt hat?«

Er zuckte mit den Schultern – *kann sein*.

»Erzählen Sie mir davon. Was hat Kwan Park Ihnen über diese Nummer erzählt?« Jackson räusperte sich und hustete, schwieg jedoch weiter. »Und warum ist sie damit nicht zur Polizei oder zum FBI gegangen?«

»Sie wollte erst aus der Sache raus, klar?«, sagte er. »Wir hatten das Gefühl, dass bereits jemand beim FBI gewesen war und den Leuten dort das eine oder andere erzählt hatte. Sie hat geglaubt, dass es Patterson war.«

»Sheila Patterson.«

»Ja. Und wir wissen alle, wie das ausgegangen ist.«

Mit einem Mal wurde Amy etwas klar. »Wie *ist* es denn ausgegangen?«

»Das wissen Sie doch. Sie sollte nicht darüber reden. Niemand sollte darüber reden. Darum ist die Sache den Bach runtergegangen.«

»Wie meinen Sie das? Inwiefern ist die Sache den Bach runtergegangen?«

Jackson atmete theatralisch aus. »So ist das nun mal – er findet solche Sachen raus. Ich weiß auch nicht, wie er es anstellt. Er war davon überzeugt, dass eine dieser vier Personen ihn hinterging. Vielleicht wusste er nicht genau, wer von ihnen, aber wahrscheinlich ging er davon aus, dass sie miteinander in Kontakt standen. Also hat er sie alle vier beseitigen lassen. Für ihn waren sie alle Verräter.«

»Sie meinen für Trumble.«

»Für Trumble, ja.«

Amy beschloss, etwas Neues auszuprobieren. »Sie haben also nicht die Psalmen verwendet, damit es nach Trumble aussieht?«, fragte sie.

Ein verständnisloser Ausdruck trat in Jacksons Gesicht.

»Sie wissen, dass Trumble vom Buch der Psalmen besessen ist, oder?«

Er sah sie eine ganze Weile an, ehe er schließlich sagte: »Was?«

Nein. Er weiß nichts von den Psalmen. Das sah sie ihm an. *Er hat nicht die geringste Ahnung.*

»Neulich haben Sie zu Pastor Bowers gesagt: ›weniger als nichts‹«, bemerkte sie. »Wo hatten Sie das her?«

Jackson blinzelte mehrmals schnell hintereinander, als spräche sie plötzlich eine fremde Sprache. »Wie bitte?«

»Sie sagten: ›Sie wiegen weniger als nichts.‹ Wo hatten Sie das her?«

»Ach so.« Ein gedankenverlorenes Lächeln trat auf sein Gesicht und verschwand sofort wieder. »Das hat Kwan immer gesagt. Sie hat diesen Sicherheitstyp zitiert. Den großen Kerl, der die letzten paar Wochen immer vorbeigekommen ist.«

»Was für ein großer Kerl? Wer war dieser ›Sicherheitstyp‹?«

»Der hat sich für die Firma um die Sicherheit gekümmert. Es gab zwei davon. Einer namens Kirby, sah seltsam aus, und einer namens Gilly, sein Boss.«

»War Gilly der Große?«

»Ja.« Er fummelte an seinen Fingernägeln herum und machte erneut die seltsamen, fischartigen Mundbewegungen. »Kein besonders angenehmer Bursche. Der ›Frevler‹. So hat Kwan ihn genannt. Ich glaube, sie meinte damit einfach, dass er ein brutaler Typ ist. Ich habe ihn nur einmal getroffen.«

»Wie lautet Gillys voller Name?«

»Weiß ich nicht.«

»Und Kirbys?«

Er schüttelte den Kopf. »Das kam nie zur Sprache. Sie sind einfach nur in den letzten paar Wochen vorbeigekommen. Vielleicht zwei- oder dreimal.«

»Zusammen?«

»Mal zusammen, mal allein. Wie es ihnen passte.«

»Und was wollten sie?«

»Nichts. Nur mal nach ihr sehen. Ihr Angst machen.«

Amy wartete. Sie spürte, dass noch mehr im Gange war.

Schließlich sagte Jackson: »Er hat Verbindungen hierher, müssen Sie wissen.«

»Wer?«

»Trumble.«

Amy wartete. Sie fragte sich, ob er nicht einfach nur das Thema wechseln wollte. »Was meinen Sie mit ›hier‹ – in Tidewater County?«

Er nickte. »Sehen Sie sich mal genau die Grundbucheinträge an, da finden Sie vielleicht was. Seine Firma hatte hier jedenfalls Grundbesitz – oder hat ihn noch immer.«

»Sie wollen damit sagen, dass Trumble hier in Tidewater County die Finger im Spiel hat?«

»Nein, ich sage, dass er eine Verbindung hierher hat.«

»Na schön.« Ihr war klar, dass er nicht weiter darauf eingehen würde.

»Wer hat diesen Mord begangen, Mr Pynne?«, fragte sie. »Was sagt Ihnen Ihr Instinkt?«

Nach einer ganzen Weile sagte er: »Unter uns?«

Amy nickte.

»Der Sicherheitsmann.«

»Gilly.«

»Ja.« Er sah sie bedächtig an. Sie überlegte angestrengt, an wen er sie erinnerte. An einen Prominenten. Einen Schauspieler vielleicht.

»Warum?«

»Weil er Trumbles Mann fürs Grobe war. Trumble selbst ist nicht gewalttätig, aber er braucht jemanden, der die Regeln durchsetzen kann. Trumbles Regeln. Er befolgt etwas, das er als ›höheres Gesetz‹ bezeichnet. Denjenigen, die für ihn arbeiten, erzählt er, dass sie Immunität vor den Gesetzen der Gesellschaft genössen – aber nicht vor dem höheren Gesetz. Und gegen Ende meinte er, Kwan im Auge behalten zu müssen. Weil er glaubte, dass sie dieses Gesetz auf die eine oder andere Art brach.« Er wandte sich ab, und sein Blick ging ins Leere. »Manchmal hat der Sicherheitstyp es zu weit getrieben, Leute vermöbelt, ein paar Frauen vergewaltigt. Das meinte Kwan.«

»Hat er Kwan vergewaltigt?«

Jackson hielt den Kopf seltsam schief und sah zu Boden. Er gab keine Antwort, was auch eine Antwort war.

»Wann hat er sie vergewaltigt?«, fragte Amy, die plötzlich einen Adrenalinschub bekam. »Wann und wo ist das passiert?«

»Er ist zu ihr nach Hause gegangen.« Tränen glitzerten in seinen Augen. »Drei oder vier Tage vor ihrem Verschwinden. Er ist einfach mitten in der Nacht aufgetaucht.«

»Und was ist dann passiert?«

»An dem Abend hatte sie frei. Sie ist um zwei oder drei zu Bett gegangen. Ich glaube, sie hatte schon über eine Stunde geschlafen, als er gekommen ist und an die Hintertür gehämmert hat. Sie ist aufgewacht. Er hat ihr gesagt, dass es nun so weit sei. Dass sie es nicht würde verhindern können. Dass sie zu viel geredet habe, nicht vorsichtig gewesen sei.«

»War das der wahre Grund dafür, dass sie aussteigen wollte?«

»M-hmm.« Er nickte kurz und schloss die Augen.

»Mit wem hat sie zu viel geredet? Mit Ihnen?«

»Vielleicht.«

»Geschah das auf Trumbles Anweisung?«

»Die Vergewaltigung? Nein. Der Rest wahrscheinlich schon. Ich bin mir sicher, dass Gilly sich das mit der Vergewaltigung selbst hat einfallen lassen. Aber es bewegte sich innerhalb des zulässigen Rahmens.«

»Zulässig?«

»Innerhalb der Organisation, ja.«

Zorn loderte in Amy auf – aber auch neue Entschlossenheit. »Wie ist dieser Trumble?«, fragte sie. »Was hat Kwan über ihn erzählt?«

»Nicht viel. Über das Thema hat sie nicht gern geredet. Im Prinzip hat sie nur gesagt, dass er unsichtbar ist.«

»Unbesiegbar?«

»Unsichtbar.« Er lächelte über das Missverständnis. »Er lebt unter ganz normalen Menschen. Das hat sie gesagt. Er ist der Mann, der einen im Supermarkt abkassiert, der einem im Kino die Eintrittskarten verkauft, der einem ein Imbiss-Sandwich zum Mittagessen macht.« Er hob den Blick und sah ihr wieder in die Augen. »Gilly ist ganz anders. Er hat sich ums Geschäft gekümmert. Sie meinte, dass er immer erst nach Einbruch der Dunkelheit arbeite. Riesenkerl. Eiskalter Blick.«

»Was glauben Sie, warum man Ihre DNA vor dem Häuschen am Oyster Creek gefunden hat?«

Er blinzelte, anscheinend überrascht. »Keine Ahnung. Ich war nicht dort. Ich habe Kwan geliebt«, fügte er hinzu. »Sie war eine gute Frau, eine Klasse für sich. Ein toller Mensch.«

Amy nickte. Sie glaubte ihm. Sie sah, dass er langsam unruhig wurde. Wahrscheinlich würde er das Gespräch gleich abbrechen. »Was gibt es sonst? Müssen Sie mir noch etwas sagen? Etwas, das wir wissen sollten?«

»Ja.« Er rieb sich die Hände. Irgendetwas veranlasste ihn zu einem Lächeln. »Eine Sache.«

»In Ordnung.«

»Wenn man mich rauslässt, dann arbeite ich mit Ihnen zusammen.«

»Ich dachte, Sie wollten nicht raus.«

»Solange *die* mich draußen haben wollten. Aber wenn *Sie* mich draußen haben wollen, arbeite ich mit Ihnen zusammen.«

»Na schön. In welcher Weise?«

»Als Köder. Ich bleibe, solange Sie wollen, im County. Packen Sie mich einfach irgendwo in ein Haus und lassen Sie mich vierundzwanzig Stunden am Tag überwachen. Ich garantiere Ihnen, dass diese Leute kommen werden, um mich zu holen. Und zwar ziemlich bald.«

»Warum sind Sie sich da so sicher?«

»Darum.« Sein Blick schweifte wieder in die Ferne. »So läuft das eben, okay? Wie ich schon sagte, sie glauben, dass ich das eine oder andere weiß. Und in ihrer Welt gilt es als Kapitalverbrechen, über gewisse Dinge zu viel zu wissen.«

»Gut.« Sie wechselten einen Blick. »Wir denken darüber nach, Mr Pynne«, sagte sie und stand auf.

»Jackson.«

»Jackson. Danke, dass Sie mit mir geredet haben.«

Während sie zwischen den Feldern hindurch zurückfuhr, hellte Amys Stimmung sich auf. Das Wichtigste hatte sie jetzt auf Band – wo er am Montag gewesen war und wer seiner Meinung nach die Mörder waren. Die State Police fertigte bereits eine elektronische Abschrift des Gesprächs auf Grundlage der Digitalaufzeichnung an, die ihr und Fischer vorliegen würde, sobald sie wieder beim Verwaltungskomplex war. Aus dem Auto rief sie Fisch an, um ihm zu sagen, wie es gelaufen war, und bat ihn darum, mit dem Sichten der Überwachungsvideos zu beginnen.

Sie hatten noch sechseinhalb Stunden, um den Staatsanwalt von seinem Kurs abzubringen.

46

Auf dem Weg zu ihrem Büro stieß die ganz in Gedanken versunkene Amy beinahe mit Wendell Stamps zusammen, der aus der Herrentoilette gerannt kam.

»Oh, Entschuldigung. Guten Morgen, Sergeant Hunter.« Er trat einen Schritt beiseite. Stamps benutzte nur selten die öffentlichen Toiletten; als Staatsanwalt hatte er das größte und schönste Büro des Gebäudes, samt Privattoilette.

»Guten Morgen, Sir.«

Er nickte übertrieben und wollte weitergehen, doch Amy sagte: »Ach, Sir? Ich habe gehört, dass Sie weiteres DNA-Material gefunden haben. In Virginia. Das Jackson Pynne belastet. Wollten Sie mir das auch noch mitteilen?«

Er runzelte die Stirn, als habe er keine Ahnung, wovon sie redete. »Ach so«, sagte er dann. »Hat Clint Fogg Ihnen das nicht erzählt?«

»Nein.«

»Liebe Güte, warum denn das nicht? Dann tut es *mir* leid.« Seine Miene war so undurchschaubar wie immer, nur in seinen Augen war eine Spur Belustigung zu erkennen, als wollte er sagen: *Sie sind am Zug.*

»Ich frage mich jetzt nur um so mehr, warum Sie immer noch auf lokaler Ebene Anklage erheben wollen, anstatt sich die anderen drei Fälle näher anzusehen.«

»Haben wir diese Unterhaltung nicht bereits gestern geführt?«

»So ähnlich.«

»Hören Sie, das, wovon Sie da reden, ist sehr kompliziert, Hunter. Ehrlich gesagt verarbeiten Geschworene Informationen einfach in anderer Weise. Ich kenne diese Gegend. Ich kenne die zuständigen Richter. Glauben Sie mir, ich habe im Blick, was funktioniert.«

»Ich verstehe«, sagte sie. »Also schaffen Sie sich den Fall auf möglichst schnelle und einfache Art vom Hals?«

Er lächelte knapp. Doch anstatt das Gespräch mit ihr wieder aufzunehmen, sah er auf die Uhr. Es war klar, was er damit sagen wollte: Sie hatte noch sechs Stunden und zwölf Minuten.

Amy holte sich ihr Exemplar des Transkripts bei einem Polizisten aus dem Innendienst ab und las es in ihrem Büro durch, während sie die Brote mit Schweizer Käse aß, die sie sich als Mittagessen eingepackt hatte. Mehrmals blickte sie auf, um das Foto von August Trumble aus den Polizeiakten zu betrachten, das neben dem Führerscheinfoto von Kwan Park an ihrer Pinnwand hing. Sie fragte sich, wie er wohl inzwischen aussah.

Schließlich rief Crowe an, gerade, als sie zu dem besonders interessanten Teil kam.

»Also«, sagte er, »wie viel hat er dir gegeben?«

»Wer?«

»Stamps.«

»Ach so. Vierundzwanzig Stunden.« Sie warf einen Blick auf die Uhr. »Von denen weniger als fünfeinhalb übrig sind. Ich habe heute Morgen mit Jackson Pynne gesprochen«, fügte sie hinzu. »Im Gefängnis. Dabei habe ich ein paar Sachen in Erfahrung gebracht, die du wohl auch wissen solltest. Aber dafür musst du mich voll an den Ermittlungen beteiligen.«

»Wir bearbeiten unseren Fall getrennt von deinem, Amy. Das sagte ich doch schon.«

»Ich weiß. Können wir den Quatsch jetzt vielleicht endlich

bleiben lassen? Ich muss wissen, was du mir sonst noch alles nicht erzählst. Und wir müssen zusammenarbeiten, um diesen Fall aufzuklären. Jackson war übrigens bereit, das Gespräch aufzeichnen zu lassen«, fügte sie hinzu. »Du kannst dir natürlich gerne die Abschrift ansehen.«

»Kannst du sie mir rübermailen?«

»Klar.«

Nachdem sie Crowe das Transkript geschickt hatte, wartete sie fünfundzwanzig Minuten und rief ihn erneut an. Zu ihrer Überraschung ging er ans Telefon.

»Was hältst du davon?«

»Interessant.«

Nach kurzem Warten sagte sie: »Wie dir wahrscheinlich aufgefallen ist, glaubt Jackson, dass Sheila Patterson vor ihrer Ermordung mit dem FBI geredet hat. Sie war die Frau, die wir im Wachsfigurenkabinett gefunden haben, stimmt's?« Crowe schwieg. »Dann war *sie* also deine Quelle über Trumble? Eine von deinen beiden ›Insidern‹? Ist es das, was dahintersteckt?«

Crowe schwieg weiter. Schließlich seufzte er nicht ein Mal, sondern zwei Mal.

»Hör mal«, sagte er. »Ich kann nicht über Sheila Patterson reden, okay?«

»Warum?«

»Darauf kann ich nicht näher eingehen.«

»Aber sie *war* deine Quelle.«

Nach einer peinlichen Stille sagte Crowe: »Ich will dir sagen, warum das eine delikate Angelegenheit ist.«

»Bitte.«

»Wir glauben, dass Trumble langsam begreift, was hier läuft, okay? Mit wem er es zu tun hat. Mit anderen Worten: Er hört was trapsen. Und wahrscheinlich weiß er, dass er für ziemlich lange hinter Gittern verschwindet, wenn wir ihn der Gründung einer kriminellen Vereinigung überführen. Wahrscheinlich für den Rest seines Lebens. Jedenfalls mehr als acht Monate.«

»Und?«

»Die Theorie lautet also, dass er seine Organisation aufgibt und dabei vielleicht ein paar Leute abservieren möchte. Leute, denen er nicht traut.« Genau die Theorie, die sie ihm neulich Abend nahegelegt hatte und die er zurückgewiesen hatte. »Okay? Insider, von denen er denkt, dass sie mit uns reden könnten, wenn wir ihnen dafür Straffreiheit gewähren.«

»Wie zum Beispiel Sheila Patterson.«

Crowe beachtete ihren Einwurf nicht. »Aber ehrlich gesagt glaube ich nicht, dass er diese Morde begeht, okay? Ich glaube, dass es jemand anders ist, der den Verdacht auf ihn lenken will.«

»Wer?«

»Da sind wir uns nicht sicher.«

»Aber wieso? Erklär mir mal, warum das jemand tun sollte.«

»Gern. Aber erst möchte ich dir ein Dokument geben, okay? Nur unter uns, damit du ein bisschen was über den Hintergrund erfährst. Und dann kannst du deine eigenen Schlüsse ziehen.«

»Alles klar«, sagte Amy.

»Wie wäre es, wenn ich in einer Stunde bei dir im Büro vorbeischaue? Ich bin sowieso in der Gegend. Um mich mit dem Staatsanwalt zu treffen. In einer Stunde?«

»In Ordnung.« Amy war nicht bewusst gewesen, dass er schon wieder aus Washington zurück war. »In einer Stunde.«

Sie ging eine Tür weiter zu Sonny Fischer, der wie üblich kerzengerade vor seinen Monitoren saß. Er hatte bereits die zuständigen Stellen in Virginia und Maryland um Aufzeichnungen von Überwachungskameras gebeten, die mit etwas Glück schon bald beweisen würden, dass Pynne am Montag allein in Washington, D.C., gewesen war und nicht bei Kwan Park.

»Noch nichts, nehme ich an?«

»Arbeite dran.«

»Gut.« Fischers Blick verharrte etwas länger bei ihr, als sei er erfreut, sie zu sehen. Was seltsam war, weil Fischer sich nur sehr selten darüber freute, irgendjemanden zu sehen. Im Gegensatz zu Ben Shipman war er nicht nur nicht besonders diplomatisch, ihm schien überhaupt nicht bewusst zu sein, dass es manchmal auf Diplomatie ankam. Für ihn spielte sie jedenfalls keine Rolle.

»Ich habe allerdings etwas anderes«, sagte er, als sie sich zum Gehen wandte.

»Ach?«

»Ship erzählt es dir später.«

»Wie geht es Ship?«, fragte sie. »Er hat sich gestern krankgemeldet und mich heute benachrichtigt, dass er sich verspäten würde. Gesehen habe ich ihn seitdem noch nicht.«

»Es geht ihm gut. Er wird in ein paar Minuten hier sein. Er hat an etwas gearbeitet.«

Fischer wandte sich wieder seinen Monitoren zu und beendete damit das Gespräch. Amy verstand. So war Sonny Fischer: Kühl, der kühlste Mann, den sie kannte, obwohl sie ihn eigentlich *nicht* kannte. Aber sie merkte ihm an, dass er auf seine Art aufgeregt war.

Wieder in ihrem Büro stellte Amy fest, dass Theresa Kincaid, die Reporterin von *Associated Press*, drei weitere Nachrichten hinterlassen hatte. Die ersten beiden ähnelten den vorherigen, und Amy ignorierte sie. Die dritte klang drängender: »Ich stehe gerade kurz vor einer Deadline und brauche dringend Ihre Meinung. Wenn Sie mich bitte vor drei zurückrufen könnten.«

Amy, die sich fragte, wie viel Kincaid wusste und woher, beschloss, mit ihr zu telefonieren, während sie auf Crowe und Shipman wartete.

Als Kincaid sich meldete, klang sie atemlos, aber froh über den Anruf. Amy hörte, wie sie in einem Notizbuch blätterte.

»Okay, zuerst einmal die Sache mit der Betenden. Kam es Ihnen tatsächlich so vor, als würde das Opfer des Kirchenmords beten? Ist das eine zutreffende Beschreibung?«

»Aber Sie haben das doch bereits so berichtet«, sagte Amy. »*Sie* haben sie als die ›Betende‹ bezeichnet.«

»Stimmt, aber ich möchte nur ganz sichergehen. Es verifizieren. Ist das eine zutreffende Beschreibung?«

»Ich denke schon.« Amy hörte das Klappern einer Tastatur. »Wer hat Ihnen das gesagt?«

»Eine Quelle.«

»Von der Polizei?«

Theresa Kincaid schnalzte mit der Zunge.

»Informationen bekommt man leichter, wenn sie in beide Richtungen fließen«, bemerkte Amy. »Ist es jemand hier in Tidewater County?«

»Hmmm.«

»Und was hat Ihnen der Sheriff noch so erzählt?«

Sie hörte, wie Kincaid die Hand über das Telefon legte und mit sich selbst redete oder vielleicht auch mit jemand anderem. Als sie wieder in den Hörer sprach, klang ihre Stimme tiefer und offiziöser. »Können Sie bestätigen, dass im Zusammenhang mit dem Tidewater-Fall in drei anderen Mordfällen ermittelt wird?«

»Im Vertrauen?«

»Okay.«

»Ja.«

Tastaturgeklapper. *Gut, dass sie das weiß*, dachte Amy. Aber woher hatte sie es?

»Alles klar. Und trifft es zu, dass Zahlen am Tatort hinterlassen wurden?«

Auch das überraschte – und erfreute – Amy. Aber woher kamen diese Informationen? *Davon* hatte ihr der Sheriff mit Sicherheit nichts erzählt.

»Können Sie mir etwas über die mögliche Bedeutung der Zahlen sagen?«, fragte die Reporterin. »Und wird der Kirchenmord als Teil einer Mordserie untersucht?«

In diesem Moment kam Dave Crowe in ihr Büro. Als er sie am Telefon sah, hielt er inne. Aber er ging nicht wieder hinaus. Sie lächelte ihn an und drehte ihm den Rücken zu. Der Duft von Handseife begleitete ihn.

»Nein«, sagte sie leiser, »dazu kann ich keinen Kommentar abgeben.«

»Zu welcher Frage?«

»Können wir später fortfahren?«, sagte Amy.

»In Ordnung. Noch eine Sache: Wird man wegen des Mordes in Tidewater County Anklage gegen Jackson Pynne erheben? Eine meiner Quellen behauptet das.«

Der Sheriff. Amy sah auf die Uhr. »Im Vertrauen?« Sie wurde noch leiser. »Ich hoffe, dass nicht.«

»Sie hoffen, dass nicht. Soll heißen?«

»Dass ich hoffe, dass nicht. Okay? Vielleicht reden wir später noch mal.«

Crowe warf einen schiefen Blick auf das Telefon, als Amy auflegte. »Jemand, den ich kenne?«

»Wahrscheinlich.«

Crowe grinste. Er setzte sich neben ihren Schreibtisch, streckte die Beine von sich und schlug die Hacken übereinander. Er hatte einen großen weißen Umschlag in der Hand.

»Okay«, sagte er und reichte ihr mit einem versöhnlichen Nicken den Umschlag. »Sind wir dann also Partner? Da ist es. Das hat uns eine unserer Quellen über die Trumble-Operation mitgeteilt.«

»Sheila Patterson«, sagte sie.

Crowe schüttelte den Kopf. »Ich werde dazu nichts sagen, Amy, also frag mich nicht noch mal, wer unsere Quelle ist. Alles klar? Sieh es dir einfach an.« Bevor sie den Umschlag öffnen konnte, fügte er hinzu: »Es gibt bei dieser Sache noch etwas, wovon du nichts weißt. Aber wenn du die Mitschrift liest, dann wird es dir klar werden. Im Laufe des letzten Jahres ist Trumble angeblich immer hinfälliger geworden. Er litt unter Verfolgungswahn, Gedächtnisstörungen, verhielt sich unberechenbar. Laut mehrerer Berichte befand er sich in einem Zustand ernsthaften geistigen Verfalls. Oder er machte zumindest den Eindruck. Vielleicht tut er nur so, das wissen wir nicht. Aber wir glauben, dass vielleicht jemand eine Gelegenheit darin gesehen hat.« Er stand auf und wandte sich zum Gehen. »Jemand wie Jackson Pynne oder Kwan Park. Alles klar? Wie dem auch sei, sieh es dir an. Sag mir, was du davon hältst.«

Amy öffnete den Umschlag, sobald Dave Crowe gegangen war. Darin fand sie ein dreiundzwanzigseitiges Dokument, bei dem es sich um eine teilweise Mitschrift von drei Gesprächen mit einer Quelle handelte, die nur als »Person A« bezeichnet wurde. Person A war August Trumbles früherer »Geschäftsführer« gewesen, las Amy. Er oder sie hatte sich bei drei verschiedenen Gelegenheiten in einem Hotelzimmer in North Virginia mit einem FBI-Agenten getroffen, um über Trumbles Organisation zu reden. Amy überflog das Transkript, blätterte dann zurück zur ersten Seite und las es aufmerksam.

Der Text zeichnete das Bild einer Person, die in den Schlund von Trumbles Organisation gezogen worden war und nicht wusste, wie sie wieder herauskommen sollte. Die in einem »Multimillionen-Dollar-Haus« wohnte, aber ein »elendes« Leben lebte. Mehrere Passagen des Gesprächs erregten Amys besonderes Interesse, sodass sie sie noch einmal las.

Eigentlich ist es wohl schrittweise passiert … Ich hatte eine kleine Buchhaltungsfirma in Pennsylvania. Im Jahr zuvor hatte man uns einer Steuerprüfung unterzogen, ich hatte also meine Probleme mit dem Finanzamt … Jemand, der sich als Steuerprüfer ausgab, setzte sich mit mir in Verbindung, doch es stellte sich heraus, dass er in Wirklichkeit von dieser Gruppe war … Inzwischen weiß ich, dass sie so neue Leute rekrutieren. Sie halten nach einer bestimmten Art von Leuten Ausschau, wahrscheinlich nach welchen, die auf eine bestimmte Art verwundbar sind. Probleme mit der Regierung haben …

Er hat dann angefangen, mir Dinge zu schenken, und langsam habe ich mich daran gewöhnt. So läuft das. Als ich begriff, was wirklich vorging, steckte ich schon zu tief drin …

Zuerst habe ich direkt für ihn gearbeitet. Dann weniger direkt. Die letzten anderthalb Jahre habe ich für diesen anderen Mann gearbeitet … für Mark Chandler, der im Prinzip meine Aufgaben übernahm … Ich hatte den Eindruck, dass er sozusagen die Nummer zwei in der Organisation war …

Wie Trumble war? Schlau, aber ein Manipulator. Zuerst hielt ich ihn für so eine Art Genie. Alle dachten das. Er hat so etwas an sich, in seinem Blick, der Art, wie er einen ansieht, das einen nicht loslässt. Und manches von dem, was er sagt, setzt sich einem im Kopf fest, sodass man es nicht mehr herausbekommt. Man sieht die Welt plötzlich mit anderen Augen. Man sieht die Behörden mit anderen Augen. Es war seltsam, geradezu unheimlich …

Irgendwann habe ich mich mit der ganzen Sache einfach sehr unwohl gefühlt … denn sobald man bis zu einem gewissen Grad dabei ist, kann man ihm nicht einfach wieder den Rücken kehren. Das ist es ja gerade. Man musste ein bestimmtes Verhalten an den Tag legen, Vertraulichkeitserklärungen unterschreiben, durfte keinen Kontakt zu seiner Familie haben … Und natürlich waren die meisten Leute, die für ihn arbeiteten, Frauen. Ich glaube, es hat ihm gefallen, in dieser Weise Macht über Frauen auszuüben. Für mich sah die Hälfte von denen aus wie Playboy-*Häschen aus den 60ern … aber sie waren intelligent. Er schaffte es, sich immer Frauen mit guter Arbeitsmoral auszusuchen … Andererseits hatte ich aber das Gefühl, dass er tief im Innern einfach nur normal sein wollte …*

Was alle wussten, aber niemand sagte, war meiner Meinung nach, dass man nicht einfach wieder aufhören konnte. Manche Leute verschwanden, und man durfte nicht nach ihnen fragen und nicht einmal ihre Namen erwähnen oder so … Einmal habe ich es trotzdem gemacht. Da war diese Frau namens Beth-Anne Childester. Ich hatte mit ihr zusammengearbeitet, und wir haben uns ein Stück weit angefreundet. Ich weiß immer noch nicht, was wirklich passiert ist … aber ich weiß, dass er diese Sicherheitsleute hat. Und manche von denen sind, also, ziemlich gruselig … Ich hatte immer den Eindruck, dass sie in gewisser Weise seine andere Seite repräsentieren. Wie so eine Art anderes Ich.

Ja, inzwischen haben sie einige Büros dichtgemacht. Und Gerüchte machen die Runde, dass er die meiste Zeit völlig neben sich steht, paranoid ist, Leuten Dinge vorwirft, die sie nie getan haben … Es gibt viele Gerüchte. Ich habe ihn im letzten Jahr zwar nicht ein einziges Mal gesehen, aber man hört so einiges …

Als Amy einen Schatten bemerkte, blickte sie auf und sah Ben Shipman. Er stand mit einer Akte in der Hand in ihrer Tür.

47

»He, hast du ein paar Minuten?«

»Klar.« Sie schob das Transkript in den Umschlag zurück. »Wie geht's?«

»Wie es mir geht?«, erwiderte er, als wüsste er nicht, wovon sie sprach.

»Bitte, komm rein.«

Ship durchquerte auf seine liebenswerte, leicht tollpatschige Art ihr Büro. Dann blieb er vor ihrem Schreibtisch stehen, die Füße schulterbreit auseinander, wie ein Schüler, der ein Gedicht aufsagen soll.

»Ich weiß, dass du mir ein bisschen aus dem Weg gegangen bist«, fing er an. »Und ich kann dir keinen Vorwurf daraus machen.«

Amy runzelte die Stirn. Das begriff sie nicht. Die letzten beiden Tage war Ship nicht da gewesen – am ersten hatte er sich krankgemeldet, am zweiten von zu Hause aus gearbeitet. »Nein«, sagte sie, »ich hatte nur zu tun.«

»Und ich kann mir vorstellen, was du denkst.« Seine Augenlider flatterten. »Deshalb wollte ich nur sagen, dass es mir leidtut.«

»Was tut dir leid?« Sie warf einen Blick auf die Uhr.

»*Ich* habe dem Sheriff und dem Staatsanwalt von der Sache mit den Psalmen erzählt.« Shipman errötete, was seine Sommersprossen hervorhob. »Es tut mir leid. Ich habe ihnen Hintergrundinformationen über unsere Ermittlungen gegeben. Und ihnen die Gesprächsaufzeichnungen gezeigt.«

Amy war völlig überrumpelt. »Warum?«

»Sie haben mich danach gefragt.« Er schlug die Augen nieder. »Ich hätte es dir erzählen sollen. Aber der Sheriff wollte wohl irgendwie, dass ich nicht darüber rede. Ich wollte es dir trotzdem erzählen, aber irgendwie war es nie der richtige Zeitpunkt.«

Sie nickte. *Er hält immer noch treu zur alten Garde.* Das war in Ordnung. Genau genommen rührte es sie sogar ein bisschen, dass er es sich so zu Herzen nahm. »Warum sagst du es mir jetzt?«

»Wahrscheinlich, weil ich ein schlechtes Gewissen habe.«

»In Ordnung. Danke«, sagte sie.

Sein Gesichtsausdruck veränderte sich. »Da ist noch etwas anderes«, sagte er, und Amy begriff, dass der eigentliche Grund seines Kommens die Akte in seiner Hand war. »Ich habe in den letzten beiden Tagen noch mal das Beweismaterial durchgesehen. Das vom Anfang unserer Ermittlungen. Und ich habe ein paar Sachen gefunden – genau genommen ziemlich wichtige Sachen –, die wir übersehen haben. Was mich zu der Annahme veranlasst, dass der Sheriff – oder jemand anderes – sich am Beweismaterial zu schaffen gemacht hat.«

Sie deutete mit dem Kopf auf den Stuhl. Shipman blieb stehen.

»Erinnerst du dich, wie wir darüber geredet haben, ob der Sheriff wohl Beweise fälschen würde?«

Sie nickte. Shipmans Miene war entschlossen. »Ich glaube nicht, dass es um gefälschte Beweise geht. Ich glaube, es geht um unterschlagene Beweise. Hier …« Er öffnete die Mappe und zog einen unordentlichen Stapel Papiere daraus hervor. Er legte sie nebeneinander vor ihr hin wie Patiencekarten, mit einem für ihn untypischen Ordnungssinn. »Das ist der Bericht über biologische und Gewebespuren, den man dir letzten Dienstag übermittelt hat. Und das hier sind die vorläufigen Beweisaufnahmeprotokolle der Polizeitechniker in der Kirche. Sie passen nicht ganz zusammen.«

Amy betrachtete die Papiere und fragte sich, worauf er hinauswollte. Die vorläufigen Protokolle hatte sie tatsächlich noch nicht gesehen, sondern nur das, was es in den Bericht über das Beweismaterial geschafft hatte. So gingen State Police und Lokalpolizei bei Tatorten innerhalb der Landesgrenzen vor, obwohl man das Gesetz für Mordfälle inzwischen geändert hatte. »Es gibt drei Abweichungen«, sagte Ship. »Es gab eine kleine Menge DNA an Kwan Parks Körper und ein paar Haarsträhnen auf ihrer Kleidung, die nicht im Bericht auftauchen. Und außerdem gab es im Häuschen am Oyster Creek Fingerabdrücke.«

»Warum hat man das nicht in den Bericht aufgenommen?«

Shipman zuckte mit den Schultern. »Das übliche Vorgehen. Die Spurensicherung der State Police arbeitet bei der Erstellung des Berichts seit jeher mit dem Sheriff zusammen. So läuft das eben. In diesem Fall sieht es danach aus, als hätten sie bestimmte Beweisstücke einfach nicht eingetragen. Als wir für unser Treffen in der Penn Street die erste Runde Beweismaterial eingebracht haben«, sagte er, womit er sich auf die Gerichtsmedizin in Baltimore bezog, »wurden die DNA und die Haare aus irgendeinem Grund ausgelassen. Und die Fingerabdrücke wurden überhaupt nicht protokolliert. Von denen habe ich nur durch einen Kriminaltechniker erfahren, der vor Ort war.«

»Warum?«, fragte Amy.

»Bezüglich der Fingerabdrücke wird man wohl behaupten, dass sie für die Ermittlungen unerheblich sind. In dem Häuschen waren schließlich Hunderte von Leuten, nicht? Die für diese Ermittlungen alle ohne Bedeutung sind.«

»Was wahrscheinlich stimmt.«

»Ja, nur, dass die Fingerabdrücke in diesem Fall sehr wohl von Bedeutung sind«, sagte Ship. »Wir haben sie überprüfen lassen und einen Treffer in der nationalen Datenbank erzielt. Bei der DNA und den Haaren warten wir noch.«

»Tatsächlich?«

»Ja. Die Fingerabdrücke am Oyster Creek gehören einem Mann namens Kirby Moss.«

Er begann, lose Blätter aus seiner Mappe zu ziehen, und legte sie vor Amy übereinander, ehe sie Gelegenheit hatte, sie sich näher anzusehen. »Vor dreizehn Jahren hat man Kirby Moss in Connecticut wegen Angriffs mit einer gefährlichen Waffe und versuchten Totschlags festgenommen. Beide Anklagen wurden aus Mangel an Beweisen fallen gelassen. Das Interessante daran: In Jackson Pynnes Stadthaus hat man ebenfalls einen passenden Fingerabdruck gefunden, und zwar in einem der Stiefel.«

»Einen Fingerabdruck von Kirby Moss?«

»Genau.«

»Heiliger Bimbam«, sagte Amy. »*Das* ist allerdings interessant.«

Kirby. Das war einer der Namen, die Jackson Pynne erwähnt hatte. Einer der »Sicherheitstypen«.

Shipman sah sie erwartungsvoll an.

»Und du sagst, die Haare und DNA hat man nicht ins Beweisprotokoll aufgenommen, das an die Einsatzgruppe weitergegeben wurde?«, fragte Amy.

»Jau.«

Sie spielte die Sache im Kopf weiter durch und überlegte, ob man dem Sheriff dafür Behinderung der Ermittlungen vorwerfen konnte oder ob es ihn einfach nur als unfähig erscheinen lassen würde.

»Und ich habe noch mehr über Kirby Moss herausgefunden«, fügte Ship hinzu und reichte ihr den letzten, zusammengehefteten Papierstapel.

Amy bedeutete Ship, dass er sich setzen sollte. Diesmal tat er es. Sie lehnte sich zurück und blätterte einige Minuten lang in dem Schriftstück. Ihr wurde klar, dass Fischer Shipman geholfen haben musste, und zwar mehr als nur ein bisschen.

Kirby Moss hatte Mitte der 90er in der US Army gedient. Während der letzten elf Jahre hatte er als privater Sicherheitsberater gearbeitet. Das Polizeifoto zeigte ihn mit Bürstenschnitt und aufgerissenen Augen. Nach mehreren Seiten stieß Amy auf etwas, das ihre besondere Aufmerksamkeit erregte – etwas, das Fischer und Shipman vielleicht nebensächlich erschienen war. Moss hatte etwa zwei Jahre lang für eine Firma namens *Private Excelsior Security Consultants* in Florida gearbeitet. Eine neun Jahre alte Steuererklärung wies einen R. Gilbert Rankin als Geschäftsführer aus.

Schloss sich damit der Kreis? War Gilbert Rankin vielleicht »Gilly«? Trumbles »Mann fürs Grobe«?

Möglich.

»Weiß Stamps schon etwas davon?«

Shipman schüttelte den Kopf. »Nö. Niemand weiß es.«

Amy spürte, wie ihr das Adrenalin durch die Adern strömte. Dieses übersehene Beweismaterial konnte den Fall herumreißen. Wenn Rankin Trumbles Sicherheitschef war, dann konnten sie nun vielleicht eine Verbindung zwischen Trumble und den Morden herstellen. Und gleichzeitig Jackson Pynne entlasten.

Aber warum sollte der Sheriff dieses Beweismaterial unterdrückt haben? Sie blätterte erneut den Bericht durch. *Würde er wirklich etwas so Unüberlegtes tun?* Das kam ihr unwahrscheinlich vor. Andererseits – wenn er seit jeher damit durchgekommen war, den Beweisaufnahmeprozess zu beeinflussen, glaubte er inzwischen vielleicht, dass er machen konnte, was er wollte. Solche Selbstkonditionierung war nur allzu menschlich. Wahrscheinlich hatte er zu jenem Zeitpunkt bereits beschlossen gehabt, dass Robby Fallow der Täter war.

»Großartig«, sagte Amy und klappte den Bericht zu. »Aber

jetzt müssen wir einen Zahn zulegen. Ich will, dass du und Fischer alles stehen und liegen lasst. Kirby Moss interessiert mich weniger als Gilbert Rankin. Ich glaube, das ist der Name von Moss' Chef. Auf ihn müssen wir uns jetzt konzentrieren.« Sie sah auf die Uhr. »Uns bleiben noch vier Stunden.«

»Oh«, sagte er, ohne den Blick von ihrem Gesicht zu wenden. »Wirklich?«

»Ja. Ich bin mir noch nicht sicher, aber ich habe das Gefühl, dass wir einen DNA-Treffer bekommen werden. Ich glaube, Gil Rankin könnte unser Mann sein.«

Shipman blinzelte sie an. »Welcher Mann?«

Amy sah ihn bloß an.

»Ach so«, sagte er. »Kapiert.«

48

Der Ausdruck nüchterner Neutralität wich nicht von Wendell Stamps' breitem, blassem Gesicht, als Amy sein gediegenes Büro betrat. Diesmal hatte sie elf Minuten warten müssen.

»Und, haben Sie etwas?«, fragte er.

»Ich denke schon.« Sie setzte sich, legte ihre Mappe auf seinen makellosen Schreibtisch und schlug sie auf. Datenmaterial, Biografien und weitere Informationen, die sie im Laufe der letzten vier Stunden zu dritt zusammengetragen hatten. »Neues Beweismaterial«, erklärte sie. »Das bislang übersehen wurde.«

»Ach?«

»Ja. Und daran gebe ich niemandem als mir selbst die Schuld. Wenn mehrere Behörden Beweismaterial sammeln und protokollieren, kommt es manchmal zu Unklarheiten und Fehlern. Das sollte zwar nicht so sein, aber es passiert nun mal. Ich kann nur hoffen, dass wir daraus lernen und in Zukunft den Beweissicherungsprozess stromlinienförmiger gestalten, um derartige Vorkommnisse zu vermeiden. Trotzdem übernehme ich die volle Verantwortung.«

»Sind die Beweise von Bedeutung für den Fall?«

»Oh ja.«

»Na schön.« Er beugte sich vor, um Interesse zu signalisieren. Amy zeigte ihm den Bericht über die Fingerabdrücke am Tatort und in Jackson Pynnes Garage, von denen sie nun wussten, dass sie zu Kirby Moss gehörten, und über die noch unidentifizierte

DNA an Kwan Parks Körper sowie die Haare an ihrer Kleidung. Dann erzählte sie von der Verbindung zwischen Moss und Gilbert Rankin.

Als sie fertig war, lehnte Stamps sich mit nach wie vor ausdrucksloser Miene in seinem Chefsessel zurück. »Und Sie meinen, dass ein Ermittlungsfehler den Ausgang des Prozesses in Gefahr bringen kann?«

»Nein, Sir, das meine ich nicht. Ich sage nur, dass Beweismaterial zurückgehalten wurde. Beweismaterial, das meiner Meinung nach auf einen anderen Täter hindeutet.«

»Wie zurückgehalten?«

»Das weiß ich nicht. Anscheinend wurde es entweder aus dem Beweisprotokoll entfernt oder gar nicht erst verzeichnet, bevor man die Berichte am Dienstag der Einsatzgruppe übermittelt hat. Die Fingerabdrücke gehören zu Kirby Moss. Das wissen wir. Und wir glauben, dass Moss für einen Sicherheitsberater namens Gil Rankin gearbeitet hat. Und das ist von Bedeutung«, fuhr sie fort, »weil Kwan Park für dieselbe Organisation gearbeitet hat wie Gil Rankin. Also gibt es ein Bindeglied zwischen ihnen allen.«

Er kniff die Augen zusammen und beschäftigte sich mehrere Minuten lang damit, die Berichte durchzusehen, die Fischer und Shipman vorbereitet hatten. Schließlich blickte er auf.

»Und Sie haben Beweise dafür, dass dieser Gil Rankin damit zu tun hat? Hier sehe ich nämlich nichts.«

»Noch nicht, aber wir werden welche finden«, erwiderte Amy. »Ich vermute, dass die DNA an Kwan Parks Körper sich als seine herausstellen wird. Aber verstehen Sie, das ist auch deshalb wichtig, weil die drei anderen Opfer – ich weiß, Sie wollen sie nicht zum Teil Ihrer Ermittlungen machen, aber jetzt werden Sie es wohl müssen – auch für diese Organisation gearbeitet haben. August Trumbles Organisation. Das ist das Bindeglied zwischen diesen Morden. Mir ist also nicht klar, wie man die Fälle *getrennt* voneinander behandeln sollte.«

»Das sehe ich hier aber nicht.«

»Nein, aber das werden Sie noch«, sagte Amy. »Wir arbeiten daran.«

Stamps runzelte die Stirn. »Aber Jackson Pynnes DNA war sowohl hier als auch in Virginia am Tatort. Und möglicherweise auch in West Virginia. Und die Fingerabdrücke dieses Mannes hat man in Pynnes Stadthaus gefunden. Meinen Sie also, dass Pynne die Tat mit diesen beiden anderen Männern zusammen begangen hat?«

»Nein, im Gegenteil«, sagte Amy. »Wie ich schon sagte, diese beiden Männer haben seine DNA absichtlich dort deponiert. Die Stiefel, zwei Zigarettenstummel, eine Getränkedose. Das ist es, was wir gegen Jackson Pynne in der Hand haben. Darauf gründet sich Ihre Strategie. Sir, wir können unmöglich Anklage gegen Mr Pynne erheben.«

Stamps' Miene blieb stoisch, als denke er an etwas völlig anderes, doch Amy vermutete, dass ihm langsam klar wurde, wie sehr sein Fall bröckelte.

Sein Blick wanderte zur Uhr an der Wand. Der von Amy ebenfalls.

»Weiß das FBI davon?«

»Noch nicht.«

Er nickte, als sei das von Bedeutung. »Wer ist dieser Mann, Ralph Gilbert Rankin?«

»Gil Rankin.« Sie reichte ihm ein zweiseitiges Stichpunkte-Verzeichnis, das Fischer vorbereitet hatte. Es war das letzte Schriftstück aus ihrer Mappe. »Ein ehemaliger Polizeidetektiv aus New Jersey. Ist vom Dienst zurückgetreten, nachdem man ihm vorgeworfen hatte, bei einem Drogenfall Beweise gefälscht und bei einem anderen einen potenziellen Zeugen grob angefasst zu haben. Wegen keinem der beiden Zwischenfälle wurde Anklage erhoben, allerdings hat die Dienstaufsichtsbehörde Untersuchungen angestellt. Später hat er zwei Jahre lang als Wachmann für Exxon gearbeitet. Inzwischen betreibt er eine sehr gehobene Sicherheits-Beratungsfirma namens *Private Excelsior Security Consultants*, die ihren Sitz in Florida hat. Nach allem, was man hört, ist sein Hauptkunde – inzwischen wahrscheinlich der einzige – August Trumbles Organisation.«

»Aber das können Sie nicht beweisen?«

»Nein, Sir. Noch nicht.«

»Hm.« Der Staatsanwalt nickte. Er schloss einen Moment lang die Augen und rieb sich die Schläfen. »Also gut – was denken Sie? Ich meine, bezüglich des Motivs. Können Sie mir das noch mal erklären?«

»Es war nicht Jackson Pynne, Sir. Ich glaube, dass Gil Rankin den Mord begangen hat, auf Befehl von August Trumble. Und ich nehme an, dass diese Leute jetzt hier sind, um Pynne zum Schweigen zu bringen, weil sie glauben, dass er mehr weiß, als er tatsächlich weiß. Damit wollen sie die Sache schön ordentlich zu Ende bringen und nach Hause gehen. Allerdings läuft nicht alles so, wie sie es sich gedacht haben.«

Als Stamps sie weiter mit unbewegter Miene ansah, kam Amy eine verrückte Idee: Was, wenn der Staatsanwalt irgendwie selbst in die Sache verwickelt war? Stamps war schwer zu fassen, weit klüger und gerissener als der Sheriff, aber ebenso sehr ein Verteidiger der alten Ordnung. Und auch er hatte schon vor Jahren seine Probleme mit Jackson Pynne gehabt. Was, wenn Trumbles Organisation ihn dafür bezahlte, dass er die Ermittlungen in eine bestimmte Richtung lenkte?

»Und weiter?«, sagte er.

»Das ist alles, Sir.«

»Na schön.« Er warf einen Blick auf die Berichte auf seinem Schreibtisch. »Dann möchte ich mir das jetzt genauer ansehen und darüber nachdenken. Darf ich das hier behalten?«

»Ja, die Kopien sind für Sie.«

»Danke, Sergeant Hunter. Ich weiß Ihre Bemühungen zu schätzen.«

Sie fühlte sich von neuer Energie erfüllt, als sie an Connie Elgar vorbei den langen Korridor zu ihrem Büro am anderen Ende des Gebäudes entlangging. Das Spiel der Sonnenstrahlen in den Bogenfenstern und das Licht in den Wolken gewannen eine plötzliche Erhabenheit. Auf einmal hatten sich die verschiedenen Einzelteile dieser Ermittlung neu gruppiert und ließen nun eine Lösung erahnen. Es ging ins Endspiel, und nur darauf kam es Amy jetzt noch an – nicht auf die nächsten Meisterschaften und auch nicht auf den Rest ihres Lebens. Sie hatte endlich einen richtigen Gegner, ein klares Ziel – und eine deutliche Vorstellung davon, was geschehen war. Es war ein berauschendes Gefühl.

Später am Nachmittag sauste sie vom Parkplatz auf den leeren Asphalt und fuhr schnurstracks nach Westen zur Methodistenkirche. Doch als ihr die Drohungen gegen Luke und seine Frau wieder einfielen, drosselte sie das Tempo und beschloss, lieber doch nicht dort aufzutauchen.

Sie arbeitete bis tief in die Nacht, fest entschlossen, so viel wie möglich über Gil Rankin in Erfahrung zu bringen. Sie hatte zwei Dosen Red Bull und ihren iPod mit ins Büro genommen, sodass sie gelegentlich Maroon 5 aufdrehen und Ani DiFranco hören konnte, um neue Energie zu tanken.

Ein Profil von Rankin zusammenzustellen erwies sich jedoch als nicht ganz einfach. Aus den letzten zehn Jahren gab es praktisch keine Informationen über ihn, mit Ausnahme einer Adresse in Miami, Florida, und seinem Firmeneintrag für *Private Excelsior Security Consultants*. Das einzige Foto war zwölf Jahre alt und unscharf. Sie ahnte, dass er als jemand, der für Trumble arbeitete, gezielt abgeschirmt wurde. Laut Pynne hatte Rankin Leute verletzt und Frauen vergewaltigt. Aber er hatte bislang keine Vorstrafen. Amy fragte sich, ob er inzwischen vielleicht auch aus Trumbles Organisation rauswollte. Vielleicht ging es hier ja darum – um einen komplizierten Ausbruchsplan Rankins?

Fischer und Shipman blieben ebenfalls bis spät abends in ihren Büros, durchkämmten Überwachungsvideos und Datenbanken. Amy kam sich vor, als hätten sie und die beiden sich hier nebeneinander Zimmer für die Nacht gemietet. Drei weitere Mordermittler aus der Gegend steuerten ebenfalls ihren Teil bei, indem sie weitere Videos sichteten.

Um 21.20 Uhr kam Ship in ihr Büro, ließ sich in ihren Gästesessel plumpsen und legte das rechte Bein über die Armlehne. Das machte er manchmal, oft unter dem Vorwand, dass er sich einen Kugelschreiber oder eine Kopfschmerztablette borgen wollte, aber eigentlich, um sich mit ihr auszutauschen. Fischer tat das nie; sie konnte sich nicht erinnern, wann er das letzte Mal ihr Büro betreten hatte.

»Und, sind wir schon beim spaßigen Teil?«, fragte er. Seine übliche Gesprächseinleitung.

»Noch nicht.«

»Hast du schon alles rausgefunden?«

»Einiges, nicht alles.«

»Gut.« Shipman atmete erschöpft durch. Schließlich stellte er seine Frage. »Du glaubst nicht, dass Pynne mit der Sache zu tun hat, oder?«

»Nein, das glaube ich nicht. Wie schon gesagt: Ich glaube, dass Gil Rankin der Täter ist.«

Er nickte. »Aber warum? Das verstehe ich nicht.« Dann verbesserte er sich: »Ich meine, warum so?«

»Tja.« Amy betrachtete einmal mehr Trumbles altes Foto an ihrer Pinnwand, das direkt neben dem von Kwan Park hing. »Ganz klar ist mir das auch noch nicht. Ich glaube allerdings, dass sie ein bestimmtes Szenario konstruieren wollten. Darin hätte Jackson Pynne einen Unterschlagungsbetrug eingefädelt, und zwar im Zusammenhang mit diesen vier Personen. Weshalb es auch vier Konten gab. Aus irgendeinem Grund hat es dann einen Konflikt zwischen den Partnern gegeben. Er wurde gierig oder paranoid und hat der Sache ein Ende gesetzt. In diesem Szenario kommt auch ein Streit zwischen Pynne und Kwan Park vor.«

Ship nickte fast unmerklich, damit sie wusste, dass er ihr folgen konnte. »Aber das ist nicht die wahre Geschichte.«

»Nein. Ich denke, dieses Szenario soll die wahre Geschichte verbergen.«

»Und die wäre?«

Amy begriff, dass er auf eine Erklärung wartete, die er sich wahrscheinlich während der letzten Stunde in seinem Büro selbst zusammenzureimen versucht hatte. »Tja«, sagte sie, »Trumble war der Meinung, dass diese illoyalen Personen seine Organisation in Gefahr brächten, dass sie ihn hintergehen und vielleicht sogar in den Ruin treiben wollten. Also beschloss er, sie ausschalten zu lassen.«

»Aber warum sollte er dann Visitenkarten hinterlassen?«

Sie lächelte. »Daran arbeiten wir noch, nicht wahr?«

»Stimmt.« Ship wippte gedankenverloren mit der Fußspitze. »Du glaubst aber nicht ernsthaft, dass der Sheriff oder der Staatsanwalt darin verwickelt sind?«

»Tja, ich weiß nicht. Möglich ist alles.«

»Ja.« Shipman sah sie weiter wissbegierig an.

»Wie auch immer«, fuhr sie fort. »Wir sollten uns wieder an

die Arbeit machen, damit wir mit dem Spekulieren aufhören können.«

»Stimmt. Alles klar. Roger«, sagte Ship und erhob sich aus dem Sessel.

Es war etwa Viertel nach elf, und Shipman und Fischer waren bereits nach Hause gegangen, als Dave Crowe anrief. Er hatte wieder einmal mehrere Stunden bis zu seiner Rückmeldung verstreichen lassen.

»Wo warst du?«

»Entschuldigung«, sagte er. »Mein Mädel von der *Tidewater Post* hat gerade angerufen. Sie wollte wissen, was ich ihr über Ralph Rankin sagen kann. Hab ich irgendwas verpasst?«

Amy sagte erst einmal nichts. *Geschieht dir recht*, dachte sie.

Doch dann rang sie sich einen nüchternen Tonfall ab und sagte: »Ich bin mir nicht sicher, was du damit meinst.« Immerhin brauchte sie Crowe in ihrem Team. Außerdem war sie neugierig darauf, was die Reporterin über Rankin hatte wissen wollen. War das zeitliche Zusammentreffen ein Zufall?

»Ich habe die Gespräche mit deiner Quelle gelesen.«

»Und?«

»An einer Stelle sagt sie – oder er …« Amy räusperte sich und wartete auf eine Klarstellung seitens Crowes, die allerdings nicht kam, weshalb sie fortfuhr: »… dass sie Angst vor Trumbles Sicherheitsleuten hat. Pynne hat sie auch erwähnt. Und er hat mir sogar zwei Namen gegeben – ein Mann namens Kirby und ein anderer namens Gilly.«

»Ja, das habe ich gelesen.«

»Ich glaube, Gilly ist Ralph Gilbert Rankin. Er nennt sich Gil. Gil Rankin.« Als Crowe nicht antwortete, sagte Amy: »Das wusstest du schon, nicht wahr?«

»Ich meine, klar, wir wissen von einem Mann namens Ralph Rankin. Hat sich für Trumble um Sicherheitsfragen gekümmert.

Einer von acht oder neun, die wir im Laufe der Jahre identifiziert haben. Ehrlich gesagt halten wir ihn für keine wichtige Figur in diesem Fall.«

»Ich denke schon, dass er das ist.«

»Wieso?«

»Wie schon gesagt, ich glaube, dass Rankin Gilly ist. Der große Kerl. Und ich glaube, dass er es war.«

»Was war?«

»Derjenige, der die Morde begangen hat.«

Crowe lachte, ein nasaler, hoher Laut, von dem man sich schwer vorstellen konnte, dass er von ihm kam. »Warum?«, fragte er. »Weil Jackson Pynne das sagt? Natürlich sagt er das. Sieh dir doch mal an, was ihn erwartet.«

»Nein«, sagte sie. »Wegen neuer Beweise. Und weil es logisch ist. Er ist das Bindeglied.«

»Das Beweismaterial belastet allerdings Pynne.«

»Nicht mehr.«

Crowe verstummte. Hatte er so schlechte Quellen?, fragte sich Amy. Oder lenkten seine Vorgesetzten beim FBI ihn absichtlich von Rankin ab?

Dann schoss ihr ein neuer Gedanke durch den Kopf: Wenn Sheila Patterson die FBI-Informantin gewesen war und man sie ermordet hatte, versuchte dann jetzt vielleicht das FBI, seine Haut zu retten? Ging es darum? War das der wahre Grund dafür, dass die Ermittlungen »so und nicht anders« ablaufen mussten?

»Was sind das für neue Beweise?«, fragte Crowe.

Amy sah zu den Bäumen hinaus, die sich im Nachtwind bogen, und überlegte, ob sie ihm überhaupt etwas sagen sollte. Sie dachte daran, wie er sich dagegen gesträubt hatte, bei ihrem ersten Telefongespräch vor ein paar Tagen Informationen preiszugeben. Aber ihm jetzt nicht davon zu erzählen, wäre kontraproduktiv gewesen. Sie brauchte seine Mitarbeit.

Crowe lauschte ihrer Erklärung – schweigend, scheinbar kleinlaut angesichts all der Einzelheiten. Offenbar begriff er, dass das neue Beweismaterial dem Fall nicht nur eine ganz neue Richtung gab, sondern auch, dass die Geschichte über August Trumble, der er nachgegangen war, vielleicht die falsche gewesen war.

Obwohl Jackson Pynne müde war, konnte er nicht schlafen, und so wälzte er sich stundenlang auf seinem winzigen Bett hin und her. Er hatte der Mordermittlerin gesagt, was er hatte sagen müssen, aber aus irgendeinem Grund war ihm nicht wohl dabei. Etwas an ihr hatte ihn durcheinandergebracht.

Die ersten paar Tage hatte Pynne sich hier geschützt gefühlt. Jetzt kam ihm die Vorstellung, Monate oder Jahre in einer Zelle mit all diesen menschlichen Geräuschen und Gerüchen zu verbringen, höchst beängstigend vor. Er wollte wieder raus, mit offenen Fensterscheiben über die Straße brausen, eine Chesterfield zwischen den Fingern. *Wir erweisen uns in den Früchten unserer Taten*, hatte Pastor Luke immer zu ihm gesagt. *Deshalb sollte es in unserem Leben darum gehen, gute Früchte wachsen zu lassen.* Amen – tatsächlich war es das, worauf es letztendlich ankam. Das begriff Jackson jetzt.

Er starrte an die Decke und dachte erneut über die Ermittlerin nach. *Amy Hunter*. Eigentlich mochte er sie sogar irgendwie. Er mochte ihren entschlossenen Blick und ihre Art zu gestikulieren, ihren harten Mund – und dass ihr nichts zu entgehen schien. Dass sie offen und direkt war. Das erinnerte ihn ein bisschen an Kwan. Ihm gefiel auch, was man ihr nicht so leicht ansah, ihr Mut und Kampfgeist. Irgendetwas hatte sie mit ihm angestellt – ihn, so kam es ihm vor, *infiziert*, mit einem Gefühl, das berauschend und nicht ganz ungefährlich war, wie die verlorenen Energien seiner Jugend.

Aus irgendeinem Grund wandten sich seine Gedanken jedes Mal, wenn er an seine Zukunft – oder an irgendein ernsthaftes Thema – dachte, der Mordermittlerin zu. *Amy Hunter*. Es war, als kenne sie das Geheimnis, mit dem er sein Leben wieder in die richtige Bahn lenken konnte. Und er würde es nicht erfahren, solange er sie nicht wiedersah.

49

Der Kunde beobachtete Rankin, wie er sich durch die nächtlichen Schatten auf dem Rasen des Hauses gegenüber bewegte, und überlegte, was der Mann wohl gerade dachte. Was in ihm rumorte.

Ein Hauch von Zweifel? Vielleicht auch von Verrat? Ist es das, was ich erahne? Wirst du dich am Ende den anderen beigesellen, Gilbert?

Er wandte sich ab und betrachtete seine eigene nackte Gestalt im mannshohen Badezimmerspiegel – ein Anblick, den er dem von Gil Rankin deutlich vorzog. Und er dachte an die »anderen«. Die Tragödien, in die sich ihre Leben verwandelt hatten.

Mark, du warst ein anständiger Kerl, als du zu mir gekommen bist. Aber natürlich hast du geschlafen. Ich habe dich geweckt, nicht wahr? Ich habe dir etwas beigebracht. Du hast gelernt, wie man denkt, und du bist ein guter Soldat geworden. Und ein sehr reicher Mann. Für eine Weile hast du an das, was wir tun, geglaubt; für eine Weile hattest du alles, was du wolltest, nicht wahr? Alles. Das hast du mir selbst gesagt. Aber du hattest auch ein kleines Plappermaul, mit dem hast du all diese Dinge über mich erzählt, hast mit den anderen geredet. Am Ende mussten wir dir Lippen und Zunge entfernen, nicht wahr? Du verstehst doch jetzt, dass wir keine andere Wahl hatten?

Sheila, du warst uns einmal »flammend« ergeben. Mir. Das hast du so gesagt, nicht ich. Aber du warst die schlimmste Verräterin von allen, nicht wahr, liebe Sheila? Du wolltest uns wehtun, uns zerstören, und weiß Gott, du hast es versucht, indem du mit den »Behörden« geredet hast. Du dachtest, dass all das im Ver-

borgenen stattfinden und man dir niemals auf die Schliche kommen würde. Es hat doch gut gepasst, dass wir für dich eine kleine Grillparty in diesem Wachsfigurenkabinett veranstaltet haben, findest du nicht? Ja, das siehst du sicher auch so. Obwohl das eigentliche Feuer, in dem du jetzt schmorst, ewig brennt.

Und arme Katrina. Das verlorene Schaf Katrina, das vom Weg abgekommen war, als es uns zulief. Ich habe dir die Gelegenheit gegeben, den richtigen Weg wiederzufinden, und für eine Weile hat das funktioniert, und du hast uns geholfen, nicht wahr? Du hast Reichtümer gefunden, das hast du selbst gesagt. Aber deine Gier, Katrina, deine Verrätereien, sie haben dir letztendlich nur die Gelegenheit eingebracht, in jener Grube nach Schätzen zu graben, oder?

Und Kwan. Süße Kwan. Für eine Weile warst du so glücklich. Du hattest auch alles, was du dir je gewünscht hast, das hast du mir selbst gesagt. Solch gute Arbeit zu leisten, armen Seelen zu helfen. Aber dann hast du dein Versprechen gebrochen und versucht, mit dem korrupten Mr Pynne davonzulaufen. Was für ein schlimmer Fehler. Wir mussten dir die Beine brechen. Das verstehst du doch, oder? Gebrochene Versprechen, gebrochene Beine. Ein fairer Tausch, findest du nicht, Kwan?

Und jetzt sind deine gebrochenen Gebeine fröhlich, genau wie die anderen fröhlich sind. Weil ihr endlich frei seid, nicht wahr? All das ist so, wie es geschrieben steht. Nichts davon war meine Entscheidung. Ich bin der Psalmist des Herrn, und man hat mich dazu berufen, das Gesetz zu erfüllen. Dies sind die Verse, die zu verteilen man mich beauftragt hat – und die jeder Einzelne von euch nun bis in alle Ewigkeit bedenken mag. Ach, es ist eine erniedrigende Aufgabe, die mich betrübt, aber noch mehr betrübt mich, was aus euch geworden ist.

Du verstehst mich doch, nicht wahr, Gilbert? Oder wirst du dich den anderen beigesellen?

50

Freitag, 24. März

Amy erwachte vor Tagesanbruch und zog sich sofort ihre Jogging-Sachen an. Sie musste ihren Kreislauf in Gang bringen und wach werden, damit sie konzentriert arbeiten konnte. Auf einmal war es wieder kalt in Tidewater County. Von der Bucht her wehte ein steifer Wind, während das Sonnenlicht auf den Bächen und Sümpfen glitzerte. Es war ein prachtvoller blauer Morgen, und auf dem Rückweg lief sie schnell gegen den Wind.

Sie machte sich einen Protein-Shake und sah im Internet nach, was es Neues gab, während Winston vor ihr hin- und herstolzierte. Er wollte, dass sie ihn behutsam am Schwanz griff – obwohl er sich immer, wenn sie das tat, tödlich beleidigt stellte. Theresa Kincaids Artikel war vor einer Stunde online gegangen. Seitdem war er bereits von einem Dutzend Nachrichtenseiten aufgegriffen worden.

Neue Hinweise im Fall der »Betenden«

Eine Zahlenfolge, die man dem Mordopfer Kwan Park, der sogenannten »Betenden«, in die Hand geritzt hat, birgt laut polizeilicher Angaben vielleicht den Schlüssel zum Auffinden ihres Mörders. Die Ermittler in unserer idyllischen Gemeinde an der Bucht wollten keinen offiziellen Kommentar abgeben, aber Quellen, die anonym bleiben wollen, haben bestätigt, dass die Zahlen in Parks rechter Handfläche anscheinend eine Art Visitenkarte sind, die der Mörder hinterlassen hat und die möglicherweise eine Verbindung zu drei anderen Morden in drei Bundesstaaten herstellt.

Ein Ermittler in einem dieser Mordfälle behauptet, mit der örtlichen Polizei von Tidewater in Kontakt zu stehen, und zieht die Möglichkeit in Betracht, dass der Mörder in allen vier Fällen derselbe ist. Er wollte allerdings nicht näher auf die Ermittlungen eingehen und auch keine Einzelheiten über die sogenannten »Visitenkarten« preisgeben.

Derweil wird Jackson Pynne, der früher in Tidewater County als Bauunternehmer auftrat, seit Donnerstagabend in der hiesigen Strafanstalt festgehalten. Polizeiquellen haben der Associated Press *gegenüber erklärt, dass Pynne in Bezug auf den Mord an Kwan Park eine »Person von besonderem polizeilichem Interesse« sei. Auf Nachfrage, ob man ihn des Mordes an Park anklagen würde, erklärte eine mit dem Fall vertraute Ermittlerin gestern: »Hoffentlich nicht.«*

Uff, dachte Amy. Tja, das hatte sie wahrscheinlich verdient.

Aber sie wusste auch, dass dieser Artikel alles änderte. Er würde die öffentliche Wahrnehmung der Ereignisse verschieben und dem Sheriff und dem Staatsanwalt mit ihrem Plan, den Fall schnell und lokal abzuwickeln, wahrscheinlich einen Strich durch die Rechnung machen.

Zufrieden trank sie ihren Shake aus, während Winston sie eindringlich anstarrte.

Anschließend öffnete sie ihr E-Mail-Konto und sah, dass Shipman ihr eine Nachricht geschickt hatte, die nur aus der Betreffzeile bestand: *Frühstück 8:15?*

Na gut, dachte sie. *Das Spiel geht los.*

»Hey.« Ship hielt ihr die Tür zum McDonald's auf. Er hatte den Mund voll, und eine Serviette klebte am linken Ellbogen seiner

Holzfällerjacke. Heute trug er eine Krawatte zu seinem zerknitterten Anzughemd und seiner Jeans. Ship legte sich jetzt wieder richtig ins Zeug, er gehörte zum Team; sie merkte ihm an, dass er voll dabei war, obwohl er vom Schlafmangel blutunterlaufene Augen hatte. Nichts mochte Amy lieber, als derart auf Hochtouren zu arbeiten.

Er hatte sich die Freiheit genommen, ihr ein Joghurt-Parfait und einen Orangensaft zu bestellen und ihr einen Löffel und zwei Servietten bereitzulegen.

»Du hast dich wohl drauf verlassen, dass ich komme«, sagte sie.

»Ja, das musste ich.«

»Warum? Was gibt's?«

»Zweierlei.«

»Okay.« Ship wartete, bis sie sich gesetzt hatte, bevor er zu erklären begann. Er sah zu, wie sie den Löffel in ihr Parfait bohrte und Früchte und Joghurt vermengte. Eine Aktenmappe lag neben seinem Frühstück auf dem Tisch.

»Leg los«, sagte sie.

»Zwei wichtige Entwicklungen.«

»Sag schon.«

Er wartete, bis sie ihn wieder ansah. »Gil Rankin und Kirby Moss waren am Tag von Mark Chandlers Tod in Virginia. Der Fall mit den Lippen und der Zunge. Da haben wir jetzt eine Bestätigung.«

»Woher?«

»Von einem Überwachungsvideo eines Geschäfts. Die State Police von Virginia hat es angefordert.«

»Gut, großartig.«

»Die zweite Entwicklung ist sogar noch interessanter.« Ship wischte sich die Hände ab, zog mehrere Fotos aus der Mappe hervor und schob sie zu Amy hinüber. Ihr fiel auf, dass einer seiner Hemdknöpfe offen war. »Das wurde gestern Abend aufgenommen, genau hier, am South Bay Market. Der Mann am Steuer – hier haben wir eine bessere Ansicht.« Er zeigte mit dem Finger auf eines der Fotos. Ein weißer Jeep vor einem Supermarkt. Die Beifahrertür stand offen, und ein Mann saß auf dem Fahrersitz. Ein eher kleiner Mann mit einem runden Kopf und Kurzhaarschnitt machte gerade die Beifahrertür auf. »Wir glauben, dass das am Steuer Rankin ist. Der Wagen ist auf eine Firma namens *PSL Associates* in Baltimore angemeldet. Die mit *Private Excelsior Security Consultants* zusammenarbeitet.«

»Hervorragend«, sagte Amy. »Und der andere Mann ist Moss?«

»Das vermuten wir zumindest.«

»Wenn sie also nicht über Nacht verschwunden sind, halten sie sich wahrscheinlich eben jetzt in Tidewater County auf.«

»Jau.« Er reichte ihr einen Ausdruck, auf dem eine computergenerierte Landkarte zu sehen war, die wahrscheinlich Fischer erstellt hatte. »Das sind alle Punkte, an denen man hier reinkommt«, sagte er. Amy betrachtete die Karte und wandte sich dann wieder ihrem Parfait zu, während Ship sich erneut über seine Pfannkuchen hermachte.

Versuchen wir also, Tidewater County abzuriegeln? Indem wir an allen Ausfahrten Straßensperren errichten? Oder suchen wir ihn lieber unauffällig? Sie befanden sich in einer vertrackten Lage. Einerseits wollte sie nicht sofort die Aufmerksamkeit des Sheriffs auf ihr Tun lenken – oder die von Rankin. Andererseits durfte er ihr aber auch nicht durch die Finger schlüpfen.

»Erzähl mir mehr darüber«, sagte sie und tippte auf das Foto.

»Hmmmm.« Ship kaute zu Ende. »Also gut. Der Supermarktkasse zufolge haben sie Bier, Sandwiches, Orangensaft, Dosengetränke und Mikrowellen-Popcorn gekauft. Und die Überwachungskameras zeigen, dass sie anschließend Richtung Süden gefahren sind. Vier Kilometer weiter südlich, am Whistling Swan

Drive, ist eine Ampelkreuzung«, fuhr er fort. »Dort könnten sie nach Norden abgebogen sein, aber da kommt lange nichts. Wahrscheinlich sind sie also einfach geradeaus weitergefahren oder Richtung Süden.«

»Nach?«

»Im Süden liegt Jimmy Creek. Da gibt es etwa ein Dutzend Einfamilienhäuser und zwei Mietshäuser mit insgesamt an die achtzig Wohnungen, von denen allerdings mindestens drei Viertel leer stehen.«

Vielleicht handelt es sich aber auch um ein Ablenkungsmanöver, dachte Amy.

»Hast du dir damit die ganze Nacht um die Ohren geschlagen?«

Er zuckte mit den Schultern.

»Du hast nicht zufällig mit der Reporterin von *Associated Press* gesprochen, oder?«

Er blinzelte und steckte sich eine letzte Gabel mit Essen in den Mund. Amy hob die Hand. »Nicht so schlimm«, sagte sie. »Gute Arbeit.«

»Ach, und eine Sache noch.« Shipman beeilte sich mit dem Kauen, um wieder verständlich reden zu können. »Hast du gesehen, was in dem Zeitungsartikel stand? Langsam spricht sich herum, dass die Anklage gegen Pynne vielleicht keinen Bestand haben wird.«

»Woher sie das wohl haben.«

»Tja, die Leute des Sheriffs geben jetzt praktischerweise der Einsatzgruppe die Schuld. Dafür, dass sie schon wieder den Falschen eingebuchtet hat. Das erzählt man sich zumindest unten im *Blue Crab*. Wahrscheinlich zerreißt sich inzwischen die ganze Main Street das Maul darüber.«

»Aber wir haben ihn natürlich gar nicht eingebuchtet.«

»Ich weiß. Ich mein ja nur.«

»Okay. Macht nichts.« Trotzdem versetzte es Amy einen kleinen Stich, dass der Sheriff immer noch die Gerüchteküche gegen sie anheizte. Wahrscheinlich würde er es wieder tun, sobald der Name »Gilly« bis zu den Medien durchgedrungen wäre: Keystone-Cops-Einsatzgruppe hat jetzt den dritten Verdächtigen im Visier. Damit zahlte er ihr heim, dass sie im Winter erfolgreich eine kalte Spur zurückverfolgt hatte.

»Interessieren wir uns eigentlich mehr dafür, dieses Verbrechen aufzuklären und den Täter seiner gerechten Strafe zuzuführen, oder dafür, wie die *Medien* die Sache verdrehen?«, sagte sie in einer plötzlichen Gefühlsaufwallung.

Shipman hörte einen Moment lang auf zu kauen und machte große Augen. Mit einem Gesicht wie ein Schüler, der im Unterricht aufgerufen wurde, antwortete er: »Das Verbrechen aufzuklären.«

Luke Bowers fuhr von der Küste weg und in einen kalten, klaren Morgen hinein, neben ihm Amy Hunter, die jedes Mal, wenn sie durch ein Schlagloch rumpelten, das Bein gegen seines drückte und die Hand in seinen Oberschenkel krallte. Blecherner Emo-Rock erschütterte das Armaturenbrett, und Amy wippte im Takt. Das Dröhnen machte jeden Versuch einer Unterhaltung sinnlos. Vor ihnen lagen meilenweit nur Asphalt und blauer Himmel. Doch dann, rumms, plötzlich ein Riesenschlagloch; Lukes Augen sprangen ruckartig auf.

Er blinzelte ins rosige Morgenlicht, das durch die Vorhänge fiel. Dann hob er den Kopf, und ihm fiel wieder ein, wo er war. Er stützte sich auf den Ellbogen und bewunderte den eleganten Schwung von Charlottes Mund und Kinn, während sie schlief. Plötzlich hatte er ein sehr schlechtes Gewissen.

Ihm fiel auf, dass Sneakers am Fußende saß und nicht lag und ihn unverwandt ansah, als wüsste er Bescheid.

Vielleicht tut er das ja auch.

»Na komm«, flüsterte Luke und wartete einen Moment, bis die scharfen Konturen des Traumes verschwommen waren. »Machen wir einen Spaziergang?«

Luke ließ Sneakers durch die morgenfeuchten Schattenflecken am Rand der Sümpfe tollen. Sie folgten dem Pfad am Harmon's Creek, in dem es im Sommer manchmal von Schildkröten wimmelte, und gingen bis zu dem Felsvorsprung hinauf, von wo sie gemeinsam die Aussicht auf die Bucht genossen. Auf dem Wasser glitzerten Tausende von Sonnenpailletten.

Warum hatte er überhaupt so etwas geträumt? Was hatte Charlotte neulich gesagt? *Du gefällst ihr, das weißt du doch, oder?*

Das stimmte nicht. Er hielt es für völligen Unsinn. Nicht in dieser Weise. Während des langen Heimwegs beschloss Luke, Charlotte vorzuschlagen, dass er heute das Abendessen zubereiten würde. Eines seiner drei Gerichte: Tacos mit Meeresfrüchten, Krabbenchili oder die guten alten Spaghetti.

Klassische Musik dröhnte dramatisch aus der Küche, als sie das Haus betraten. Charlotte stand am Herd und rührte Eier für Arme Ritter. Sneakers rannte an ihr vorbei zu seiner Wasserschüssel und trank gierig.

»Gute Neuigkeiten«, sagte Luke. »Rat mal, wer heute Abend kocht?«

»Meine beiden Männer?«

51

Als Amy Hunter beim Verwaltungsgebäude ankam, sah sie Crowes Wagen mit der Behördenmarke aus Virginia auf dem Besucherparkplatz. Er wartete im Konferenzzimmer im ersten Stock auf sie, und zwar nicht allein, sondern in Begleitung einer weiteren FBI-Agentin. Sie hatten den Raum in Beschlag genommen und beabsichtigten eindeutig, nicht so schnell wieder zu gehen. Auf dem Tisch lagen und standen zahlreiche Laptops, Ausdrucke, Ordner, Telefone, Kaffeebecher und Gebäckstücke aus *Holland's Family Restaurant*.

»Amy, hast du ein paar Minuten?«

»Klar.«

Er stellte ihr knapp die Agentin vor. Sie hieß Wendy Jennings, sah ein paar Jahre älter aus als Amy, war von robuster Statur und hatte einen durchdringenden Blick, dichtes, dunkles Haar und ein geistesabwesendes Lächeln. Amy merkte sofort, dass sie mit Crowe klarkam, sich aber keinen Blödsinn von ihm gefallen ließ.

»Gehen wir in dein Büro?«, fragte Crowe, womit er offensichtlich nur sie beide und nicht Wendy Jennings meinte.

»Klar, warum nicht?« Amy hielt sich einen halben Schritt hinter ihm. »Ich glaube, ich weiß, was du sagen wirst.«

»Ja? Und das wäre?«, erwiderte er.

»Dass das nun ein Fall für das FBI ist.«

Crowe schnaubte.

»Es wundert mich nur, dass du so lange dafür gebraucht hast«, bemerkte Amy. »Die lokale Lösung ist also vom Tisch? Einfach so? Und Jackson Pynne auch?«

»Das habe ich nicht gesagt«, gab Crowe zurück. »Pynne hat mit der Sache zu tun. Wir wissen nur noch nicht genau, auf welche Weise.«

»Aber der Mörder ist er nicht.«

Crowe antwortete nicht. Offensichtlich hatte man die Lage über Nacht neu bewertet. Dem FBI war nun klar, dass Gil Rankin in Wirklichkeit *doch* eine wichtige Figur in Trumbles Organisation war. Und auf einmal wollte es ihn so schnell wie möglich ausfindig machen. Amy konnte den Druck von zwei Seiten, dem Crowe nun ausgesetzt war, beinahe selbst spüren: einerseits von Washington und andererseits von den Medien, die kurz davorstanden, eine landesweite Nachrichtenstory aus der Sache zu machen.

In ihrem Büro setzte Crowe sich, streckte wie immer die Beine von sich, schlug die Knöchel übereinander und änderte dann noch einmal die Reihenfolge. Amy gab ihm weiter, was Shipman ihr gerade beim Frühstück erzählt hatte. Sie zeigte ihm die Überwachungsfotos, auf denen Rankin und Moss am Abend zuvor in Tidewater County zu sehen waren.

Eine Weile sagte Crowe gar nichts. Er gab ihr die Fotos zurück.

»Gute Arbeit«, stellte er dann fest.

»Das war nicht ich. Ben Shipman und Sonny Fischer haben das herausgefunden. Aus dem Morddezernat.«

»Fisch und Ship?«

»Genau.«

»Na schön. Spekulieren wir ein bisschen«, sagte Crowe. Er setzte sich auf, schlug nun die Knie übereinander und wippte mit dem rechten Fuß. »Wenn wir Tidewater County abriegeln müssten. Überwachungshalber.«

»Dafür haben wir bereits eine Karte erstellt.« Amy reichte ihm die von Fischer vorbereitete Straßenkarte. »Es gibt acht mögliche Ein- und Ausreisepunkte. Zwei davon videoüberwacht. An den anderen sechs können wir Leute von der State Police postieren.«

»Straßensperren, meinst du?«

»Nein.« Darüber hatte Amy auf dem Weg hierher nachgedacht. »Ich schlage vor, dass wir erst einmal nur beobachten. Und wir veröffentlichen auch nicht gleich seinen Namen oder sein Bild.«

Crowes Stirn legte sich in Falten.

»Ich meine, zumindest warten wir ein paar Stunden damit«, sagte sie etwas weniger nachdrücklich.

»Warum? Was ist die Idee dabei?«

»Wenn wir seinen Namen veröffentlichen, geht er uns vielleicht durch die Lappen.«

»Und wenn nicht, dann bringen wir die Menschen, die hier leben, unnötig in Gefahr.«

»Ja, ich weiß.«

Als Amy nichts weiter sagte, fragte er: »Warum ein paar Stunden warten?«

»Als Strategie. Wir verfolgen einen neuen Ansatz. Als Ergänzung zu unserem bisherigen Vorgehen.«

Crowe kniff die Augen zusammen. »Okay, ich habe keine Ahnung, was du damit meinst.«

»Ich meine damit: Mit Jackson Pynne läuft vorerst nichts weiter, stimmt's?«

»Richtig. Er kann gehen. Und?«

»Und Jackson Pynne hat mir gestern ein interessantes Angebot gemacht«, sagte Amy. »Ich denke darüber nach, es anzunehmen.«

»Was für ein Angebot?«

»Er hat sich selbst angeboten«, antwortete sie. »Als Köder.«

Crowe runzelte noch immer die Stirn. »Was redest du da?«

»Wir quartieren ihn in einem Haus im County ein. An irgendeinem abgeschiedenen Plätzchen, wo er angreifbar erscheint.

Nur sorgen wir dafür, dass er genau das nicht ist. Wir behalten ihn rund um die Uhr im Auge und überwachen die Zufahrtsstraßen und die umliegenden Grundstücke.«

Grübchen bildeten sich in seinen Wangen. »Und du glaubst, dein Freund Gil Rankin wird einfach in so eine Falle spazieren? Das bezweifle ich.«

»Jackson glaubt daran. Er ist anscheinend davon überzeugt, dass Rankin zu ihm kommen wird, sobald man ihn gehen lässt. Vielleicht schon in derselben Nacht.«

»Warum?«

»Weil man ihm gesagt hat, dass er das tun müsse. Sie haben Angst, dass Pynne zu viel weiß und reden wird. Ich begreife es auch nicht ganz, aber diese Organisation arbeitet nach ganz eigenen, ziemlich seltsamen Regeln. Die für Leute wie dich und mich vielleicht nicht immer einen Sinn ergeben.« Crowes Stirn lag nach wie vor in Falten. »Aber Pynne scheint sie zu verstehen. Besser als ich. Pynne hat irgendwie mit der Sache zu tun, das meintest du doch auch, oder? Ich glaube, wir sollten ruhig etwas auf seine Instinkte geben.«

»Klingt ziemlich unorthodox.«

»Ich weiß«, sagte Amy. »Das gefällt mir ja so daran.«

Crowe stieß einen gedehnten Seufzer aus. Amy vermutete, dass er mit im Boot war, auch wenn er es noch nicht zugeben wollte. Außerdem musste er ihre Idee erst Washington vorlegen, bevor er einwilligen konnte. »Ich glaube, ich möchte zuerst mit Jackson Pynne sprechen.«

»Ich auch«, sagte sie. »Was hältst du davon, wenn wir ihn besuchen gehen?«

Es überraschte sie, wie bereitwillig Jackson Pynne zustimmte, als sie ihn anrief und um ein weiteres Gespräch bat. Am Telefon klang er beinahe ausgelassen, als hätte er auf glühenden Kohlen darauf gewartet, mit ihr zu sprechen. Doch als er um zehn nach zwei das Verhörzimmer betrat, war er wie ausgewechselt. Sein Gesicht war blass, das Haar in Unordnung. Allerdings leuchteten seine Augen auf, sobald er sie sah.

»Wie geht es Ihnen?«, fragte Amy und ergriff seine ausgestreckte Hand.

Wieder drückte er ihr die Hand länger, als angemessen war. Als er jedoch Dave Crowe neben ihr stehen sah, machte er ein langes Gesicht.

Amy stellte ihn als »der FBI-Agent, der die Ermittlungen nun leitet« vor. Crowe, der einen dunkelblauen Anzug ohne Schlips trug, streckte ihm ebenfalls die Hand hin.

Pynne nickte ihm knapp zu und setzte sich hin. Aus irgendeinem Grund wollte er Crowe nicht die Hand schütteln. »Ihnen ist bewusst, dass man keine Anklage gehen Sie erheben wird«, sagte Amy, sobald sie saßen. »Der Vorwurf der Behinderung von Ermittlungen wird fallen gelassen. Sie können also jederzeit gehen.«

Pynne schob seinen Stuhl zurück und versuchte, es sich bequem zu machen.

»Wenn ich dürfte«, sagte Crowe. »Ich habe die Abschrift Ihres gestrigen Gesprächs gelesen, Mr Pynne. Wir möchten mehr Klarheit darüber gewinnen, wer hinter Ihnen her ist. Gilbert Rankin: Ist er der Mann, der Sie Ihrer Meinung nach verfolgt? Ist er Gilly?«

Während Crowe sprach, sah Pynne die ganze Zeit Amy an. Er ließ nicht erkennen, ob er Crowes Worte überhaupt hörte. Dann hoben sich seine Mundwinkel leicht. Amy begriff, dass er ihm nicht antworten würde.

»Können Sie uns ein bisschen mehr über Gilly Rankin verraten?«, sagte sie. »Wie kommen Sie darauf, dass er hinter Ihnen her ist?«

»Wie ich darauf komme?«

»Ja.«

»Weil das sein Job ist. Wenn der Mann einen Auftrag annimmt, erledigt er ihn, und zwar ohne Fragen zu stellen. So funktioniert diese Organisation«, erklärte er. »Und sein Auftrag besteht darin, mich auszuschalten.«

»Wissen Sie das mit Sicherheit?«, fragte Amy.

»Ob ich das mit Sicherheit weiß? Nein, nicht mit Sicherheit. Aber nur so ergibt es einen Sinn. Ich verstehe jetzt, wie das Ganze eingefädelt wurde.«

»Na schön, wie wurde es eingefädelt?«

Pynne zuckte mit den Schultern. »Das ist doch offensichtlich. Sie haben gefälschtes Beweismaterial deponiert, um mir diese Morde anzuhängen. Das war der erste Schritt. Sie dachten, ich würde abhauen, etwas Dummes, vielleicht sogar Selbstzerstörerisches tun. Aber das habe ich nicht gemacht, also glauben sie, dass ich zu viel weiß. Und dass ich Ihnen erzählen könnte, was ich weiß. Daher beschließen sie, mich von der Bildfläche verschwinden zu lassen, und zwar so schnell wie möglich. Wenn man Anklage gegen mich erhebt, mache ich ihnen nur noch mehr Ärger.«

»Und wie genau sollten Sie denen Ärger machen?«, fragte Crowe.

Pynne, der weiter Amy ansah, schwieg. Offensichtlich gefiel ihm etwas an Crowe nicht. Er wirkte wie ein misstrauischer Hund.

»Wie sollten Sie denen Ärger machen?«, wiederholte Amy die Frage.

»Indem ich rede«, sagte er. »Weil sie denken, dass ich etwas weiß.« Ein schwaches Lächeln trat auf sein Gesicht. »In Wirklichkeit weiß ich gar nichts. Aber sie glauben das nicht. Wegen Kwan.«

»Und Sie sagen, dass der Auftrag von August Trumble kommt?«, fragte sie.

Jackson zuckte mit den Schultern. *Wer weiß?* Amy spürte, dass er aus irgendeinem Grund nicht offen mit ihr reden würde, solange Crowe anwesend war. Jackson Pynne hatte etwas an sich, das sie mochte, eine rätselhafte Art von Integrität.

»Sind Sie immer noch bereit, uns zu helfen?«, fragte sie. »Als Köder?«

»Klar.« Pynne lächelte, als hätte sie ihn gerade darum gebeten, sie zum Abschlussball zu begleiten. »Was schwebt Ihnen vor?«

Amy erklärte ihm den Plan, den sie sich zusammen mit Dave Crowe und dem Chef der State Police ausgedacht hatte. Man würde Pynne noch an diesem Abend aus dem Gefängnis entlassen und zu einem Haus am Sherman Creek fahren. Die Polizei würde ihn rund um die Uhr beschützen und Haus, Grundstück und alle Zufahrtswege mit Beamten und digital überwachen. »Sie müssen das Haus nicht verlassen. Bleiben Sie einfach drin, sehen Sie fern, lesen Sie etwas. Sagen Sie uns, wenn Sie etwas brauchen. Geben Sie uns eine Einkaufsliste.«

Das schien ihm zu gefallen. »In Ordnung.«

»Und Sie glauben, dass er zu Ihnen kommen wird?«, sagte Amy.

»Ob ich das glaube? Nein«, erwiderte er, »ich *weiß* es.«

»Okay.«

»Also, wann werde ich dann freigelassen?«, fragte Jackson.

Amy sah Crowe an. »Um acht?«

»In Ordnung«, sagte er. »Acht Uhr. Ich habe nur eine Bedingung. Der Pastor soll bei meiner Freilassung anwesend sein.«

»Oh.« Amy sah Crowe an, der den Kopf schüttelte. »In Ordnung«, sagte sie.

Sie wusste, dass Gil Rankin nachts arbeitete. Alle Morde des Psalmisten waren im Schutz der Dunkelheit verübt worden.

Es war nicht unwahrscheinlich, dass er auch zu Jackson Pynne nachts kommen würde, und das glaubte auch Jackson. Bis dahin würden sie das Gelände bereits mit Nachtsichtkameras überwachen, mit Streifenwagen, Polizeibeamten und Agenten, die die Zufahrtsstraßen beobachteten, um ihn sofort zu verhaften.

»Dann geben wir in den Fünf- oder Sechs-Uhr-Nachrichten bekannt, dass man Sie freilässt. Und dann sehen wir, was passiert«, sagte sie. »Alle einverstanden?«

Pynne nickte.

»In Ordnung«, sagte Amy.

Am späten Freitagnachmittag gingen Gil Rankin und Kirby Moss ihren Plan im Haus am Jimmy Creek noch einmal in allen Einzelheiten durch. Als sie damit fertig waren, schickte Rankin Moss zum Fernsehen auf sein Zimmer. Moss machte ihn nervös.

»Ich glaube, ich mache ein Nickerchen«, sagte Moss.

»In Ordnung. Solange du nicht alles verschläfst.«

Moss sah ihn an, in der Hoffnung, ihm ein Lächeln zu entlocken.

Sobald Moss gegangen war, zog Rankin die Jalousien hoch. Er stellte seinen Sessel ans Fenster und blickte ein Weilchen auf den Jimmy Creek hinaus, während die Sonne sich silbrig auf dem Wasser kräuselte. Tidewater County war ein nettes Fleckchen, aber Gil Rankin rechnete nicht damit, jemals hierher zurückzukehren. Und er war sich ziemlich sicher, dass für Kirby Moss dasselbe galt.

So saß er da, allein mit seinen Gedanken, die schon bald wieder an ihm zu nagen begannen. Er dachte darüber nach, dass sich dieser Auftrag im Gegensatz zu den anderen nicht mehr sauber anfühlte. Früher hatte der Kunde ihn immer geschützt; er hatte ihm jedes Mal wieder dabei geholfen, ins richtige Leben zurückzukehren. Diesmal war es irgendwie anders. Er wusste, dass er darüber nicht nachdenken sollte. Die Beweggründe hinter seinen Aufträgen gingen ihn nichts an. Das gehörte zu ihrer Abmachung. Aber wie hätte er nicht darüber nachdenken sollen? Dieser Auftrag war ihm auf den ersten Blick ganz simpel erschienen – er sollte vier illoyale Angestellte ausschalten und Pynne zum Sündenbock machen. *Illoyalität*, hatte der Kunde gesagt, *ist eines der größten Übel auf Erden.*

Aber Pynne jetzt auch umzubringen bedeutete auch, den Sündenbock zu beseitigen.

Das war der Teil, der für Rankin keinen Sinn ergab. Und das nagte an ihm.

Du bist der Einzige, bei dem ich mich wirklich darauf verlassen kann, dass er diese Sache zu Ende bringt, Gilbert. Das verstehst du doch?

Doch jetzt, wo Gil Rankin zu viel Zeit zum Nachdenken hatte, war er sich nicht mehr sicher, ob er es wirklich verstand.

Crowe und Amy richteten einen Kommandoposten für die Operation in dem improvisierten FBI-Büro im Verwaltungsgebäude des öffentlichen Dienstes ein. Das von ihnen ausgewählte Haus am Sherman Creek war zu drei Seiten von gut überschaubaren Rasenflächen umgeben, die vierte grenzte an eine Moorlandschaft. Niemand konnte sich ihm nähern, ohne gesehen zu werden. Es handelte sich um ein pseudoviktorianisches Sommer-Ferienhaus, das einem Vetter des Stadtschreibers gehörte. Vier Beamte der State Police würden sich auf dem Gelände aufhalten und die Zufahrt vom Highway und am Wasserlauf entlang überwachen. Vier weitere würden im Haus sein. Die gesamte Rasenfläche war kameraüberwacht. Tote Winkel sollte es nicht geben.

Amys Plan zufolge sollte Louis Gunther, der auf Alkohol am Steuer spezialisierte Anwalt, der für seine billigen Fernsehspots bekannt war, Pynne zu dem Haus fahren. Dadurch, dass Gunther im Spiel war, würde Pynne noch verwundbarer erscheinen.

Um sechs saßen Amy, Fischer und Shipman zusammen mit sechs Sondereinsatzpolizisten und fünf FBI-Agenten in der Einsatzbesprechung. Im Zimmer roch es nach Kaffee und Schweiß. Den Sheriff und seine Leute hatte man bewusst nicht eingeladen. Crowe wollte, dass der Einsatz möglichst reibungslos über die Bühne ging, und inzwischen wusste er genug über Calverts Arbeitsweise, um ihn außen vor zu lassen.

»Pynne wird um zwanzig Uhr aus dem County-Gefängnis entlassen«, sagte Crowe. »Dann trifft er sich mit dem Anwalt Louis Gunther und fährt mit ihm zusammen zum Grundstück am Sherman Creek. Wir glauben, dass unser Verdächtiger, Gilbert Rankin, ihn heute Nacht dort angreifen wird. Wahrscheinlich nach Mitternacht.«

»Ich frage mich, wie viel sie Gunther dafür bezahlen«, witzelte einer der Einsatzpolizisten leise.

»Das ist nicht Ihr Problem«, sagte Crowe knapp.

Das Bild von Rankin auf seinem Laptop war grobkörnig und nicht besonders hilfreich, aber etwas Besseres hatten sie nicht – er war ein unauffälliger Mann mit breitem Gesicht und Glatzenansatz. Das einzige andere Foto von ihm stammte aus einem zwölf Jahre alten, in Florida ausgestellten Führerschein, auf dem er nicht wiederzuerkennen war.

»Wir glauben, dass er mit jemandem namens Kirby Moss zusammenarbeitet. Vor morgen früh wird keiner dieser beiden Namen öffentlich bekannt gegeben. Mr Rankin soll nicht wissen, was wir wissen, alles klar? Wir glauben, dass sie einen weißen Jeep Cherokee fahren.« Das Überwachungsvideo des Supermarkts erschien auf dem Monitor. »Aber es ist auch möglich, dass sie sich dem Haus in einem anderen Fahrzeug nähern.

Vielleicht setzen sie auch Tränengas oder Sprengstoff ein, um ihn nach draußen zu treiben, obwohl das nicht ihrem üblichen Vorgehen zu entsprechen scheint. Wir sind in jedem Fall auf alles vorbereitet.«

Crowe legte eine theatralische Pause ein. »Es ist offensichtlich, dass es mehrere mögliche Verläufe für diesen Einsatz gibt. Wenn die beiden Wind von uns bekommen oder die Streifenwagen an den Countygrenzen bemerken, ändern sie vielleicht ihren Plan. Möglicherweise brechen sie die Sache ab. Wie auch immer, wahrscheinlich werden sie früher oder später das Fahrzeug wechseln. Wenn sie sich in die Enge getrieben fühlen, stehlen sie vielleicht auch ein Auto oder entführen jemanden. Wir müssen also auf alle Eventualitäten vorbereitet sein und mit Sorgfalt vorgehen. Also, dies sind unsere Beobachtungsposten«, sagte er und rief das Überwachungsdiagramm auf.

Seltsam, wie selbstsicher Crowe klang, dachte Amy, wo er doch vor vierundzwanzig Stunden praktisch noch nichts über Gil Rankin gewusst hatte.

»Wir glauben, dass Rankin derzeit irgendwo im südlichen Teil des Landes seine Zelte aufgeschlagen hat. Wir überwachen derzeit mehrere Örtlichkeiten, haben aber bislang noch nichts entdeckt. Ich muss wohl kaum darauf hinweisen, dass wir uns eine Menge Ärger ersparen, wenn wir ihn finden, bevor Pynne freigelassen wird. Fragen?«

Amy verließ zusammen mit Ben Shipman die Einsatzbesprechung. Ship wirkte ungewöhnlich still. Sie fragte sich, ob er noch immer ein schlechtes Gewissen hatte, weil er dem Sheriff und dem Staatsanwalt die Informationen über die Psalmen gegeben hatte. Wenn Shipman schweigsam war, ließ sich seine Miene nur schwer deuten.

»Das alles hast du ermöglicht«, sagte sie, als sie an seinem

Auto standen, und klopfte ihm auf den Rücken. »Du hast tolle Arbeit geleistet.«

»Das haben wir alle.«

»Ja, da hast du recht.«

Shipman zog den Reißverschluss seiner Jacke zu und warf ihr einen warmen Blick zu. »Aber es ist noch nicht vorbei.«

»Stimmt.«

Er ließ den Blick über die Landschaft schweifen. In der Spätnachmittagssonne traten seine Sommersprossen deutlich hervor. Vielleicht fühlte er sich ja überflüssig, nachdem er die entscheidende Information über Rankin und Moss beigetragen hatte. Amy war sich nicht sicher.

»Wie dem auch sei«, sagte Shipman mit bemühter Begeisterung, »wir sehen uns um halb acht am Gefängnis. Ich werd mal sehen, ob ich vorher noch was zum Abendessen auftreiben kann.«

»Alles klar«, sagte sie, »bis später.«

»Roger.«

52

Gil Rankin sah es in den Sechs-Uhr-Lokalnachrichten: Man würde Pynne noch an diesem Abend um acht Uhr freilassen. Sein Anwalt, Louis Gunther, sagte, sein Klient sei »vollkommen unschuldig« und könne es gar nicht erwarten, »sein Leben ganz normal weiterzuleben«. Bei dem Anwalt handelte es sich um einen kleinen Kerl mit pfirsichfarbenem Jackett und schief sitzender Fliege, der etwas von einem Wiesel an sich hatte.

Moss war gerade von einer Erkundungstour zurückgekommen. Er brachte Rankin ganz andere Neuigkeiten, die er gar nicht gern hörte und die nur das bestätigten, was er ohnehin schon vermutet hatte.

»Anscheinend hat sich ein Haufen FBI-Agenten im Verwaltungsgebäude eingefunden«, sagte er und sah Rankin dabei aus seinen kugelrunden Augen an. »Die State Police hat an allen Ausfahrtstraßen Kontrollen eingerichtet.«

»Verdammte Scheiße«, sagte Rankin.

Moss sah ihn verunsichert an.

»Sollen wir es uns noch mal überlegen?«

»Natürlich nicht. Mach dir keine Gedanken.«

»Okay.« Moss war klug genug, ihm lieber nicht zu widersprechen.

Aber Rankin war nervös. Was hatte das zu bedeuten? Wussten sie, dass er hier war?

Oder stellten sie einfach eine Falle auf, ohne zu wissen, wer hineintappen würde? Oder hatte Jackson Pynne, diese falsche Schlange, ihnen irgendetwas erzählt?

Eines war jedenfalls nicht mehr zu bezweifeln: Zum ersten Mal, seit der Kunde seine Dienste in Anspruch nahm, hatte Rankin es mit einer Operation zu tun, bei der es ernsthafte Probleme gab. Schlimmer noch, er war in eine Sache verwickelt, die sich fatal auf seine Familie auswirken konnte. Sie konnte das Leben in Gefahr bringen, das er sich im Laufe der letzten zehn Jahre für sie aufgebaut hatte.

Und trotzdem konnte er jetzt nicht einfach kehrtmachen. Er musste die Sache zu Ende bringen. Er hatte keine andere Wahl. Das war nun mal ihre Abmachung. Das waren die Bedingungen. Wenn er davonliefe, würde sein Kunde ihn verfolgen.

»Was überlegst du?«, fragte Moss, der immer noch unschlüssig im Zimmer herumstand.

Rankin ignorierte die Frage. »Hast du alles im Griff?«

»Natürlich.«

»Okay. Dann halte dich bereit, und frag mich nicht, was ich überlege.«

»Alles klar.«

»Himmel noch mal.«

Moss kehrte in sein Zimmer zurück. Inzwischen stellten sich Rankin die Nackenhärchen auf, wenn er Moss auch nur sah; alles an ihm störte ihn, mit Ausnahme seiner außergewöhnlichen Fähigkeiten, für die Rankin ihn einmal mehr angeheuert hatte. Moss war ein nervöser Kerl, der dumme Fragen stellte. Aber in einer Sache war er gut, und darauf kam es an.

Ein Lichtreflex in der späten Abendsonne draußen vor dem Fenster erregte Rankins Aufmerksamkeit.

Ein Wagen.

Himmel! Ein Wagen fuhr knirschend über die Auffahrt zum Haus. *Was zum Teufel …?* Auf halbem Weg hielt er an. Die Tür ging auf. Rankin beugte sich mit gebannter Aufmerksamkeit vor.

»He!«, rief er Kirby Moss zu. »Steh auf! Hier passiert was. Komm her. Schnell!«

Luke teilte ihnen großzügige Portionen von dem Gemüse- und Krebsfleisch-Chili aus, das er als sein »Originalrezept« bezeichnete – seine heimliche Buße für den morgendlichen Traum. Sneakers, der bereits Rind-Geflügel-Trockenfutter zum Abendbrot gefressen hatte, lag neben Charlotte und schnarchte zufrieden vor sich hin.

»Also«, sagte sie, während sie sich über das Essen hermachten, »wann genau willst du mir von deinem großen Geheimnis erzählen?«

»Von meinem was?« Es fiel ihm seit jeher schwer, Charlotte etwas vorzumachen. »Was für ein großes Geheimnis?«

»Das, von dem du mir nichts erzählst?«

»Ach das«, sagte Luke. »Wie kommst du darauf, dass es etwas Großes ist?«

»Ich bin eben eine Spürnase.« Sie sah ihn aus wissenden blauen Augen an. »Alle Indizien deuten darauf hin.«

»Und was für Indizien wären das?«

»Zuerst einmal trinkst du heute Abend weder Bier noch Wein.«

Betreten blickte er in sein Wasserglas.

»Zweitens, dieses Abendessen.«

»Ja, aber das hat nichts damit zu tun«, sagte Luke. »Damit zeige ich dir nur, wie sehr ich dich schätze.«

»Und drittens: Mir fällt kein Grund ein, warum du am Freitagabend noch mal zur Arbeit gehen solltest. Es sei denn …« Sie klimperte übertrieben mit den Wimpern.

»Es sei denn?«

»Es sei denn, du hast ein Stelldichein mit Veronica Mars.«

»Sehr witzig.«

»Danke«, sagte sie. »Was folgt daraus? Es bleibt nur eine Frage.«

»Okay.«

»Was läuft da wirklich?«

Diesmal war keine Spur von Humor in ihrem Tonfall. Luke rutschte ein Stück mit seinem Stuhl zurück. Er begriff, dass er gar nicht erst hätte versuchen sollen, Charlotte etwas zu verheimlichen. Sneakers blickte kurz auf, als wollte auch er wissen, was Luke sagen würde. »Tut mir leid«, sagte er. »Du hast natürlich recht.«

Sie nickte.

»Wie sich herausgestellt hat, ist der Mörder jetzt hier in Tidewater County.«

»Der Psalmist.«

»Ja.«

»Liebe Güte.«

»Ja. Anscheinend stellen sie ihm heute Abend eine Falle. Jackson hat sich als Köder angeboten. Sie lassen ihn um acht Uhr frei und quartieren ihn in einem bewachten Haus hier im Landkreis ein.«

»Und ich dachte, du wärst aus der Sache raus«, sagte sie. »Wie dumm von mir.«

»Nein, ich bin wirklich aus der Sache raus. Aber Pynne möchte, dass ich da bin, wenn er freigelassen wird.«

»Aha«, sagte sie mit vorwurfsvollem Unterton.

»Ich mische mich nicht weiter ein, ich werde nur dort sein.«

Ohne auf diese Versicherung einzugehen, sagte Charlotte: »Und der Mörder wird also einfach so in diese Falle tappen, ohne Verdacht zu schöpfen?«

»Tja, Jackson ist davon überzeugt. Er glaubt, dass jemand darauf angesetzt wurde, ihn zu töten. Und das muss schnell passieren. Darum geht es bei alldem.«

»Sagt Jackson.«

»Ja.«

Charlotte betrachtete stirnrunzelnd ihr Weinglas. »Warum hast du mir das nicht schon früher erzählt?«

»Ich wollte dich wohl nicht beunruhigen. Nach dem, was passiert ist. Es tut mir leid.«

Sie trank ihren Wein aus und wandte den Blick ab. »Und wessen Idee war das?«

»Jacksons.«

Sie zog die Augenbrauen zusammen.

»Ich weiß«, sagte er.

»Tja, dann habe ich nur eine Bitte«, sagte Charlotte.

»Was immer du willst.«

»Ich möchte mitkommen.«

53

Die Antennen der drei Übertragungswagen ragten über den Stacheldrahtzaun vor der Strafanstalt. Amy fuhr Crowe durch das Tor, vorbei an einer kleinen Versammlung von Zeitungs-, Radio- und Fernsehreportern. Anscheinend war die ganze Bunting-Sippe da, und dazu Fernseh- und Zeitungsreporter aus Annapolis und Baltimore, die sie erkannte.

»Das warst aber nicht du, oder, Amy?«

»Was?«

»Die diese ganzen Medienleute hergelotst hat.«

Sie verdrehte die Augen. Crowe hatte die Bemerkung nicht nur scherzhaft gemeint. Sie konnte seine Miene gut genug deuten, um zu wissen, dass die ganze Sache ihm nicht behagte – teils, weil sie sich auf unbekanntes Gelände wagten, und teils, weil es nicht seine Idee gewesen war. Wenn bis zum Morgen nichts geschah und sie Rankin dann immer noch nicht gefunden hatten, würden sie seinen Namen und den von Kirby Moss an die Presse herausgeben. Und es auf Crowes Art probieren.

»War nur ein Witz«, sagte er. »Obwohl ich mir immer noch nicht sicher bin, wie mein Mädel bei der *Tidewater Post* an Rankins Namen gekommen ist.«

»Anscheinend hatte sie bessere Quellen als du.«

Crowe brummte missbilligend.

»War nur ein Witz«, sagte Amy.

»Nein, wahrscheinlich hast du recht. Bei Rankin hattest du auch recht. Da steckt mehr dahinter, als man auf den ersten Blick sieht.« *Bei Rankin habe ich also recht gehabt.* Sie beschloss, ihm das nicht weiter unter die Nase zu reiben. Amy hielt an, und sie gingen zum Besuchereingang.

Man brachte sie zu einem Kiesplatz hinter dem Gefängnistor, aber vor dem eigentlichen Gefängnisbau. Hier würde Jackson Pynne herauskommen. Zwei Fahrzeuge warteten mit laufendem Motor: Louis Gunthers Lincoln und ein Geländewagen vom FBI. Ein FBI-Agent würde Pynne und den Anwalt zum Haus am Sherman Creek begleiten. Amy und Crowe sollten in dem anderen Wagen hinterherfahren.

Fernseh- und Zeitungsreporter drängten sich auf der anderen Seite des Zauns in der Abenddämmerung, als die Tore sich um zwei Minuten nach acht öffneten. Eigentlich hatte sie überhaupt nicht so viel Medienaufmerksamkeit gewollt. Es kam ihr falsch vor, und möglicherweise würde Rankin dadurch abgeschreckt.

Ein Aufseher steckte den Kopf heraus und ließ den Blick über die Menge schweifen wie jemand vom Sicherheitsdienst bei einem Rockkonzert oder bei einer Demonstration. Sofort gingen die Scheinwerfer der Fernsehreporter an.

Wenig später kam Jackson Pynne heraus, hinter zwei Einsatzpolizisten und in Begleitung von Louis Gunther. Er trug einen langen Mantel und ging auf seine übliche, selbstbewusst breitbeinige Art, den Kopf hoch erhoben. Offenbar sonnte er sich in der Aufmerksamkeit. Gunther, ein kleiner Mann, der einen knittrigen Blazer und eine schief sitzende Fliege trug, ging neben ihm her und grinste zu breit.

Amy fiel auf, dass Pastor Bowers und seine Frau Charlotte hinter den Reportern standen. Einmal versuchte sie erfolglos, Blickkontakt zu ihm aufzunehmen. Lukes Blick war auf Jackson gerichtet; aller Augen hingen an Pynne wie an einem Popstar.

Die Reporter riefen Fragen, bei denen es sich größtenteils um Variationen des gleichen Themas handelte:

»Mr Pynne, werden Sie des Mordes an Kwan Park verdächtigt?«

»Mr Pynne, können Sie einen Kommentar abgeben?«

»Jackson, was ist mit Kwan Park passiert?«

Ohne ihre Fragen zu beachten, ließ Jackson den Blick über die Menge schweifen, bis er schließlich Pastor Bowers entdeckte. Er ging mit großen Schritten über den Platz, die Hand ausgestreckt. Einen Moment lang sah es aus, als wollte er dem Pastor durch den Maschendrahtzaun die Hand schütteln.

Doch stattdessen blieb er stehen und deutete eine Verbeugung an.

Crowe berührte Pynne am Ellbogen und versuchte, ihn in Richtung Wagen zu bugsieren. Louis Gunther stand wartend an der geöffneten Fahrertür. Pynne folgte Crowe einige Schritte und hielt dann inne, um den Fernsehkameras zuzuwinken.

Amy gesellte sich am FBI-Wagen zu Crowe, kurz bevor die Gefängnistore aufschwangen. Ihr Plan konnte Stunden dauern oder auch sehr viel länger. Sie verließ sich auf Pynnes Gefühl, dass der Mörder es unter diesen ungewöhnlichen Umständen eilig haben würde. Und auch darauf, dass Gil Rankin nachts arbeitete. Sie ging davon aus, dass er im tiefsten Dunkel angreifen würde. Um zwei oder drei Uhr früh. Zu dieser Zeit arbeitete Gil Rankin am liebsten. Und wenn er dann zuschlug, würden sie auf ihn warten.

Doch es kam ganz anders. Jackson Pynne hatte die geöffnete Rücksitztür des Wagens fast erreicht, als Amy, die drei oder vier Meter entfernt stand, seinen Kopf nach vorn rucken und etwas durch die Luft fliegen sah. Dann hörte sie den Schuss. In dieser Reihenfolge.

Einen Moment lang herrschte völlige Stille. Dann folgten zwei weitere Schüsse. Menschen gingen zu Boden, getroffen oder auf der Suche nach Deckung. Zu beiden Seiten des Zauns begannen die Leute zu schreien und gerieten in Panik. Amy zog ihre Beretta und kauerte sich neben den Geländewagen. Ihr Blick fiel auf Pastor Bowers, der sich über seine Frau geworfen hatte, die sich hatte zu Boden fallen lassen.

Sie blickte auf die dunklen Felder hinaus, von wo die Schüsse gekommen waren – das Mündungsfeuer des zweiten und dritten hatte sie genau gesehen, nicht jedoch das des ersten. Dann meinte sie, einen vierten Schuss aus einer anderen Waffe zu hören, der jedoch nicht auf dem Gefängnisvorplatz einschlug.

Ein Wagen der State Police raste bereits über die Straße Richtung Feld. Ein weiterer folgte.

»Scheiße! Los geht's!«, brüllte Amy, als sie davon überzeugt war, dass nicht mehr geschossen wurde. Sie rannte zur Fahrerseite des Geländewagens und stieg ein.

Endlich öffnete Crowe die Beifahrertür. Kaum war er eingestiegen, trat sie aufs Gas und schlitterte durchs Tor hinaus.

»Was machen wir jetzt?«, fragte Crowe.

Anstatt zu antworten, griff Amy nach dem Funkgerät. »Der zweite und der dritte Schuss kamen von der McIntyres-Farm, direkt südlich des Hauses. Möglicherweise von drinnen.«

Als Amy das Hofgelände erreichte, war die State Police bereits damit beschäftigt, es abzuriegeln. »Es wird schwer für Rankin, hier rauszukommen«, sagte Crowe. Aber Amy war sich da nicht so sicher.

Außer den Polizisten regte sich in der Umgebung nichts.

Sowohl das FBI als auch die State Police hatten Nachtsichtgeräte bei sich, aber sie mussten ihre Aufmerksamkeit jetzt um etwa zwölf Kilometer verlagern, von dem überwachten Haus am Sherman Creek zu dieser Farm unmittelbar südlich vom Gefängnis. *Genau so hat Rankin es geplant.*

Gerade sah Amy einen Hilfssheriff von der Polizeistation

South County ankommen, obwohl die Lokalpolizei nicht an dieser Operation beteiligt war. Ein Großteil des Ackerlands hier war frisch gepflügt. Es gab nicht viele Möglichkeiten, sich zu verstecken.

In wenigen Minuten würde ein Hubschrauber der State Police über ihnen auftauchen und die Felder mit Scheinwerfern und Wärmesensoren absuchen. Aber dann konnte es bereits zu spät sein. Amy hatte ein ungutes Gefühl bei der Sache.

»Scheiße!«, sagte sie. »Die haben uns mit runtergelassenen Hosen erwischt. Wir haben es verbockt.«

Sie stieg aus und suchte die dunklen Felder Richtung Osten und Norden nach einem Fahrzeug oder nach sich bewegenden Gestalten ab. Über Funk berichtete ein Einsatzpolizist, dass er im Süden etwas entdeckt habe – ein parkendes Auto am Whistling Swan Drive, mit ausgeschalteten Scheinwerfern und einer offenen Tür. Dann kam nichts mehr.

Amy wusste, dass es von dort aus zwei Straßen gab, und Richtung Osten konnte man das County querfeldein verlassen. An beiden Straßen wartete ein Polizeiwagen, also würden sie auf diesem Weg nicht so leicht entwischen können. Aber die Felder im Osten lagen im Dunkeln.

Amy glich ihre Beobachtungen mit denen von State Police Captain Gary Martin ab und versuchte, genau festzustellen, wo sie das Mündungsfeuer gesehen hatte.

Auf dem Gelände gab es ein Haus und eine Scheune. In keinem von beiden Gebäuden brannte Licht. Es war eine kleine Farm; die McIntyres bauten Mais an und züchteten Pferde. Zu dieser Jahreszeit hielten sie sich noch in ihrem Strandhaus in South Carolina auf.

Innerhalb weniger Minuten sammelte sich ein Sondereinsatzkommando, um ins Haus einzudringen. Während sie zusah, meldete sich Amys Gewissen – das Bild von Jackson Pynne stand ihr wieder vor Augen, wie er von dem Schuss getroffen vornüber kippte, gegen die Wagentür prallte und in den Kies fiel.

Es war meine Idee, das durchzuziehen. Für all das bin nun ich verantwortlich.

Schweigend sah Crowe zu, die Hände in die Hüften gestemmt. Er wirkte noch immer leicht erschüttert. Dann ging er zu dem soeben eingetroffenen Captain Martin von der State Police. Der Hubschrauber hatte inzwischen abgehoben, näherte sich der Farm der McIntyres und streifte dabei mit seinen Scheinwerfern über das Feld.

Zu ihrer Überraschung stand der Sheriff bei dem Sondereinsatzkommando. Sie wandte sich ab. Der Schütze hatte sich etwa vierzig Meter südöstlich von ihrer jetzigen Position befunden. Vielleicht war er in das Haus eingebrochen und hatte sein Opfer durch ein Zielfernrohr aus einem Fenster im zweiten Stock ins Visier genommen. Oder vielleicht hatte er im Feld gestanden, auf dem Dach seines Wagens.

Sie ging in die entgegengesetzte Richtung los – nach Norden, weg von der Straße und hinaus aufs Feld. Der frisch gepflügte Boden war nach wie vor feucht vom sonntäglichen Schnee.

»Wo willst du hin?«, rief Crowe.

»Nirgendwohin«, antwortete Amy so leise, dass er sie vielleicht gar nicht hörte.

Nach etwa zwanzig Metern blieb sie stehen und blickte nach Osten, doch außer dem Glanz feuchter Stellen hier und da auf dem Feld sah sie nichts.

Amy lauschte in die Stille, spürte den eisig-nassen Wind. Schließlich ging sie weiter, tiefer in die Dunkelheit. Der Himmel im Norden war klar, der Mond stand hoch am Himmel und war beinahe voll. Die Luft wurde kühler, je weiter sie sich von der Straße entfernte, und sie atmete den dumpf-erdigen Geruch der Nacht ein.

Was würde Gil Rankin tun, um hier herauszukommen? Welchen Weg würde er nehmen, um nicht von der Polizei entdeckt zu werden?

Sie hielt inne und lauschte erneut, versuchte, ihre Augen und Ohren noch besser auf die Dunkelheit einzustellen. Sie blickte nach Osten, Süden, Norden. In der Ferne auf dem Highway ballten sich die Lichter. *Er ist irgendwo da draußen*, dachte sie. Während sie von weither Sirenen hörte, spürte sie, dass etwas sie tiefer in die Dunkelheit zog, weg vom restlichen Team. *Gil Rankin ist immer noch hier draußen.* Sie spürte, wie ein sachtes Schaudern durch ihre Seele zog. Amy warf einen Blick nach Süden und sah, dass die Polizeischeinwerfer bei der Farm angekommen waren.

Sie zog den Reißverschluss ihres Mantels zu und ging weiter. Dann und wann blieb sie mit den Füßen im Schlamm stecken. Der Atem bildete Wolken vor ihrem Mund. Rankin würde damit gerechnet haben, dass sie das Grundstück rund um die Farm abriegelten. Das musste Teil seiner Strategie gewesen sein. Und ihm musste auch klar gewesen sein, dass er auf dem Überwachungsvideo des Supermarkts vom vergangenen Abend zu sehen war und dass die Polizei damit rechnete, dass er nach Osten oder Süden zu flüchten versuchen würde.

Sie ging weiter. Inzwischen war sie ein gutes Stück nördlich von der Stelle, an der die Schüsse abgefeuert worden waren, und stimmte sich zunehmend auf den Rhythmus der Nacht ein. Amy hatte sich schon vor langer Zeit darin geübt, an dunklen Orten einen Lichtschimmer zu entdecken. Aus dem Funkgerät in ihrer Hand hörte sie: »Weißer Jeep, an Highway 16 geparkt. Auf der Fahrbahn daneben Person. Nähere mich.« *Kracks, kracks.* »Person antwortet nicht.«

Einer erledigt, dachte Amy. Sie ahnte, dass es sich um Kirby Moss handelte. Der vierte Schuss, der nicht beim Gefängnis eingeschlagen war. Sie drehte sich in den leisen Wind und sah in die Richtung, in der man den Jeep gefunden hatte – ein gutes Stück im Süden –, doch sie war zu weit entfernt, um etwas zu erkennen. Sie fühlte sich wie ein Schiff, das auf hoher See trieb.

Moss war der Schütze gewesen. Sobald er Jackson Pynne getötet hatte, war er für Rankin nicht mehr von Nutzen gewesen. Offensichtlich hatten sie zwei Fahrzeuge gehabt. Moss war nach Süden gefahren und hatte sich mit Rankin getroffen, um die Fahrzeuge zu tauschen. Rankin hatte ihn erschossen und war mit dem zweiten Wagen weggefahren. Doch in keine der Richtungen, von denen man es annahm. Und auf andere Weise als vermutet.

Das Herz klopfte ihr bis zum Hals, als sie auf den dunklen Streifen im Feld zuging, von dem sie wusste, dass es sich um Highway 7 handelte. Als der Boden unter ihren Füßen matschig wurde, machte sie größere Schritte. Sie kannte das hiesige Straßennetz. Es erstreckte sich nach Osten und Norden. Aber was, wenn man andere Routen erfand, Diagonalen durch die Felder, die neue Verbindungen schufen? Ein Sprung von einer Straße zur anderen. Wahrscheinlich fühlte sich Rankins Leben in gewisser Weise genau so an.

Amy blieb erneut stehen. Sie meinte, etwas gehört zu haben. Langsam ließ sie den Blick über die Felder Richtung Osten wandern, auf der Suche nach etwas Ungewöhnlichem in den sich überlagernden abendlichen Schatten. Rankin war ein Geschöpf der Finsternis. Er bewegte sich mühelos in ihr, nahm Wege, die sich anderen entzogen, begab sich an Orte, an denen ihn niemand suchte. *Er ist dort draußen.* Wahrscheinlich hatte er das abgeriegelte Gebiet schon verlassen, bevor es überhaupt abgeriegelt gewesen war.

Dann hörte sie es erneut: einen hohen Laut, bei dem es sich

um eine Gans oder einen Schwan hätte handeln können. Aber sie wusste, dass es etwas anderes war.

Und dann sah sie es: einen blassen Schimmer von Mondlicht, der sich einen guten Meter über dem Boden in etwas fing, das sich durch das Feld bewegte. Vielleicht in einer Windschutzscheibe.

Amy wartete mit angehaltenem Atem. Sie hörte das Geräusch wieder. Diesmal erkannte sie es: Es war ein Motor, der in der Ferne beschleunigte, gefolgt von einem weiteren Geräusch, dem von Reifen, die im Schlamm durchdrehten. Ihr Blick suchte die Dunkelheit ab und fand sie wieder: zwei schimmernde Stellen, vorn und hinten – ein kleiner Wagen, der sich langsam über das Feld bewegte. *Er fährt mit ausgeschalteten Scheinwerfern zum Highway, pflügt sich durch die Dunkelheit.* Sie versuchte zu erkennen, wo er herauskommen würde – wenn er in dieser Richtung weiterfuhr, würde er östlich der Polizeisperre auf den Highway fahren, direkt hinter *Gracie's Crab House*. Dann wäre er bereits im Nachbarland, wo er im Verkehr untertauchen konnte.

Amy drehte sich um und blickte zu der hell erleuchteten Farm und den geschäftigen Polizisten südlich davon zurück, wo man den Jeep gefunden hatte. Per Funk rief sie Crowe.

»Rankin bewegt sich außerhalb des abgeriegelten Gebiets, im Nordosten, weniger als zwei Kilometer von der Landesgrenze entfernt, direkt Richtung Highway«, sagte sie. »Ich habe ihn gerade gesehen. Er hat offenbar Schwierigkeiten, im Schlamm auf den Feldern voranzukommen.«

»Bitte wiederholen.«

Doch Amy rannte bereits zum FBI-Geländewagen zurück.

54

»Aber wie will er das schaffen?«, fragte Dave Crowe, während Amy mit dem Geländewagen die Route 11 Richtung Norden entlangbrauste, die Scheinwerfer ausgeschaltet, die Fenster offen. »Alle Straßen, die rausführen, sind gesichert.«

»Dann nimmt er eben nicht die Straße«, erwiderte sie.

»Und wo fährt er dann lang?«

Amy antwortete nicht. In der Dunkelheit hielt sie nach Rankins Wagen Ausschau, konnte ihn jedoch nicht sehen: kein aufblitzendes Glas oder Metall, wo sie es erwartete. War er ihr entwischt? *Vielleicht hat er die Richtung geändert. Oder er hat den Highway bereits erreicht und ist weg.*

Sie nahm den Fuß vom Gas und ließ den Wagen ausrollen.

»Was machst du da?«, fragte Crowe.

»Ich orientiere mich nur.«

»Warum?«

»Psst.« Sie lauschte angestrengt und suchte das Gelände im Norden und Osten mit Blicken ab – das war die Richtung, in die er gefahren war. Einen knappen halben Kilometer hinter der Landesgrenze, am Capsize Creek, lag *Gracie's Crab House*. Im Hinterzimmer spielte heute Abend eine Band, und der Parkplatz war gerammelt voll. Auf der Route 11 würde er westlich vom Parkplatz vorbeikommen, wo er sich noch innerhalb des Countys befand. *Aber was, wenn er nach Osten durchs Sojabohnenfeld gefahren ist?* Von der Route 11 ging es direkt zum Parkplatz vor dem Restaurant; und von dort konnte er auf den Highway und dabei die Polizeisperren umgehen.

Dann hörte sie es wieder: das kreischende Geräusch im Schlamm durchdrehender Räder. »Mist!« Mit erhobener Hand brachte sie Crowe, der gerade etwas sagen wollte, zum Schweigen. Und wieder – Autoreifen, die nicht greifen konnten. Amy wandte den Blick weiter nach Osten.

Die schlammigen Felder kommen uns zu Hilfe. Sie wollen Gil Rankin von der Flucht abhalten. Sie halten ihn hier fest.

Sie drückte die Sprechtaste des Funkgeräts: »Zielperson fährt wahrscheinlich von Südosten auf *Gracie's Crab House zu*. Ein- und Ausfahrten blockieren. Höchste Priorität«, fügte sie hinzu. »Ohne Blaulicht und Sirenen.«

»Wo denn? Ich sehe nichts«, sagte Crowe.

Amy zeigte auf die Windschutzscheibe und ließ den Blick über das gepflügte Bohnenfeld wandern. Sie wäre lieber allein hier draußen gewesen.

Es dauerte nur eine Minute, dann sah sie es unmittelbar westlich vom Bach: das Aufblitzen von Glas und den kastenförmigen Umriss eines Kleinwagens, der sich über das mondbeschienene Feld auf den Restaurantparkplatz zubewegte. Aber offenbar hatte Rankin Schwierigkeiten: Erneut hörte sie den Motor aufjaulen und die Reifen im Schlamm durchdrehen. *Tidewater County will ihn nicht gehen lassen*, dachte sie einmal mehr, und plötzlich durchströmte sie warme Zufriedenheit.

»Moment«, sagte sie. Sie trat aufs Gas und fuhr mit vollem Tempo Richtung Highway. Nur kurz nahm sie den Fuß vom Pedal, als das Auto auf den frisch gepflügten Acker rumpelte, dann trat sie es wieder durch. Der Geländewagen holperte durchs Sojabohnenfeld auf das Restaurant zu. Als sie ins Rutschen gerieten, protestierte Crowe: »Lieber Himmel!«, und »Was zum …«

Ein paarmal drehten die Reifen durch, aber der Geländewagen hatte Vierradantrieb und eignete sich besser für diesen Untergrund als das Auto mit Vorderradantrieb, das Rankin fuhr.

Du hättest den Jeep nehmen sollen, Rankin, dachte Amy.

Sie fuhr über eine Privatauffahrt auf das letzte Stück Ackerland vor dem Highway. Jetzt sah sie gegenüber wieder seinen Wagen – gerade kam er die Böschung vor dem Parkplatz herauf. Dann verschwand er in einem Gewirr von Autos und Lichtern. Der Hubschrauber der State Police ging hinter ihnen dröhnend in Tiefflug, erleuchtete das Feld und blendete Amy für einen Moment. Sie fragte sich, ob Rankin sie abgehängt hatte.

Oben auf dem Highway riegelten die Wagen der State Police und des Sheriffs mit blinkendem Blaulicht die Zufahrten ab. »Nein! Kein Blaulicht!«, rief Amy, während sie über die Böschung raste und mitten auf dem Parkplatz zum Stehen kam.

»Herrgott im Himmel noch mal!«, sagte Crowe.

Amy stieg aus, völlig aufgedreht. Sie ließ den Blick über den Parkplatz schweifen. Dutzende von kreuz und quer parkenden Wagen. Sie sah zum Restaurant und dann zurück auf die Felder.

»Ich sehe nach, ob sie etwas gefunden haben«, sagte Crowe.

»Alles klar.«

Rasch ging er zur Zufahrt, als wollte er ihr entkommen. *Gut*, dachte sie. Ihr Puls raste immer noch von der Verfolgungsjagd übers freie Feld. Hier im Windschatten war es wärmer, und es roch nach gedünstetem Fisch. Der Geländewagen war ebenso schlammbespritzt wie ihre Stiefel, und dasselbe musste für Rankins Wagen gelten. Sie ging am Rande des Parkplatzes entlang, suchte mit Blicken den Weg ab, den er aus der Dunkelheit genommen haben musste, und fand die Stelle, an der seine Reifen sich in die Böschung gegraben und den Kies aufgewühlt hatten. Sie war jetzt vielleicht fünfzehn Meter entfernt von der Stelle, an der sie auf den Parkplatz gekommen war.

Wo befand er sich dann? Sie versuchte, der Spur seines Wagens zu folgen, aber das war sinnlos; die Reifenspuren verloren sich im Kies.

Hier gab es zu viele Autos. Er konnte überall gehalten haben. Vielleicht saß er jetzt gerade in seinem Wagen, oder er war draußen im Sumpf zu Fuß unterwegs. Oder vielleicht hatte er bereits einen Weg gefunden, um den Highway zu überqueren.

Aber das glaubte sie nicht. Es gab inzwischen hier draußen zu viele Augen. Die FBI-Agenten und Sondereinsatzpolizisten schwärmten soeben auf dem Parkplatz aus. *Er ist hier*, dachte sie. Er musste hier sein und sich unter aller Augen irgendwo verstecken. Mitten im Durcheinander.

Amy ging zur Terrasse des Restaurants und entsicherte dabei ihre Beretta. Sie hielt inne, um auf das dunkle Gelände zurückzublicken, das sie gerade durchquert hatte. Das Mondlicht enthüllte gepflügten Boden, sumpfige Wasserläufe, hier und dort ein Straßenschild. Das war alles; nichts rührte sich.

Sie stieg die Stufen zur Terrasse hinauf und wanderte zwischen den Schaulustigen umher, die neugierig ins Freie gelaufen waren. Wenn jemand sie fragend ansah, zuckte sie nur die Achseln, wie um zu sagen: *Ich habe auch keine Ahnung, was da los ist*. Aber sie verspürte erneut die nervöse Anspannung, die ihr verriet, dass sie ihrer Beute ganz nah war.

In Jeans, Arbeitsstiefeln und Armeejacke ging sie locker als Gast durch. Sie konnte also ungehindert hinein und sich unters Volk mischen. Aber zuerst stützte sie sich aufs Geländer und ließ noch einmal den Blick über den Parkplatz schweifen. In der Nähe des Eingangs sah sie Crowe, wie er, die Hände in die Hüften gestemmt, mit zwei anderen Agenten redete.

Dann drehte sie sich um und ging hinein. Sie stieg die Stufen zum vorderen Barraum hinab, der schwach beleuchtet und voll besetzt war. Fischernetze und Steuerräder hingen an den Wänden. Einige Leute aßen an der Bar, andere warteten auf einen Tisch. Die Luft war erfüllt vom Geruch gedünsteter Krebse und gekochter Krabben.

Sie bestellte sich ein Bier. Die Stimmung hier war lebhaft und angeheitert, und alle redeten laut durcheinander. Amy behielt die Tische im Auge: Gäste, die mit Holzhämmerchen Krebspanzer auf Papierservietten knackten, Kellner, die Teller mit Fisch und Meeresfrüchten herbeitrugen oder Teller mit Schalen abräumten.

Sie ging mit dem Bier in den Veranstaltungsraum hinterm Restaurant. Eine Band spielte, eine Gruppe aus der Gegend, die sie schon ein paarmal gesehen hatte, einmal zusammen mit Ship. Männer und Frauen, die neben ihren Jobs als Fährleute, Autoteileverkäufer und Friseur abends musizierten. Es war eine Coverband, die Country-Stücke und klassische, allseits beliebte Rocksongs spielte. Amy lehnte sich an die Wand und tat so, als tränke sie Bier.

Die Band hob zu einem Lied von J. Geils an, das hier besonders beliebt war und dessen erste Zeile immer mit Johlen und Jubeln quittiert wurde: »*We met in a bar, out on Chesapeake Bay …*«

Amy behielt derweil verstohlen die Ränder des Saals im Auge – nach Leuten in dunklen Ecken oder im Getümmel. Bei mehreren sah sie zweimal hin. Bei einem dreimal.

An einem Tisch weit hinten saß ein großer Mann mit breitem Gesicht, der eine dunkle Jacke und ein Baseball-Cap trug. Sein Stuhl stand in einem seltsamen Winkel, als wollte er bloß den Eindruck erwecken, dass er zu den anderen am Tisch gehörte.

Oder bildete sie sich das nur ein?

Dann fiel ihr noch etwas anderes an dem Mann auf: Anstatt sich auf die Band zu konzentrieren, drehte er sich immer wieder zum Eingang um und beobachtete die hereinkommenden Leute.

Vielleicht wartete er ja bloß auf jemanden.

Und dann überraschte der Mann sie, indem er sie direkt ansah. Sie wandte sich der Band zu.

Sie trank ihr Bier. Wartete ab. Sah der Band zu.

Als sie schließlich wieder in die Richtung des Mannes blickte, war er weg.

Gil Rankin fühlte sich fürs Erste sicher, untergetaucht in einem Meer unbekannter Gesichter. Versteckspielen. Darin war er gut. Er musste nach wie vor einen Fluchtweg finden. Er konnte später nicht wie alle anderen einfach nach Hause gehen. *Diese Scheißfelder, total überflutet von der Schneeschmelze. Gottverdammte Felder, die sind wie Treibsand.*

Rankin trat auf die Terrasse und atmete tief die kalte Luft ein. Er musterte kurz die neugierig dreinschauenden Leute, die versuchten, sich einen Reim auf die Anwesenheit all der Blaulichtwagen zu machen. Niemand würdigte ihn eines zweiten Blickes.

Die Ironie seiner misslichen Lage entging ihm nicht. Das hätte sein letzter Auftrag sein sollen, seit er damals, vor zehn Jahren, eine Videoüberwachungsanlage auf dem Grundstück des Kunden installiert hatte. Und jede Operation bis auf diese war reibungslos verlaufen. Immer war er sauber wieder herausgekommen. Der Kunde hatte sich immer darum gekümmert. Doch diesmal würde er das nicht tun. Diesmal war Rankin auf sich gestellt.

Er lehnte sich gegen das Geländer und atmete tief durch. Die kühle Luft verschaffte ihm ein wenig neue Energie. Er ließ den Blick über den Parkplatz gleiten. Ja, es würde eine Herausforderung sein, sich hier davonzustehlen. Aber er würde es schaffen. Das war seine Spezialität. Er ließ sich einfach nicht erwischen. Darauf war er stolz.

Erneut musterte er die Gesichter in der Menge und ging seine Möglichkeiten durch. Einen Augenblick lang sah ein Mann, der eine Strickmütze trug und am anderen Ende der Terrasse stand, ihn direkt an. Irritiert meinte Rankin, den Kunden zu erkennen, seine dunklen Augen und den durchdringenden Blick. *Lieber Himmel!*

Er wandte sich ab. *Natürlich nicht, das kann ja gar nicht sein.*

Was war nur mit ihm los? Er kehrte ins Restaurant zurück. Im Eingangsbereich sah er wieder die Frau in der zu großen Armeejacke, die mit langen Schritten den Raum durchmaß. Ihn ansah. *Was zum Teufel hat die für ein Problem?* Rankin änderte die Richtung. Er folgte den Wegweisern zu den Toiletten. Dort musste es einen Hinterausgang geben. Durch den würde er verschwinden und dieses Drecksloch hinter sich lassen. Zurück nach Florida.

Und wenn ich es nicht schaffe, dachte er zum ersten Mal, *dann schaffe ich es eben nicht. Darüber muss ich mir dann jedenfalls nie wieder Sorgen machen.*

Vier uniformierte Einsatzpolizisten von der State Police gingen im weiten Bogen zum hinteren Ende des Restaurants und suchten dabei mit Blicken die Tische ab. *Was hoffen die eigentlich zu finden?*, fragte sich Amy. *Haben sie überhaupt eine vernünftige Beschreibung von Gil Rankin?* Es gab nur zwei Fotos, die ihm wahrscheinlich überhaupt nicht ähnlich sahen.

Sie ging in die andere Richtung, quer durchs Restaurant zur Vorderterrasse, wo sich inzwischen zwei Dutzend Leute versammelt hatten und der Polizei bei ihrem Treiben zusahen. Oder eher beim Herumstehen. Doch als sie auf den Eingang zuging, sah sie ihn wieder – den großen Kerl mit dem Basecap.

Sein Blick begegnete kurz dem ihren, doch er ging weiter. Vorbei an der Bar und unter einem Schild hindurch, das den Weg zu den Toiletten wies.

Sie war sich einfach nicht sicher: Wollte er sich verstecken oder suchte er bloß jemanden? Oder musste er tatsächlich auf die Toilette?

Sie ließ etwa zwanzig Meter Abstand zu ihm und betrat dann ebenfalls den Korridor. Ihr Herz hämmerte. Sie war sich noch immer nicht sicher.

Am Ende des Korridors gab es zwei Türen. Auf den Schildern stand MÄDELS und JUNGS.

Aber dorthin war er nicht unterwegs.

Kurz vor den beiden Türen befand sich eine dritte – der Hinterausgang auf den Parkplatz. Dort blieb der Mann stehen. Er stemmte sich gegen die Tür. *Er will raus.*

Aber auch das musste nichts heißen.

Amy griff nach ihrer Waffe, als die Tür langsam nachgab.

»Gil Rankin!«, rief sie.

Ein kurzes Zögern. Dann drehte er sich zu ihr um.

»Polizei!«, rief sie. »Hände hoch!«

Der Mann wandte sich langsam zu ihr um, den Rücken zur Tür, als habe er sie nicht richtig gehört. Dann wirbelte er wieder zur Tür herum, und seine Rechte verschwand in der Manteltasche. Als sie wieder hervorkam, hatte er ein 45er-Kaliber in der Hand.

Amy schoss zuerst und traf seinen Brustkorb. Rankin erwiderte das Feuer taumelnd, und die Kugel ging knapp an ihrem linken Arm vorbei. Sie duckte sich und schoss erneut. Das Fenster zersprang, er drückte die Tür auf und stolperte ein paar Schritte weit auf den Parkplatz, wankte und fiel auf die rechte Seite. Amy folgte ihm nach draußen, die Beretta schussbereit in beiden Händen.

Einige Schritte von ihm entfernt blieb sie stehen, die Waffe auf ihn gerichtet. Rankin hob den Kopf. Es sah aus, als blickte er an ihr vorbei. Und dann – in offenbar selbstmörderischer Absicht – richtete er die Waffe langsam auf sie, ohne abzudrücken. Amy schoss ihm ein weiteres Mal in die Brust, ein tödlicher Treffer.

Eine unheimliche Stille schloss sich an – das würde sie niemals vergessen können: nur sie und der Tote, zusammen hinter dem Restaurant, mit dem dröhnenden Echo von vier Schüssen im Ohr und rasendem Herzschlag.

Und dann brach die Welt wieder über sie herein.

Jemand rannte auf sie zu und bedrohte sie mit einer Waffe. Eine FBI-Agentin rief: »Waffe fallen lassen! Auf den Boden. Auf den Boden!«

Amy ließ die Waffe fallen und ging auf die Knie. Die Agentin drückte sie in den Kies. Mit den Handflächen fing sie sich ab. Sie spürte das Knie der Agentin im Rücken und hörte Leute herbeirennen und Polizisten durcheinanderrufen.

»Lassen Sie mich los«, stieß Amy hervor. »Ich bin von der State Police, Morddezernat.«

In dem sich anschließenden Wirrwarr hörte sie die raue, ruhige Stimme ihres Chefs Henry Moore. Gleichzeitig versuchten mehrere Beobachter durcheinander zu erklären, was passiert war – in jenem aufgeregten, wichtigtuerischen Tonfall, in den Augenzeugen so gern verfielen. Schließlich ließ die FBI-Agentin sie aufstehen.

Amy erhob sich. Ihre Handflächen hatten kleine, blutende Wunden vom Kies. »Tut mir leid«, sagte die Agentin und versuchte sich an einem treuherzigen Blick. Amy wandte sich ab. Gil Rankin lag in würdeloser Pose zusammengekrümmt hinter ihr, die Beine verdreht, Rumpf und Kopf in Richtung Feld gewandt. Vielleicht wäre das sein Fluchtweg gewesen. Es herrschte die Klischeevorstellung, dass Schießereien wie in Zeitlupe vor sich gingen; aber so war es nicht gewesen. Es war alles sehr schnell gegangen, zu schnell, um etwas zu denken oder zu fühlen. Es war das erste Mal, dass sie jemanden getötet hatte.

»Zurücktreten! Bitte verlassen Sie alle den Tatort!«, rief ein Einsatzpolizist. Seine Kollegen machten sich ans Werk, den

Schauplatz des Geschehens abzusperren und schwarz-gelbes Band hinter dem Restaurant zu spannen.

Amy hörte jemanden sagen: »Genau da habe ich gestanden, als es passiert ist! Genau hinter ihr!« Sein Tonfall klang ziemlich hysterisch.

Im Restaurant drückten die Gäste sich die Nasen an den Fensterscheiben platt. Die Band war verstummt, die ausgelassenen Unterhaltungen waren verebbt. Der Fischgeruch mischte sich nun mit dem von Schießpulver.

Amy ging mit Crowe und Moore an den Rand des Parkplatzes. Der Gedanke daran, wie die Agentin sich auf sie draufgekniet und ihr die Waffe an den Kopf gehalten hatte, ließ sie nicht los. Er holte die ganzen Erinnerungen an das wieder hervor, was vor fünfzehn Jahren passiert war, als sie noch auf der Highschool gewesen und an einem ähnlich kühlen Frühlingsabend in Pennsylvania ausgegangen war. Ein Verbrechen, das ihr Leben in den Grundfesten erschüttert hatte und der Grund dafür werden sollte, dass sie zur Polizei ging, in der Hoffnung, zu verhindern, dass anderen dasselbe widerfuhr. Jetzt konnte sie sich an dunklen Orten zurechtfinden; damals war sie dazu nicht in der Lage gewesen; jetzt konnte sie selbst eine kluge Entscheidung fällen; damals war das schwer gewesen.

Auf dem Rückweg trug sie das Bild von Gil Rankins verdrehten Beinen mit sich herum, und sie verspürte eine seltsame, flüchtige Befriedigung, als hätte sie endlich Genugtuung für das Ereignis erhalten, das ihr Leben verändert hatte, obwohl das eine eigentlich nichts mit dem anderen zu tun hatte.

Zehn Minuten später war sie in dem Restaurant und erstattete Crowe Bericht. Es handelte sich jetzt um einen FBI-Fall. Crowes Fall.

»Seltsam, wie schnell die Dinge sich ändern«, sagte sie.

»Ja. Allerdings.«

Eine Stunde zuvor war der Tisch voller Krebsgerichte und Krüge mit Chesapeake-Bier gewesen.

Als sie fertig waren und Amy aufblickte, stellte sie zu ihrer Überraschung fest, dass die Leute fast alle verschwunden waren. Die letzten Autos standen gerade vor der Polizeiabsperrung Schlange, auf dem Weg nach Hause. Noch immer drehte sich das Blaulicht auf den Polizeiautos. Sie fragte sich, ob Rankin wohl die Flucht gelungen wäre, wenn sie ihn nicht entdeckt hätte. Nun fotografierte stattdessen die Spurensicherung hinter dem Restaurant seine Leiche.

»Alles in Ordnung?«, fragte Crowe. Die beiden gingen in der Kälte über den Kiesplatz. Im Dunkeln sah sie niemand. Er legte ihr die Hand zwischen die Schultern.

»Ich denke schon.«

»Das hast du gut gemacht. Es war richtig.«

»Ich habe das gemacht, was er von mir wollte«, erwiderte Amy.

Sie sah auf die Äcker hinaus. Genau so empfand sie es. Sie hatte getan, was er von ihr gewollt hatte. Sie hatte ihm zu einem Ausweg verholfen. Vielleicht nicht zu dem, den er sich gewünscht hatte, aber zu einem, der besser für ihn war, als festgenommen zu werden. Irgendwie gab ihr das das Gefühl, von ihm ausgenutzt worden, zu seiner Komplizin geworden zu sein.

Auf der Heimfahrt malte sie sich aus, wie es weitergehen würde. Man würde sie in den Urlaub schicken, während eine weitgehend bedeutungslose bürokratische »interne Untersuchung« durchgeführt wurde. Sie würde zur Therapie gehen und vielleicht zwischenzeitlich irgendeinen Schreibtischjob machen müssen. Amy kannte den Ablauf, und es machte sie stinksauer. Genau das wollte sie nicht. Mehr denn je wollte sie jetzt ihre Arbeit fortsetzen. Sie wollte diesen Fall zum Abschluss bringen.

»Ist Jackson Pynne gestorben?«, fragte sie Crowe, während sie zwischen den dunklen Feldern hindurchrasten.

»Sein Zustand ist kritisch. Er wird gerade operiert.«

»Sonst noch jemand?«

»Einer der Aufseher wurde getroffen. Am Arm. Er wird es überleben.«

»Und Jackson?«

»Das wissen sie noch nicht.«

Amy lehnte sich zurück und betrachtete den klaren Himmel mit dem runden, hellen Mond. Sie war zufrieden damit, nichts zu tun und einfach nur auf die Straße zu sehen, als würden deren Windungen sie zu einer umfassenderen Wahrheit im Herzen eines großen Geheimnisses führen. Sie dachte an Jackson Pynne, der sich, kurz bevor ihn die Kugel getroffen hatte, noch in der Aufmerksamkeit der Presse gesonnt hatte, und an den liebevollen Gesichtsausdruck, mit dem der Pastor zugesehen hatte. *Wie unschuldig einem das alles jetzt vorkommt.*

Zu Hause aß sie ein Brot mit Schweizer Käse und trank ein Glas Rotwein. Danach drückte sie Winston fest an ihre Brust. Heute Abend sträubte er sich kaum dagegen, als wüsste er, dass sie jetzt jemanden umarmen musste, selbst wenn er die Umarmung nicht erwidern konnte. Schließlich zog sie ihren Schlafanzug an, putzte sich die Zähne und ging ins Bett. Schnell fielen ihr die Augen zu, und sie schlief bis zum Morgen durch.

Als die Sonne sie weckte, stellte sie zu ihrer Überraschung fest, dass es schon nach acht war.

Sie lag einige Minuten im Bett und blinzelte in das Licht, das zwischen den Rollläden hindurchschien, während sie sich die vergangene Nacht in allen Einzelheiten ins Gedächtnis rief. Wie jeden Morgen saß Winston auf ihrem Schreibtisch, sah sie streng an und wartete auf seine Thunfischmahlzeit, als sei es ein ganz normaler Tag.

Doch schon in diesem Moment wusste Amy Bescheid.

Rankin hatte einen dunklen Mazda gefahren. Sie kannte diesen Wagen. Sie hatte das Flügel-Logo am Heck erkannt, als er über die Böschung auf den Restaurantparkplatz gefahren war.

Deshalb war er im Matsch stecken geblieben.

Sie stand auf und machte sich Kaffee und Toast. Nach einer Weile klingelte ihr Telefon.

»Wie geht es dir?«, fragte Crowe.

»Ganz gut, denke ich. Und dir?«

»Gut. Hast du überhaupt geschlafen?«

»Ich habe gut geschlafen. Wahrscheinlich war ich einfach erschöpft. Wo bist du?«

»Auf der Straße. Ich bin auf dem Weg zu dir.«

»Okay. Wie geht es Jackson Pynne heute?«

»Er ist nach wie vor im Krankenhaus. Mehr wissen wir noch nicht.«

Sie merkte es seinem Tonfall an. Seinem Innehalten. Schweigen sagte oft mehr als Worte.

»Gerade haben sie bei dem Haus etwas rausgefunden«, sagte Crowe.

»Beim Haus.«

»Ja, das Haus am Jimmy Creek. Wo Rankin gewohnt hat. Die Spurensicherung der State Police ist da.«

Amy sagte nichts weiter. Sie duschte schnell und verspürte dabei ein tiefes Entsetzen. Sie hoffte, dass sie falsch lag. Dann zog sie sich an und ging ins Internet. Sofort sah sie die Schlagzeile der *Associated Press*: *Verdächtiger im Fall der »Betenden« erschossen.* Etwa das, womit sie gerechnet hatte. Sie schaltete den Computer ab und nahm Winston erneut in den Arm. »Tschüss, lieber Winnie.«

An jenem Morgen war der Himmel von einem makellosen, leuchtenden Blau, das sie an teures Porzellan erinnerte. In den

Schatten wehte eine kalte Brise, doch es waren bereits Strömungen wärmerer Luft zu spüren, mit denen sich der Sommer anmeldete, der Tidewater County ein neues Gesicht geben würde.

Crowes Auto kam um die Ecke und hielt neben ihr. Amy stieg ein.

Sie fuhren schweigend nach Südosten, in das tief liegende Labyrinth von Bächen und Wasserläufen. Schließlich sagte sie: »Na los, sag es mir.«

Crowe seufzte. Amy blickte auf die Felder und die sich hindurchschlängelnden Bäche.

»Es ist Ship«, sagte sie, um es ihm leichter zu machen. »Stimmt's?«

»Es tut mir leid …«, setzte er an.

Amy sah aus dem Fenster, während er es erklärte. Sie war zu wütend, um etwas zu erwidern. Ein Schwarm Gänse flatterte in Keilformation träge übers Watt, über die Bäche und einen Priel, dessen Wellentäler aussahen wie Glassplitter, in denen sich der Himmel spiegelte. Tränen brannten ihr in den Augen, und eine davon lief ihr über die Wange.

Crowe hielt auf dem Kiesstreifen vor den Häusern. Ein leichter Wind strich über den sonnenhellen Rasen. Einen Moment lang sah es aus, als leuchtete jeder einzelne Halm aus sich heraus.

Sie spürte, wie ihr erneut die Tränen kamen, als sie um das Haus herumging und die Tatort-Markierungen auf dem Boden sah. State Police Captain Gary Martin drehte sich um und kam ihr entgegen, um sie zu begrüßen. Er hielt den Kopf gesenkt, während er in seinem schwerfälligen Gang über den Rasen näher kam.

»Hunter.«

»Morgen.«

»Es tut mir leid«, sagte er. »Man hat Ihren Partner gefunden.«

»Ich weiß.«

»Ship.«

»Ja, ich weiß«, sagte sie mit einer gewissen Schärfe. Aus irgendeinem Grund hatte sie nicht gewollt, dass er seinen Namen laut aussprach. Weiter unten im Sumpfgras suchte die Spurensicherung nach Hinweisen. »Ich würde ihn gern sehen.«

Schweigend stiegen sie Seite an Seite hinab. Captain Martin führte sie ins hüfthohe Gras am Ufer des schmalen Baches.

Ben Shipman lag mit dem Gesicht nach unten im seichten Wasser. Er trug seine Holzfällerjacke, und seine roten Locken trieben auf dem Wasser. Wahrscheinlich hatte er Rankins Versteck gefunden, kurz bevor man Pynne freigelassen hatte. Er hätte ihn aufhalten können. Er war ganz nah dran gewesen. Aber Kirby Moss hatte ihn offenbar mit seinem Scharfschützengewehr aus der Entfernung niedergeschossen – so, wie er Jackson Pynne niedergeschossen hatte.

»Warum liegt er denn *hier*?«

»Es gab zwei Fußspuren. Anscheinend hat man ihn getragen. Am Ende der Auffahrt ist etwas Blut. Man hat ihn wohl in dem Moment erschossen, in dem er ausgestiegen ist.«

Warum hat er nicht auf der Wache angerufen?, fragte sich Amy. Darauf gab es keine Antwort. Manchmal brachen Leute zu ihren ganz eigenen heldenhaften Unternehmen auf, und manchmal kehrten sie nicht davon zurück. Gil Rankin hatte gestern Abend Shipmans Mazda genommen und war mit ihm über die Sojabohnen- und Maisfelder gefahren, nachdem er Kirby Moss getötet hatte, und es waren Shipmans Wagen und das überschwemmte Erdreich von Tidewater County gewesen, die ihn an der Flucht gehindert hatten. Das zu wissen war zumindest eine kleine Befriedigung. Einen kurzen Moment lang lächelte sie. *Poetische Gerechtigkeit*.

Sie bedankte sich bei Captain Martin und ging allein zum

Haus. Einmal mehr stiegen ihr die Tränen in die Augen. Alles fühlte sich anders an, wie nie zuvor – das Sonnenlicht auf dem Gras, die Schwere der Luft, die Melodie des Windes und die Art, wie sich das Wasser bewegte. Nichts von alledem erschien ihr ganz wirklich. Oder vielleicht war das Gegenteil der Fall. Vielleicht schenkte sie all dem nun endlich ihre ganze Aufmerksamkeit – sah und hörte klar. Sie blieb stehen. Auf einmal wurde ihr bewusst, dass sie mit dem Pastor reden musste.

55

Luke Bowers saß im Wartezimmer der Intensivstation des Tidewater Memorial Hospital und blätterte geistesabwesend eine zerlesene Ausgabe des *Esquire* durch. Er hoffte noch immer, von Jackson Pynnes Schwester und Tochter zu hören. Die State Police hatte die Telefonnummer seiner Tochter aufgetrieben, und er hatte ihr mehrere Nachrichten hinterlassen, doch bisher hatte sie nicht zurückgerufen. Außer ihm hielt sich niemand im Wartezimmer auf. Zuvor hatte er eine Frau Mitte vierzig getröstet, deren Mann am selben Morgen einen Blinddarmdurchbruch erlitten hatte.

Nach Aussage des operierenden Arztes würde Jackson Pynne erstaunlicherweise überleben. Die Kugel hatte sich seitlich durch den Kopf gebohrt und dabei das Gehirn nur gestreift. Pynne hing an einem Beatmungsgerät. Die Ärzte hatten Teile seines Schädels entfernt, um Platz für sein geschwollenes Gehirn zu machen. Er konnte nicht sprechen, doch er reagierte auf die Ärzte, indem er eine Faust machte und den kleinen Finger hochhielt. Ob er bleibende Schäden erlitten hatte – und wenn ja, welche –, ließ sich noch nicht sagen. Dass er überleben würde, schien in Lukes Augen zu seiner eigenwilligen Art von Glück zu passen und zu seiner geradezu unheimlichen Unverwüstlichkeit. Wenn er den Kopf auch nur zwei Zentimeter weiter in die eine oder andere Richtung gehalten hätte, wäre er jetzt tot, sagten die Ärzte.

Charlotte hatte den Großteil der Nacht zusammen mit Luke ausgeharrt. Einmal war sie losgegangen, um ihnen belegte Brote mit Ei zu holen, und dann hatte sie noch eine Weile bei ihm gesessen, ehe sie schließlich gegangen war, um sich um Sneakers zu kümmern. Mehrere Buntings hatten Luke hier ausfindig gemacht und ihn gedrängt, einen offiziellen Kommentar abzugeben, was Luke höflich abgelehnt hatte.

Als er nun aufstand, um sich die Beine zu vertreten, klingelte sein Handy: Amy Hunter. Luke hatte das letzte Mal vor der Schießerei mit ihr gesprochen. Er fragte sich, ob es ihr gut ging.

»Ben Shipman wurde letzte Nacht ermordet«, sagte Amy zu ihm. »Sie haben ihn heute Morgen gefunden. Er liegt einfach im Sumpf. Wir warten noch auf den Leichenwagen. Niemand hat für ihn gebetet. Niemand macht überhaupt etwas …«

»Sagen Sie mir, wo Sie sind«, sagte Luke. »Ich komme sofort.«

Amy betrachtete die Schatten am Rande der leeren, zweispurigen Straße oben an der Auffahrt. Sie konnte einfach nicht aufhören, über die letzten Augenblicke von Ben Shipmans Leben nachzudenken – und über ihr letztes Gespräch mit ihm, das so unbedeutend geklungen hatte. »Bis später«, hatte sie gesagt. Und er hatte »Roger« erwidert. Und dann war er in seinem typischen Ben-Shipman-Gang losgegangen, ohne sich umzusehen. Warum hätte er das auch tun sollen? Etwas hatte ihm zu schaffen gemacht, aber natürlich hatte sie unmöglich wissen können, dass es das letzte Mal war, dass sie sich sehen würden. Wenigstens war er wohl augenblicklich tot gewesen und hatte keine Zeit gehabt, zu begreifen, was geschah.

Sie winkte Luke zu. Er kurbelte das Fenster an der Fahrerseite herunter und sah sie aus seinen ruhigen blauen Augen an.

»Geht es Ihnen gut?«

»Ich denke schon. Danke, dass Sie gekommen sind.«

»Es tut mir leid«, sagte er.

Langsam holperte das Auto den Kiesweg zum Haus hinab. Luke hielt, und sie gingen über den Rasen zum Sumpf.

»Ich frage nicht, warum das geschehen ist«, sagte sie, als sie am Wasser standen. »Weil ich weiß, dass das die Art von Fragen ist, die Sie nicht beantworten können. Oder Sie sagen, dass das Böse uns überall ereilen kann.«

»Ich fürchte, Sie haben recht.«

»Aber wenn das Böse uns ereilt, müssen wir ihm mit Gottes Gnade begegnen.«

»Ja.«

Sie senkten die Köpfe, und Luke betete für Ben Shipman, für seine Familie, für seine Seele, für seine Erlösung. Er sprach den Vers aus den Römerbriefen, den Shipmans Vater Amy zufolge oft zitiert hatte: »Wir wissen, dass Bedrängnis Geduld bringt, Geduld aber Bewährung, Bewährung aber Hoffnung.«

»In dieser dunklen Zeit«, sagte Luke, »machen wir uns die Hoffnung nicht als Wunschdenken zu eigen, sondern als Beweis unseres Vertrauens in Gottes Plan.«

Dann kniff Amy die Augen zu. Mit einem Gefühl innerer Leere lauschte sie dem Spiel des Windes im Gras und erinnerte sich an das, was Luke einmal bei einer Predigt über das Wachstum der Seele in Stille gesagt hatte. *Vertraut der Stille. Lasst uns unsere Seelen von allen Ablenkungen befreien und wirklich auf das hören, was Gott uns sagen will.*

Als sie die Augen wieder öffnete, stellte sie erschrocken fest, wie hell alles war. Sie sah Luke an und brachte ein Lächeln zustande.

»Danke«, sagte sie. »Danke, dass Sie gekommen sind.«

Luke griff nach ihrer Hand. Doch Amy breitete die Arme aus und drückte ihn an sich und spürte, wie auch er sie umarmte; wie er sich an etwas festhielt, das es nicht gab. Als sie sich voneinander lösten, war sie froh, zu sehen, dass auch ihm Tränen in den Augen standen.

»Danke«, sagte sie noch einmal.

Dave Crowe sah von der Veranda aus zu, wie Luke über den Rasen zu seinem Auto ging. Er winkte Amy zu sich.

»Komm rein«, sagte er. »Ich möchte dir etwas zeigen.«

FBI-Techniker hatten in der Nacht zuvor Rankins Computer untersucht und weiteres Beweismaterial aus Koffern, Aktentaschen und dem Jeep am Whistling Swan Drive geborgen. Crowe zufolge hatten sie bereits zahlreiche elektronische Unterlagen über komplexe Geldtransfers von Trumbles Wohltätigkeitsorganisationen und Geschäftskonten auf Privatkonten gefunden.

»Es ist ein Spinnennetz«, sagte Crowe, der zum ersten Mal seit der Schießerei wieder in seinen dienstlichen Tonfall verfiel. Sie standen im Wohnzimmer, das teuer mit dunklem Holz und Leder eingerichtet war. »Einige der Zahlen passen zu dem, was wir bereits herausgefunden haben.«

»Wie meinst du das?«

»Es sieht langsam danach aus, als ob Gil Rankin vielleicht hinter all dem steckte«, fuhr er fort. »Chandler hat das Geld verschoben, aber Rankin hat es vom vierten Konto abgehoben, dem Hauptkonto. Es wird natürlich ein Weilchen dauern, Ordnung in all das zu bringen.«

»Moment mal – willst du damit sagen, dass Rankin der Hintermann bei der Unterschlagungsgeschichte war?«

Er legte den Kopf schräg und hob bestätigend die Augenbrauen.

»Nein«, sagte sie. »Das glaube ich nicht.«

»Okay. Ich sage dir nur, was wir herausgefunden haben. Unter uns. Fälle kein endgültiges Urteil, bevor du nicht alles Beweismaterial gesehen hast.«

Sie wandte sich ab. Daran glaubte sie nicht. Niemals. Lieber vertraute sie ihren Instinkten. Gil Rankin mochte an allen Tatorten gewesen sein; und wahrscheinlich war er es gewesen, der die Visitenkarten hinterlassen hatte. Aber er war nicht der Psalmist. Er hatte die Morde nicht in Auftrag gegeben. Und er hatte nicht das Geld unterschlagen.

Es machte sie wütend, dass sie das möglicherweise nicht würde beweisen können. Und noch wütender, dass sich die eigentlichen Verbrechen vielleicht niemals würden nachweisen lassen. Und dass Trumble es wahrscheinlich genau so geplant hatte.

»Sieh dir das hier mal an«, sagte Crowe.

In einer Nachttischschublade neben dem Bett, in dem Rankin geschlafen hatte, lag eine offene Bibel. Amy beugte sich vor und sah, dass sie bei den Psalmen aufgeschlagen war.

»Das war hier, als wir in der Nacht eingedrungen sind. Wir haben Fingerabdrücke vom Einband genommen.«

Wie praktisch, dachte Amy.

»Das war doch August Trumble«, sagte sie. »Oder?«

»Ich weiß es nicht.« Amy merkte, dass Crowe aus irgendeinem Grund nicht mehr auf ihrer Seite war. »Langsam sieht es danach aus, dass Gil Rankin all das getan haben könnte. Allein.«

Nein. Amy trat hinaus auf die Zufahrt, um auf den Leichenwagen zu warten. In Gedanken war sie wieder bei Ship. Sein Tod kam ihr noch immer ganz und gar unwirklich vor. Als müsste es einen Weg geben, ihn wieder ins Leben zurückzuholen oder die Ereignisse zurückzuspulen. Mehr als alles andere wünschte sie sich, ihn jetzt anrufen zu können, sich mit ihm bei McDonald's zu treffen und ihm zu erzählen, was Crowe gerade gesagt hatte. Hätte sie etwas sagen können, was ihn davon abgehalten hätte, herzukommen? Sie merkte, dass sie weinte. *So ist unser Leben*, dachte sie: *Es spult sich ab, und dann ist es vorbei*. Am oberen Ende der Zufahrt hielt sie das Gesicht in den Wind, schloss die

Augen und verlor sich einen Moment lang in der wohltuenden Stille.

Als sie sich die Tränen wegwischte, fiel ihr etwas Seltsames auf – die Zahl an der Seite des Briefkastens: 1849. Mit schwarzem Edding auf das rostige Metall geschrieben. Das Seltsame daran war, dass der Briefkasten direkt daneben die Nummer 134 hatte.

56

Luke fuhr zur Bucht. Ihm war ganz elend vom Anblick Ben Shipmans, der ihm noch immer vor Augen stand: wie er unbeachtet und halb im Bach versunken dalag. Und von Amy Hunters offenkundigem Schmerz. Es war seine Arbeit, Menschen an schwierigen Punkten in ihrem Leben zu helfen, wenn der Glaube sie zu verlassen drohte, zusammen mit seiner Gemeinde zerstörerische Ereignisse zu überstehen, die allem zu widersprechen schienen, was sie aus der Heiligen Schrift gelernt hatten. Morgen, am Sonntag, würden die guten Leute von Tidewater County sich erneut in seinem Gotteshaus versammeln und von ihm erwarten, dass er einer sinnlosen Tragödie einen Sinn abrang und Antworten auf Fragen fand, die er sich in eben diesem Moment selbst stellte. Wie sollte er eine Erklärung finden? Wie sollte er Licht in einem so finsteren Tal heraufbeschwören? Er wusste es nicht, er hatte keine Ahnung. Er wusste nur, dass er es irgendwie schaffen würde, mit Glauben und göttlicher Eingebung. Das war seine Aufgabe. Er würde von Glauben und Gottvertrauen reden, von Gut und Böse; sie würden gemeinsam beten und dadurch verhindern, dass das Böse einen Sieg für sich verbuchen konnte.

Auf der Main Street machte er bei Palmers Blumenladen halt, um für Charlotte eine Rose zu kaufen.

Er lächelte die hübsche junge Frau hinterm Ladentisch an, die ihr Haar sorgfältig toupiert hatte. Sie sah aus wie jemand aus einer anderen Zeit, bevor die Tragödie nach Tidewater County gekommen war.

Um ein bisschen Konversation zu machen, fragte er, ob der Besitzer da sei.

»Sie meinen Mr Palmer?«

»Ja, George.«

»Nein, ist er nicht. Er wohnt nicht hier. Wir sehen Mr Palmer nie.«

»Ach«, sagte Luke. Er sah durch die Fensterscheibe auf die Straße, und ihm fiel auf, dass weder Autos noch Fußgänger unterwegs waren. »Aber letzte Woche war er doch hier, oder? Letzten Mittwoch?«

»Mr Palmer? Nein, das glaube ich nicht. Wir bekommen ihn nie zu Gesicht.«

»Ach so.« Luke hatte plötzlich ein komisches Gefühl. Eine seltsame Ahnung. Er lächelte zum Abschied, nahm die Rose und ging zu seinem Wagen. Einmal mehr fiel ihm auf, wie leer es draußen war. Selbst am *Blue Crab Diner*, vor dem nur zwei Autos parkten.

Die Sonne stand inzwischen höher, und ihr Licht schimmerte auf der Bucht. Luke saß in seinem Auto und dachte weiter über die morgige Predigt nach. *Bedrängnis. Gut und Böse.* Davon hatten die Leute ihre eigenen Vorstellungen. Luke vermutete, dass manche von ihnen Gil Rankin als das »pure Böse« darstellen würden. Aber das Böse war normalerweise komplizierter. Es war nicht pur, das war das Problem. Er dachte an einen Vers aus den Römerbriefen, in dem es um das Streben nach Weisheit ging, und er schlug seine Bibel auf. Doch statt zu den Römerbriefen blätterte er zu den Psalmen. Die Zahl am Briefkasten des Hauses am Jimmy Creek, in dem Gil Rankin gewohnt hatte, war ihm wieder eingefallen. Er hatte sie im Vorbeigehen gesehen: 1849.

Er suchte Psalm 18 und las Vers 49:

[…] der mich errettet von meinen Feinden.

Du erhöhst mich über die, die sich gegen mich erheben; du hilfst mir von den Frevlern.

Nach kurzem Zögern stieg Luke aus. Er stand am Rande des Felsvorsprungs, ließ sich den Wind ins Gesicht wehen, sah an der Küste entlang zum Fracht- und zum Segelhafen, zu den Molen und teuren Anwesen, beobachtete das An- und Abschwellen der Wogen und fragte sich, mit welch düsteren Gedanken sich Amy jetzt wohl gerade plagte.

Er ist ein Frevler. Das hatte Kwan Park Jackson zufolge über Gil Rankin gesagt.

War dies Trumbles letzte Botschaft? Und wo befand sich August Trumble jetzt?

Sneakers' Krallen klapperten auf den harten Dielen, als Luke das Haus betrat. »Wie geht's meinem Jungen?«, sagte Luke. Sneakers kam tollpatschig angerannt und stieß ihn hektisch mit der Schnauze an. Luke ging mit ihm ins Wohnzimmer und kam Sneakers' Wunsch nach einem kräftigen Hals- und Kinnkraulen nach.

»Wo ist Mama?«, fragte er nach ein paar Minuten. »Komm, wir gehen Mama suchen.«

Genau wie draußen war es auch im Haus seltsam still. Sneakers führte ihn durch die Diele in die Küche, wo ein Fischessen auf dem Herd stand. Charlotte saß in ihrem Arbeitszimmer und hörte beim Schreiben laut Musik.

»Tut mir leid«, sagte sie und blickte auf. »Ich habe dich nicht gehört.«

»Nein, arbeite ruhig weiter.«

Sie machte die Musik leiser. »Gibt es etwas Neues?«

»Eigentlich nicht.«

Aber sie sah ihm an, dass das nicht stimmte, und deshalb stand sie auf und ging zu ihm, und sie schlossen einander in die Arme. Selbst zu den traurigsten Zeiten gelang es Charlotte, ihn an das Gute im Leben zu erinnern. Sie hielten einander lange fest, während Sneakers sich zu ihren Füßen niederließ. Es gab nichts zu sagen.

57

Dienstag, 4. April

Nach einem Essen im *Harbor View Restaurant*, das aus Austern à la Rockefeller und einem Glas Riesling bestanden hatte, trat August Trumble in die kühle, klare Nachmittagsluft von Maine hinaus. Er war ein hagerer, mittelgroßer Mann Anfang sechzig, mit silbrigem Haar, dunklen, stechenden Augen und ansonsten unauffälligen Gesichtszügen.

Während er in der Tür stehen blieb, um den Reißverschluss seiner Jacke zuzuziehen, blickte er wie jeder Mensch, der ins Freie tritt, zum Himmel, und die Sonne schien ihm ins Gesicht. Doch was er als Nächstes tat, überraschte Amy Hunter. Sie hatte das Gefühl, dass sein Blick fest auf sie gerichtet war. Dann verzog er die Lippen zu einem dünnen Lächeln, als wüsste er genau, warum sie da war und was als Nächstes geschehen würde.

Sechs FBI-Agenten umstellten August Trumble mit gezogenen Waffen. Diese Demonstration von Stärke bei einem so unauffälligen Mann musste jedem unangemessen erscheinen, der Trumbles Geschichte nicht kannte, eine Geschichte, die sich abseits der öffentlichen Aufmerksamkeit zugetragen hatte. Doch Trumble hatte laut Crowe die Behörden fast in den Wahnsinn getrieben, indem er sich ihnen über zehn Jahre lang erfolgreich entzogen hatte. Er war ein Mann, der insgeheim Kontrolle über Menschen ausübte, insbesondere über die, die für ihn arbeiteten.

Trumble versteckte sich im Leben »gewöhnlicher« Menschen. Es war Luke Bowers gewesen, der sich zusammengereimt hatte, dass eine seiner Identitäten – eine Rolle, die Trumble sich ausgedacht und gelebt hatte – George Palmer war, Inhaber eines bescheidenen Blumenladens in Tidewater County, Maryland. Ausgehend von dieser Mutmaßung war es dem FBI gelungen, Trumbles Spur bis auf diese kleine Insel vor der Küste von Maine zu verfolgen, zu einer seiner anderen Identitäten. Hier war er Roy Hinders, ein liebenswürdiger, aber sehr zurückgezogener Mann, der als Transportmittel nur ein Fahrrad besaß, gerne guten Wein trank und von zu Hause aus in Teilzeit ein kleines Steuerberatungsbüro betrieb.

Als die Agenten ihm Handschellen anlegten, hatte Amy den Eindruck, dass Trumble ungewöhnlich gelassen und höflich war, selbst dann, als er ihnen erklärte, dass sie den Falschen festnähmen.

Er lächelte leise, als sie ihn auf den Rücksitz eines Streifenwagens drückten. Aber er hinterließ ein beunruhigendes Nachbild bei Amy. *Seine Augen.* Dunkel, forschend, als könnten sie ihre Ängste und geheimen Beweggründe erkennen.

Amy saß vorn im Wagen, mit dem Trumble zu einem Hubschrauber gefahren wurde, der ihn aufs Festland fliegen würde. Crowe hatte Wert auf diesen Ablauf gelegt. Sie sollte mit Trumble mitfahren, wie zur Belohnung für die Rolle, die sie bei seiner Festnahme gespielt hatte. Crowe und die FBI-Agenten folgten in drei Polizeiwagen, und ein Einsatzpolizist der State Police fuhr auf dem Motorrad vorneweg. Anschließend würde das FBI Trumble in ein Flugzeug nach Baltimore setzen, wo man ihn verhören und Anklage erheben würde. Inzwischen hatten sie so viel Gewissheit, und so viele Leute waren mit der Sache befasst, dass Amy nicht mehr befürchtete, dass er sich vielleicht doch noch irgendwie aus der Sache herauswinden könnte.

Wieder dachte sie an Ben Shipman, während sie die gewundene zweispurige Straße zwischen den Kiefernwäldern von Maine entlangfuhren. Mehrmals am Tag juckte es ihr in den Fingern, Ship anzurufen, um ihn nach seiner Meinung zu etwas zu fragen. Er hätte sich sicher gefreut, von ihr zu hören. Vor zwei Tagen waren Dutzende von uniformierten Polizisten aus mehreren Mittelatlantikstaaten zu Shipmans Beerdigung gekommen und hatten eine fast zwei Kilometer lange Prozession aus Streifenwagen zu Ships letzter Ruhestätte auf dem Friedhof von Tidewater gebildet. Die bewegenden Reden über Ben Shipman und die Militärkapelle, die *»Goin' Home«* nach Dvořák gespielt hatte, hatten viele der Anwesenden die Fassung verlieren und in Tränen ausbrechen lassen, darunter auch Amy.

Nach der Beerdigung hatte sie etwas Zeit mit Ships Exfrau Donna und seiner sechzehnjährigen Tochter Rebecca verbracht, die mit dem Auto von North Carolina gekommen waren, um der Zeremonie beizuwohnen. Vor allem Becca hatte sie sich sehr schnell verbunden gefühlt. Sie hatte Ships ernste blaue Augen, sein rotbraunes Haar und seine stämmige Figur. In ihrem Wagen fiel Amys Blick auf die *Beatles-1967–1970*-CD. Becca erzählte, dass ihr Vater sie ihr zum vierzehnten Geburtstag geschenkt hatte. Dann hatten sie zusammen Ships Habseligkeiten gesichtet, sein Büro ausgeräumt und Kofferraum und Rücksitz mit kistenweise Kram von ihm vollgestopft. Vor ihrer Abreise hatte Donna, die sehr viel weniger offenherzig war als Becca, Amy auf einen Besuch nach North Carolina eingeladen. »Jederzeit«, hatte sie gesagt. Rückblickend betrübte Amy der Gedanke daran. Es war die Art von Einladung, die Leute aussprachen, um sie gleich wieder zu vergessen. Amy vermutete, dass ein Besuch zu traurig für alle Beteiligten sein würde.

Jetzt, in Maine, hielten die Autos auf einem Rasenstück am Hafen. Der Fahrer, ein FBI-Agent mit kurz geschnittenem Haar und kleinen, hart blickenden Augen, stieg aus. Amy öffnete ihre Wagentür und sah auf den in trübem Licht liegenden Hafen hinaus. Der raue, nach Nässe riechende Wind weckte ein Gefühl der Hoffnung in ihr. *Ich kenne die Geschichte jetzt*, dachte sie. *Ich muss nur sichergehen, dass man sie richtig erzählt.*

Dann merkte sie, dass Trumble, der in Handschellen auf dem Rücksitz saß, mit ihr sprach. Im Moment waren sie beide allein im Wagen.

»Wissen Sie, wie spät es ist?«, wiederholte er seine Frage und beugte sich dabei vor.

Amy warf einen Blick nach hinten. Sein Blick suchte ihre Augen.

»Wie spät? Zwölf Uhr siebenundvierzig.«

Trumble starrte sie weiter an, während er versuchte, sie in ein Gespräch zu verwickeln. Amy antwortete nicht. Sie stieg aus und stellte sich neben den Wagen. Der Mann hatte etwas Falsches an sich, er war zu lebendig, zu sonderbar. Sein Lächeln, die Augen … er wirkte nicht ganz menschlich. Diese Augen konnten einen einsaugen, dachte sie.

Sie atmete tief die salzige Luft ein und wartete auf Crowe. Ihr Instinkt riet ihr, sich von August Trumble fernzuhalten. Ihn nie wieder auch nur anzusehen, wenn es sich vermeiden ließ.

58

In der zweiten Aprilwoche war das Wetter in Tidewater County für die Jahreszeit zu warm, was viele seiner Bewohner zu der – voreiligen – Annahme veranlasste, dass der lange, kalte Winter sich endlich verabschiedet habe. Am Wochenende wimmelte es in den Straßen und an den Strandimbissen schon wieder von Touristen. Die Geräusche von Motorbooten, Rasenmähern und nachmittäglichen Baseballspielen schwirrten durch die Luft. Aus den Regalen der Strandläden duftete es nach Gartenschläuchen, Gummibooten und Badelatschen. Alles schien wie neu zu sein.

Amy Hunter machte der Stimmungsumschwung allerdings nervös – sie hatte das Gefühl, dass der Winter verstrich und die Menschen von Tidewater schon bald mit den Sommergeschäften zu tun haben würden und mit neuen, drängenderen Sorgen. Ihr Chef, Henry Moore, gestattete ihr, weiter im Fall Kwan Park zu ermitteln, aber dic örtlichen Behörden übten Druck auf die State Police aus, die Akte endlich zu schließen. Sheriff Calvert wies darauf hin, dass beide Mörder – Gil Rankin und Kirby Moss – »tot sind, toter geht's nicht«, und erklärte der *Tidewater Times*, dass es ein »Anfängerfehler« sei, den Fall damit nicht abzuschließen. »Ich weiß nicht, was das Mädchen sich dabei denkt«, sagte er auf der Titelseite.

Dave Crowe, der sie immer seltener zurückrief, schien sich nicht dafür zu interessieren, Trumble für die »Psalmisten-Morde« auf die Anklagebank zu bringen. Und Amy vermutete langsam, dass es auch bei dem FBI-Fall in Sachen Betrug und organisierte Kriminalität gegen Trumble Probleme gab. Die Durchsuchung von »Roy Hinders'« Haus in Maine hatte mit Ausnahme seiner Fingerabdrücke so gut wie nichts zutage gefördert. Und eine der Hauptzeuginnen gegen Trumble war sich nicht mehr sicher, ob sie aussagen wollte.

Über das Grundbuch wurde George Palmer als Besitzer des Hauses am Jimmy Creek identifiziert. Auf dem Landstück daneben, auf der anderen Seite des Kieswegs, befand sich das Haus, in dem Palmer selbst gewohnt hatte. Es war seltsam gewesen, es zu betreten und festzustellen, dass es voller Blumen war – Massen von Plastik- und Stoffblumen in jedem Zimmer, Rosen, Tulpen, Orchideen, Hortensien, Sonnenblumen, Lilien, und dazu Bilder und Fotos von Blumen an jeder Wand. Ein Blumenhaus. Aber nichts, was August Trumble bezüglich der Morde belastete.

Für Amy war am schlimmsten, was die Medien aus dem Fall gemacht hatten – sie bezeichneten nun Gil Rankin als den »Psalmisten« und stellten ihn als gewissenloses Ungeheuer dar, das seinen Chef, den zurückgezogen lebenden Menschenfreund August Trumble, betrogen und anschließend vier seiner Mitarbeiter brutal ermordet hatte, weil er glaubte, dass sie ihn hintergangen hätten.

Von all diesen Entwicklungen belastet, beschloss sie, in der Kirche vorbeizuschauen, um zu hören, was Pastor Luke dazu meinte. Es war schon über eine Woche her, seit sie das letzte Mal miteinander geredet hatten.

Es war ein metallblauer Dienstagnachmittag, die Hafenrestaurants und Austernbars machten gute Geschäfte, und die Bucht war von Segelbooten übersät. Doch bei der Methodistenkirche standen nur zwei Autos – Lukes Ford und daneben der Lexus von Aggie Collins.

Amy war überrascht, als Lukes Hund durch Aggies Büro gelaufen kam und sie anbellte, kaum, dass sie die Tür geöffnet hatte.

Aggie erhob sich sofort hinter ihrem Schreibtisch, als hätte eine Alarmglocke geschellt.

»Komm her, Sneakers!«, rief Luke und klatschte in die Hände. »Sneakers! Platz! Bitte!«

Sneakers senkte den Kopf und beschnüffelte eifrig Amys Schuhe und ihre Jeans. Sein Schwanz wackelte hin und her wie ein Metronom. Sie streckte die Hand aus, um ihm den Nacken zu kraulen.

»Tut mir leid, er hat sich wohl nur erschrocken«, sagte Luke. »Meine Frau ist heute nicht da, sie stellt Recherchen in Washington an. Jetzt muss ich babysitten. Ich dachte mir, dass es ihm nicht schaden würde, ein bisschen Zeit in der Kirche zu verbringen. Kommen Sie rein.«

Luke schloss seine Bürotür hinter ihnen, und Amy nahm vor seinem Schreibtisch Platz. Sneakers, der sich schon nicht mehr für sie interessierte, trottete zu dem ovalen Vorleger in einer Ecke und machte es sich auf der Seite bequem.

»Ich hoffe, es macht Ihnen nichts aus, dass ich unangemeldet vorbeischaue«, sagte sie. »Ich wollte nur gern Ihre Meinung zu ein paar Sachen hören.«

»Natürlich. Worum geht's denn?«, fragte Luke.

»Um den Fall Kwan Park.«

»Oh«, sagte er. »Solche Sachen.«

»Ja.« Amy seufzte. Die Situation erinnerte sie an ihr erstes Gespräch mit Luke. Sie hatte in demselben Stuhl gesessen, an einem kalten, windigen Morgen, nachdem er Kwan Parks Leiche in der Kirche gefunden hatte. »Unglücklicherweise stecke ich mit dem Fall in einer Sackgasse. Ich muss zugeben, dass es mich etwas verstört, wie die Presse daüber berichtet.«

»Mir ist aufgefallen, dass Gil Rankin inzwischen als ›der Psalmist‹ bezeichnet wird.« Luke verschränkte die Hände auf dem Schreibtisch.

»Ja, und ich nehme an, dass August Trumble genau das will«, sagte Amy. »Derzeit stehen wir ein wenig unter Druck, den Fall abzuschließen. Glücklicherweise vertraut mein Chef mir. Aber trotzdem vermute ich, dass unsere Ermittlungen ein Verfallsdatum haben. Das Problem ist, dass zwei Geschichten im Umlauf sind.«

»Die, die in der Zeitung steht, und die wahre?«

»Ja, genau.« Ihr gefiel der wissende Ausdruck in seinen Augen. Er konnte ihr genau folgen, wie von Anfang an. Er machte es ihr leicht. »Unglücklicherweise«, fuhr sie fort, »raubt die Geschichte, die in der Zeitung steht, der anderen die Luft zum Atmen.«

»In der, die in der Zeitung steht, erscheint August Trumble als das Opfer.«

»Stimmt«, sagte Amy, »und Rankin ist der Böse. Rankin hat Trumble ausgenutzt, so lautet die Geschichte. Er hat Millionen von Dollar von den Firmen unterschlagen, die er hätte beschützen sollen. Diese vier Leute hat er eingespannt, damit sie ihm helfen. Dann ist er zu gierig geworden – oder misstrauisch oder paranoid – und hat sie getötet.«

»Aber das ist natürlich nicht die wahre Geschichte.«

»Nein. Allerdings sind all diese Menschen jetzt tot, sodass sie es nicht mehr abstreiten können.« Amys Blick verschleierte sich einen Moment lang. »Die wahre Geschichte fängt mit dem an, was Crowe mir vor mehreren Wochen erzählt hat – dass August Trumble eine große, komplexe kriminelle Organisation mit mehreren nicht zurückzuverfolgenden Fassadenfirmen und Geheimkonten betreibt, die die Regierung seit Jahren bestiehlt, und zwar durch Lotterien und Einkommenssteuerbetrug, um das Geld anschließend Wohltätigkeitsorganisationen zuzuleiten.«

»Und so angeblich den Armen und Unterdrückten zu helfen.«

»Angeblich«, sagte Amy. »Dann kam der Punkt, an dem Trumble herausgefunden hat, dass das FBI Insiderwissen über sein Treiben hatte und die Schlinge sich langsam enger um ihn zuzog. Trumble wollte die Organisation auflösen, bevor es zu spät war, um anschließend in einer dieser vier oder fünf – oder wer weiß wie vielen – Identitäten aufzugehen, die er sich erschaffen hatte. Er wollte sich in einem ganz gewöhnlichen Leben verstecken. In Kleinstädten im ganzen Land.«

»Zum Beispiel als George Palmer.«

»Ja, oder als Roy Hinders. So hätte er dann still und leise seine Geschichte niederschreiben können, um der Welt mitzuteilen, wer er wirklich ist und was seine Organisation Gutes getan hat.«

»Und dadurch zu einer Art gesetzlosem Helden zu werden.«

»Oder zu einem modernen David, wie Crowe es ausgedrückt hat. Aber offenbar ist Trumble klar geworden, dass er nur unbeschadet aus der Sache rauskommen konnte, indem er die Handvoll Leute in seiner Organisation ausschaltete, die wussten, was er wirklich tat – die seine Geheimnisse kannten und ihm schaden konnten. Vielleicht litt er unter Verfolgungswahn, aber er ging auf jeden Fall sehr berechnend vor.

Trumble hat Rankin wahrscheinlich Millionen von Dollar dafür angeboten, dass er die Operation durchführte. Seine einzige Bedingung war, dass Rankin bei jedem Opfer eine Visitenkarte hinterlassen musste, die aus den Psalmen stammte. In Trumbles Augen waren die Psalmisten-Morde Bestrafungen für den Verrat dieser Leute – für Taten, die seiner Meinung nach sein ehrwürdiges Unterfangen sabotierten. Und um sich zu schützen, mussten sie die Morde jemand anderem anhängen.«

»Jackson Pynne.«

»Genau – der Kwan Parks Liebhaber und Komplize bei ihrem Betrug gewesen war. In Trumbles Augen also eine sehr passende Figur, um die Schuld auf sich zu nehmen. Rankin hat den Verdacht mit den Zigarettenstummeln und den Fußabdrücken auf ihn gelenkt. Die Zigaretten hat er wahrscheinlich gesammelt, bevor Jackson nach Tidewater zurückgekehrt ist. Die Stiefel haben er oder Kirby Moss getragen und sie anschließend am Montag oder am Dienstagmorgen in Jacksons Garage gelegt.

So stellte sich Rankin der Plan dar: Er sollte vier illoyale Angestellte ausschalten und die Morde so einfädeln, dass Pynne als Täter dastünde. Doch dann lief etwas anders. Offenbar hatte Trumble Rankin erzählt, dass Pynne zu viel wusste und man ihm nicht trauen konnte. Sie mussten ihm nicht nur die Morde anhängen, sondern ihn ebenfalls erledigen. Rankin wurde das als neue Wendung verkauft, obwohl Trumble es wahrscheinlich von Anfang an so geplant hatte – sodass er Rankin zu dem machen konnte, der am Ende *wirklich* als der Schuldige dastehen würde.«

»Dann hat Rankin all das also getan, ohne zu wissen, dass er sich dabei *selbst* eine Falle gestellt hat«, sagte Luke.

»Ganz genau. So etwa dürfte es sein, wenn man für den Teufel arbeitet. Rankin kam das Hinterlassen der Psalmenverse wahrscheinlich vor wie eine kranke Botschaft von Trumble. Aber ihm war nicht klar, dass er sich dadurch selbst zum Psalmisten machte. Das war das wahrhaft Brillante an Trumbles Plan«, fuhr sie fort. »Dass er dafür gesorgt hat, dass es entscheidende Hinweise auf Rankin als Täter gab – darunter die Bibel im Nachttisch in dem Haus, in dem Rankin gewohnt hat, die bei den Psalmen aufgeschlagen war. Und Unterlagen über die Überweisungen auf Rankins Computer, die den Eindruck erweckten, dass *er* der Kopf hinter einer gegen Trumbles Organisation gerichteten Unterschlagung war.«

»Womit er scheinbar ein Motiv hatte. Und wodurch Rankin als der Psalmist dastand.«

»Ja. Und wenn so eine Bezeichnung erst mal bei der Presse im Umlauf ist …«

Luke sah aus dem Fenster. Auch Amy blickte hinaus, auf den langen Schatten der Kirche und über die Felsklippe hinweg. Die Sonne glitzerte auf der Bucht.

»Ich verstehe das Problem«, sagte er.

»Allerdings.« Tränen der Wut stiegen Amy in die Augen. »Crowe weiß, was wirklich passiert ist, aber er fängt nichts damit an. Er glaubt, dass es zu schwer zu beweisen ist. Er hat schon genug Schwierigkeiten damit, Trumble der Gründung einer kriminellen Vereinigung zu überführen. Möglicherweise hat das etwas mit Sheila Patterson zu tun, einer FBI-Informantin, die ermordet wurde. Oder er hat Probleme mit seinem Beweismaterial. Aber aus irgendeinem Grund redet er kaum noch ein Wort mit mir.«

Amy blickte zu Sneakers hinüber, der mit dem Gesicht zur Wand friedlich auf dem Vorleger neben seinem winzigen Kuschel-Rentier lag, während sein Brustkorb sich langsam hob und senkte.

»Und was ist mit den Ermittlern und Staatsanwälten in den anderen Bundesstaaten?«, fragte Luke. »Wo die anderen Morde begangen wurden?«

»Die glauben anscheinend die Geschichte von Rankin und Moss als den Mördern. In Virginia hat man die Akte geschlossen, jetzt, wo Rankin tot ist. Ich fürchte, dass man es in den beiden anderen Bundesstaaten genauso machen wird.«

»Noch ein Problem also.«

»Ja. Alle haben das Gefühl, dass es jetzt, wo Rankin und Moss beide tot sind, keinen Sinn mehr hat, weiter in dem Fall zu ermitteln.«

Luke verzog das Gesicht. »Und was ist mit dieser Kleinigkeit namens Wahrheit?«

»Ja«, sagte Amy. »Da war doch noch was. Mein Chef hat mir gesagt, dass ich machen soll, was ich für richtig halte. Ich bin jetzt offiziell wieder im Dienst. In gewisser Weise liegt es also an mir.« Sie beobachtete einen Reiher, der vom Rand des Parkplatzes aufstieg und durch den Schatten über die Bucht hinausflog, und spürte mit einem Mal, wie all die Kräfte, die gegen sie arbeiteten, sie zu Boden zogen. »Ich habe bloß das Gefühl, dass Trumble im Gefängnis irgendwie auf mich wartet. Vielleicht denkt er, dass ich das Letzte bin, was seiner Freiheit noch im Wege steht. Vielleicht wartet er darauf, dass ich endlich loslasse. Den Fall aufgebe. Ihn rette.«

»Tja«, sagte Luke. »Wissen Sie, was ich darauf antworten würde?«

»Was?«

»Tun Sie das nicht. Niemals.« Er bedachte sie mit einem aufmunternden Blick, und Amy lächelte, als ihr klar wurde, dass sie genau das hatte hören wollen. Vielleicht war sie deshalb hergekommen. »Das erinnert mich an etwas, das jemand anders mal über die Wahrheit gesagt hat«, fügte Luke hinzu. »Jemand ziemlich Berühmtes.«

Amy sah ihm in die selbstsicheren, blauen Augen. Sie riet: »Sie meinen, dass sie einen befreit?«

»Ja, genau das meine ich.«

Sie warf einen Blick auf den im Schatten liegenden Parkplatz und das hohe Sumpfgras, das sich in der Ferne wiegte, und hatte das Gefühl, dass ihre Schritte von etwas geleitet wurden, das sie vor zwei oder drei Monaten vielleicht noch nicht erkannt hatte. Sie erhob sich.

»Danke«, sagte sie. »Ich glaube, ich brauchte nur jemanden, der mir das sagt.«

Luke und Sneakers kamen um kurz nach halb sieben zu Hause an. Als er Charlottes BMW in der Auffahrt sah, fühlte er sich wie ein kleiner Junge. »Sie ist daheim!«, sagte er zu Sneakers.

Draußen war es noch hell, aber die Luft wurde zum Abend hin bereits kühler. Charlotte stand am Herd und machte Abendessen, wobei sie irgendetwas Modernes hörte – Holst, mutmaßte Luke, oder vielleicht Golijow, dieser Komponist, von dem sie ihm erzählt hatte. Sneakers rannte sofort auf sie zu, um sie willkommen zu heißen.

»Wie war die Reise?«

Über Sneakers gebeugt kam er gerade so an Charlottes Mund heran, um ihr einen Kuss zu geben.

»Sehr ergiebig. Haben meine beiden Jungs sich benommen, während ich weg war?«

»Was meinst du, Sneaks, haben wir uns benommen?«

Sneakers lag bereits auf der Seite und trommelte mit dem Schwanz auf den Boden. Charlotte ging in die Hocke und fragte mit Baby-Stimme: »Wie geht es meinem kleinen Jungchen heute? Hast du mich vermisst? *Ja?* Also, ich hab dich mehr vermisst.«

Sie sah Luke wissend an und hob eine Braue, als sei er jetzt an der Reihe. Dann richtete sie sich auf. »Dich beschäftigt etwas.«

»Ja.« Er hatte schon überlegt, ob er Charlotte von Amy Hunters Problem erzählen sollte. Jetzt, als er ihren besorgten Blick sah, wurde ihm klar, dass er das natürlich tun würde. Charlotte würde etwas einfallen. Wenn gar nichts half, würde sie die Geschichte vielleicht einfach selbst aufschreiben. Charlotte konnte ihn noch immer überraschen, sie beide in neue, unerwartete Richtungen treiben, wie ein plötzlicher Windstoß, der einen Samen durch die Luft trägt, neuem Leben entgegen.

Barfuß auf der Veranda sitzend, trank Amy mehrere Gläser Rotwein. Sie sah zu, wie der Himmel über dem Hafen sich verdunkelte, während sie sich einen neuen Plan zurechtlegte.

Später, tief in der Nacht, hörte sie Stimmen übers Wasser, hinter Jalousien und durch offene Verandatüren, Geräusche, wie sie mit dem wärmeren Wetter immer kamen – angetrunkenes Gelächter, angeregte Unterhaltungen.

Eine Weile döste sie bei offenen Fenstern vor sich hin. Als sie erwachte, war es kühl und still und sie spürte Winstons Atem an ihrem Arm. Sie fragte sich, ob Luke wohl wach war. Erinnerte sich daran, was er am Nachmittag zu ihr gesagt hatte.

Aber dann ertönte plötzlich eine andere Stimme in ihrem Kopf: der seltsame Tonfall von August Trumble an dem Tag, an dem sie ihn endlich geschnappt hatten. Trumbles Sprechweise war ebenso verwirrend wie sein Erscheinungsbild – seine Stimme war hoch und trällernd, und er verwendete ungewöhnliche Betonungen und Begriffe, die aus einer früheren Epoche zu stammen schienen.

Hellwach lag sie in der Dunkelheit und dachte blinzelnd an ihren kurzen Wortwechsel zurück. Ein Gespräch, das nur sie und er gehört hatten.

Wie spät ist es bei Ihnen?

Wie spät? Zwölf Uhr siebenundvierzig.

Wirklich? Nein, hatte Trumble erwidert. *Ich glaube nicht, dass das stimmt. Ich wage zu behaupten, dass es sehr viel später ist.*

Dann hatte sie sich abgewandt und war ausgestiegen, weil sie das Gespräch mit ihm nicht hatte fortsetzen wollen. Weil etwas an diesem Mann nicht stimmte. Sie konnte es nicht erklären, und sie wollte nicht darüber nachdenken. Seine Art zu sprechen klang für sie wie eine Beschwörung, die aus den Tiefen eines uralten, unerwiderten Sehnens aufstieg, aus den unterirdischen

Gefilden, in denen Trumble seine finsteren Träume von Erlösung träumte und die er niemals würde verlassen können, obwohl er sich solche Mühe gab, an der Oberfläche zu leben, als einer von uns. Manchmal durchschreitet man aus Neugier eine solche Tür; und manchmal sagt einem der Instinkt, dass man lieber draußen bleiben sollte, weil die Tür sich sonst unwiderruflich hinter einem schließen könnte.

Doch Trumble war noch nicht fertig gewesen. Er hatte noch eine Sache zu ihr gesagt, nämlich: *Bei mir ist es ein Uhr achtunddreißig und sieben Sekunden.*

Das waren die Worte, die Amy nun nicht mehr aus ihrem Kopf bekam. Die seltsame Betonung, die er darauf gelegt hatte – besonders auf die sonderbare Angabe *sieben Sekunden*, die er gedehnt hatte wie ein mit halber Geschwindigkeit laufendes Tonband.

Ein Uhr achtunddreißig und sieben Sekunden.

Nur klang es ihr jetzt, in der Dunkelheit, anders in den Ohren: ohne das »Uhr«.

Eins achtunddreißig. Sieben.

138:7.

»Scheiße!« Sie knipste die Nachttischlampe an und schlug ihre Decke zurück. »Tut mir leid«, sagte sie zu Winston, der nun bis auf den Kopf darunter vergraben lag. »Das muss ich nachsehen.«

Winston sah zu, wie sie die Psalmen durchblätterte.

Und aus Gründen, die nur er allein verstand, begann er zu schnurren.

Danksagung

Ich danke Laura Gross für ihre Unterstützung, ihre Begeisterung und für viele gute Vorschläge.

Und Emily Krump, deren Rat als Lektorin mir von unschätzbarem Wert war und die bei der Ausgestaltung zahlreicher Figuren in diesem Roman mitgeholfen hat.

Außerdem möchte ich Joseph Gamble danken, Commander des Morddezernats der Maryland State Police, der mir zahlreiche Fragen über Mordermittlungen beantwortet hat und den »Nebel«-Vergleich für die Chesapeake Bay beigesteuert hat.

Leseprobe

Clare Donoghue

Allein in der Nacht

21. Januar, Dienstag

Er befeuchtete Daumen und Zeigefinger, schloss das rechte Auge und schob den Faden durchs Nadelöhr. Nähmaschinen benutzte er nie. Sie zogen am Stoff, zerrten und rissen an seinen Schätzen. Wenn etwas beschädigt wurde, ließ es sich nicht wiedergutmachen. Ein zweites Stück wäre nicht das Gleiche. Er betrachtete seine Hände. Die Knöchel waren rot und spröde, die Finger zitterten. Er brauchte Ruhe.

Er ging die Treppe hoch ins Bad, trat zum Waschbecken und sah in den Spiegel. Sein Haar stand ab, fast wie von Künstlerhand geschaffen. Ein Lachen stieg in ihm auf, wurde zu einem Husten, das den Körper schüttelte. Er drehte sich um und schlurfte hinaus, bemerkte dabei den üblen Geruch, der von ihm ausging, an Kleidung und Händen haftete.

Die Lider waren schwer, und seine Knie schienen immer steifer zu werden, als er zum Schlafzimmer hinten im Haus ging. Der Regen prasselte laut und brachte eine Kälte, die durch die Fenster kroch und seine Knochen erreichte. An der Tür des Gästezimmers blieb er stehen, drückte sie mit dem Handballen auf und schaute hinein. Sein Blick glitt über Farben und Muster, voller Unterschiede, voller Leben. Es würde nicht mehr lange dauern, bis er bereit war.

22. Januar, Mittwoch

Debbie stieg am Bahnhof East Dulwich aus dem Zug, schätzte die Höhe falsch ein und stolperte auf den Bahnsteig. Eiskalter Wind fand einen Weg unter die Jacke und ließ sie frösteln. Sie fühlte die Blicke der anderen Pendler, als sie zum Ausgang wankte, den eisigen Januar-Wind im Gesicht. Sie hatte überlegt, ob sie ein Taxi nehmen sollte, aber es wäre die Mühe nicht wert gewesen. Keins der schwarzen Taxis wollte nach Süden über den Fluss fahren. Wenn sie »Bitte nach Nunhead« sagte, bekam sie immer die gleiche Antwort: »Bin gerade dabei, für heute Schluss zu machen, Teuerste«, oder: »Bin auf dem Weg nach Hause und hab nur noch Zeit, jemanden unterwegs abzusetzen.« Der Südosten von London war eine Art tote Zone. Keine Chance für ein Taxi, dort jemanden für die Rückfahrt zu finden.

Sie erreichte die Treppe, und die Kälte des Betons durchdrang die dünnen Sohlen ihrer Schuhe. Ein unsicherer Schritt, und Debbie rutschte aus. Sie fing sich im letzten Moment, aber die Handtasche fiel zu Boden und verstreute ihren Inhalt auf dem schmutzigen Pflaster: ein leeres Portemonnaie, ein leeres Schmuckkästchen und zwei Schachteln Paracetamol. Sie richtete sich auf, strich den grauen Nadelstreifenrock glatt und berührte dabei den Reißverschluss, der nicht mehr zugezogen werden konnte. Heute Abend war er ziemlich grob gewesen.

Die Nachtluft machte sie schwindelig. Sie drückte den Knopf für die Ampel und wartete, konnte sich dabei kaum gerade halten. Ein Bus hielt direkt vor ihr; seine Abgase stiegen ihr in die Nase. Die dunklen Fenster zeigten ihr Spiegelbild: das Haar zerzaust, ihr Gesicht gesäumt von schlaffen, leblosen Strähnen. Selbst im schwachen Licht zeigten sich Mascaraflecken unter den Augen. Warum begehrte er sie? Erneut drückte Debbie den Ampelknopf und ließ den Finger darauf.

Sie blickte die Lordship Lane hinauf. Es war ein »hipper« Ort, mit angesagten Weinlokalen und Kneipen, die ein kleines Vermögen für ihre importierten Spirituosen mit unaussprechlichen Namen verlangten. Schick gekleidete Twens drängten sich vor dem *Bishop* unter den Heizpilzen zusammen, mit Gesichtern, die einen rötlichen Schein gewannen, wenn sie an ihren Zigaretten zogen. Debbie bezweifelte, dass sich auch nur einer von ihnen nach Peckham gewagt hätte, obwohl jener Stadtteil nur etwas mehr als einen Kilometer entfernt war. Sie beobachtete, wie einige junge Frauen anderen auf der gegenüberliegenden Straßenseite zuwinkten. Sie lächelten und waren fröhlich. Debbie wusste, dass sie nie zu ihnen gehören konnte.

Es wurde grün, und sie hinkte über die Straße. Links von ihr erstreckte sich der Goose Green Park durch die Finsternis. Der Kinderspielplatz war dunkel und still. Debbie wandte sich ab und richtete den Blick auf die Häuser und Wohnungen jenseits der Straße. Licht fiel dort durch zahlreiche Fenster und spendete ein wenig Trost. Ihre kalten Finger suchten in der Handtasche, fanden das Handy und holten es hervor. Sie wählte die Nummer ihres Bruders. »Hallo, Tom, ich bin's«, sagte sie und versuchte, deutlich zu sprechen. »Morgen Abend komme ich mit Mama vorbei. Hab einen schweren Tag hinter mir. Meine besten Grüße für Jules, und gib Baby Jake einen Kuss. Tschüs.« Sie unterbrach die Verbindung und legte das Handy wieder in die Tasche. Es war Viertel vor neun. Das Baby lag sicher längst im Bett und schlief.

Als sie sich den Lichtern des Tesco-Supermarkts näherte, suchte sie nach einer Lücke im Verkehr, um die Straße zu überqueren, doch etwas hielt sie zurück. Ein Zittern erfasste sie, stieg von den kalten Füßen auf und bahnte sich einen Weg durch den ganzen Körper bis zu ihrem pochenden Kopf. Hier, abseits der Lordship Lane, waren die Gehwege fast leer. Sie starrte in den

Park. Stand dort jemand zwischen den Bäumen, verborgen in der Dunkelheit? Debbie drehte sich um und lief über die Straße. Ein Auto hupte, aber sie hörte es kaum.

»Verdammt!«, entfuhr es ihr, als sie auf einer vereisten Stelle ausrutschte. Ihr fiel ein, dass sie Bargeld für den kommenden Tag brauchte. Wieder ein Geburtstag im Büro, der sie einen Fünfer kostete. Sie ging zum Geldautomaten neben dem Tesco-Supermarkt und suchte erneut in ihrer Handtasche, diesmal nach der Bankkarte. Sie steckte sie in den Schlitz, gab ihre PIN ein und wartete.

Plötzlich strich ihr warmer Atem über den Nacken.

»Dreh dich nicht um … bitte.« Die Stimme war leise. Das Flüstern blies ihr den Atem direkt ins Ohr.

»Was …?«, fragte sie heiser.

»Guten Abend, Deborah.« Er zog den Namen in die Länge, betonte die einzelnen Silben so, als spräche er mit einem Kind. Sie fühlte etwas Spitzes zwischen den Rippen. Ihr Blick huschte nach rechts und links, aber weit und breit war niemand zu sehen. In Gedanken wiederholte sie die Worte des Mannes. Woher kannte er ihren Namen? Tief in ihr krampfte sich etwas zusammen, und ihr Gaumen war plötzlich trocken.

»Ich möchte, dass du einige Schritte weit in die Gasse dort gehst«, sagte der Mann ruhig.

Ihr war speiübel. Wie erstarrt stand sie da, reglos und stumm, die Stimme des Fremden am Ohr. »Bitte …«, krächzte sie. »Nehmen Sie sich einfach, was Sie wollen.« Tränen fielen ihr auf Wangen und Lippen. Debbie wusste, dass sie schreien und weglaufen sollte, aber sie konnte nicht.

»Offenbar muss ich deutlicher werden.« Die Stimme des Mannes wurde zu einem dumpfen Knurren.

Plötzlich wusste Debbie, mit wem sie es zu tun hatte. Es war der Mann, dessen Blick sie auf dem Bahnsteig gefühlt hatte, der

Mann, der sie beim Überqueren der Straße hatte schaudern lassen. Als sich die Messerspitze durch ihre Haut bohrte, begriff sie, dass er ihr ständig gefolgt war, wochenlang. Sie erschrak so sehr, dass sie ihre Blase nicht mehr unter Kontrolle halten konnte. Warmer Urin lief durch Schlüpfer und Strumpfhose.

Er legte ihr den Arm um die Taille, und ihre Füße berührten kaum mehr den Boden, als er sie zur Gasse neben dem Gebäude brachte. Nie zuvor in ihrem Leben hatte sie sich so klein und hilflos gefühlt. »Bitte … bitte tun Sie mir nichts.« Debbie erkannte die eigene Stimme nicht. Die Worte gingen ineinander über, und sie atmete schwer. Sie versuchte, bei Bewusstsein zu bleiben, als er sie in die Arme nahm. Die Lichter des Parkplatzes verblassten, aber sie bemerkte eine Gestalt in der Dunkelheit. Sie wollte schreien, brachte jedoch keinen Ton hervor und hörte nur die Stimme, ein Flüstern im Ohr.

23. Januar, Donnerstag

Detective Inspector Lockyer schlug die Augen auf, geweckt vom beständigen Summen des Handys. Er nahm das Gespräch an und rollte sich auf den Rücken. »Hallo«, sagte er und unterdrückte ein Gähnen. Es musste noch sehr, sehr früh sein, denn es zeigte sich kein Tageslicht hinter den Vorhängen.

»Morgen, Sir.«

Er setzte sich auf und sah zum Wecker. Es war zehn Minuten nach vier in der Nacht beziehungsweise am Morgen. Wenn Jane Bennett, Detective Sergeant vom Morddezernat in Lewisham, um diese Zeit anrief, konnte das nichts Gutes bedeuten. »Morgen, Jane. Was hat Sie aus dem Bett geholt?«

»Ein Mord, Sir«, antwortete Bennett. Ihre Stimme klang ganz und gar nicht schläfrig.

Lockyer versuchte, sein Gehirn auf Vordermann zu bringen, als er eine Boxershorts vom Stapel sauberer Wäsche nahm, die Hose des Anzugs vom letzten Tag anzog und sich nach einem Deo umsah. »Ich höre.«

»Das Bereitschaftsteam ist am Tatort. East Dulwich Road, Tesco-Supermarkt, SE22 9BD. Eine Frau, achtzehn. Es sieht aus, als könnte es eine Verbindung zu den Atherton- und Pearson-Fällen geben, Sir.« Müde klang Bennett nicht, aber Lockyer hörte die Anspannung in ihrer Stimme.

»Ich bin in zehn Minuten da. Sonst noch etwas?«, fragte er, als er das Schlafzimmer verließ, durch den Flur eilte und nach der Jacke griff.

»Nein. Ballinger ist der Detective Inspector des Bereitschaftsdienstes. Er wird Sie auf den neuesten Stand bringen. Ich habe das Team bereits zurückgerufen. Möchten Sie, dass ich Sie begleite, oder soll ich mich hier um die Dinge kümmern, damit alles bereit ist, wenn Sie eintreffen?«

»Bleiben Sie dort. Ich gebe allen Bescheid, sobald ich bei Ihnen bin.« Lockyer wollte die Verbindung unterbrechen, zögerte jedoch, als er hörte, wie sich Jane Bennett räusperte. »Sonst noch etwas, Jane?«

Es folgte eine kurze Pause. »Ich soll Ihnen vom Chef ausrichten … Er möchte, dass diese Sache so schnell wie möglich erledigt wird. Er will einen weiteren ›Medienrummel‹ in Peckham vermeiden.«

»Kann ich mir denken«, sagte Lockyer und schloss die Haustür hinter sich. Eiskalter Wind schlug ihm ins Gesicht. »Bis später.«

Lockyer zog den Reißverschluss der Jacke zu und näherte sich der Einsatzleiterin am Rand des abgesperrten Bereichs. Ein wenig amüsiert stellte er fest, dass sie das Absperrband nicht ohne

Mühe für ihn hochhielt. Der Duft ihres Parfüms wehte ihm entgegen, viel zu stark für halb fünf morgens.

»Danke, Officer«, sagte er und versuchte, nicht zu viel von dem süßlichen Geruch einzuatmen.

Eine dünne Eisschicht knirschte unter seinen Füßen, als er die Straße überquerte. Die Ampel stand auf Rot, und das Eis reflektierte ihr Licht auf den Asphalt. Es sah aus, als ginge er durch eine Blutlache.

Die East Dulwich Road war leer, abgesehen von vier Streifenwagen, dem Einsatzfahrzeug der Spurensicherung und einem Krankenwagen, der nicht gebraucht wurde. Die Lichter der Streifenwagen strahlten über den Parkplatz des Tesco-Supermarkts. Stimmen kamen aus der Gasse neben dem niedrigen, aus roten Ziegeln errichteten Gebäude. Der Supermarkt war erst vor drei Monaten eröffnet worden, aber Gewaltverbrechen hatten seinen Ruf bereits erheblich beschädigt. Vor zwei Wochen war ein Sechzehnjähriger wegen seines Handys niedergestochen worden, und in der vergangenen Woche hatten drei junge Leute auf dem Parkplatz ihr Leben verloren, offenbar ein Revierstreit rivalisierender Banden. Nichts blieb lange makellos, das lehrte zumindest Lockyers Erfahrung.

Die Front des Supermarkts bestand zum größten Teil aus Glas. Die dunklen Scheiben schienen Lockyer zu beobachten und zeigten ihm das verzerrte Spiegelbild eines großen Mannes mit zu kleinem Kopf, zu schmalem Oberkörper und zu langen, stelzenartigen Beinen. Er wandte den Blick ab und ging auf die Gasse zu.

Drei tote junge Frauen.

Phoebe Atherton, zwanzig, tot aufgefunden am 14. Dezember am Rand des Camberwell-Friedhofs. Katy Pearson, zweiundzwanzig, tot aufgefunden am 4. Januar von einer Gruppe Zwölfjähriger in New Cross. Vor dem inneren Auge sah er Katy

Pearsons Leiche im Gebüsch hinter dem *Hobgoblin*-Pub, wie weggeworfener Müll. Ein anderes Team beschäftigte sich mit dem Fall, aber Lockyer hatte die Tatortfotos gesehen.

In beiden Fällen wiesen die Handgelenke Schnitte auf. Der Täter hatte seine Opfer vergewaltigt und ihnen anschließend die Kehle durchgeschnitten. Die Wunden an den Handgelenken waren nicht tödlich gewesen, aber je mehr sich die jungen Frauen gegen die Vergewaltigung gewehrt hatten, desto mehr Blut hatten sie verloren. Bei diesem Gedanken stieg Zorn in Lockyer auf. Er riss sich zusammen, atmete tief durch und war plötzlich dankbar für die kalte Januarluft.

Es gab keine Bestätigung für eine Verbindung zwischen Katy und Phoebe, zumindest keine offizielle, aber im Morddezernat sprach man immer offener darüber. Diese neue Leiche würde die Gerüchte noch verstärken. Die drei Tatorte lagen relativ dicht beieinander; die Entfernung zwischen ihnen betrug nicht mehr als drei Kilometer. Wenn der Modus Operandi bei allen Fällen ähnlich war, musste daraus vielleicht der Schluss gezogen werden, dass sie es mit dem ersten Serienmörder in Londons Südosten zu tun hatten. Lockyer glaubte fast, eine Filmkulisse zu betreten – und nicht eine unbedeutende Vorortstraße in East Dulwich.

Er näherte sich den Leuten vor der Gasse, nahm von einem jungen Beamten Schutzhüllen entgegen und streifte sie über die Schuhe. Erst dann bemerkte er den Geruch. Die Kälte verlangsamte das erste Stadium der Verwesung, doch es stank nach Blut.

Die Leute von der Spurensicherung hatten mehrere etwa einen mal einen halben Meter große Plastikrechtecke ausgelegt, damit man den Tatort betreten konnte, ohne Spuren zu verwischen. Lockyer trat auf eines davon und wusste, dass ihn nur wenige Zentimeter von wichtigem Beweismaterial trennten.

Die hier und dort zwischen den Müllhaufen liegenden Rechtecke aus hartem Kunststoff sahen nach einer kranken Collage aus. Die Forensiker beugten sich über den Leichnam und versperrten Lockyer den Blick. Er sah nicht mehr als zwei nackte Füße.

»Schön, dass du da bist, Mike. Habe schon befürchtet, während des Wartens auf dich ebenso steif und kalt zu werden wie die Leiche.« Dave Simpson richtete sich auf, kam näher und zog die Handschuhe aus.

»Was haben wir hier, David?«, fragte Lockyer und legte seinem Freund die Hand auf die Schulter. Dave war der leitende Pathologe in Southwark, zuständig für die Bezirke Greenwich, Lambeth und Lewisham. Das war ein ziemlich großes Gebiet, was viele Überstunden bedeutete. Bei ihm kam alles auf den Tisch, im wahrsten Sinne des Wortes: Bandenschießereien, eine wegen zwanzig Pfund erstochene Frau, ein Fall von Sterbehilfe in New Cross, ein Mann, der von seinem Nachbarn wegen eines Kinderfahrrads erschlagen worden war … Und das war eine ruhige Woche. Jede Stunde, die dieser arme Kerl gearbeitet hatte, stand ihm ins Gesicht geschrieben.

»Geschlecht weiblich, Deborah Stevens, achtzehn Jahre alt … und wir haben es mit dem gleichen MO wie bei den anderen Fällen zu tun. Es ist noch zu früh für eine offizielle Bestätigung, aber … Inoffiziell bin ich mir ziemlich sicher, dass wir es mit demselben Täter zu tun haben. Handgelenke, Vergewaltigung, Kehle.« Dave zuckte die Schultern.

Lockyer trat auf ein anderes Plastikrechteck, um einen besseren Blick auf die Leiche zu bekommen. »Wie lange brauchen sie noch?« Er deutete auf die Leute von der Spurensicherung.

»Sie sind fast fertig. Noch fünf Minuten. Ich berichte dir, wie die Sache bisher steht. Und dann können wir über die Unterschiede reden.«

»Die Unterschiede? Hast du nicht gerade vom gleichen Modus Operandi gesprochen?«

»Ja, mit der einen oder anderen Abweichung.« Dave hob den Zeigefinger an die Lippen. »Lass uns darüber reden, wenn diese Leute weg sind. Es gibt hier zu viele Ohren.«

»Können wir den Tatort jetzt freigeben?«, fragte Lockyer laut, und sein Tonfall ließ keinen Zweifel daran, wie er es meinte. Die Spezialisten von der Spurensicherung reagierten zum ersten Mal auf seine Präsenz und verließen die Gasse mit knisternder Schutzkleidung. »Schieß los. Ich will keine Zeit verlieren, wenn du etwas hast, das mich weiterbringt.« Er wollte sich der Leiche nähern, aber Dave hielt ihn fest. »Was ist los?«, fragte er, sah Dave erstaunt an und blickte auf die Hand an seinem Arm.

»Bevor wir uns die Tote ansehen, musst du von zwei Dingen erfahren«, sagte Dave.

»Und die wären?«

»Erstens: In diesem Fall hat der MO zwei Erweiterungen. Offenbar benutzte der Täter ein Messer, um das Opfer unter seine Kontrolle zu bringen, und er setzte es unter Drogen. Gewissheit gibt es erst, wenn ich die Tote untersuche, aber sie hat eine Stichwunde dicht unter den Rippen und eine Punktion mit blauem Fleck am Hals.«

»Da brauche ich so schnell wie möglich eine Bestätigung. Wenn der Täter verschreibungspflichtige Medikamente gekauft oder gestohlen hat … Das wäre ein guter Anhaltspunkt.« Lockyer dachte bereits daran, wer in der Abteilung Schwerverbrechen und organisierte Kriminalität der beste Ansprechpartner war, wenn es um gekaufte oder gestohlene Medikamente ging. »Und die zweite Sache?« Als Dave nicht antwortete, sah Lockyer erneut auf die Hand hinab, die ihn am Arm festhielt. »Was zum Teufel ist los mit dir?«, fragte er und versuchte, die Hand seines Freundes abzuschütteln.

»Ich möchte nur, dass du auf das vorbereitet bist, was du gleich sehen wirst. Die Tote … sie hat Ähnlichkeit mit …« Dave sprach nicht weiter und mied Lockyers Blick.

»Komm schon, Dave. Wem sieht sie ähnlich?« Er befreite sich aus dem Griff und trat zur Leiche. Schmutz von der Gasse klebte an ihren nackten Füßen. Die verschrammten Knie zeigten nach außen, und am Oberschenkel des rechten Beins bemerkte Lockyer etwas, das nach einer zerrissenen Strumpfhose aussah. Die Haut war schneeweiß. Ein Tuch bedeckte den Oberkörper, nicht aber das Blut. Es wirkte zähflüssig, wie Öl, und bildete kleine Lachen an den aufgeschnittenen Handgelenken.

Ein weiterer Schritt, und er sah das Gesicht des Opfers. Das kastanienbraune Haar bedeckte die rechte Wange. Lockyer ging in die Hocke, neigte den Kopf zur Seite und sah in die leblosen Augen. »Oh mein Gott«, hauchte er.

»Darauf wollte ich dich hinweisen.« Dave zog ihn auf die Beine. »Tut mir leid, Kumpel. Mir erging es nicht viel anders. Hätte fast einen Herzanfall bekommen, als ich sie sah. Erst nach einigen Sekunden wurde mir klar, dass es sich um eine andere Person handelt.«

Lockyer war wie erstarrt.

»Alles in Ordnung, Mike?«

Die eiserne Faust, die sich um sein Herz geschlossen hatte, öffnete sich wieder. Er schnappte nach Luft und schwankte. »Ja, alles in Ordnung. Für einen Augenblick dachte ich … Aber sie ist es nicht.« Er berührte die Kette an seinem Hals und drehte den Ring, der daran hing.

»Nein, zum Glück nicht. Entschuldigung, das war ziemlich blöd von mir. Ich wusste nicht, was ich sagen sollte.« Dave schüttelte den Kopf.

»Schon gut. Für einen Moment hätte es mich fast umgehauen, aber es geht wieder. Was hast du sonst noch für mich?«

Er versuchte, aufmerksam zuzuhören, als Dave ihm einen vorläufigen Bericht gab, doch seine Gedanken waren bei Megan, und er sah nur ihr Gesicht.